Alexia Casale
Ein Mann zum Vergraben

Alexia Casale

EIN MANN ZUM VERGRABEN

Roman

Aus dem Englischen
von Christine Blum

dtv

MIX
Papier | Fördert gute Waldnutzung
FSC® C019821
FSC www.fsc.org

Deutsche Erstausgabe 2024
2. Auflage 2024

First published as ›The Best Way to Bury Your Husband‹ in 2024 by Viking, an imprint of Penguin General. Penguin General is part of the Penguin Random House group of companies.

Umschlaggestaltung: zero-media.net, München
nach einem Entwurf von Elizabeth Yaffe
Umschlagillustration: © Paul Blow (vertreten durch Handsome Frank)
Satz: C.H.Beck.Media.Solutions, Nördlingen
Gesetzt aus der Minion Pro
Druck und Bindung: Druckerei C.H.Beck, Nördlingen
Printed in Germany · ISBN 978-3-423-22080-4

Für alle Frauen,
die sich für andere Frauen stark machen.
Und für all die Frauen,
die mein Leben so wunderbar machen.

(P. S.: Ja, die gegenseitige Verpflichtung zur Hilfe beim Leichenverschwindenlassen ist absolut waschecht, das können Sie mir glauben. Natürlich erwarte ich von allen Mitgliedern gegenseitige Verbundenheit, Treue und wenn nötig Bereitschaft zum Zerstückeln.)

1.

GRANNYS BRATPFANNE

Eine meiner frühesten Erinnerungen ist die an Granny, wie sie Welsh Cakes in einer gusseisernen Bratpfanne macht, die schon damals schwarz vom Alter war, jedoch sorgfältig gepflegt.

Ich weiß noch, wie ich sie zum ersten Mal halten durfte, Grannys ausgestreckte Hand ein Stück unter meiner, weil die Pfanne für ihre Größe unglaublich schwer ist. Und ich weiß noch genau, wie sie mir zeigte, wie man sie waschen und pflegen muss, damit die seidige Patina erhalten bleibt. Jede dieser Erinnerungen ist in goldenes Licht gebadet, obwohl ihre winzige Schlauchküche keine Fenster hatte, durch die Sonnenlicht hätte hereinkommen können.

In ihrem Testament vermachte sie die Pfanne mir.

»Als Familienerbstück oder was?«, spottete mein Vater. Aber Liebe und Herz hatten noch nie zu seinen Begabungen gezählt.

Als Jim und ich zusammenzogen, bot er an, mir eine neue Pfanne zu kaufen. Als ich die von Granny fest an mich drückte, lachte er.

Jetzt steht sie mitten in den Scherben des Frühstücks, ein Stück ragt über die Arbeitsfläche heraus. Vom Rand tropft Blut.

Ich starre sie an, in meinem Kopf nur ein Gedanke: Wenn ich gerade gestorben wäre, wie hätte Jim es erklärt?

Hätte er beim heutigen Morgen angefangen? Dem Lockdown? Dem Tag unseres Kennenlernens?

In unserem Fotoalbum gibt es davon ein verwackeltes Bild. Ich bin siebzehn, er vierundzwanzig. Wir sind auf dem achtzehnten Geburtstag meiner besten Freundin, Neunzigerjahre-Mode und Alcopops pur. Nach Granny war Janey für mich die wichtigste Person auf dieser Welt.

In den fünf Minuten vor der Aufnahme hatte ich …

… ein Mädchen getröstet, das wegen der Trennung einer Boygroup in Tränen zerfloss, bis meine Witze ihr ein noch etwas verschnupftes Lachen entlockten …

… einen wankenden Typen, zweimal so groß wie ich, in einen Sessel gedrückt, damit er gefahrlos wegdämmern konnte …

… und dann den kompletten Haushalt davor bewahrt, in Flammen aufzugehen, weil vier stockbesoffene junge Weiber versuchten, auf einem kleinen, schiefen Kuchen achtzehn Kerzen anzuzünden.

Die Brandstifterinnen, angeführt vom Geburtstagskind, hatten mich schon länger um Hilfe gebeten, aber die Boygroup-Tränen und der wankende Hüne hatten mich aufgehalten, sodass ich gerade noch rechtzeitig kam, als eine der Kerzen umkippte, mitten in den Stapel Servietten hinein, der sinnvollerweise gleich danebenstand. Binnen eines Wimpernschlags hatte ich den rauchenden Wust ins Spülbecken befördert und den Wasserhahn voll aufgedreht.

Als ich mit einer Verbeugung den frenetischen Applaus entgegennahm, fiel ein Schatten über mich.

»Das hätte böse enden können«, sagte jemand. Und da war er.

Ich werde mir nie vergeben, dass ich nicht gleich erkannte, was vor mir stand – ein Mann, dem der Lebensüberdruss aus allen Poren dünstete, weil er mit seiner Mittelmäßigkeit nicht klarkam –, sondern mir einredete, hier sei jemand, den niemand sonst so recht zu würdigen wusste, eine gute Seele, die aufgrund ihres unscheinbaren Äußeren und ihrer ungeschickten Art allzu leicht übersehen wurde.

Das klingt, als wäre ich ein kleines Dummchen gewesen, aber nichts von dem, was darauf gefolgt war, wäre je passiert, wäre ich mir nicht so undankbar vorgekommen, als Jim plötzlich den Arm um mich legte und mich an sich zog – und ich entsetzt erstarrte … nur um zu bemerken, dass Janey mit ihrer brandneuen Kamera vor uns stand, weil sie dabei war, Fotos von der Menschentraube um ihren Kuchen zu schießen.

Was, ein Foto mit so einem Loser? Bloß nicht!, ätzte die Stimme in meinem Kopf. Sofort spürte ich meine Wangen brennen, angewidert von meiner blitzschnellen grausamen Reaktion.

»Oh, da muss ich sie dringend um einen Abzug bitten.«

Und wieder durchschossen mich Gewissensbisse, weil mich sein übertrieben launiges Grinsen so abstieß, wo mir doch klar war, dass er versuchte, witzig-charmant zu sein.

Ich war im Glauben, die Macht läge bei mir. Nicht im Traum kam ich darauf, dass mir Gefahr drohen könnte. Als daher einen Monat später Granny starb und ich plötzlich keinen Zufluchtsort vor dem Elend meiner Mutter und der Bösartigkeit meines Vaters mehr hatte, erschien es mir als mittleres Wunder, dass da noch Jim war, der Geld verdiente und zudem Eltern hatte, die bereit waren, die Anzahlung für eine Hypothek zu leisten. Denn zur Uni zu gehen, wie Janey es tat, war bei mir nicht drin – was hätte jemand wie ich auch mit einem Studium und den damit einhergehenden Schulden anfangen können? Ich wäre ja doch wieder zu Hause gelandet und hätte meinem Vater Miete zahlen müssen, statt mir Rücklagen anzusparen. Meine einzige Chance, von zu Hause wegzukommen, würde darin bestehen, mit einem Freund zusammenzuziehen, und zwar noch viele Jahre lang.

So lange konnte ich nicht warten. Erst recht nicht, wo vor meiner Nase die Verlockung eines sicheren Heims winkte. Egal, wie jung ich noch war! Ich redete mir ein, das Universum schuldete mir endlich mal ein bisschen Glück, und da war es: ein Ausweg von zu Hause.

Drei Wochen nach meinem Schulabschluss heirateten wir.

Unter dem Vorwand, mir den Brautstrauß zu reichen, flüsterte Janey mir zu: »Bist du dir wirklich sicher, dass du das willst, Sally?«, aber ich lachte nur, als hätte sie einen Witz gemacht, und los ging's, durch den Mittelgang nach vorn zum Altar.

Als Dad mir dort oben den Schleier lüftete, hielt er inne, zog ein Taschentuch heraus und rieb an einem eingebildeten Schmutzfleck auf meiner Wange herum, wobei er einen mitleidigen Blick mit Jim wechselte und einen knallroten Striemen hinterließ, wie einen Bluterguss. Meine Mutter schaute betont nicht hin; sie führte wahre Ausgrabungen in ihrer Handtasche durch, als müsste darin ein Verschütteter gerettet werden.

Ob sie ahnte, dass ich dabei war, auf ein Leben genau wie das ihre zuzusteuern? Falls ja, sagte sie es mir nicht. Nur ihre Umarmung, als sie mir Glück wünschte, bevor Jim mich unter Salven von Reis und Blütenblättern aus der Kirche führte, war etwas zu fest.

Jetzt stehe ich blinzelnd da und habe das vage Gefühl, ich müsste aufwachen und wieder dort sein, weil alles weniger unbegreiflich wäre als hier in der Küche zu stehen, in meinem Haus, mit Grannys Bratpfanne, von der das Blut zu Boden tropft.

Aber vielleicht ist es gar nicht mein Leben, das von einem Augenblick zum nächsten nicht wiederzuerkennen ist. Vielleicht bin es ich selbst. Und bin gar nicht scheinbar in einem Albtraum gefangen, aus dem ich nur aufwachen müsste, sondern vielleicht bin ich zum ersten Mal seit zwanzig Jahren hellwach.

Plötzlich erkenne ich, dass es nicht nur die Bratpfanne ist, die unbegreiflich ist. Sondern auch der Schmerz in meinem Handgelenk und die blauen Flecken von gestern und vorgestern und vorvorgestern. Die Tatsache, dass mein Leben im Lockdown sich fast gar nicht von meinem Leben davor unterscheidet.

Wie kam es dazu, dass meine Welt zu wenig mehr als diesem Haus geschrumpft ist, dass all meine Freundschaften sich in die Vergangenheit verflüchtigt haben, dass selbst mein Kontakt zu den Kindern schwindet? Natürlich weiß ich die Antwort. Die Sache ist nur: Bis jetzt habe ich mich geweigert, mir diese Frage überhaupt zu stellen.

Jetzt stürzt die Erkenntnis so heftig auf mich ein, dass ich einen Moment lang wanke, aber unter meinen Füßen ist weiterhin festes Linoleum, um mich herum die stille Küche. Das Dröhnen in meinem Kopf kommt von den gesammelten Erinnerungen aus zwanzig Jahren, die sich zu einer völlig anderen Geschichte zusammensetzen als der, die ich mir immer eingeredet habe.

Wie die an meinen letzten Besuch beim hiesigen Lesezirkel vor fünf Jahren. Damals wusste ich nicht, dass es der letzte sein oder dass mit ihm jeglicher regelmäßige Kontakt zu anderen Leuten enden würde. Ich war zu abgelenkt davon, wie alle darüber lachten, dass ich an einem glühend heißen Sommertag in einer Strickjacke gekommen war. Darunter waren meine Arme von blutunterlaufenen Fingerabdrücken gemustert, Vergissmeinnichtblau über verblassendem Butterblumengelb, aber ich zwang mich, nicht darüber nachzudenken, und lachte eifrig mit, weil ich ein nettes, lockeres Stündchen mit den anderen verbringen wollte, einfach nur fröhlich und unbekümmert. Und so kam es auch. Vor schierer Erleichterung sang ich den ganzen Heimweg lang. Doch als ich ins Haus trat, war Jim schon da, weil er wegen Kopfschmerzen früher Feierabend gemacht hatte. Und ich redete mir ein, dass es meine Schuld war, was als Nächstes passierte. Dass er wegen seiner Migräne nicht mehr klar denken konnte. Und es keinerlei Absicht war, als er mir das kochende Wasser aus dem Wasserkocher über die Hand schüttete.

Genau wie es keine Absicht war, als er mir die Finger in der Schranktür einklemmte oder mir einen so harten Stoß mit dem Ellbogen versetzte, dass mir einen Monat lang die Rippen wehtaten. All das waren Unfälle. Einfach nur Unfälle.

So viele Unfälle.

Aber die Kinder waren doch fast fertig mit der Schule, also konnte ich nicht einfach gehen – ich musste nur noch ein kleines bisschen durchhalten. Nur kam dann die Uni, und sie brauchten ein Zuhause für die Ferien, und was waren schon die paar Jahre mehr gegen die Tatsache, dass ich die beiden noch gelegentlich ein paar Wochen lang unter meinem Dach haben würde, bevor sie endgültig flügge werden würden …

Dann machte Charlie seinen Abschluss, fand einen Job und zog aus, gerade als Amy fertig wurde; für kurze Zeit zog sie danach wieder bei uns ein, um sich etwas Geld zusammenzusparen, damit sie mit ihrem Freund zusammenziehen konnte. Dann war auch sie weg, direkt vor Weihnachten, und als ich mir endlich sicher war, dass ihre Beziehung halten würde …

… kam der Lockdown.

Und da saßen wir. Nur er und ich. Den ganzen März und

April und bis in den Mai hinein, und immer noch kein Ende in Sicht …

So also kam es zu diesem heutigen Morgen, an dem ich Jim seine Tasse Tee an den Tisch brachte und er einen Blick darauf warf – einen Tick zu hell – und sein Gesicht sich verzerrte …

Mit eisernem Griff packte er mich am Handgelenk und zog mich mit einem solchen Ruck zum Tresen, dass ich stolperte und mir den Kopf an der Dunstabzugshaube stieß. Ich griff panisch nach einem Halt und bekam den Rand des Kochfelds zu fassen, wobei meine Finger die Pfanne streiften. Neben mir packte Jim den Kessel und ließ etwas von dem kochenden Wasser über meine Hand spritzen. Meine Haut schrie in der Erinnerung an das letzte Mal, als wir so vor dem Herd standen.

Wie lange wird er mich diesmal hier festhalten? Selbst die Stimme in meinem Kopf zitterte vor Angst, denn jetzt im Lockdown, wo mich niemand zu sehen bekommen würde, gab es nichts mehr, was ihn davon abhalten würde, einfach mehr und mehr davon über mich zu kippen …

Wie jeder andere hatte auch ich immer mal von Frauen gelesen, die zurückgeschlagen hatten, aber ich verstand sie nicht einmal ansatzweise. All die Jahre waren sie mir wie eine fremde Spezies erschienen. Ich hatte mich gefragt, ob sie ein Stadium der Verzweiflung erreicht hatten, das bei mir noch ausstand, oder eine Art inneres Reservoir an Kraft und Mut besaßen – und, falls dem so war, wo man so etwas herbekam.

Dann nahm ich Grannys Bratpfanne und schlug Jim damit den Schädel ein.

2.

EIN TOPF PETUNIEN

Sie haben es verstanden, ja? Nicht nur, wie es passierte, sondern auch, warum. Und wenn Sie das Warum verstanden haben, wird Ihnen auch klar sein, dass es ein Unfall war. Denn es war definitiv ein Unfall.

Jedenfalls eine Art Unfall.

Ein Jim-Unfall.

Zumindest wird Ihnen klar sein, dass ich es nicht gewollt hatte. Nicht geplant hatte. Ich dachte nicht einmal nach, meine Hand bewegte sich … von selbst.

Mehr oder weniger.

Und überhaupt darf man niemanden dafür kritisieren, dass er sich verteidigt. Das ist nicht nur legal, sondern absolut korrekt und angemessen. Moralisch picobello.

Ich schaue zur Bratpfanne. Vom Rand fällt noch ein Blutstropfen.

Ich sehe zu, wie er neben Jim auf dem Boden landet. Jim liegt auf dem Bauch, das Gesicht von mir abgewandt. Er könnte auch einfach ein Schläfchen machen, wäre da nicht die größer werdende Blutlache um seinen Kopf herum.

»Schau, wozu du mich gebracht hast!« Ich dachte, es würde in hämischem, schadenfrohem Ton kommen, aber es ist ein Flüstern, hohl wie ein Echo. Statt Triumph schießt mir Verzweiflung durch die Adern.

Ich taumle zum Telefon, nehme es und wähle die 9. Und dann noch einmal. Mein Finger schwebt über der Ziffer …

Ich knalle den Hörer auf die Basis und wanke durch die Hintertür in den Garten hinaus.

Draußen ist alles ganz normal. So schrecklich normal; ganz gewöhnliche Laute, Anblicke, Gerüche für Anfang Mai in einem Vorort in Südostengland. Der Himmel ist bedeckt, aber nicht finster, hinter den Wolken gleißt eine farblose Sonne. In Nawars Garten nebenan verliert der Kirschbaum seine letzten Blütenblätter; die Magnolie fängt jetzt erst richtig an. Alles geht seinen gewohnten Gang. Abgesehen davon, dass hinter mir, in der Küche, Jim tot am Boden liegt.

Mein Blick fällt auf einen halb hinter der Gießkanne versteckten Topf bunter Stiefmütterchen. Ich hebe ihn auf und drücke ihn an die Brust, lege die Hand über den auf die Topfseite gedruckten Gruß: *Für die beste Mum der Welt! In Liebe, Amy und Charlie x*

»Es tut mir so leid«, flüstere ich. Meine Brust wird eng, bis das Atmen wehtut und jeder Herzschlag eine Qual ist. Ich kneife die Augen zu, und Tränen rollen mir über die Wangen. »Es tut mir leid, es tut mir leid, es tut mir leid …«

Mechanisch streichle ich über den kalten glasierten Ton. Die Stiefmütterchenblätter streifen meine Finger, als wollten sie mich trösten.

Ich stolpere zurück nach drinnen. Darauf bedacht, nicht auf den Boden zu schauen, stelle ich die Blumen sanft mitten auf den Tisch, wo ich sie von Anfang an haben wollte. Jim fand, sie stünden dort im Weg, nahm den Topf und knallte ihn draußen derart neben die Hintertür, dass eine der farbenfrohen Blüten die Hauswand streifte und abgerissen wurde. Ich fand sie später, wie sie da wie achtlos hingeworfen lag.

Ich zwinge mich, wieder zum Telefon auf der Arbeitsfläche

zu gehen und es zu nehmen. Beiße die Zähne zusammen und drücke die 9.

Mein Blick geht zurück zu den Stiefmütterchen. Von hier aus ist die Schrift auf dem Topf gerade noch lesbar. Ich will mich abwenden, aber dann müsste ich dem ins Auge sehen, was *die beste Mum der Welt* gerade dem Vater ihrer Kinder angetan hat.

Meine Hand mit dem Telefon zittert. Die 9 auf dem Display verschwimmt. Dann blinkt sie und erlischt. Zeit überschritten.

Noch einmal drücke ich sie. Kann mich wieder nicht überwinden.

Wenn ich die Polizei rufe, verlieren meine Kinder ihre beiden Eltern auf einmal.

Wie konnte ich es so weit kommen lassen? Ich habe ihnen gegenüber so oft versagt, auf so vielerlei Art. Aber das hier ist mehr als ein Versagen. Es ist der absolute Ruin.

Langsam stelle ich das Telefon zurück auf die Basis. Wende mich vom Wasserkessel, der Pfanne, dem Telefon und Jim ab und lasse mich auf einen Stuhl sinken, den Blick auf die herrlichen Farben der Stiefmütterchen geheftet. Die kleinen Gesichter scheinen lächelnd zurückzublicken. Eine blaue, leicht zur Seite geneigt, sieht fast mitfühlend aus, wie eine Freundin, die mich einlädt, ihr all meine Sorgen auszuschütten.

Janey, sagt mein Herz. *Ich will Janey.*

Aber selbst wenn ich unsere Freundschaft nicht kaputt gemacht hätte, wie hätte ich Janey in diese Sache hineinziehen können?

»Ich wollte schon immer mal schauen, wie es ist, mit der Wand zu reden wie Shirley Valentine«, vertraue ich dem mitfühlenden Stiefmütterchen an, in so heiterem Ton, dass die Welt ins Irreale verzerrt scheint, »aber eigentlich kann ich auch zwei Fliegen mit einer Klappe schlagen ...« Ich schiele zu Jim. »Sozusagen.« Ich wende den Blick wieder ab. »Es heißt ja, wenn man mit Pflanzen redet, gedeihen sie besonders gut, anders als Wände oder ...« Ich widerstehe dem Drang, noch einmal zu Jim zu schielen. »Ich werde dich Petunia nennen, weil Jim sich furchtbar darüber aufregen würde. Er konnte Albernheit nicht ausstehen. Und Dummheit. Und mich.« Ich wische eine Spur Dreck von der Seite des Blumentopfs. »Du findest wahrscheinlich, das war doch offensichtlich, aber ich war da ein bisschen schwer von Begriff.«

Die violetten und blauen Gesichter links sehen nachsichtig aus, aber das magentafarbene in der Mitte blickt höchst ungläubig.

»Okay, ja, es waren über zwanzig Jahre«, fahre ich es an. »Aber immerhin bin ich jetzt auf den Trichter gekommen.«

Unweigerlich gleitet mein Blick zu Jim. Das Blut scheint sich nicht weiter auszubreiten, was mich erleichtert; es wird schon schwer genug sein, es aus den Fugen zu schrubben.

Kein guter Gedanke. Falsche Richtung. Aber bitteschön, so ist es.

»Ich weiß, ich sollte die Polizei rufen, aber ich will einfach nicht, Petunia«, höre ich mich sagen. »Ich will nicht ins Gefängnis, jetzt, wo ich endlich frei bin.« Neben meinem Ellbogen liegt Jims Zeitung, von vorn bis hinten voll vom Corona-Lockdown. »Na ja, frei ist relativ – mich mit jemandem treffen oder irgendwohin gehen kann ich momentan nicht. Aber ich könnte ... ein Stück Kuchen essen.«

Da Jim mir nicht mehr vorwerfen kann, ich wäre ein Fettkloß, tappe ich zu dem Oberschrank mit unseren Vorräten und öffne ihn. Eine Mauer aus Baked Beans starrt mir entgegen. Mein Blick schweift zu Jim, dann zurück zu den Dosen. Einen Moment später schleife ich den Mülleimer herbei, um sie zu entsorgen – dann halte ich inne und packe sie stattdessen in eine Tragetasche. »Soll sich die Tafel darüber freuen. Aber *ich* esse nie wieder Baked Beans auf Toast, das sag ich dir, Petunia.«

Ich hole einen Teller, ein Messer und eine Gabel heraus. Dann werfe ich einen weiteren, trotzigen Blick auf Jim und fange an, den Kuchen direkt aus der Packung zu essen. Ohne dass ihn mir jemand wegreißt und in den Müll wirft, weil ich eklig und unwürdig bin. Ein paar Minuten verstreichen ereignislos.

Dann klingelt es an der Tür.

3.

HENKERSMAHLZEIT

Die Buttercreme wird mir buchstäblich sauer auf der Zunge. Mein Blick geht zum Fenster in der Erwartung, beidseits des Gartens entgeisterte Nachbarn über den Zaun starren zu sehen, vielleicht auch Polizisten, die den Gartenweg entlangkommen … aber da ist kein lebendes Wesen, nicht einmal ein Vogel, der auf dem Rasen nach Würmern pickt.

Weiß die Person da draußen Bescheid, oder ahnt sie nur etwas? Soll ich Jim verstecken oder mich ganz still verhalten und hoffen, dass sie wieder weggeht?

Es klingelt noch einmal. Resignation ergießt sich in meine Adern wie Blei.

Die Gefängnisse sind nicht mehr so wie früher, rede ich mir zu. *Heute gibt es da Elektrizität. Und Büchereien. Nur das Essen ist wahrscheinlich …*

Meine Augen wandern zu der Tragetasche voller Baked Beans.

Ehe ich dem Drang nachgeben kann, mich umzudrehen und zur Hintertür hinaus zu fliehen – was vermutlich chancenlos wäre, sicher steht auf dem Weg hinter dem Grundstück ein Beamter –, trotte ich in die Diele. Vor mir droht die Haustür und dahinter das Verhängnis. Spiel aus, vorbei.

Erst beim Drücken der Türklinke fällt mir auf, dass ich

noch die Gabel in der Hand halte. Wer weiß, vielleicht bringt mir die etwas in Sachen Schuldunfähigkeit?

Auf dem Fußabtreter steht ein junger Mann mit Maske. Im ersten Moment vergesse ich Corona völlig und denke, der will mich jetzt überfallen, und was er wohl machen wird, wenn er Jim sieht.

»Päckchen. Ich bräuchte 'ne Unterschrift«, sagt er und hält mir ein Touchpad hin.

»Mumpf?«, bringe ich fragend heraus, während ich auf der Straße hinter ihm nach Polizisten Ausschau halte.

Sie ist leer bis auf den kleinen, vor Paketen überquellenden Postwagen.

»Tut mir leid, dass ich Sie beim zweiten Frühstück störe. Was gibt's denn Gutes?«

Ich folge seinem Blick zu der Gabel in meiner Hand. »Kuchen«, erkläre ich. »Ich esse gerade ein Stück Kuchen. Mögen Sie Kuchen auch gern?« Es klingt ein bisschen, als hätte ich sie nicht mehr alle.

»Mhm«, sagt er vorsichtig und präsentiert mir nachdrücklich das Touchpad.

Wie aus der Ferne beobachte ich, wie sich mein Finger ausstreckt und ein paar Kringel auf das Touchpad malt. Ist das meine Unterschrift? Es scheint nicht sonderlich wichtig zu sein; der Postbote desinfiziert den Bildschirm mit einem Tuch, lässt mir ein Päckchen vor die Füße fallen und verschwindet hastig.

Ich bleibe mit erhobener Gabel und offenem Mund im Türrahmen stehen. Ein Vorhang im Haus gegenüber bewegt sich leicht, aber weit und breit kommt niemand, um mich zu verhaften.

Nach einer Weile mache ich zwei unsichere Schritte rückwärts und schließe die Tür. Einen Moment lang starre ich sie an, dann die Gabel, noch einmal die Tür und wieder die Gabel. Ich habe das Gefühl, gleich in Tränen oder Gelächter auszubrechen, aber keines von beidem passiert. Da trotte ich wieder den Flur entlang in die Küche.

Nachdem ich den Rest des Victoria Sponge Cake vernichtet habe, geht es mir besser, auch wenn mein Gehirn mich am laufenden Band mit schlechten Erinnerungen an Partys und Kuchen bombardiert. Wie mein Vater an meinem siebten Geburtstag die Torte an die Wand pfefferte und Granny mich aus dem Zimmer trug, obwohl sie viel zu alt und ich viel zu schwer war, und mich eine Woche lang mit zu sich nahm. Die Party, auf der ich Jim kennenlernte. Unsere Hochzeitstorte. Aber immer wieder wandern meine Gedanken zu den Partys, auf denen ich gar nicht war. Oh, wie viele ich über die Jahre verpasst habe, angefangen mit Janeys zwanzigstem Geburtstag.

Es hatte Wochen gedauert, bis ich überzeugt war, dass Jim sich ohne Probleme um Charlie würde kümmern können (*unser* Sohn, wenn es ihm passte; *meiner*, wenn es um irgendwas ging, was mit Arbeit verbunden war). Mit acht Monaten war Charlie so weit, dass er zweimal am Tag auch das Fläschchen akzeptierte, also dachte ich mir, wenigstens für ein paar Stunden müsste es jetzt gehen.

Leise vor mich hinsingend hüpfte ich mit meinen Lieblingspumps in der Hand die Treppe hinunter und schleuderte mir an der Tür die Hausschuhe von den Füßen – zum ersten Mal seit Ewigkeiten, schien mir.

Dann sah ich auf. Jim stand düster im Türrahmen zum Wohnzimmer. Wie er mich musterte, von oben bis unten und wieder zurück ... Ich zog mein Dekolleté etwas höher, trotzdem verfinsterte sich sein Blick.

Oben begann Charlie zu wimmern. Ich wartete darauf, dass Jim an mir vorbei zur Treppe gehen würde, um ihn zu trösten. Stattdessen drehte er sich um, verschwand ins Wohnzimmer und zog die Tür hinter sich zu. Charlies Wimmern steigerte sich zu ausgewachsenem Gebrüll. Und ich stand da, starrte die Wohnzimmertür an, wünschte mir mit aller Macht, sie würde aufgehen, Jim sich als der Mann erweisen, für den ich ihn gehalten hatte …

Dann zog ich die Hausschuhe wieder an, ließ die Pumps auf der Fußmatte stehen und stapfte die Treppe hinauf.

Das war der erste große Riss in der Freundschaft zwischen Janey und mir. Schon damals spürte ich das, aber ich sagte mir, es würde noch viel Zeit sein, um ihn zu kitten.

Einen Monat später half sie mir, das Begräbnis meines Vaters zu organisieren, wie ich einst ihr geholfen hatte, und ein paar Wochen lang schien es, als käme alles wieder in Ordnung … Aber immer wieder musste ich gemeinsame Unternehmungen absagen. Konnte mich immer schwerer dazu aufraffen, sie zurückzurufen, wenn sie mich anrief. Ließ immer mehr Zeit verstreichen, bis ich mich mal wieder mit ihr austauschte. Enttäuschte sie wieder und wieder.

Enttäuschte mich selbst.

Ließ den Abstand zwischen uns immer größer werden, bis ich mich so nach ihr sehnte, dass es schmerzte, aber solange Charlie ein Baby war, schien es unmöglich, etwas dagegen zu tun. Wenn Charlie in den Kindergarten kam, würde es besser werden, dachte ich mir, aber als er gerade mal zehn Monate alt war, stellte sich heraus, dass ich wieder schwanger war, weil Jim und ich mit Kondomen einfach nur Pech hatten. *Da* dachte ich mir …

Stopp.

Mein Gehirn spult zurück.

… wieder schwanger war, weil Jim und ich mit Kondomen einfach nur Pech hatten …

Die Erkenntnis tritt mir in die Wangen, auch wenn sie nicht frisch und wund ist, sondern dumpf und schal.

Ich wusste es. Schon immer. Nein, ich bin nicht *ganz so* blöd, wie Jim immer behauptete.

Als ich mir nicht mehr vormachen konnte, meine Periode käme nur ein bisschen zu spät, wurde mir klar, dass niemand so viel Pech mit Kondomen haben konnte, aber es beschäftigte mich so, zu akzeptieren, dass ich schon wieder schwanger war, dass ich mühelos verdrängte, was Jim getan hatte. Und warum.

Tief in mir wusste ich schon damals, dass er es getan hatte, um mich an sich zu binden, aber das Grauen, an diesen Mann nun nicht nur durch die Ehe, sondern durch zwei Kinder gefesselt zu sein, war so überwältigend, dass es sich eher wie Taubheit über mich legte.

Und trotz allem waren selbst damals nicht nur Grauen und Verzweiflung im Spiel, sondern auch Liebe.

Die Schwangerschaft mit Charlie war nicht geplant gewesen und auch die mit dem Baby nicht, das zu Amy werden würde, aber von dem Augenblick an, als ich es erfuhr, liebte ich die beiden, also konnte ich nichts bereuen. Das war keine bewusste Entscheidung: Ich liebte sie, fertig, aus. Es war das Einzige, was daran einfach war. Und mein Gott, etwas Einfaches hatte ich bitter nötig, denn erst jetzt, da es endlich vorbei ist, kann ich im Rückblick klar erkennen, warum ich einknickte, statt einfach zur Tür hinaus zu Janeys Geburtstagsfeier zu marschieren trotz Charlies Gebrüll und Jims brütendem Schweigen hinter der Wohnzimmertür.

Hass platzt überall aus mir heraus wie Brandblasen – und ist im nächsten Moment wieder verschwunden, ich bin nur noch müde, und mir ist kalt, wie ich da in der Küche stehe mit dem toten Jim neben mir.

Aber die Haustür ist geschlossen, der Paketbote längst weg, niemand ahnt auch nur das Geringste.

»Ich dachte wirklich, das war's«, sage ich zu Jim. »Ab ins Gefängnis, gehen Sie nicht über Los, ziehen Sie nicht ...« In mir kommt ein so wilder Drang zu lachen auf, dass mich schwindelt. Ich packe den Rand der Arbeitsfläche und atme mir die Panik aus den Lungen. »Vielleicht könnte ich zuerst wenigstens *irgendwas* einziehen ... Eis! Ich könnte ein Eis einziehen.« Ich wende mich Jim zu. »Hast du gehört, mein Lieber? Kuchen zu Mittag und Eis zum Dessert. Noch mal so richtig zuschlagen, bevor wieder Baked Beans auf Toast auf dem Plan stehen ... lebenslänglich.«

Weil es so still ist, schalte ich das Radio ein. Gerade läuft ›I Can See Clearly Now‹. Instinktiv öffne ich den Mund, um mitzusingen ... dann schiele ich zu Jim und schließe ihn wieder. Vielleicht sollte ich mir das Singen für die letzte Dusche aufsparen – obwohl, ein langes gemütliches Bad wäre vielleicht passender als eines der Dinge, die man sich vor dem Knast noch gönnen sollte. Wahrscheinlich wird es umso schwerer, die Polizei zu rufen, wenn ich mir vorher noch einmal vor Augen führe, was mir dort alles entgehen wird, aber ich brauche wenigstens ein *bisschen* was Schönes, bevor ich vom einen Albtraum in den nächsten gestürzt werde.

Natürlich weiß ich, dass ich nicht für immer und ewig in der Schwebe zwischen dem Mord an Jim und den Konsequenzen bleiben kann. Aber der Teil meines Ichs, der nach der Bratpfanne gegriffen hat, hat noch nicht sein letztes Wort gesprochen. Ich weiß, eigentlich sollte ich einfach nur traurig und verzweifelt sein, aber irgendwie ist da eine Art total verrückter ... Hoffnung?

Vielleicht ist es der Schock, denn es gibt auf der ganzen

Welt keine Möglichkeit, Jims aus dem Schädel gelaufenes Gehirn wieder dort hineinzustopfen.

Trotzdem habe ich nicht das Gefühl, besiegt zu sein.

Zum ersten Mal, seit ich überhaupt denken kann, habe ich ein Gefühl von Macht.

4.

MUT ZUM UNTERTAUCHEN

Ich breche die Flasche duftenden Badeöls an, die ich seit Jahren für besondere Gelegenheiten aufhebe, gebe einen großzügigen Schuss davon ins Wasser und schäume es ordentlich auf, ehe ich mich mit einem Weinglas in der Hand darin zurücklehne. Es ist Billig-Kochwein aus dem Supermarkt, aber inzwischen habe ich herausgefunden, welche davon trinkbar sind, sodass ich mir gelegentlich ein Glas gönnen kann, ohne als Zugabe einen finsteren Blick von Jim zu riskieren, weil ich sein sauer verdientes Geld verschwende.

Vom Waschbeckenrand späht Petunia auf das Gebirge aus Blasen herab, das sich um mich auftürmt. Flüchtig kommt mir der Gedanke, unterzutauchen und nicht wieder hochzukommen, aber Ertrinken ist nun wirklich kein Tod, den ich mir für mich wünsche. Nicht einmal, um dem Gefängnis zu entgehen.

Plötzlich höre ich Janeys Stimme, hell und fröhlich und spöttisch, als stünde sie bei mir im Zimmer. »Na hör mal, Mut, wo ist dein Mut geblieben?« Eine Parole, die wir uns in einer besonders langweiligen Geschichtsstunde Anfang der Sekundarschule zurechtgebastelt und ab da ständig zueinander gesagt hatten.

Ich hatte es ihr zugebrüllt, als sie bei ihrem großen Auftritt im Schultheaterstück erstarrte. Sie schrie es mir zu, als ich beim Ausflug in den Abenteuerpark zu ihrem sechzehnten Geburtstag Bammel vor der Seilrutsche hatte. Wir feuerten uns heiser damit an, wenn wir im Sportunterricht Runden um den Schulsportplatz rennen mussten. Flüsterten es vor Klassenarbeiten. Grölten es lachend ins Telefon, wenn wir uns gegenseitig anriefen: »Wer ist da?« – »Hey, Mut, hier Mut!«

Wie konnte ich diese lange Funkstille zwischen uns zulassen? Die Antwort liegt zum Teil unten in der Küche, aber nur zum Teil.

Die Sehnsucht lässt eine Woge von Tränen in mir aufsteigen, aber das kann ich momentan nicht gebrauchen, also nehme ich zur Stärkung einen Schluck Wein und lasse dann die Hand mit dem Glas über den Rand baumeln, wie es Frauen in Filmen öfter tun. Es ist wahnsinnig unbequem.

Da stelle ich das Glas auf den Boden, ziehe den Arm zu mir ins heiße Wasser und lasse ein paar Blasen zwischen den Fingern zerplatzen.

»Ich bin immer noch nicht niedergeschlagen, Petunia«, gestehe ich, hebe einen Fuß aus dem Wasser und wackele mit den schaumigen Zehen. »Und ich glaube, das werde ich auch nicht mehr, weil mir nun mal klar geworden ist, wie glücklich ich jetzt bin.«

Petunias kleine Gesichter nehmen die Beichte erfreulich unbekümmert hin.

»Wenn das Problem mit dem Knast nicht wäre, wäre das hier das erste Schöne, was mir widerfahren ist, seit die Kinder weg sind. Aber das kann ich der Polizei nicht sagen, oder? Ich meine, sicher könnte ich das, aber das würde definitiv in Tränen enden – bei mir, bei den Kindern, bei allen, denen ich noch was bedeute …«

Ich hatte vor, bei den Worten zu lachen. Stattdessen wird

mir die Kehle eng. Meine Augen fangen an zu brennen, ich kann mir gerade noch einreden, dass ich Seife hineinbekommen habe.

Ich nehme einen Schluck Wein und taste auf dem Boden nach der Schale Chips, die ich dort deponiert habe. »Aber was« – *knusper* – »soll ich« – *knusper* – »der Polizei erzählen? Vor allem, wo Jim unten in der Küche schon seit Stunden vor sich hin fault – ha! Auf der faulen Haut liegt! Falls« – knusper – »es je eine Chance gab, dass sie mir glauben, hab ich mir die mit dem Kuchen und ... und dem hier wahrscheinlich gründlich versaut.«

Irgendwann hieve ich mich wieder aus der Wanne, trockne mich ab, greife nach meinem schäbigen alten Bademantel – und überlege es mir anders. Mit Petunia und der Weinflasche in der Hand stolziere ich nackt ins Schlafzimmer. Mithilfe eines Stuhls, auf den ich steige, hole ich den Karton ganz hinten aus dem Aufsatz über dem Kleiderschrank und ziehe den seidenen Morgenrock heraus, den ich mir vor zwei Jahren gekauft habe, um mich etwas aufzumuntern – vergeblich; nur zu bald merkte ich, dass ich viel zu viel Angst hatte, Jim könnte mich darin sehen, um ihn je anzuziehen.

Der Stoff gleitet mir durch die Finger wie Wasser. Ich schlüpfe erst mit einem, dann dem anderen Arm in die Ärmel. Es fühlt sich an, als wäre ich in Quecksilber gehüllt, so kühl ist die Seide. Schnell ziehe ich mir darunter einen Slip an.

»Ja, ich weiß, der ist langweilig und brav«, sage ich zu Petunia. »Ich kaufe mir demnächst neue.«

Ich breche ab. Es wird keine neuen Slips geben – oder wenn, dann nur Marke Kittchen.

Mechanisch kehre ich in die Küche zurück. »Wenn du mich jetzt sehen könntest, mein Lieber«, sage ich im Vorbeigehen zu Jim. »Schade, dass du so mit Verwesen beschäftigt bist.« Es soll locker-flockig klingen, aber tatsächlich kommt es in hartem, scharfem Ton, als wären meine Stimmbänder zu straff gespannt.

Mein Handy summt. Es ist eine Nachricht von Charlie: ein YouTube-Link zu ›Here Comes The Sun‹. Ohne Kommentar. Seit Beginn des Lockdowns schreibt er nichts mehr dazu. Weil Jim, nachdem wir Tag für Tag rund um die Uhr miteinander eingesperrt waren, jede Nachricht auf meinem Handy zu sehen verlangte. Es dauerte vier Tage, bis ich kapierte, dass er die Hälfte von Charlies Nachrichten löschte, bevor ich sie überhaupt gesehen hatte, und auf die restlichen nur mit Kritik antwortete. Vor ihm sicher waren nur Links zu Songs – mit Musik hatte Jim nichts am Hut.

Mein Finger bleibt über dem Link schweben. Wie kann ich mich am Trost meines Sohnes freuen, während zwei Schritte entfernt sein toter Vater liegt?

Auf der Arbeitsfläche leuchtet vorwurfsvoll der rote Knopf des Festnetztelefons. Ich muss endlich die Polizei rufen und mein Verbrechen gestehen, statt es weiter hinauszuzögern und Musik zu hören.

Here comes the sun, lockt die Stimme in meinem Kopf.

Und da fällt die Entscheidung, einfach so.

»Ich rufe überhaupt nicht die Polizei, oder?«, flüstere ich Petunia zu. »Ich hab meine Zeit schon abgesessen. Meine Strafe verbüßt. Den Schuh ziehe ich mir nicht mehr an!« Ich stupse gegen Jims Knöchel. Der Hausschuh rutscht ihm vom Fuß. »Ich kann nur hoffen, dass das Glück nicht nur dem Kühnen, sondern auch dem Tollkühnen hold ist, denn ich bin immer noch ganz froh, dass es dich gekostet hat und nicht mich.«

Ich wende mich von ihm ab und nehme Petunia und die

Weinflasche mit an den Tisch. »Das Einzige, worum es mir leidtut, ist die Bratpfanne – die muss ich jetzt neu patinieren, das ist ein Riesenumstand, selbst wenn man nicht noch eine Leiche loswerden muss.« Ich versuche zu lachen, aber alles, was herauskommt, ist ein ersticktes Keuchen. »Ich kann dich ja nicht einfach zur Mülldeponie bringen.« Mit dem Weinglas auf halbem Weg zum Mund denke ich kurz darüber nach, verwerfe den Gedanken aber. Die Mülldeponie ist seit vierzehn Tagen geschlossen, und mit einer Leiche dort einzubrechen würde garantiert nicht gut enden. »Dass es mir eilig ist, würden die sicher verstehen, aber es gibt so strenge Vorschriften, was als Müll gilt.« Unglücklich schaue ich auf Jim hinunter. »Ich könnte dich im Garten vergraben, aber für ein so großes Loch bräuchte ich einige Zeit, und bis dahin würdest du mir hier anfangen zu stinken.« Ich lege den Kopf schief, nehme mein Handy und tippe in die Suchleiste ein:

»Entsorgen … von … Tierkadaver. Sorry, mein Lieber, aber besser kann ich dich momentan nicht beschreiben.«

5.

DIE RICHTIGE WÜRZE

Verzweiflung – und verzweifelte Taten – standen auch andernorts auf dem Plan. Keinen Kilometer Luftlinie entfernt hielt Samira, einen Stapel frisch gewaschener Handtücher auf dem Arm, auf der Treppe inne und spürte, wie ihre Welt zusammenbrach.

Sie hatte die Handtücher ins Bad bringen wollen, da hatte die Stimme ihres Mannes hinter der Schlafzimmertür sie erstarren lassen. Nein, er hatte sie weder angebrüllt noch ihr etwas befohlen noch auf diese Art mit der Zunge geschnalzt, die ankündigte, dass es bald schmerzhaft werden würde. Und doch hatte sie gewusst, noch ehe sie das erste Wort aufschnappte, dass sich nun die Schlinge unaufhaltsam zuzog, so wie am Vorabend seine Hand um ihre Kehle, als sie ihn davon abzuhalten versucht hatte, seinen Zorn an ihrer Tochter auszulassen.

Es war ein wütend gedämpftes Zischen, das hinter der Tür erklang, dann knisterte unheilvoll eine zweite, blecherne Stimme durch den bis zum Anschlag aufgedrehten Lautsprecher. Eine Minute später war das Schicksal ihrer Tochter entschieden. Doch anders als bei dem Gespräch, das zu ihrer eigenen Heirat geführt hatte, würde es vor der Durchführung der *nikah* kein sorgsam arrangiertes Treffen zwischen den beiden jungen Leuten geben. Leila würde ihren künftigen

Ehemann nicht zu sehen bekommen, ihr würde nicht leichter ums Herz werden bei seinem Lächeln, ihr Puls sich nicht beschleunigen beim Anblick seiner Gesichtszüge und seiner stattlichen Gestalt. Sie würde nicht ebenso erwartungsvoll wie nervös der Begegnung mit dem Mann entgegenfiebern, von dem sie schon so viel gehört hatte – dem Mann, von dem alle Menschen, die sie liebten, versicherten, er würde perfekt zu ihr passen. Sie würde sich nicht fröhlich mit ihrer Familie in die Vorbereitungen für die *walima* stürzen im Glauben, dies sei der Beginn eines glücklichen, geborgenen, guten Lebens.

Auf Leila warteten nur Elend, Angst und der bittere Geschmack des Verrats. Niemand würde die Braut, wie vom Islam gefordert, um ihr Einverständnis in die Ehe bitten – man würde sie ihr schlicht aufzwingen. Und statt sich gegen diesen Frevel gegen Gott und die eigene Tochter zu verwahren, würde ihr Vater statt ihrer das Ehegelöbnis unterzeichnen, nicht um zu zeigen, dass er seine Tochter liebte und unterstützte, sondern damit sie nicht einmal bei dieser Gelegenheit ihre Weigerung aussprechen konnte.

Was die *walima* anging, so hatte Samira in der Zeitung einen Artikel über eine solche gelesen, wo man die Braut – ein Kind, sogar noch jünger als Leila – unter Drogen gesetzt hatte, damit sie nicht mitbekam, was geschah. Würde Leila eines Tages vor den Videoaufnahmen ihrer eigenen Hochzeit sitzen und sich dabei betrachten müssen, wie sie lächelte, statt sich zu wehren? Was würde sie denken, wenn sie sah, wie all ihre Verwandten so taten, als wohnten sie einer rechtmäßigen Hochzeit bei, wo doch alles in ihnen sich dagegen hätte sträuben müssen, wie schändlich man sie und ihren Glauben verriet?

»Der Bräutigam hat der Braut die *mahr* zu zahlen, nicht ich seinen Eltern doppelt so viel!«, ereiferte sich ihr Mann hinter der Tür.

»Das bisschen Geld sollte der Ruf unserer Familie dir wert sein, Yafir«, knisterte die Stimme aus dem Lautsprecher. »Sie kann froh sein, so eine Partie zu machen. Etwas Besseres wirst du für sie nicht finden.«

Yafir rang sich einen zustimmenden Seufzer ab. »Sobald man wieder fliegen darf, kommen wir rüber, dann muss auf der Stelle die Trauung abgehalten werden.«

Samira sank gegen das Geländer. Die Stimmen verschwammen zu weißem Rauschen. Bei der Rückkehr von dieser Reise würde die Ehe ihrer Tochter nicht nur schriftlich besiegelt, sondern vollzogen worden sein – falls Leila überhaupt wieder mit zurückkäme. Denn diese würde ihr Schicksal nicht gehorsam akzeptieren; sie würde toben und rebellieren, und wenn man ihr den Ungehorsam durch Prügel auszutreiben versuchte, würde sie sich nur noch heftiger wehren, bis zum bitteren Ende … wenn sie dieses Ende nicht vorher in die eigenen Hände nehmen würde.

Unwillkürlich schlossen sich Samiras Augen bei der Erinnerung an die Meldung in den Nachrichten, wie ein Mädchen Chlorbleiche getrunken hatte, um einer Zwangsheirat zu entgehen. Sie hatte es überlebt – um wenige Monate später von ihren Eltern ermordet zu werden.

Unten im Wohnzimmer hörte Samira, wie ihre Töchter sich leise unterhielten. Was würde mit Leilas voller, tiefer Stimme geschehen, wenn sie Bleichmittel trank? Was würde ihr Ehemann tun, wenn sie sich, statt gefügig mit ihm ins Bett zu gehen, gegen ihn wehrte, weil sie sich nicht als rechtmäßig verheiratet betrachtete und sich ihm – und folglich Gott – kein bisschen verpflichtet fühlte?

Und würde sie, Samira, sich dann sagen – in einem Monat,

einem Jahr, wenn es nur noch eine Tochter gab, die sie in die Arme schließen konnte: *Das war der Moment, in dem ich es noch hätte verhindern können?*

Ihre Hände krallten sich so fest um den Wäschestapel, dass ihr vom Druck die Fingergelenke schmerzten.

Schon morgen würden die Planungen dafür anlaufen, dass die Hochzeit stattfinden konnte, sobald man irgend reisen durfte. Schon morgen würden alle es wissen – einschließlich Leila. Schon morgen würde es vielleicht egal sein, dass kein Weg mehr an der Heirat vorbeiführte. Denn schon morgen würde Leila anfangen, sich dagegen aufzulehnen.

Sei es durch die Hand ihres Vaters oder durch ihre eigene, mit dem morgigen Tag wäre Leilas Tod besiegelt.

Und alles nur wegen dieser Gerüchte. Dieses leeren Geredes. Weil auf einem Foto aus der Schule vom Valentinstag ganz im Hintergrund zu sehen war, wie ein anderes Mädchen Leila eine Rose gab. Woher wollte irgendjemand wissen, ob dahinter mehr stand als ein freundschaftlicher Austausch? Nur weil ihre Hände sich berührten? Wie konnte etwas so Kleines, Unscheinbares dazu führen, dass ihrer aller Leben zusammenbrach? Und doch …

Das ist der Moment, in dem es kein Zurück mehr geben wird, wenn ich nicht sofort etwas dagegen tue.

Ihr dröhnte der Kopf von dieser Erkenntnis, dann ebbten Grauen und Panik allmählich ab, und zurück blieb nur ihr Nachhall in einer tiefen Stille voll glasklarer Zielstrebigkeit.

Sie legte die Handtücher ins Regal im Bad, strich und zupfte sie so liebevoll glatt, als striche sie ihren Kindern vor dem Einschlafen übers Haar. Während ihre Hände so beschäftigt waren, flitzten ihre Gedanken von einer Idee zur nächsten. Ohne jede Panik. Tatsächlich fast ohne jegliche Gefühlsregung. Dafür war keine Zeit; es gab zu viel zu tun.

Leise stieg sie die Treppe hinunter und versuchte die Haustür zu öffnen. Es überraschte sie nicht, dass diese verschlossen war und der Schlüssel nicht wie gewohnt am Haken hing. Der Flur schien sich einen Moment lang ins Unendliche zu dehnen; dann, plötzlich, war alles wieder wie immer. Sie ging in die Küche zur Hintertür. Auch sie war verschlossen und der Schlüssel nicht wie üblich unter dem Topf Koriander auf der Fensterbank. Doch die schmale Seitentür in die Garage gab nach, als sie die Klinke drückte. Selbst im Dämmerlicht, das dort herrschte, sah sie sofort, dass die Fernbedienung für das Garagentor nicht an ihrem Platz im nächsten Regal lag. Dennoch tastete sie zur Sicherheit danach, spürte unter den Fingerspitzen das glatte Plastik der Flaschen mit Schimmel- und Fleckentferner, die scharfen Kanten einer verrosteten Mausefalle, den dicken Pappkarton mit Rattengift, dann die Flasche mit dem Rohrreiniger und die mit dem Bleichmittel.

Wieder kam ihr das Mädchen in den Sinn, das die Bleichmittelvergiftung überlebt hatte, nur um ermordet zu werden.

Das ist der Moment, in dem ich es noch verhindern kann. Jeder Weg aus dem Haus war versperrt. Zu versuchen, Yafir umzustimmen, würde ihn nur zu Gewalt provozieren, und sich zu wehren wäre mehr als zwecklos.

Mit Honig fängt man Fliegen, hatte sie einmal im Fernsehen gehört, und jetzt kam der Satz ihr wieder in den Sinn. Es gab herzlich wenig, worin sie den Ansprüchen ihres Mannes genügte, aber Kochen war eines dieser wenigen Dinge.

Bald darauf stand sie in der Küche, und die vertrauten Tätigkeiten des Schnippelns, Hackens und Reibens verdrängten erfolgreich den Gedanken daran, was ganz am Schluss auf sie wartete. In Töpfen und Pfannen zischte und blubberte es, sie rührte und würzte, der Duft von Knoblauch, Zwiebeln und Gewürzen breitete sich aus. Die blauen Flecken, die ihre

Arme unter den aufgerollten Ärmeln zierten, hätte man auf den ersten Blick beinahe für ein gemustertes langes Unterhemd halten können.

»Kannst du mal zuhören, Mum?« Neben ihr tauchte Leila auf. »Ich hab vorhin von Huma gehört, ihr Vater und die anderen Onkel überlegen schon, wo wir wohnen sollen, bis ich achtzehn bin und er mit einem Ehegattenvisum hierherkommen kann. Die sind nicht dabei, zu versuchen, jemanden für mich zu finden – das Ganze ist so gut wie im Kasten!«

Als Samira nicht aufsah, sondern einfach weiter rührte und rührte, gab Leila einen erstickten Laut von sich. »Du glaubst mir nicht, aber bald ist es zu spät –«

»Lass mich deinem Vater das Abendessen machen, dann …«

»Was dann? Ich lasse ihn mich doch nicht tatenlos mit irgendeinem Unbekannten verheiraten! Du weißt genau, was er mir antun wird, wenn ich nein sage, aber da mache ich einfach nicht mit!«

»Er wird dich nicht anrühren.«

»Ach, schau dir deine Arme an! Klar wirst du versuchen, mich zu beschützen, aber wenn ich dieser Heirat nicht zustimme, schaffst du das nie. Ich will nicht, dass dir was passiert – natürlich nicht! –, aber ich kann niemanden heiraten, den ich nicht … vor dem mir … Und wenn ich mich weigere, wird er dich nicht nur schlagen. Er wird dich *totschlagen*, und dann mich! Wir müssen abhauen. Wir müssen aus dem Haus raus und …«

Samira hob einen Topfdeckel an. Ein höchst aromatischer Dampf erfüllte die Küche. »Die Haustür und die Hintertür sind fest verschlossen. Die Schlüssel hat er«, sagte sie und rührte noch einmal um. Vom Löffel tropfte rote Sauce zurück in den Topf. »Und wohin könnten wir in diesem Lockdown schon gehen?« Sie schüttelte den Kopf. »Lass uns nur noch das Abendessen durchstehen, dann nimmst du Maryam mit nach oben, damit sie ihre Hausaufgaben macht, und ich kläre das mit deinem Vater.«

»Ach, dein Chicken Lahori kann auch keine Wunder bewirken.« Verzweifelt starrte Leila zu Boden.

»Wir werden sehen. Hol jetzt bitte deine Schwester und sorg dafür, dass sie sich die Hände wäscht.«

»Mum, bitte … Wir müssen nur hier rauskommen, wir können zur Polizei gehen, zur Frauenhilfe …«

»Wir essen jetzt zu Abend, Leila«, sagte Samira so schneidend wie das Blatt ihres Lieblingsmessers. Sie durfte sich durch Leilas Verzweiflung nicht aus dieser sanften, seltsamen Ruhe reißen lassen, die auf der Treppe über sie gekommen war. Im Moment war ihr Ziel einzig, dass ihren Kindern nichts zustieß. Dafür würde sie sorgen. Um jeden Preis.

»Und sag deinem Vater Bescheid«, befahl sie. »Dann komm wieder runter und hilf Maryam den Tisch decken. Wenn wir ihn jetzt vor dem Essen verärgern, wird das nur böse enden.«

Mit einem Schluchzer riss Leila sich los. Während die Schritte ihrer Tochter im Flur verklangen, wandte Samira sich dem vollgestopften Gewürzregal zu. Ganz hinten zwischen den Zimtstangen und der schwarzen Senfsaat stand die besondere Zutat, die sie aus der Garage eigens für die Portion ihres Mannes mitgebracht hatte.

Die Seite der Packung, die hervorschaute, war mit einem Totenschädel mit zwei gekreuzten Knochen bedruckt.

6.

DAS FENSTER ZUR STRASSE

»Rosemary! Ja, so ein Zufall«, strahle ich den kleinen Lorbeerbaum im Regal mit reduzierter Ware im Baumarkt an, klappe den Kindersitz im Einkaufswagen auf und stelle ihn darauf. »Petunia hat mich gefragt, ob ich ihr eine Freundin einladen könnte.«

Zu ›Feeling Good‹ aus der Lautsprecheranlage mitsummend schlendere ich den Gang mit dem Haustierzubehör entlang; dabei ziehe ich mein Handy heraus und schicke Charlie einen YouTube-Link zu dem Song.

»Man kann heute einfach alles online recherchieren, Rosemary. Wenn zum Beispiel ein verwesender Kadaver da ist, den man nicht wegbekommt, wie eine tote Maus in einem Spalt in der Wand, kann man den Gestank loswerden, indem man Katzenstreu reinkippt. Das entzieht dem Kadaver die Feuchtigkeit, und schwupps, hört er auf zu riechen. Genial!« Ich hieve eine Großpackung Katzenstreu in meinen Wagen, dann nach kurzem Nachdenken noch eine. »Essig und Natron helfen anscheinend auch, aber das haben wir beides zu Hause«, erkläre ich Rosemary, während wir an einem Zeitungsregal vorbeikommen. Die Schlagzeilen informieren mich freundlich: *Häusliche Gewalt erreicht im Lockdown ungeahnte Ausmaße!*

Wie viele Frauen standen heute Morgen wohl in der Küche

und wurden von ihren Männern am Handgelenk gepackt, als der Kessel zu pfeifen anfing?

Was auch weiter geschehen mag, so eine Frau werde ich nie wieder sein.

Im nächsten Gang sitzt ein vielleicht siebenjähriges Mädchen auf dem Boden und daddelt auf einem Handy. In der Nähe sehe ich niemanden, aber etwas entfernt steht eine Jugendliche in knallig lila Stiefeln, genau passend zu ihrem Hidschab – unverkennbar die ältere Schwester. Sie schaut gerade einen Schwung Duschvorhänge mit Fotomotiven von exotischen Orten durch: ein Dschungel, ein Strand, eine Höhle hinter einem Wasserfall.

»Und was soll ich dann sagen?«, zischt sie in das Handy, das sie sich dicht vor die Lippen hält. »›Oh, tut mir leid, Onkel Ayaan, mein Dad ist gerade total gefesselt von Bali‹?« Dann schaut sie sich verlegen um und zuckt zusammen, als sie mich bemerkt.

Ich schenke ihr das strahlendste Lächeln, das ich zustande bringe, in der Hoffnung, dass es sich in meinen Augen über der Maske niederschlägt. »Schönen Tag noch«, rufe ich ihr im Vorbeigehen fröhlich zu und werfe dabei verstohlen einen Blick in ihren Wagen. Ich wundere mich zwar, was eine vielleicht Siebzehnjährige mit Seil und Gaffertape will, bin aber erleichtert, dass auch sie zwei Großpackungen Katzenstreu darin hat. Ich hatte schon Sorge, dass meine beiden verdächtig wirken könnten, vor allem zusammen mit meinen anderen, ziemlich zusammengewürfelten Einkäufen, aber vielleicht sind in der Pandemie seltsame Einkaufskombinationen die neue Regel.

Irgendwie weckt die Zusammenstellung ein Déjà-vu in mir, aber bald lenkt mich die schiere Auswahl an Sägen ab. Wer konnte ahnen, dass es so viele Modelle gibt? Ich schaue auf die Etiketten, aber auf keinem steht etwas Hilfreiches wie »Ideal zum Zersägen von Leichen«. Nicht einmal ein kleiner Tipp wie »Für Holz und Knochen geeignet«.

Mit einem Seufzer nehme ich eine mit hölzernem Griff und einem Blatt, das so lang ist wie mein Arm. Nach kurzem Zögern lege ich noch eine kleine Bügelsäge dazu – und tausche im letzten Moment die mit dem blauen Griff gegen eine mit tiefrotem ein. »Damit man die«, ich schaue mich verstohlen um, »Rostflecken nicht so sieht.«

Und da aller guten Dinge drei sind, nehme ich noch eine weitere.

An der Kasse bin ich in Gedanken schon so bei der grässlichen Aufgabe, die vor mir liegt, dass ich erst, nachdem ich mich an einer der Klebemarkierungen auf dem Boden in die Schlange eingereiht habe, bemerke, dass das Mädchen mit den meinen so ähnlichen Einkäufen in der Nachbarschlange steht. Ausdruckslos starrt sie auf ihr Handy und fährt zusammen, als ihre kleine Schwester eine Packung Süßigkeiten in den Wagen wirft. Prompt nimmt sie sie wieder heraus.

Das Kind macht flehende, große Augen. »Das kriegt Dad doch gar nicht mit, wenn er in der Garage in Quarantäne bleibt. Bi-i-i-itte, Leila!«

Leila wendet sich wieder ihrem Handy zu.

»Eine bei mir in der Klasse hat gesagt, ihre Mum hat gesagt, dass jetzt das Ende der Welt anfängt«, fährt die kleine Schwester unbeeindruckt fort. »Dass zuerst die Pest kommt und dann der Hunger. Und wenn Hunger kommt, dann müssen wir vorher so viel Süßes essen, wie's nur geht!«

Leila hebt den Blick nicht vom Display.

»Das ist unfair!«, jammert ihre Schwester und tritt nach einem der Räder des Wagens. »Auuu!«, quiekt sie auf und hält sich den Fuß.

Leila zeigt darauf. »Weißt du noch, als du gefragt hattest, was ›sofortiges Karma‹ bedeutet? Genau das.«

Die Frau hinter mir räuspert sich vernehmlich. Ich bemerke, dass meine Kasse frei ist, eile schnell nach vorn und fange an, die Sachen aufs Band zu legen.

»Eine Plane wäre noch gut gewesen«, brummt die Kassiererin.

Fast lasse ich die Rolle Seil fallen, so ruckartig hebe ich den Kopf.

Mein Gesichtsausdruck lässt sie die Stirn runzeln. »Für unters Katzenklo, wenn Sie das Tier daran gewöhnen … Ist es ein Lockdown-Welpe? Oder ein Kätzchen?«

»Eine Katze!«, rufe ich hastig. »Ja! Ich kriege ein Kätzchen! Miezi!«

Die Frau schaut mich an, als wäre ich durchgeknallt.

Dann wandert meine Sägensammlung das Band entlang. »Die sind nicht für die Katze. Natürlich. Ha, ha«, sage ich fröhlich. Dann wird mir bewusst, dass ich das »ha, ha« auch laut ausgesprochen habe. »Das ist … die sind … für einen Busch«, stammle ich hastig. »Ich muss den schneiden. Trimmen.«

Die Kassiererin starrt noch immer die Sägen an. »Die meisten Leute nehmen dazu eine Heckenschere«, sagt sie schwach. »Wollen Sie eine? Ich könnte jemanden bitten, eine zu holen.«

»Ja! Eine Heckenschere. Wunderbar. Danke!«

Sie ruft eine Mitarbeiterin zu sich, mit einem Gesicht, als würde sie lieber nach einer Zwangsjacke schicken. »Und äh, brauchen Sie auch ein Katzenklo?«, fragt sie vorsichtig.

»Katzenklo?«

»Na, für die Katze.« Betont schaut sie die beiden Säcke Katzenstreu an.

»Oh, ja! Das heißt, nein. Danke. Das hab ich schon.«

Die Frau will die Sägen neben die Kasse legen, aber ich schnappe sie ihr vor der Nase weg und packe sie ein. »Die behalte ich zur Sicherheit trotzdem. Man kann nie wissen, ja? Und der Lockdown wird noch eine Weile dauern, wer weiß, was ich in der Zeit noch alles werkeln will.«

Als ich zwanzig Minuten später die Katzenstreu aus dem Auto hieve, zuckt wieder der Vorhang im Wohnzimmer des Hauses gegenüber. Ich greife in den Kofferraum, nehme vornübergebeugt die Tasche, aus der seitlich die Sägen ragen, und schaffe es mit Mühe, die Haustür so aufzuschließen, dass ich sie drinnen abstellen kann, ohne dass der Inhalt von der Straße aus zu sehen gewesen wäre.

Das wirft die Frage auf, wie ich Jim am Adlerblick der guten Edwina von gegenüber vorbeischleuse, der inoffiziellen Coronawachtmeisterin unserer Straße. Vielleicht muss ich davor so viel absonderliches Zeug anstellen, dass niemand sich etwas dabei denkt, wenn mein Leben als heimliche Witwe in die Leichenentsorgungsphase geht.

»Es gibt vielleicht keinen Menschen, den sie sich nicht vom ersten Moment an zum Feind gemacht hätte«, sage ich zu Rosemary, als ich sie vom Beifahrersitz nehme, wo ich sie die Fahrt über angeschnallt hatte, »aber blöd ist sie nicht. Leider. Wenn sie senil wäre, würde ihr keiner glauben, egal was sie beobachtet.«

Ich schiele noch einmal zu Edwinas dynamischen Vorhängen hinüber. Dabei erhasche ich aus den Augenwinkeln eine Bewegung auf der Straße.

Den Bürgersteig entlang trottet eine Frau, gebeugt unter dem Gewicht von vier vollgestopften Einkaufstaschen. Trotzdem weicht sie auf die Fahrbahn aus, als ihr zwei halbwüchsige Jungen entgegenkommen.

»Guten Tag«, grüßt sie freundlich.

Der eine zeigt ihr den Stinkefinger, der andere beachtet sie überhaupt nicht, weil er gerade die Verpackung eines Schokoriegels in eine Hecke wirft.

Ich seufze und nehme mir vor, den Müll aufzulesen, sobald ich die Einkäufe nach drinnen gebracht habe, aber die Frau ist bereits dabei, ihn aus den Zweigen zu fischen. Dann schlägt sie ihn in ein Taschentuch ein und steckt ihn in die Tasche.

Etwas an dieser Handlung zieht mir das Herz zusammen – ich habe diese Frau noch nie gesehen, und doch hätten wir in diesem Augenblick ein und dieselbe Person sein können.

Nach diesem Erlebnis kommt mir das Haus noch viel einsamer vor, als ich die Tür hinter mir schließe und zu Jim in die Küche gehe. *Wegen dieser Sache werde ich jetzt immer einsam sein*, denke ich, während ich meine neu erworbenen Sägen auf die Arbeitsfläche lege.

Bis heute war der Lockdown ein Desaster, der mein Leben in einen permanenten Albtraum verwandelte. Jetzt ist er eine Atempause – aber die wird nicht anhalten. Wenn die Welt wieder ihren normalen Gang geht, muss ich Jim ganz und gar losgeworden sein.

7.

DIE KUNST DES AUSTROCKNENS

»Irgendwelche Ideen?«, frage ich Rosemary und Petunia und starre auf Jim und die Plane neben ihm hinunter. »Am leichtesten wäre es wohl, ihn zu rollen, aber …«

Aber ich will nicht sehen müssen, was Grannys Bratpfanne mit seinem Schädel angestellt hat. Allein bei dem Gedanken daran rebelliert mein Magen. Andererseits kann ich ihn nicht lassen, wo er ist.

Ich ziehe ein Paar Gummihandschuhe über, bücke mich über seine Füße und hebe sie an – und kreische auf und pralle zurück, bestürzt, wie weich er sich anfühlt. Einen Moment lang erwarte ich fast, dass der Leichnam zerfließt wie in einem Horrorfilm. Als nichts passiert, wage ich mich wieder nach vorn und stupse sein Bein an.

»Ich dachte, du wärst bretthart«, erkläre ich ihm. »Setzt die Totenstarre erst später ein?« Ich schiele zu meinem Handy. »Noch was, was ich besser nicht googeln sollte. Tierkadaver schön und gut, aber es sollte sich besser kein Muster ergeben.«

Tief hole ich Luft, hebe noch einmal seine Beine an und lege sie auf die Plane. Dann nähere ich mich seiner Körpermitte. »Beim Heben den Rücken gerade halten«, ermahne ich mich und schaffe es mit einem Ächzen, seinen Unterkörper auf die Plane zu zerren. Zu guter Letzt postiere ich mich neben seine Schultern, schließe die Augen und hebe mit einem Ruck seinen Oberkörper an.

Etwas raschelt, und ich bin gezwungen, ein Auge zu öffnen und dann auch das andere. Jims über den Boden schleifende Stirn zerknittert die Kante der Plane.

Mit angeekeltem Wimmern hebe ich seine Schultern so hoch, dass der Kopf frei baumelt, und lasse ihn mit dem Gesicht nach unten auf die Plane sinken. Die ganze Prozedur wiederhole ich noch dreimal, bis der ganze Körper einen guten Meter vom Rand entfernt liegt.

Beim Anblick der Pfütze, wo sein Kopf lag, muss ich beinahe würgen. Aber ich reiße mich zusammen, nehme das bereitgestellte Wischtuch und den Kraftreiniger und mache mich an die Arbeit. Die Fugen schrubbe ich mit Jims Zahnbürste aus, bis nichts mehr darauf hinweist, dass hier ein Missgeschick passiert ist. Also, abgesehen von der Leiche auf der Plane.

Danach lege ich Wischtuch, Zahnbürste und Gummihandschuhe neben Jims Füße und genehmige mir ein großes Glas Kochsherry und fast ein ganzes Stück Brie.

»Irgendwie muss ich den Alkohol ja aufsaugen«, erkläre ich Rosemary und Petunia, die es klugerweise vorziehen, zu schweigen.

Als Nächstes schiebe und zerre ich mit aller Mühe die beiden Säcke Katzenstreu neben die Plane und gehe dem ersten mit einem Küchenmesser zu Leibe. Im Plastik entsteht ein gezackter Riss.

Ich tauche einen Messbecher in die Körner, halte ihn über Jims Füße … und erstarre.

Sobald die Katzenstreu ihn berührt, gibt es wirklich kein Zurück mehr. Dann wird die Polizei mir nie im Leben mehr abnehmen, dass es ein Unfall oder Selbstschutz war. Dass ich so lange gezögert habe, sie zu holen, sähe schon nicht gut aus, aber noch ginge es. Falls ich es täte.

Ich schaue zum Telefon hinüber, dann wieder auf den Messbecher in meiner Hand.

Hätte Jim mich umgebracht, wenn ich ihm nicht die Bratpfanne über den Schädel gezogen hätte? Hätte ich vielleicht die Polizei rufen sollen, schon als ich erkannte, wie schrecklich es im Lockdown noch werden würde? Wenn ich sie nun gerufen hätte, gleich nachdem Amy ausgezogen war? Oder wenn ich schon vor Jahren gegangen wäre? Die Kinder geschnappt hätte, und tschüs … oder ihn erst gar nicht geheiratet hätte?

Aber ohne Jim gäbe es weder Charlie noch Amy.

Ich starre auf ihren toten Vater hinunter. Wie ist das miteinander zu vereinbaren – meine Liebe zu ihnen und was ich getan habe? Oder ist es unmöglich? Aber es zu ändern ist ebenfalls unmöglich, und alles ist besser, als dass die beiden herausfinden müssen, was ihre Eltern für Menschen sind. Das hier ist meine einzige Möglichkeit, sie davor zu bewahren.

Ich lasse mich von der Woge des Surrealen davontragen und hebe wieder den Messbecher.

Tu's schon, rede ich mir zu. *Du hast sowieso keine andere Wahl, also kipp endlich die Katzenstreu über deinem toten Mann aus.*

Mir entschlüpft ein Schnauben, dann ein Auflachen. Tja, sieht so aus, als rutschte Alice gerade unaufhaltsam ins Kaninchenloch, aber wenn es nötig ist, dass ich ein bisschen irre werde, damit ich das Notwendige tun kann, dann sei's drum.

»Prost, mein Lieber«, sage ich und leere den Messbecher über Jims Füße.

Eine Staubwolke steigt auf, und ich stolpere zur Hintertür und lüfte erst einmal. Als sie sich verzogen hat, schnalle ich mir eine Maske um und dekantiere systematisch die Streu über Jims Fußknöchel, Waden, Knie und Schenkel, ganz langsam und vorsichtig. Als der Sack halb leer ist, nehme ich ihn wankend auf die Arme und lasse den Rest in einem steten Strom über seinen Po, Rücken und schließlich den Kopf rieseln.

Das Gleiche wiederhole ich mit dem zweiten Sack, dann entledige ich mich des zweiten Paars Handschuhe, gehe zum Vorratsschrank, hole alles an Reis und Salz heraus, was darin ist, und streue es obendrauf. Wenn Reis bei nass gewordenen Handys helfen soll, muss er eine ähnliche Wirkung haben wie Katzenstreu. Und das Salz hält hoffentlich das Ungeziefer fern.

»Wie bei unserer Hochzeit!«, merke ich an, während ich meinen Mann mit Reis bestreue. »Nur dass die Ehehölle schon hinter uns liegt.«

Mit diesem erfreulichen Gedanken schlage ich das kürzere Ende der Plane über Jims Rücken, dann knie ich mich neben seine Leiche, eine Hand an seiner Schulter und die andere an der mir zugewandten Seite seiner Hüfte. Damit die Katzenstreu und der Reis ihre Wirkung tun können, muss ich Jim hübsch luftdicht verpacken. Und sollte beides nicht wie gewünscht wirken, ist es umso wichtiger, dafür zu sorgen, dass es nicht stinkt und … nichts austritt.

Ich taumle zum Spülbecken und klatsche mir kaltes Wasser in den Nacken, bis die Übelkeit vergeht. Ich kann nichts tun, als zu versuchen zu verdrängen, was bald im Innern dieser Plane mit Jim passieren wird. Meinem Ehemann. Dem Vater meiner Kinder. Der gestern noch lebte und heute tot ist, weil ich ihn getötet habe, und jetzt gleich eingewickelt wird wie das scheußlichste Geschenk der Welt.

Ich konzentriere mich ganz auf das Anstehende.

»Kein schlechtes Krafttraining«, keuche ich, während ich Jim weit genug auf die Seite wuchte, dass er Übergewicht bekommt und auf den Rücken fällt, schön mit der Plane drumherum, sodass ich die gruseligen Details nicht zu Gesicht bekommen muss.

Einige Umdrehungen später ist Jim ein hübsches kompaktes Paket, fest mit dem Seil umwunden und jede Kante gut mit Gaffertape verschlossen. Ich hole mir ein Glas Wein und massiere mir mit dem Handrücken das Auge, um die Bilder, Geräusche und sonstigen Eindrücke aus dem Kopf zu bekommen, bevor sie zu Erinnerungen werden können.

Dann ziehe ich mir meinen Einkaufs-Notizblock heran und schlage eine neue Seite auf.

Jim entsorgen, schreibe ich ganz oben hin und unterstreiche es. Dann darunter:

1. Einwickeln und trocknen lassen. Daneben kommt ein großes Häkchen.

Mein Kopf wummert, also massiere ich mir auch das andere Auge. Es hilft nichts.

2. Gefäße mit Essig und Natron aufstellen. Noch ein Häkchen. Ich quäle mich auf die Füße, hole eine Suppenschale, gieße etwas Essig hinein und stelle sie neben Jims Kopf wie eine Opfergabe. Dann hole ich die offene Packung Natron aus dem Kühlschrank und stelle sie neben seine Füße.

3. Entsorgungsort finden.

Hier muss das Häkchen warten. Ich habe keine Ahnung, wohin ich ihn verschwinden lassen soll – und ob ich überhaupt in der Lage wäre, ihn dorthin zu schleppen.

»Aber da fällt mir schon was ein«, sage ich trotzig zu Rosemary und Petunia. »Ja?«

Sie schenken mir ein langes, langes Schweigen.

8.

SCHWEIGEN IM WALDE

Zwei Stunden später bin ich um massenhaft durchgestrichene Notizen und genau null Ideen reicher.

»Wenn ich dich nicht im Garten vergraben kann, wo sonst kriege ich dich tief genug unter die Erde, dass dich nicht gleich wieder ein Hund oder Fuchs ausbuddelt? Es muss irgendwo sein, wo niemand merken wird, dass ich ein so großes Loch schaufle«, sage ich zu Jim, während ich zu Abend esse – als Hauptgang Eis und zum Dessert noch mehr Eis.

Als ich den leeren Eiskarton in den Papiermüll werfe, bleibt mein Blick an der zusammengefalteten Zeitung darin hängen. Die Titelseite zeigt ein paar freiwillige Totengräber, die auf einem Feld schwer am Schippen sind. Die Überschrift lautet: *Corona-Todesraten steigen – Bestatter und Friedhöfe überfordert.*

Mein Blick geht zu Jim, dann wieder zurück zu der Zeitung. Momentan gibt es massenhaft frische Gräber. Würde es da bemerkt werden, wenn in einem einer zu viel läge? Wahrscheinlich. Aber wenn ich nun ein noch leeres Grab etwas weiter aushöbe, nur so, dass ich Jim hineinfallen lassen und wieder zudecken kann? Wenn dann darüber der eigentliche … ähm … Einlieger kommt, wird man ihn nie finden.

Ich schreibe den Gedanken auf und male dann schwungvoll einen Kringel darum.

Obwohl ich so müde bin, dass ich schon anfange zu schielen, mummle ich mich in Jims Mantel und seine Mütze und spaziere zum hiesigen Friedhof, um das Terrain zu sichten. Zweimal an einem Tag das Haus zu verlassen, selbst jetzt, mitten in der Nacht, ist angesichts des Lockdowns riskant, aber noch riskanter ist es wohl, Jim auch nur eine Minute länger als unbedingt nötig in meiner Küche liegen zu lassen.

Ich schlüpfe durch das alte überdachte Friedhofstor und nehme den schmalen Weg zwischen den ältesten Grabsteinen hindurch, verliere aber bald den Mut, als ich feststelle, wie weit es bis zu den neueren Gräbern ist. So weit kann ich Jim unmöglich schleppen oder ziehen. Könnte ich ihn in einer Schubkarre herbringen?

Plötzlich fällt Licht auf mein Gesicht; ich kann gerade noch einen Schrei unterdrücken und wirble herum. Vor mir sehe ich das Pfarrhaus. Aus dem Fenster fällt goldenes Licht auf die sich gerade öffnende Magnolie neben der Mauer zwischen Garten und Friedhof.

Genau dieses Fenster öffnet sich, und eine Stimme ruft: »Brauchen Sie Trost? Wir sind gern für Sie da!«

Verpisst euch!, gibt die Stimme in meinem Kopf zurück, aber ich kann die Lippen noch zusammenpressen, bevor mir die Worte entschlüpfen können. Ist ja eigentlich ein nettes Angebot, wenn man nicht gerade mit halb garen Leichenentsorgungsabsichten unterwegs ist.

»Alles gut, danke! Ich will mich nur ein bisschen bewegen«, rufe ich so fröhlich wie möglich zurück, statt ausgiebig zu fluchen, wonach mir eigentlich ist. »Tut mir leid, dass ich Sie gestört habe!«

»Dann machen Sie's noch gut!«

Ja, denke ich. *Ja, genau das habe ich vor.*

»Porca miseria!«, murmele ich halblaut, während ich mich

verkrümele. Keine Ahnung, was das bedeutet; Janey brachte es mir bei, nachdem sie mit ihren Eltern Urlaub in Italien gemacht hatte, als wir vielleicht zehn waren.

Janey, sagt das Ziehen in meiner Brust.

Ob sie sich auch noch daran erinnert? Wie wir kichernd auf der Mauer um den Spielplatz saßen. Wahrscheinlich nicht; nicht einmal dann, wenn wir noch befreundet wären. Für sie war dieser Moment nichts Besonderes, aber mir war es bei ihrer Rückkehr, als wäre die Welt plötzlich wieder hell, nachdem ich zwei graue Wochen lang allein durch die Wälder gestreift war, um dem abwechselnden Schweigen und Geschrei zu Hause zu entfliehen.

Die Nachtluft ist warm und schwer von Maiblütenduft. In der Stille – kein Mensch ist unterwegs, nur von fern ist ab und zu ein Auto zu hören – fühle ich mich seltsam geborgen, obwohl schon nach Mitternacht ist und ich nun mutterseelenallein vom Friedhof auf die Straße und von dort aus in den Wald husche. Immer tiefer dringe ich in den Schatten unter den Bäumen ein; Mondlicht fällt durch die knospenden Zweige und macht den Boden zu einem verspielten Gitterwerk.

Ich stolpere über Wurzeln, und Dornen reißen mir die Kleider auf. Keine freundliche Dryade erscheint und zeigt mir einen längst vergessenen Brunnen oder Minenschacht, nicht einmal einen netten leeren Tierbau, in den ein Mensch hineinpasst.

Dreckig, zerkratzt und so müde, dass ich mich an den nächsten Baum lehnen und einschlafen könnte, gebe ich schließlich auf und drehe um. Hier finde ich keine Lösung für mein Problem.

Als ich ein paar Straßen von meiner entfernt um die Ecke biege, falle ich prompt über eine umgestürzte Biotonne auf dem Bürgersteig vor einer Garage. Aus der Dunkelheit dahinter funkeln mich zwei leuchtende Augen an.

Hastig krabble ich rückwärts und komme wieder auf die Füße, aber nichts springt mich an. Aus den Schatten löst sich ein zierlicher junger Fuchs mit einem Hühnerkadaver im Maul und schnürt davon.

In der Nähe steht unter einem dünnen, nach vorne geneigten Baum eine hölzerne Bank. Ich sinke darauf – und zucke zusammen, als etwas neben mich springt.

»Mau?«, begrüßt mich eine grünäugige Katze und reibt hoffnungsvoll die Schnauze an meinem Ärmel.

»Glaubst du vielleicht, ich streichle dich, nachdem du mir fast einen Herzinfarkt verpasst hast?« Doch automatisch streckt sich meine Hand aus und streicht der Katze über den Rücken. Sie stemmt sich wohlig dagegen und schnurrt so laut und heiser, dass ich mich an Jims elektrischen Rasierapparat erinnert fühle. Wobei dieses Geräusch eher etwas Bedrohliches hatte. Ich fand immer, es klang ein bisschen wie Wespen; wie deren tiefes Summen plötzlich scharf und nahe klingt, egal wie vorsichtig man geht, wie still man sich verhält; wie diese ganz gewöhnlichen Morgen, die plötzlich wegen eines einzigen falschen Worts, des falschen Tonfalls oder weil man die Tasse am falschen Platz abstellte, zu stechendem Schmerz und blauen Flecken wurden, *was sollte das, hä? Du dumme …*

Wenn Jim eine Wespe ist, rufe ich mir in Erinnerung, dann eine tote Wespe.

Das einzige Problem ist und bleibt, wie ich die Leiche loswerde. In einem Stück werde ich ihn nicht ungesehen aus dem Haus bekommen, ganz zu schweigen von einem illegalen Grab. Das ist schlicht und einfach unmöglich.

»Ich muss ihn wohl tatsächlich zersägen, oder?« Ich dachte,

die Worte würden mir im Hals stecken bleiben, aber sie kommen ganz glatt und ruhig heraus.

Die Katze schielt mich verächtlich an und stößt den Kopf in meine Hand, um ihr Recht auf weitere Streicheleinheiten einzufordern. Die Welt dreht sich weiter, ohne dass ein Blitz vom Himmel schießt und mich erschlägt. Was vor mir liegt, wird nicht gerade Spaß machen, aber ich werde es überleben.

»Wird auch nicht schlimmer sein als mit ihm leben zu müssen«, sage ich zu der Katze.

Dann fällt mein Blick auf die Biotonne. »Kompostierbar wäre er ja, selbst nach Entzug der Flüssigkeit«, sage ich nachdenklich, »aber um da reinzupassen, müsste ich ihn nun wirklich sehr klein schneiden. Und mit diesen dünnen Biomülltüten …«

Die Katze dreht ruckartig den Kopf unter meiner Hand weg und späht gespannt in die Dunkelheit.

»Ja? Was schlägst du vor?«

Sie springt von der Bank und verschwindet. Im nächsten Moment findet im Gebüsch ein Scharmützel statt. Etwas quiekt hoch und schmerzvoll. Dann kommt die Katze wieder heraus; aus ihrem Maul hängt schlaff eine Feldmaus. Sie schaut mich an, als erwartete sie, dass ich ihr Vorwürfe mache.

»Ich bin nicht gerade die Richtige, um dich auszuschimpfen. Aber nein – Jim aufessen? Vergiss es. Trotzdem danke für die Mühe.«

Während die Katze sich hinhockt und anfängt, ekelhaft knackende Geräusche von sich zu geben, mache ich mich auf den Heimweg, aber ich bin kaum um die nächste Ecke gebogen, da lässt mich etwas anderes zum Stehen kommen. Einen Moment lang kann ich nicht so recht einordnen, was meine Aufmerksamkeit erregt hat. Dann höre ich es wieder: einen Schluchzer, der rasch erstickt wird.

Ich strenge meine Ohren an und erhasche von links schwere Atemzüge. Leise nähere ich mich dem entsprechenden Gartenzaun und drücke ein Auge an ein Loch.

Im Garten dahinter steht eine Frau, das Gesicht zum Himmel erhoben. Ihre Augen kann ich nicht sehen, aber im Mondlicht treten die Konturen ihrer Stirn, Wange und ihres Kiefers klar hervor. Ihre dunkle Haut strahlt förmlich Wärme in die Nacht ab, während meine eigenen, in Augenhöhe um einen Zaunpfahl gekrallten Finger fast grünlich erscheinen.

Man hört eine Tür gehen, und die Terrassenbeleuchtung flammt auf und badet die Frau in Helligkeit. In der Sekunde, bevor sie sich umdreht, kann ich die Seite ihres Gesichts sehen, die bisher im Schatten lag, und erkenne schlagartig, dass daran etwas nicht stimmt. Das eine Auge ist kleiner als das andere, das Lid geschwollen und …

Mich durchzuckt etwas zugleich Vertrautes und Unvertrautes. Ich kenne nur blaugrüne Blutergüsse, die mit elfenbeinfarbenem Make-up übertüncht werden. Bei dieser Frau schimmert etwas Rötlich-Violettes unter dem dunkelbraunen Grundton durch.

Im Haus brüllt jemand etwas. Die Drohung darin macht klar, dass der Bluterguss kein Unfall war.

Die Frau eilt den Gartenweg entlang zurück.

Mir pocht das Herz bis zum Hals. Soll ich ihr etwas zurufen? Nur was?

Angespannt warte ich, ob aus dem Haus etwas zu hören ist, was auf Gewalt hindeutet, aber nur die Terrassenbeleuchtung wird ausgeschaltet. Alles bleibt still. Widerstrebend gehe ich nach Hause.

Beim Öffnen der Haustür sehe ich den Vorhang in Edwinas Fenster leicht hin- und herschwingen.

9.

TRAUTES HEIM

Ein paar Straßen entfernt zog Ruth die Schlafzimmervorhänge vor den dunklen Garten und wünschte, sie hätte es gewagt, wieder nach draußen in den Schutz der Dunkelheit zu fliehen. Doch jetzt, da ihr Mann sie hereingerufen hatte, musste sie drinbleiben.

Lionel riss den Schrank auf und warf einen frischen Pyjama aufs Bett. »Was macht das Auge?«, fragte er schroff.

»Schon besser«, heuchelte sie und lächelte ihm über die Schulter mit der nicht verunstalteten Seite ihres Gesichts zu.

»Hätte nur nicht gedacht, dass du schon wieder davon anfängst, ja. Nicht genau jetzt. Wo du doch weißt, dass ich mich gerade mit dem Scheiß-Finanzamt herumgeschlagen habe und …« Er packte ein Kissen, klopfte es zurecht, warf es aufs Bett und schnappte sich das nächste.

»Ich dachte, es würde vielleicht helfen, wieder zwei Einkommen zu haben.«

»Danke auch fürs Vertrauensvotum. Seit zehn Jahren sorge ich jetzt für dich, und du hörst einfach nicht auf damit, nicht mal in dieser Pandemie.«

»Lionel …« Ruth wandte sich vom Fenster ab und legte flehend die Hände über seine, als er das nächste Kissen packte. »Du weißt, dass es das nicht ist. Im Moment werden Krankenschwestern verzweifelt gesucht.« Auch sie klang verzweifelt. »Ich kann es nicht ertragen, dass ich die nötige Qualifikation habe und trotzdem zu Hause rumsitze.«

Ihr Mann streifte sie ab und nahm sich die Bettdecke vor. Seufzend stellte Ruth sich auf der anderen Seite auf, und gemeinsam hoben sie sie an und schüttelten sie, Lionel so heftig, dass er ihr die Zipfel aus den Händen riss.

»Ich glaub's nicht – willst du mir jetzt auch noch ein schlechtes Gewissen einreden? Damit wir am Ende als Fallzahlen in den Medien landen, oder was? Du hast es doch gehört: Nichtweiße haben ein doppelt so hohes Risiko, zu sterben. Ja, geh genau dorthin, wo man sich garantiert Corona holt! Deine ach so selige Mutter wäre so stolz auf dich, dass du deinen Mann umbringst und dich selber dazu –«

»Sie würde wollen, dass ich helfe«, flehte Ruth. »Ich kann doch absolut vorsichtig sein – nach dem Nachhausekommen sofort duschen, meine Tasche und Mantel im Hausflur lassen und meine übrigen Kleider in die Waschmaschine stecken. Ich könnte sogar auf dem Sofa schlafen, dann …«

Lionel verschränkte die Arme vor der Brust, sodass seine Muskeln bedrohlich hervortraten. »Ach, ich soll mir die Pest einfangen *und* meine Frau nicht mehr im Bett haben? Soll das vielleicht eine Ausrede sein, damit ich dich nicht mehr anrühre?« Er kam näher. »Du spielst schon eine ganze Weile solche Spielchen, langsam reicht's mir –«

Da sie bereits die Folgen der letzten Weigerung an sich trug, streckte Ruth ihm gegen jeden ihrer Instinkte die Arme entgegen. »Natürlich nicht!« Sanft legte sie die Hand an seine Wange und trat dicht an ihn heran. »Ich meinte nur, wenn du dir Sorgen wegen der Viren machst …«

»Wenn ich mir Sorgen wegen der Viren mache, bleibt mein Bett kalt? Nette Erpressung.«

»So hab ich es nicht gemeint, das weißt du doch! Du verdrehst mir wieder die –«

Er stieß sie so grob von sich, dass sie gegen die Kommode taumelte und sich die empfindliche Innenseite des Unterarms aufschürfte. »*Ich* verdrehe dir die Worte im Mund?« Seine Augen verengten sich. »Worum geht's dir dabei wirklich, von wegen ›zweites Einkommen‹? Warum redest du mir ein schlechtes Gewissen ein, weil wir letzten Monat ein bisschen knapsen mussten? Was ist da im Busch, hä?«

Er marschierte auf sie zu, drängte sie an die Wand und beugte sich vor, um sie aus nächster Nähe anzustarren. »Dahinter steckt doch dieses Weib aus dem Krankenhaus, die Fette mit den roten Kringellocken. Die sich ständig in alles einmischt und dich hierhin und dorthin einlädt und versucht, dich bis spät in die Nacht zum Wegbleiben zu überreden wie die letzte Hure.«

»Das war doch nur ein Abendessen mit ein paar Leuten, und es ist *Wochen* her, lange vor dem Lockdown, deswegen kannst du doch nicht immer noch –«

»Ein paar Leute? Aha?«, fuhr er dazwischen.

Sie wandte das Gesicht ab, weil er sie mit Speichel besprühte.

»Also nicht nur ›die Mädels‹? War dein toller Boss von damals dabei?«

Ruths Augen weiteten sich. »Du weißt genau, dass ich dich nie betrügen würde.« Sie bezwang ihre Angst und ihren Widerwillen und berührte ihn sacht. »Da brauchst du dir wirklich keine Sorgen zu machen.«

Obwohl sie Tränen in den Augen hatte und ihre Stimme bei diesen Worten brach, presste er den Mund auf ihren in einem Kuss, der zunehmend heftiger wurde, als wäre sie erregt und willig. Sie erhaschte im Spiegel ihren Blick, während er an den

Knöpfen ihrer Bluse herumzufummeln begann, und hörte sich aufschluchzen beim Anblick der tiefen Verzweiflung, die sie darin erblickte.

Lionel lachte, leise und lustvoll, als keuchte sie vor Begehren, statt zu weinen. Es klang fast wahnsinnig. Ihm musste doch klar sein … Aber was konnte sie tun, außer so zu tun als ob? Und war es daher nicht ihre eigene Schuld?

Ihr Blick richtete sich von ihrem Spiegelbild auf seines, und alles kam ihr wie Wahnsinn vor. Denn das konnte nicht sie sein oder er; es konnte schlicht nicht real sein. Sondern etwas, was nur da drüben passierte, im Spiegel.

Oh, wie gern sie der Frau im Spiegel helfen würde. Sie war nie jemand gewesen, die vor der Not anderer die Augen verschloss; die dastand und nichts unternahm. Und doch erstarrte sie jetzt, unfähig, sich zu bewegen, als hätte sie die Kontrolle über ihren Körper verloren oder wäre irgendwie aus ihm hinausgetreten. Sie musste in ihn zurückfinden, weil sie verhindern musste, was der Frau im Spiegel gerade widerfuhr. Doch sie wusste schon, es würde ihr nicht gelingen.

Die Verzweiflung hielt sie in ihrem Bann. Was brachte es schon, sich zu wehren, wenn man keine Chance hatte, zu gewinnen? Wenn es alles nur schlimmer machen würde?

Aber was, wenn es nicht noch schlimmer werden kann?, schienen die Augen der Frau im Spiegel zu fragen. *Was tust du, wenn es nichts mehr zu verlieren gibt?*

10.

HEUTE FÄNGT EIN NEUES LEBEN AN

Als ich beim Mittagessen zufällig mein Spiegelbild in der Ofentür sehe, muss ich innehalten und genauer hinschauen. Vielleicht ist es Wunschdenken, aber ich sehe jünger aus. Und ganz eindeutig sehr viel glücklicher. Ich schiele zu Jim hinunter, sehe dann wieder mein Spiegelbild an. Doch, merklich glücklicher, Leiche hin oder her.

»Wenn man mit Geld Kuchen kaufen kann und Kuchen eine Art Glück ist«, sinniere ich an Rosemary und Petunia gewandt, während ich ihnen aus der Karaffe zu trinken gebe, die Jims Eltern uns zur Hochzeit geschenkt haben und von der Jim bestimmte, dass sie nur zu Weihnachten zum Einsatz kommen durfte, »folgt daraus, dass ich noch viel mehr Kuchen brauche. Und Käse. Ich brauche allen Käse der Welt. Und nie, nie wieder auch nur eine verdammte Baked Bean«, füge ich hinzu und fange an, eine Einkaufsliste zu erstellen.

Kekse. Wein. Cracker. Wein. SCHOKOLADE. Das unterstreiche ich zweimal, um es auch ja nicht zu übersehen. Dann setze ich darüber einen Titel: *Liste zum Glücklichsein.*

»Vielleicht ist es gar nicht so ein Quatsch, dass ein kleiner Kaufrausch manchmal therapeutisch wirkt.« Ich streife mit den Fingern durch Rosemarys Blätter, sodass der schwere Duft die Luft erfüllt. »Aber dabei nur an Essen zu denken, greift vielleicht zu kurz.«

Neue Klamotten, schreibe ich und quetsche dann noch schräg zwischen die Worte ›*richtig schöne*‹.

Als Nächstes kommt *Karaokeanlage*. »In diesem Haus wird immer Musik sein«, erkläre ich Rosemary und Petunia. Und schenke dem Jim-Paket einen Blick. »Da musst du durch.«

Wie aufs Stichwort pingt mein Handy – eine Nachricht von Charlie. Einen Moment lang schwanke ich, dann muss ich daran denken, warum wir uns darauf beschränken, unsere Liebe durch Links zu Songs auszudrücken. Warum in diesem Haus immer nur dann gesungen, gelacht und getobt wurde, wenn Jim nicht da war.

Wann im Leben meiner Kinder wurde der ewige Kehrvers »Daddy hat Kopfschmerzen«, »Daddy ist heute sehr müde«, »Daddy braucht jetzt Ruhe und Frieden« einfach zu »Daddy ist da« – ohne dass etwas hinzugefügt werden musste? Ich weiß es nicht mehr. Viel zu früh. Ich erinnere mich, dass ich mir einredete, wie glücklich ich mich doch schätzen konnte, so rücksichtsvolle Kinder zu haben, aber ich wusste, normal war das nicht.

Und sie waren nicht etwa Jims wegen so leise, sondern meinetwegen. Heute ist mir das klar. Auch wenn Jim *sie* nie schlug, ja kaum jemals mit ihnen schimpfte, ich weiß, dass sie wussten, dass ich sie nicht aus bloßer Rücksicht auf ihren Vater ermahnte. Das allein hätte Charlie nicht vom Musikhören abgehalten oder Amy von ihrem umtriebigen Spielen und Plappern. Sie wussten, dass ich Angst hatte. Deshalb verhielten sie sich still, wenn ihr Vater zu Hause war, zogen die Türen sanft zu, schlichen auf Zehenspitzen die Treppe hinunter, als müssten sie das Haus selbst beschwichtigen.

Schon damals erkannte ich das, ließ es aber nicht tiefer in mich eindringen. Ich fixierte mich darauf, inwiefern ihre

Kindheit anders war als meine – ohne zu sehen, wie verdammt ähnlich sie ihr doch war.

Was hatten sie über Jim und mich gewusst? Gar nichts, würde ich mir gern einreden, aber irgendwie, eher »aus den Augenwinkeln«, ahnte ich schon immer, dass dem nicht so war. Den Beweis halte ich in der Hand – dass Charlie mir jeden Tag ein Lied schickt, weil ich mich nicht traue, ihn anzurufen, und er sich umgekehrt auch nicht.

»Warum hast du Angst, ihm zu sagen, dass er dein Handy in Ruhe lassen soll?«, hatte er gefragt, nachdem Jim und er sich zum zweiten Mal darüber gestritten hatten, dass Jim abnahm, wenn er mich anrief.

Ich lachte auf diese »ach komm schon«-Art auf. »Sieh das doch nicht so kritisch, Charlie. Ich *hab's* ihm schon gesagt, aber in diesem Lockdown ist ihm einfach so langweilig.«

»Warum hast du mich dann schon letztes Jahr gebeten, dich anzurufen, statt dir zu schreiben, damit ich keinen Streit mit Dad bekomme, weil er meine Posts liest? Das ist doch voll komisch, Mum, merkst du das wirklich nicht?«

»Ich weiß, dich stört's, Liebling, aber in jeder Familie passiert es mal, dass man aneinandergerät, weil die Eltern über ihre Kinder auf dem Laufenden sein wollen. Er fühlt sich nur ein bisschen ausgeschlossen.«

Damals hatte ich mir eingeredet, Charlie hätte das Thema fallen lassen, weil ich seine Besorgnis beschwichtigt hatte, aber hatte ich das wirklich geglaubt?

Ich tippe seinen neuen Song an, und die Küche füllt sich mit den ersten Akkorden von Kelly Clarksons ›Because of You‹.

Fast schalte ich gleich wieder ab, ziehe die Hand aber zurück. Bald wird das hier nicht mehr der einzige Kontakt zu meinem Sohn sein. Aber dazu darf ich mich nicht in der

Vergangenheit verlieren. Das kann ich später noch. Jetzt muss ich mir dessen bewusst bleiben, was auf dem Spiel steht, wenn ich keine Möglichkeit finde, Jim loszuwerden.

Ich wende mich wieder meiner *Liste zum Glücklichsein* zu und schreibe als nächsten Punkt: *Katze anschaffen, sobald Jim aus dem Weg ist.* Dann seufze ich und füge hinzu: *Ersatzzuhause für Katze suchen, falls ich in den Knast komme.*

Ich starre die Worte an, und plötzlich kommt mir die Musik misstönend und gruselig vor. Schließlich streiche ich die Zeile durch und ersetze sie durch eine schönere:

Nicht in den Knast kommen.

Zupf-zupf, machen die Vorhänge bei Edwina gegenüber, als ich zwei Stunden später mit Einkäufen beladen in meine Einfahrt stapfe. Sitzt sie da etwa tatsächlich Tag *und* Nacht? Oder ist sie gestorben und spukt da jetzt als ultraneugieriger Geist?

Nervös schiele ich zu dem Jim-Paket, während ich Eiscremepackungen in den Gefrierschrank stopfe, aber neben dem Brotkasten schwebt nicht etwa sein durchscheinendes Ebenbild. Dennoch kann ich nicht umhin, mich zu fragen, was Jim wohl für einen Geist abgäbe: einen fahlen kleinen Schemen, von dem beständig Katzenstreu rieselt, oder eine noch gewalttätigere und gefährlichere Schreckgestalt, als er im Leben war? Bei dieser Vorstellung umfasse ich, als das Wasser zu kochen anfängt, vorsichtshalber den Griff des Kessels, falls er seinen Inhalt plötzlich über meine Hand ergießen sollte wie von Jim geführt. Ich schließe die Augen, weil ich eine Vision habe, wie Jim sich vor mir aufbaut, mich gegen die Arbeitsfläche drückt, mich mit klauenartigen Geisterhänden packt …

Mit aller Macht schiebe ich das Bild beiseite und rufe mir

stattdessen in Erinnerung, wie Janey und ich an einem regnerischen Nachmittag auf ihrem Bett lagen, uns gegenseitig beibrachten, französische Zöpfe zu flechten, und sie sich spontan Gruselgeschichten ausdachte. Einen Moment lang lächle ich in der Erinnerung, wie sich ihre Hände in meinem Haar anfühlten und wie warm es unter der handgestrickten Decke war, während der Regen an ihr Fenster prasselte.

Im nächsten Moment wird die behagliche Erinnerung davongespült von einer Sturzflut aus Trauer darüber, wie viel Zeit und Streit zwischen damals und jetzt liegt. Warum nur musste ich meine beste Freundin verlieren, wo Jim jetzt tot ist?

Janey, sagt mein Herz.

Mein Blick wandert zum Telefon. Meinen Facebook-Account habe ich schon vor Jahren deaktiviert, damit Jim nicht in Versuchung käme, »um meinetwillen« mit meinen Freunden dort zu kommunizieren.

Was macht Janey wohl heute? Wie verbringt sie den Lockdown? Unsere letzte Begegnung war beim Begräbnis meiner Mutter vor fünf Jahren. Ich hoffte, dieses Ereignis würde wieder eine Verbindung zwischen uns schaffen – wie damals Dads Begräbnis –, aber die Verlegenheit und Sprachlosigkeit zwischen uns schien unüberbrückbar. Als ich endlich den Mut gesammelt hatte, um sie anzusprechen, war sie schon gegangen, und das war's. Sie rief mich nie wieder an und ich sie ebenso wenig.

Mit den Kindern hält sie noch Kontakt, das weiß ich; sie schickt ihnen Geburtstagskarten und kleine Geschenke. Ich rede mir ein, dass sie das als Ersatz für den Kontakt zu mir tut, aber selbst wenn es ihr nur um Charlie und Amy geht, bin ich dankbar, dass die beiden sie nicht auch verloren haben.

Ich nehme das Telefon. Es fühlt sich kalt an.

Möglich, dass sie bereit ist, mit mir zu reden … oder aber nicht.

Unfähig, den Gedanken zu ertragen, lege ich das Telefon wieder hin und nehme den Desinfektionsreiniger aus der Einkaufstasche. Wenn man in Grübelstimmung ist (zum Guten oder zum Schlechten), geht doch nichts übers Kloputzen, um auf andere Gedanken zu kommen, daher mache ich mich nun genau daran.

Doch beim Schrubben und Scheuern geht mir weiterhin nur die Frage im Kopf herum, ob Janey noch immer nur wenige Kilometer entfernt wohnt. Wenn ich, nun, da Jim tot ist, einfach mal bei ihr vorbeifahren würde, sobald die Beschränkungen aufgehoben werden? Könnte ich es ertragen, wenn sie mir die Tür vor der Nase zuschlüge? Selbst nach fünf Jahren noch wühlt Janeys Name mich bis ins Innerste auf – an Jims Leiche hingegen bin ich heute zum Frühstückmachen vorbeigegangen, ohne mit der Wimper zu zucken. Vielleicht sollte ich deswegen Gewissensbisse haben, aber keine Spur. Sein Verlust fühlt sich einfach nur befreiend an. Und auch wenn ich noch nicht so weit bin, um mich ihr zu stellen: die Trauer, die ich Angst habe zuzulassen, gilt mitnichten ihm, sondern all dem, was er mir genommen hat.

Ich schiebe den Wirrwarr trüber Gedanken weg und gehe nach draußen, um die Wertstofftonnen reinzuholen. Die Räder bleiben beharrlich in jedem Riss und an jeder Kante des Bürgersteigs hängen. Gerade zerre ich die letzte auf ihren Platz am Rand der Einfahrt, da geht Edwinas Tür auf.

Ich ziehe den Kopf ein, als sie über die Straße auf mich zukommt. Ist ihr nur besonders langweilig, oder ist ihr aufgefallen, dass von Jim nichts mehr zu sehen ist, und sie hat eins und eins zusammengezählt?

Ich bin schon dabei, in Panik zu verfallen, da merke ich,

dass sie mich gar nicht ansteuert. Ich drehe mich um: Gerade steigt meine direkte Nachbarin aus dem Auto.

»Guten Tag, Nawar«, ruft Edwina ihr schon von Weitem zu, ganz die Schulleiterin im Ruhestand. »Ist alles in Ordnung bei Ihnen? Ich habe nur bemerkt, dass Sie schon heute Morgen unterwegs waren, und Sie wissen ja, wir dürfen nur *einmal* am Tag einkaufen und uns *eine* Stunde lang draußen bewegen.«

Auch wenn es mir leidtut, Nawar im Stich zu lassen, verkrümele ich mich eilig nach drinnen.

»Ja, ich weiß, es ist eine Menge Kuchen«, erkläre ich Petunias gelbem Gesichtchen, das etwas Missbilligendes annimmt, als ich die letzte Einkaufstasche auspacke. »Aber es gibt viel zu tun.«

Zum Beweis beuge ich mich wieder über meine *Liste zum Glücklichsein* und füge den Punkt hinzu, den ich als ersten hätte eintragen müssen: *Job suchen.*

Als ich das J male, durchbohrt die Spitze des Kulis fast das Blatt und wird beim b plötzlich blass, als wäre die Mine leer.

Ich weiß noch genau, wie ich Jim einmal eine Stellenanzeige in der Zeitung zeigte und er sie geradewegs in den Müll warf – »Mein Gott, Sally! Die Kinder sind doch noch viel zu klein!« Aber seine Meinung änderte sich auch nicht, als beide auf der weiterführenden Schule waren. Und ich? Ich heuchelte mir vor, es wäre mir egal, ich wäre zufrieden und hätte ein erfülltes Leben und sehnte mich nicht nach Unabhängigkeit oder Selbstverwirklichung oder anderen erwachsenen Menschen in meinem Leben, die mich aus anderer Perspektive kannten. Die mir hätten helfen können, mich selbst aus anderer Perspektive zu sehen.

Diese Heuchelei war der Grund, warum das mit Janey in die Brüche ging. Wahrscheinlich glaubte sie, ich hätte es immer noch nicht kapiert, aber im Gegenteil, das hatte ich von Anfang an. Sie dachte, wenn es ihr nur gelänge, den Zerrspiegel zu zerschmettern, den ich vor mein Leben hielt, dann würde ich in der Lage sein, mich loszureißen. Als das nichts nützte, zeigte sie mir, wie so etwas funktionierte, indem sie sich von *mir* losriss. Ich versuchte mir einzureden, sie täte es aus Grausamkeit, aber in Wahrheit konnte sie es nicht ertragen, mit anzusehen, wie meine Welt immer kleiner wurde und ich mich ebenfalls kleiner machte, um hineinzupassen. Natürlich erkannte ich das, weil ich es bei meiner eigenen Mutter erlebt hatte, aber ich war nicht bereit, nicht fähig, nicht gewillt … keine Ahnung, jedenfalls konnte ich einfach nicht gehen.

Ich schaue auf Jim hinab in der Erwartung, mich schwach zu fühlen, ausgelaugt von all den Jahren, die mich hierhergebracht haben. Aber nein. Ich fühle mich stark. Nicht auf diese großspurige, kühne Art, von der ich immer dachte, sie fehlte mir, sondern auf ruhige, unspektakuläre Weise.

Da ist sie, die Kraft, nach all diesen Jahren.

Wenn das hier vorbei und Jim endlich weg ist – nicht nur weg vom Fenster, sondern von diesem Küchenboden –, suche ich mir einen Job, und dann rufe ich meine beste Freundin an und sage ihr das. Und wenn sie nicht mit mir reden will, werde ich ihr schreiben. Selbst wenn sie mir nie zurückschreiben sollte – ich will, dass sie weiß, wie sehr ich sie liebe.

Jetzt brauche ich mehr Trost, als mir Kuchen geben kann, deshalb gehe ich nach oben und hole meine plüschigen Katzenpantoffeln, die Charlie mir einmal aus Spaß schenkte und die Jim so verabscheute, dass ich sie nie tragen durfte. Kaum trete ich damit wieder in die Küche, da verfängt sich mein Fuß an einer Ecke des Jim-Pakets, und ich stolpere gegen die Küchenzeile, als wollte er mich bestrafen.

»Hör endlich auf, mir blaue Flecken zu verpassen«, zische ich ihn an und widerstehe nur knapp dem Drang, nach ihm zu treten, wie er so oft nach mir.

Ich flüchte vor der neuen Woge von Erinnerungen in den Garten, doch die Bilder hängen mir vor Augen wie Spinnweben. Da flattert nur einen Meter entfernt ein Rotkehlchen auf den Rasen nieder und schaut mich mit schief gelegtem Köpfchen an, und mir wird bewusst, wie süß es nach Flieder duftet und dass die Sonne scheint – fahl und dunstig, aber sie scheint.

Ich bin noch nicht ganz überm Berg, aber ich hatte einen guten Vormittag, den besten seit langer Zeit. Ich habe meine Kleider danach ausgesucht, was *mir* gefällt. Ich habe gegessen, was *ich* wollte. Ich habe angefangen zu singen, wenn mich die Lust überkam. Und ich habe nicht eine Sekunde darüber nachdenken müssen, wie ich es anstellen kann, dass Jim mir heute nicht wehtut.

11.

ALL THE LONELY PEOPLE

Als ich aufbreche, um etwas frische Luft zu schnappen (und zu schauen, ob sich beim Spazierengehen nicht ein paar neue Entsorgungsideen auftun), steht zu meiner Überraschung Edwina neben dem kleinen Stück Brachland am Ende unserer Straße (einem Gewirr aus Dornenranken, Wicken und dürren, von allein gekeimten Bäumen).

»Na, genießen Sie Ihre Stunde draußen?«, ruft sie mir zu. »Was sagt denn Ihr Mann dazu, dass Sie so oft rausgehen?«

»Überhaupt nichts«, antworte ich ihr vollkommen wahrheitsgetreu. »Der kriegt das momentan kaum mit.«

Edwina kneift die Augen zusammen. »Ist nicht zu Beginn des Lockdowns immer er einkaufen gegangen? Wenn er Symptome hat, müssen Sie beide in Quarantäne, das wissen Sie. Und sich um Mitternacht hinauszustehlen ist auch keine Lösung, wenn er krank ist. Versuchen Sie nicht, es zu leugnen.« Sie droht mir mit dem Finger. »Ich habe mir heute Nacht ein Glas Wasser geholt, da habe ich ihn um die Ecke schleichen sehen.«

Die aufblitzende Wut darüber, dass sie mich tatsächlich gesehen hat, wird sofort gemildert durch die Erkenntnis, dass ich rein zufällig eine Methode gefunden habe, wie ich zweimal täglich rauskann – und dass Edwina nun Zeugin ist, dass »Jim« in der Nacht nach seinem Tod quicklebendig war.

»Jim hat überhaupt keine Symptome«, sage ich ihr wiederum völlig ehrlich. »Er ist nur gerade … er verkriecht sich ein bisschen in sich.« Mein Blick fällt auf einen Eimer, eine Pflanzschaufel und eine Heckenschere auf einem Stück sauber gejäteten Bodens um einen jungen Kirschbaum herum. Zwischen den Wurzeln schauen Triebe von Frühlingsblumen hervor. »Ich wusste gar nicht, dass Sie sich hier betätigen. Sind das Narzissen?«

»Weiße Narzissen und schwarze Gladiolen«, gibt sie von oben herab zurück. Dann verändert sich ihr Gesichtsausdruck, aber ehe ich ihn deuten kann, wendet sie sich dem Baum zu. »Jedes Jahr mache ich ein kleines Stückchen mehr frei und stecke ein paar Zwiebeln. Sieben Jahre sind es jetzt, dass ich mit der Kirsche und dem Winter-Eisenhut angefangen habe. Das ganze Grundstück schaffe ich nie, aber immerhin hat es nun ein farbiges Eckchen.«

Von der Seite sehe ich, wie ihr Blick sich auf eine Frau richtet, die sich mit einem Kinderwagen nähert. Die Augen der Frau weiten sich, als sie Edwina erkennt; sie zieht den Kopf ein und wechselt die Straßenseite.

Eine Sekunde lang wird Edwinas Blick trist, dann schnalzt sie kritisch mit den Lippen und wendet sich ab.

Dieser Gedanke ist mir noch nie gekommen, aber als Witwe muss sie im Lockdown noch einsamer sein als andere Leute. Hat sie sich die ganze Zeit überhaupt mit *irgendjemandem* unterhalten, abgesehen davon, mit Nachbarn zu schimpfen? Plötzlich bekommen all ihre Rügen und ihre Schnüffelei einen ganz anderen Beigeschmack. Und mit ihm kommt mir der Keim einer Idee. Und zwei neue Punkte für die Glücksliste: *Backen* und *Gärtnern.*

Als die Kinder klein waren, liebte ich es, Sachen zu pflanzen. Auf dem Bücherschrank steht ein Foto, auf dem Amy und Charlie von einer turmhohen Sonnenblume überragt werden. In einem Fotoalbum, das versteckt ganz hinten auf dem Brett über der Garderobe liegt, klebt ein fast identisches von Mum, Granny und mir. Ich hatte diese Tradition fortsetzen wollen, aber Jim beklagte sich, es wäre grausam von mir, den Garten mit Blumen vollzustopfen, wo er doch eine Pollenallergie hätte. Im nächsten Jahr säte ich nur wenige Blumen in ein paar Töpfe, im Jahr darauf nur noch die Sonnenblumen. Und als mich im folgenden Jahr die Kinder nicht mehr darauf ansprachen, machte ich mir vor, sie seien ohnehin zu groß und wollten das gar nicht mehr. Doch Charlie achtete darauf, dass die Karte, die sie mir zu jenem Muttertag schenkten, ein Motiv mit Sonnenblumen hatte. Und auch in jedem Jahr seither ist das so.

Plötzlich will ich nur noch nach Hause eilen und Charlie einen Strauß Sonnenblumen schicken lassen, aber natürlich geht das nicht. Damit würde ich praktisch in alle Welt hinausposaunen, dass etwas Einschneidendes passiert ist, und das Letzte, was ich brauchen kann, ist, dass er vorbeikommt, weil er sich fragt, was los ist. Immerhin könnte ich Samen bestellen, damit ich, wenn all das vorbei ist, die Tradition wiederaufleben lassen kann.

An den verlorenen Jahren ist nichts zu ändern, aber wenn ich jetzt neue Samen säe, vielleicht wird, wenn sie aufblühen, schon alles anders sein.

Eine Stunde später winke ich Edwina durch ihr Wohnzimmerfenster zu und stelle eine Dose frisch gebackenen Shortbreads auf ihrer Gartenmauer ab. Vielleicht muntert es sie etwas auf. Oder sie betrachtet es als Schwerverbrechen. Egal – wenn ich eine Leiche an ihr vorbeikriegen will, muss ich vorher *irgendwelche* Maßnahmen treffen.

Als ihre Tür aufgeht, mache ich mich eilig bereit, es ihr zu erklären, und wappne mich gegen den unvermeidlichen Anpfiff, aber sie nickt nur. »Vielen Dank, das ist aber nett«, sagt sie schroff. Ich versuche mir den Eindruck auszureden, dass es sie Mühe kostet, das auszusprechen, aber ihre Grimasse wirkt eher, als hätte sie in eine Zitrone gebissen, als wie der Versuch eines Lächelns. »Aber glauben Sie nur nicht, Sie könnten mich damit einwickeln und dann die Regeln brechen«, fügt sie streng hinzu.

»Tatsächlich war es eher so was wie ein Dank im Voraus«, sage ich. »Ich hatte mich gefragt, ob Sie mir ein paar Gartentipps geben könnten. Wenn ich schon zu Hause sitzen muss, wollte ich den hinteren Teil des Grundstücks ein bisschen aufpolieren, und ich dachte mir, vielleicht könnten Sie mich unterstützen, damit mir dabei nichts abkratzt.«

Bei den Worten zieht sich mir alles zusammen, aber Edwina denkt natürlich nur an eingegangene Pflanzen … In ihre listigen grauen Augen tritt ein eifriger Ausdruck. Unerwartet regt sich in mir Schuldbewusstsein. Vielleicht muss ich für meinen Plan, Edwina von meinen Leichenentsorgungsunternehmungen abzulenken, etwas Gesellschaft in Kauf nehmen. Wäre auch irgendwie nett, sich nützlich machen zu können.

Denn meine *Jim-entsorgen*-Liste mag notwendig sein und meine *Liste fürs Glücklichsein* etwas zum Freuen, aber ich brauche ein höheres, ein besseres Ziel. Mich mit Edwina anzufreunden ist da nur ein kleiner Anfang, aber nicht der schlechteste.

An diesem Abend im Bett versuche ich mir warme Gedanken darüber zu machen, wie ich unsere Nachbarschaft enger zusammenbringen kann. Vielleicht könnten wir für ein lokales Hilfsprojekt sammeln. Oder nach Ende des Lockdowns ein Straßenfest feiern. Ich male mir aus, wie wir Tische auf die

Straße tragen, wie Einweg-Tischtücher im Wind flattern, wie alle Vorgärten von Blumen überquellen. Doch als ich einschlafe, träume ich, wie der Wind auffrischt und an den Blumen zerrt, bis sämtliche Blütenblätter abreißen. Und dann die Tischtücher zerreißt und davonträgt und die Tische umwirft und über die Straße purzeln lässt, bis sie gegen Edwinas Kirschbaum geschleudert werden, sodass der zarte Stamm abknickt und die Zweige sich über die ganze Straße verteilen.

Und weiter weht der Wind, ich muss mich gegen ihn stemmen auf dem Weg die Straße entlang, bis ich abbiege und in der Straße stehe, wo ich aufgewachsen bin, als wären die beiden Orte zu einem verschmolzen. Und noch weiter gehe ich, biege ab und dann noch einmal, aber wohin ich auch blicke, alle Gartenzäune und -mauern sind bepflastert von Postern von jedem Kratzer, jedem blauen Fleck, die Jim mir je zugefügt hat.

In Panik will ich zurückgehen, aber meinen Weg blockiert eine Frau, die in den Himmel starrt. Blau-weiße Tränen rollen über die rötlich-violetten Blutergüsse unter ihrer Haut.

Mir steigt Verzweiflung in die Kehle.

Aufschluchzend erwache ich.

12.

DIE BESTEN HORROR-GUTENACHT-GESCHICHTEN FÜR DIE KLEINSTEN

Am anderen Ende des Orts fing eine sehr, sehr müde frischgebackene Mutter fast an zu weinen, als sie von dem schwachen Wimmern ihres Babys erwachte, das ahnen ließ, dass es bald in Geschrei ausarten würde. Allerdings war dies das kleinere Problem; noch während sie sich an den Bettrand wälzte und bereit machte, die warme Decke über ihren zerschlagenen Gliedern zurückzuschlagen, beförderte ihr Mann sie mit einem Tritt auf den Boden. »Bring den verdammten Schreihals raus«, knurrte er und zog sich das Kissen über den Kopf.

Die sehr, sehr müde frischgebackene Mutter stolperte zu dem Körbchen hinüber und nahm ihre Tochter auf. Der Schaukelstuhl in der Ecke winkte verlockend, aber sie wankte in den Flur hinaus und blieb schwankend auf dem Treppenabsatz stehen, bis die Schwerkraft sie übermannte und sie auf die oberste Stufe sank.

In der Schlafzimmertür erschien ein finsterer Schatten. »Was sitzt du da rum?«, schäumte ihr Mann. »Verpiss dich wenigstens nach unten!«

»Mir ist so schwindelig, ich komme die Treppe nicht runter«, flüsterte die sehr, sehr müde frischgebackene Mutter und drückte ihre Tochter schützend, von ihm abgewandt, an die Brust.

»Oh, geht doch zum Teufel, ihr beide«, knurrte er und knallte die Tür hinter sich zu.

Das Baby schrie nur noch lauter.

Die sehr, sehr müde Mutter versuchte es durch Schaukeln zu beruhigen, bewegte es zum Bäuerchen, prüfte, ob die Windel nass war, und bot ihm die Brust an.

»Bitte, meine Süße«, krächzte sie. »Bitte hör auf zu schreien. Daddy meint es nicht so. Er ist nur so schrecklich müde. Wir sind alle so schrecklich müde.«

Das Baby kümmerte sich natürlich kein bisschen darum und brüllte weiter.

»Wenigstens schreist du schön heftig, mein Liebling. Du jammerst nicht nur, du weißt, was du willst.« Ihre Stimme brach, und Tränen kullerten ihr über die Wangen. »So ein energisches kleines Mädchen braucht eine passende Gutenachtgeschichte. Wenn du dich beruhigst, erzähl ich dir was von Hexen und Geistern und Mord – den allerbesten Sachen des Lebens. Sagte zumindest meine beste Freundin, als ich ihr das hier erzählte.«

Die sehr, sehr müde frischgebackene Mutter schniefte; der Gedanke an ihre älteste Freundin – ebenso verloren für sie wie ihre demente Mutter – trieb ihr neue Tränen in die Augen. Keine der beiden hätte ihr jetzt helfen können, selbst wenn sie darum gebeten hätte. Nun, vielleicht musste sie nur noch ein bisschen durchhalten, dann würde alles wieder sein wie früher. Wenn sie nur die Zeit zurückdrehen könnte. Dann wäre alles wieder gut.

Sie waren so glücklich gewesen. Wirklich glücklich. Dann hatte er gesagt: »Lass uns ein Kind kriegen«, und sie hatte gedacht: Okay, jetzt oder nie, ich glaube, ich will es auch. Nur hatte sie gedacht, die Ehe, die sie fünf Jahre lang geführt hatten, würde dabei erhalten bleiben. Aber schon in den ersten zwei Monaten der Schwangerschaft war alles in die Brüche gegangen. Übelkeit und ständige Erschöpfung setzten fast sofort ein und zerschlugen die Hoffnung, sie könnten mindestens bis zum fünften Monat weiter Wochenendtrips machen und ihr reges Sozialleben aufrechterhalten. Die abgesagten Restaurant- und Theaterbesuche und Partyeinladungen waren schon schlimm genug; doch die Tatsache, dass ihre sexuelle Lust einem fast ständigen Brechreiz wich, verwandelte Keiths Frust in etwas Schlimmeres. Bald wurde ihr gereiztes Gekabbel zu lautstarkem Streit, aber sie redete sich ein, es wäre egal, dass ihr manchmal war, als könnten sie einander nicht einmal mehr ausstehen. Das würde wieder vergehen.

Nur wurde es im Gegenteil immer schlimmer … und plötzlich steigerte es sich zu etwas anderem. Sie sagte sich, auch das würde wieder vergehen. Nur der Stress des Vaterwerdens …

Aber der Stress des Vaterseins erwies sich als noch schlimmer. Und dann kam der Lockdown, und da war es, als hätte ein anderer sich die Haut ihres Mannes übergezogen. Eine Schreckgestalt aus ihren schlimmsten Gruselgeschichten.

»Wie konnte es nur dazu kommen?«, flüsterte sie. Die Worte verschmolzen mit der Dunkelheit.

Vielleicht wäre es leichter gewesen, wenn es etwas zu bereuen gegeben hätte, was sie in die Nacht hinausschreien konnte. Aber in ihr war lediglich Trauer über das Leben, das sie geglaubt hatte zu führen, mit dem Mann, mit dem sie sich verheiratet geglaubt hatte.

Sie schüttelte die Woge der Einsamkeit ab, lehnte sich an den Geländerpfosten, zog das Baby an sich und bot ihm wieder die Brust an. Das Kind klagte noch ein bisschen, fing aber nach etwas ungeschicktem Suchen an zu saugen.

»Na also«, flüsterte die sehr, sehr müde frischgebackene Mutter. »Und, liegst du bequem? Dann mal los. Die Geschichte handelt von einem Seemann, dem seine Liebste einen Korb gegeben hatte. Er versuchte sie zu vergessen, aber sie suchte ihn jede Nacht im Traum heim, bis er überzeugt war, dass sie ihn verhext hatte. Bald verbreitete sich diese Mär die ganze Küste entlang, und die Leute fingen an zu tuscheln, sie sei eine Hexe, die in stürmischen Nächten auf der Steilküste herumwanderte und Schiffen das Verderben brachte.«

Das Baby drehte sich von der Brustwarze weg und verzog das Gesicht.

»Umsteigen, ja?«, flüsterte die sehr, sehr müde frischgebackene Mutter und legte es an die andere Brust. »Na, was meinst du, was die abergläubischen Dörfler da machten?«, fuhr sie fort, als das Kind wieder saugte. »Eines Abends lauerten sie dem Mädchen auf dem Nachhauseweg auf, schleiften es an den Strand unter der Steilküste und ließen es dort liegen, damit die Flut es holte. Aber das Mädchen war klug und beherzt, und als das Wasser stieg, flüchtete es sich in die Höhlen, von denen die Küste durchzogen war. Allerdings stand es dort bald in völliger Finsternis, ohne einen Funken Licht oder Hoffnung.«

Durch das Fenster blickte die sehr, sehr müde frischgebackene Mutter zum Himmel auf, von dem die Sterne und ein wolkenverhangener, schwacher Mond auf sie hinabschienen.

»Aber fürchte dich niemals, meine kleine Süße, denn Frau Mond sieht alles, was in ihrem Reich geschieht, und als sie das mutige Mädchen bemerkte, lächelte sie auf es herab, und die Nacht wurde heller. Und tief in den Höhlen erhaschte das Mädchen das Glitzern von etwas Silbernem auf Wasser und folgte ihm zu einer verborgenen kleinen Bucht ein Stück weiter in der Steilküste. Zutiefst erleichtert sank sie auf den warmen, trockenen Sand. Da fiel plötzlich ein Schatten auf sie, und sie begriff, dass jemand hier auf sie gewartet hatte.«

Die sehr, sehr müde frischgebackene Mutter warf einen Blick auf die Schlafzimmertür, doch zwischen Tür und Rahmen drang kein Licht hervor. In der Dunkelheit dahinter herrschte Stille. Das weiche Bett dort lockte sie, aber sie wusste, die täuschend gemütliche Körperwärme ihres Mannes hielt nicht Trost für sie bereit, sondern Zorn, Schmerz und Elend.

13.

ALLES, WAS ZÄHLT

Obwohl ich mich dick in Grannys Umschlagtuch eingemummelt habe, schieben sich mir immer noch hartnäckig Bilder aus den Albträumen vor die Augen, die mich die halbe Nacht wach gehalten oder stündlich aus dem Schlaf haben aufschrecken lassen. Da ist die Türklingel eine willkommene Abwechslung. In der Annahme, dass es die Sonnenblumensamen oder das neue Kleid sind, die ich mir gestern bestellt habe, um mit meiner *Liste zum Glücklichsein* voranzukommen, eile ich lächelnd in den Flur.

Doch statt eines Päckchens steht vor der Tür ein Typ von einer Zählerablesefirma. Einige kostbare Sekunden gehen damit drauf, zu verarbeiten, dass da ein Mensch aus Fleisch und Blut steht und nicht ein Pappkarton, mich zu wundern, dass jemand mitten in der Pandemie die Zählerstände prüfen will, und mir darüber bewusst zu werden, dass ich, wenn ich ihn hereinlasse, spätestens heute Abend im Gefängnis sitzen werde.

»In der Küche, oder?« Er macht Anstalten, an mir vorbeizumarschieren, während ich wie erstarrt dastehe.

»Halt!«, kann ich gerade noch verzweifelt die Notbremse ziehen. »Sie haben keine Maske an!«

»Hab eine im Auto. Wenn es nötig ist?«

Über seine Schulter hinweg sehe ich, wie sich Edwinas Tür

öffnet. Mich durchflutet Erleichterung – ein kausaler Zusammenhang, den ich nie für möglich gehalten hätte.

»Es ist nötig«, sage ich wahrheitsgetreu. »Meine Nachbarin ist sehr streng mit den Regeln. Die würde Sie sonst garantiert melden …« Ich runzle die Stirn. »Dürfen Sie momentan denn überhaupt Zähler ablesen? Ist das nicht gegen die Coronaregeln?« Und ich ahme so gut wie möglich Edwinas hochgezogene Augenbraue und ihren Blick von oben herab nach. Was erstaunlich schwer ist bei jemandem, der größer ist als man selbst. Ich nehme mir vor, sie zu fragen, wie sie das hinkriegt. »Und überhaupt haben wir doch ein Smart Meter installieren lassen? Hat das nicht gerade den Sinn, dass keiner mehr kommen und die Zählerstände ablesen muss?«

»Im ersten halben Jahr muss da noch mal eine händische Ablesung erfolgen«, beharrt der Typ. »Ich könnte in zwei Wochen wiederkommen.«

Vielleicht ist das erstunken und erlogen, aber keine Ahnung, wie ich das nachprüfen könnte, jedenfalls nicht auf die Schnelle. Zwei Wochen Aufschub würden mir zwar Zeit verschaffen, um Jim verschwinden zu lassen, aber will ich wirklich ohne vernünftigen Grund einem Handwerker den Zutritt zum Haus verweigern? Würde das nicht verdächtig erscheinen, wenn später jemand Fragen stellt?

»Alles in Ordnung?«, ruft Edwina von ihrer Türschwelle aus herüber.

Wie schafft sie es, dass ihre Stimme so weit trägt, ohne dass sie schreien muss? Hat es was mit diesem wundersamen Von-oben-Herabschauen zu tun?

»Er muss unseren Zähler ablesen, weil wir einen neuen haben. Er muss sich nur noch eine Maske holen«, rufe ich zurück.

Edwina lenkt ihren täuschend milden Blick auf den Ableser. Der eilt zu seinem Transporter.

»Muss nur dafür sorgen, dass mein Mann sich verkrümelt!«, quieke ich und knalle die Haustür zu.

Dann flitze ich in die Küche, packe das Jim-Paket am Fußende und bemühe mich fluchend, es aus dem Weg zu zerren. Es bewegt sich nicht.

Das Herz hämmert mir bis in die Kehle. Ich springe ans Kopfende und versuche es dort. Jim ruckt ein paar Zentimeter weiter. All meine Muskeln und Gelenke protestieren, aber ich rucke weiter an ihm, wobei ich bemerke, dass es besser geht, wenn ich ihn dabei abwechselnd nach rechts und links bewege.

An der Haustür ertönt ein scharfes Klopfen.

»Komme gleich!«, rufe ich.

Noch ein Ruck. Dreißig Zentimeter weiter. Rechts, links, zerren. Wieder dreißig Zentimeter. Ziiiiiehen …

Ein weiteres Klopfen, ungeduldiger als das vorige.

»Sekunde noch!«

Endlich liegt Jim an der Wand vor der Waschmaschine. Ich packe den Wäschekorb und leere ihn über ihm aus. Ist wahrscheinlich der schlechteste Leichenversteckversuch der Welt, aber mehr kann ich jetzt nicht tun.

Ich stolpere zurück in den Flur, ziehe mir meine Maske über und öffne die Tür.

Der Ableser drängt sich an mir vorbei; ich eile ihm nach in die Küche.

Dort nehme ich so Aufstellung, dass ich Jim möglichst verdecke. »Tut mir leid, dass Sie warten mussten. Mein Mann ist gerade so träge. Ich hab ihn kaum wegbekommen.«

Der Ableser nimmt sein Gerät und eine Taschenlampe, leuchtet mit Letzterer den Zähler an und tippt etwas in Ersteres ein. »Schon erledigt«, sagt er. »So viel Getue wegen drei Sekunden.«

Mir entschlüpft ein hohes Kichern. Ich hoffe, es kommt rüber wie ein Versuch, mädchenhaft verschämt zu sein, nicht wie Hysterie.

Aber der Ableser verschwindet noch nicht. »Hätten Sie vielleicht ein Glas Wasser für mich?«

Hastig setze ich mich in Bewegung und schenke ihm eines ein.

Er nimmt die Maske ab und stürzt es im Stehen herunter, während ich von einem Fuß auf den anderen trete und innerlich bete: *Jetzt geh schon, geh schon, GEH SCHON GEHSCHONGEHSCHON*, bis es so überwältigend wird, dass ich einen schrecklichen Moment lang denke, er könnte es hören.

»Danke«, sagt er und knallt das Glas auf die Arbeitsfläche. Dann bückt er sich nach seiner Tasche –

– und hält inne.

Betrachtet den Wäscheberg.

Meine Muskeln verkrampfen sich vor Angst.

Die Situation ist so absurd, dass ich, seit ich ihm die Tür geöffnet habe, nahe daran bin, in Gelächter auszubrechen. Obwohl an der Aussicht auf lebenslänglich nichts lustig ist. Oder daran, wie sich das auf meine Kinder auswirken wird. Wenn er unter diese Wäsche schauen will, soll ich ihn versuchen festzuhalten? Oder zu bestechen?

»Da sollten Sie mal dringend rangehen, bevor's anfängt zu riechen, als wär darunter was gestorben«, sagt der Ableser. Und dreht sich wieder zu seiner Tasche um, so achtlos, dass er mit dem Ellbogen Petunias Topf vom Tisch fegt. Der zerschellt am Boden.

»Oh, tut mir leid«, sagt er. »Stand 'n bisschen nah am Rand.«

Meine Hände ballen sich zu Fäusten, mir schießen Tränen in die Augen. »Ich, äh, begleite Sie nach draußen.«

Stapf, stapf, stapf, trampelt der Ableser durch den Flur. Und dann verschwindet er endlich durch die Haustür und knallt sie derart hinter sich zu, dass ich zusammenfahre und die halbe Einrichtung wackelt.

Ich falle neben Petunias zerbrochenem Topf auf die Knie, bemühe mich verzweifelt, die Erde zusammenzuschieben und die abgeknickten Stängel ihrer lächelnden Gesichter aufzurichten. Tränen laufen mir über die Wangen. Ich wische sie ab, schmiere mir dabei Blumenerde übers Kinn. Ich weiß, ich sollte aufhören, tief Atem holen und etwas Sinnvolles unternehmen – zum Beispiel einen neuen Topf, Handfeger und Kehrschaufel und ein Wischtuch holen …

Ich krümme mich vornüber und schluchze lautstark in die Fliesen hinein, während Petunias Gesichter welk über meine Finger hängen.

Die letzten beiden Tage war ich so oft den Tränen nahe – von einem Augenblick auf den anderen voller Panik, dann wieder gezwungen heiter. Ich will nicht mehr, ich will es einfach nur zulassen. Mich der Sturzflut der Gefühle hingeben, damit sie vielleicht irgendwann wieder abfließen.

Aber noch habe ich nicht die Zeit, mir mehr als zwei Jahrzehnte von der Seele zu weinen. Ich gewähre mir zehn Minuten. Dann reiße ich mich zusammen und pflanze Petunia in eine gesprungene Teekanne um.

»Ich weiß, das war schrecklich, aber jetzt ist alles wieder gut. Besser als je zuvor«, rede ich ihr zu und stelle sie zurück neben Rosemary. An die Teekanne lehne ich die Scherbe des Blumentopfs, auf der steht *Für die beste Mum der Welt! In Liebe, Amy und Charlie x*. Ich drücke die Finger gegen die Namen meiner Kinder, dann schaue ich zu Jim hinüber.

»Mach's dir da nicht zu gemütlich«, sage ich. »Ich kriege dich schon noch weg.«

In diesem Moment trifft mich wie der Blitz die Erkenntnis, wie blöd ich bin.

Ihn loszuwerden reicht noch lange nicht aus. Der Lockdown wird nicht ewig dauern. Irgendwann werde ich eine Erklärung dafür finden müssen, warum er nicht mehr da ist – und zwar eine, die auch abdeckt, warum er nie zurückkommen wird.

Und diese Erklärung muss nicht nur seinen Kollegen einleuchten, sondern auch Amy und Charlie und außerdem der Polizei. Denn wenn ein Mensch einfach von der Bildfläche verschwindet, kommt zwangsweise irgendwann die Polizei ins Spiel.

Wie konnte ich jemals denken, ich könnte dem einfach seinen Lauf lassen? Da hätte ich Jim genauso gut –

»Nein.« Das Wort entfährt mir leise, aber fest.

Auf dem Tisch spiegelt sich Sonnenlicht in der Topfscherbe mit der Widmung meiner Kinder. Die beiden dürfen niemals die Wahrheit erfahren.

Irgendwie muss ich es so deichseln, dass *niemand* diese je erfährt.

Ich blinzle und stelle fest, dass ich noch immer am Tisch sitze, die Hand an der Scherbe von Petunias Topf.

Es herrscht anderes Licht; tief und golden fällt es durchs Küchenfenster. Der Wäschehaufen ist ein bisschen zur Seite gerutscht, die Sonne glänzt auf der glatten Oberfläche des Gaffertape, mit dem die Plane um die Leiche meines Mannes befestigt ist.

Instinktiv will ich mich abwenden. Doch ich halte inne und schaue das Paket stattdessen direkt an. Jim. Und muss – zuerst weiß ich gar nicht, warum – an jenen Morgen in meiner Kindheit denken, als ich länger nicht gewagt hatte, meinen

Vater um neue Schuhe zu bitten, obwohl die alten schon mehrere Löcher hatten, und dann aufwachte, und es hatte geschneit, aber es war trotzdem Schule. Schon vor dem Schultor waren meine Zehen taub vor Kälte. Statt zur Morgenversammlung zu gehen, verdrückte ich mich in die Bibliothek und trocknete meine Schuhe dort auf der Heizung. Dieses langsame Prickeln, als in meine Füße wieder Leben kam … genau so fühle ich mich jetzt. Schon seit ich begriffen habe, dass Jim tot ist. Als würde ich langsam auftauen.

Am ersten Tag war es wahrscheinlich noch normal, dass ich nicht rational denken konnte – das kann man sicher guten Gewissens auf den Schock schieben. Und dass ich den ganzen gestrigen Tag verschwenden konnte, ohne zu kapieren, dass es nicht meine einzige Sorge sein würde, wie ich Jims Leiche verschwinden lassen sollte … daran ist diese Kontrolle schuld, die ich ihn im Lauf von zwanzig Jahren langsam über mein Leben habe übernehmen lassen. Im Lockdown wurde daraus jeder wache Moment, aber ich sagte mir immer noch »ist ja nicht so wichtig«, »ist ja nur eine Kleinigkeit« – lauter kleine Augenblicke der Gängelei und der Gewalt und des Unglücklichseins. Und die Taubheit führte dazu, dass ich nie alle Teile zusammensetzte und das volle Bild sah …

… bis zu dem Moment, als er mich am Handgelenk packte und ich wusste, was kommen würde, und dass es damit nicht aufhören würde. Dass es nie aufhören würde.

Bis ich endlich, zum ersten Mal, die Wahrheit erkannte.

Vielleicht bin ich also tatsächlich so dumm und jämmerlich und schwach und nutzlos, wie Jim immer sagte.

Aber das werde ich ab jetzt nicht mehr sein. Okay, ich bin nicht gut im Cleversein. Oder im Nützlichsein. Oder Starksein. Aber ich mache mich. In nur zwei Tagen habe ich so viel zustande gebracht. So viel verändert.

Vor zwei Tagen war ich noch taub, jetzt taue ich auf.

Vor zwei Tagen hatte ich noch eine blutende Leiche vor mir auf dem Boden liegen, jetzt habe ich ein trocknendes Paket. Und endlich habe ich alle Aspekte vor Augen und kann mich darum kümmern, nicht nur das Entsorgungsproblem zu lösen, sondern auch das mit dem Spurlos-Verschwinden. Klar, ich könnte mich hinsetzen und dafür ohrfeigen, wie lange ich gebraucht habe, und mich verhöhnen, wie Jim es getan hätte, wenn er noch leben würde. Ich könnte ihm aber auch beweisen, dass er unrecht hatte. Vielleicht werde ich schon bald meine Scham überwinden und mein Handy schnappen können, um Janey anzurufen und …

Ich reiße die Augen auf.

»SEIN HANDY!«

Wegen des Corona-Zwangsurlaubs war ich davon ausgegangen, dass niemand nach Jim fragen würde, aber vielleicht muss er sich ja doch wöchentlich bei seinem Chef melden oder so? Heute ist Mittwoch – wenn ihm am Montag jemand eine Mail geschickt hat, wie lange wird es dauern, bis sie merken werden, dass er nicht erreichbar ist?

Hektisch sortiere ich das Chaos auf dem Küchentisch durch, dann das auf der Arbeitsfläche. Nichts. Ich haste nach oben, suche im Schlafzimmer, dann im Arbeitszimmer. *Wo ist es bloß?*

»Bitte nicht«, flüstere ich, während ich schweren Schrittes wieder nach unten stapfe. »Bitte, bitte nicht …«

Voller Unbehagen gehe ich neben dem Jim-Paket in die Hocke. Verziehe das Gesicht, wende den Kopf ab und fange an, ihn in der Gegend abzutasten, wo seine Hosentaschen sind. Da, ich spüre etwas Festes, Rechteckiges – aber es ist viel zu klein. Vielleicht die Gürtelschließe. Mich schaudert, weil das heißt, dass er auf dem Rücken liegen muss. Mir die Vorderseite zukehrt. Ich weiß nicht, warum, aber bei dem Gedanken bricht mir der kalte Schweiß aus.

Dann wird mir klar, wie restlos blöd ich mal wieder bin. Ich springe auf, schnappe mir mein eigenes Handy, scrolle durch die Kontakte und tippe Jims Nummer an.

Das Handy in meiner Hand tutet … aber nirgendwo ist ein Klingeln zu hören. Ist sein Akku etwa schon leer?

Ich schaue mich um in der vergeblichen Hoffnung, sein Handy läge ausgeschaltet irgendwo in einer Ecke und ich hätte es nur noch nicht bemerkt. Kein Glück.

Mit einem Seufzer marschiere ich noch einmal nach oben, um das Haus systematisch zu durchsuchen.

Das Paket öffnen werde ich wirklich nur, wenn es überhaupt nicht mehr anders geht.

14.

NACHBARSCHAFT? HILFE!

Die mühselige Durchsuchung des ersten Stocks fördert ein Paar Ohrringe zutage, das ich verloren geglaubt hatte, 2,47 Pfund in kleinen Münzen, einige Kugelschreiber und Papierclips, aber kein Handy. Da ich lieber mit der Hoffnung ins Bett gehen will, dass es irgendwo im Erdgeschoss ist, als zu versuchen einzuschlafen, nachdem ich das Paket durchsuchen musste, beschließe ich, erst am Morgen weiterzumachen. Obwohl sich die ganze Straße entlang nichts regt, als ich prüfe, ob auch alle Türen abgeschlossen sind, spähe ich sehr genau hinaus in den Garten. Tagsüber ist der Weg hinterm Haus nicht vor Edwinas Adleraugen sicher, aber vielleicht jetzt, nach Mitternacht …

In der Hoffnung, an diesem Tag wenigstens noch ein Problem zu lösen, schnappe ich mir Jims Mantel und Hut vom Haken neben der Tür und schleiche auf Zehenspitzen über den Rasen zum Gartentürchen. Greife nach dem Riegel, hebe ihn an – QUIETSCH!

»Wer ist da?«

Jetzt bin ich es, die schrill aufquiekt und dabei herumwirbelt – *ist das Edwina? Schläft diese Frau denn überhaupt nie? Und warum lauert sie auf dem Weg hinter dem Haus?*

In meinem Garten und durch das halb geöffnete Gartentürchen hindurch ist niemand zu sehen außer mir.

»Hallo?«, fragt die Stimme vorsichtig, und da erkenne ich, dass sie von jenseits des Zauns zum Nachbargarten kommt.

»Nawar!«, keuche ich. »Was machst du da draußen im Dunkeln?«

»Hi, Sally«, gibt sie düster zurück. »Was trinken.«

Vorsichtig schließe ich die Gartentür wieder und trete an den Zaun. Frage mich, ob ich auf eine der waagrechten Stützstreben steigen soll, damit wir uns sehen können, entscheide mich aber dagegen. Wahrscheinlich wäre das gegen die Coronaregeln, und das würde garantiert irgendwie Edwina auf den Plan rufen, da bin ich mir ganz sicher.

Aber Nawars Stimme klingt so desolat, dass es mir das Herz zusammenschnürt. »Alles okay bei dir? Ist was mit … mit deinem Mann?«

»Nicht unbedingt«, sagt sie nüchtern. »Nur hocken wir vier schon gefühlte Ewigkeiten dicht aufeinander, und ich kann nicht mal aufs Klo, ohne dass von draußen mindestens zwei Leute auf mich einreden.«

Ich lehne mich gegen den Zaun, in mir ein Widerstreit zwischen Erleichterung und Enttäuschung, und dann die Magengrummeln verursachende Erkenntnis, dass ich einerseits gefürchtet hatte, sie könnte mit Ja antworten – und andererseits irgendwie gehofft.

Von jenseits des Zauns ist deutlich zu hören, wie jemand einen großen Schluck trinkt.

Ich fange beinahe an zu lachen und dann zu weinen, als sie in ebenso gleichgültigem Ton weiterspricht, ahnungslos, dass meine sorgsam gewahrte Ruhe nahe daran ist, auseinanderzubrechen, weil ich einen kurzen Moment lang dachte, da wäre vielleicht jemand, die nachempfinden könnte, was der Lockdown für mich bisher bedeutet hatte. »Mein Dad sitzt ganz allein oben bei Bedford, und eigentlich muss er in ein Heim, aber das geht nicht, weil die alle voller Corona sind, und wenn ich die weite Strecke zu ihm fahren wollte, müsste ich übernachten, und das ist nicht erlaubt. Und ich weiß, ich habe Glück mit meiner Arbeit, natürlich«, höre ich sie sagen, »aber weißt du, wie lange ich heute längstens am Stück daran sitzen konnte? Sieben Minuten und dreiundzwanzig Sekunden.«

Ich sage ihr jetzt, dass Jim tot ist. Dass ich ihn umgebracht habe.

Ich drehe und wende die Vorstellung im Geist – spüre der Tatsache nach, wie erleichternd das wäre –, dann stopfe ich sie in einen Sack und schiebe sie in die hinterste Ecke meines Gehirns.

»Kann ich irgendwas für dich tun?«, frage ich wie auf Autopilot – und erkenne plötzlich, wie sehr ich mich freuen würde, wenn sie ja sagen würde. Ich muss unbedingt etwas Gutes tun, um all das mit Jim aufzuwiegen. Nein, dahinter steckt sogar noch mehr. Abgesehen von meinen Kindern gibt es niemanden, dem ich etwas bedeute. Das muss ich ändern. Ich bezweifle zwar, dass ich jemandem wie Nawar, die Freunde, eine Familie und einen guten Job in der Umweltberatung hat, viel helfen kann, aber selbst ein winziges bisschen tun zu können wäre noch tausendmal besser als *nichts*.

»Etwas ist tausendmal besser als nichts« war eine von Grannys Leitsätzen. Ich hatte ihn ganz vergessen, aber vielleicht wird es Zeit, mich daran zu orientieren.

Hinter dem Zaun gibt Nawar einen schweren Seufzer von sich. »Dazu müsste man die Coronaregeln brechen, aber wenn Edwina mir noch einmal eine Standpauke hält, erwürge ich sie. Ich nehme nicht an, dass du damit meintest, du würdest sie verscharren –«

»Nein, niemanden verscharren!«, kiekse ich. »Nicht erwürgen!«

»Dachte ich mir«, kommt es trübe zurück.

»Ich könnte mithelfen, dass Edwina es nicht merkt, wenn ihr deinen Dad besuchen wolltet oder so. Ich könnte ihr sagen, euer Auto wäre in der Werkstatt, und abends hinten durch den Garten zu euch reingehen und das Licht und den Fernseher einschalten, bis ich ins Bett gehe.«

»Das würde sie nie glauben. Diese Frau sieht einfach alles.« Nawar nimmt noch einen Schluck. »Von wegen ein paar gemütliche Minuten allein hier. Beim Hinsetzen hat unter mir ziemlich viel geknirscht, und jetzt kommt was Nasses durch meine Unterhose, und ich fürchte, ich hab mit meinem Hintern ein Schneckenmassaker angerichtet.« Sie schnieft hörbar. »Wenn meine Pandemiebewältigungsmaßnahme weiter darin besteht, im Dunkeln in der hintersten Gartenecke zu sitzen, brauche ich noch viel mehr Baileys.«

»Dito«, sage ich düster, weil ich gerade nicht daran zu verzweifeln versuche, dass Nawar sich auf ihre Art zu einem ebenso großen Jim-Begräbnis-Hindernis entwickelt wie Edwina.

Ich seh's schon kommen, dass ich ihn doch im Garten verscharren muss, denke ich deprimiert, als ich später nach oben trotte und mit dem Fuß an der letzten Treppenstufe hängen bleibe, als hätte das Haus selbst vor, mich bei allem zu behindern.

15.

HALS ÜBER KOPF

Vier Straßen entfernt atmete Ruth tief durch, als sie den Fuß der Treppe erreicht hatte, und huschte so schnell sie konnte in die Küche. Nachmittags hatte sie es mithilfe frittierter Kochbananen und eines kühlen Biers gerade noch geschafft, ein Desaster wegen einer Schale mehliger Pfirsiche abzuwenden. Jetzt holte sie Knoblauch, Zwiebeln, Nelken, braunen Zucker, Piment, Thymian, Zimt, Orangenschale und all die vielen weiteren Zutaten für den Pepperpot ihrer Mutter heraus. Normalerweise gab es den nur zu »besonderen Gelegenheiten«, wobei sie an Wochenenden immer eines der traditionellen Rezepte aus ihrer oder seiner Familie kochte – ein kleiner freudiger Anlass, von dem sie die Woche lang zehrte und der auch seine Stimmung hob, wenn er gerade keine Arbeit hatte.

Bald waren die Küchenfenster völlig beschlagen, die Gewürze brutzelten fröhlich im Öl, im Hintergrund säuselte leise das Radio, wohlbedacht auf Lionels Lieblingssender eingestellt.

Duftende Wärme breitete sich aus, so gemütlich wie eine alte Wolldecke. An der Wand wachte über sie ein Druck des Lieblingsgemäldes ihrer Mutter, ein leuchtend blauer Wasserfall im Urwald, der mit dem gebrannten Umbra eines Flammenbaums kontrastierte. Als sie klein war, hatte sie mit dem Gemälde ein Spiel gespielt, nämlich zu versuchen, die Kolibris in den Ästen und Zweigen zu entdecken. Auf dem Druck aber war unmöglich zu sagen, was ein Vogel sein sollte und was nur eine Unregelmäßigkeit in der Ölfarbe war.

»*Mwen kontan*«, hatte ihre Mutter immer gesagt, wenn sie das Gemälde betrachtete. *Ich bin glücklich.*

»Ich bin glücklich«, flüsterte Ruth mutlos.

An ihrem Schenkel vibrierte etwas. Sie zog ihr Handy aus der Tasche. Mit einem vorsichtigen Rundumblick, ob Küche und Flur auch leer waren und der Fernseher im Wohnzimmer nach wie vor plärrte, tippte sie ihre PIN ein und rief die Nachricht auf.

Und fluchte, weil der Topf überkochte und Flüssigkeit über den Herd lief. Das Handy zwischen Ohr und Schulter geklemmt, griff sie schnell nach dem Drehknopf der Platte.

Eine Hand landete auf ihrer Schulter, heißer Atem blies in ihr Haar.

Sie fuhr so heftig zusammen, dass der Topfdeckel klappernd auf das Kochfeld fiel. Das Handy wurde ihr weggerissen, wobei sich eine ihrer Haarsträhnen in Lionels Uhr verfing, sodass sie mit einem kleinen Aufschrei zurückzuckte und die Hand an die brennende Stelle hinter dem Ohr presste.

»Ups«, sagte Lionel. »Sorry. Sah nur aus, als würde da gleich ein Unfall passieren. Dachte, du hättest ungern dein Handy im Topf.«

Sie wischte sich die Hände an einem Geschirrtuch ab und streckte die Hand nach dem Handy aus. »Danke. Ich lege es gleich weg.«

Mit einer hochgezogenen Augenbraue lauschte Lionel der blechernen Anweisung aus dem Handy, zur Wiederholung der Mailboxnachricht die Eins zu drücken. »Ein Anruf und zwölf neue WhatsApps? Du bist ganz schön gefragt, was?«

Betont zog er sein eigenes Handy aus der Tasche und sah darauf. »Nichts Neues darüber, wann das Begräbnis meines Bruders stattfinden kann und wer bei diesen Beschränkungen überhaupt kommen darf – wie kommt's, dass es bei dir voll teeniemäßig abgeht?«

Sie zuckte mit den Schultern und griff wieder nach dem Handy, aber Lionel wich aus, lehnte sich gegen den Tisch und begann ihre Nachrichten durchzuscrollen, während im Hintergrund ›Put Your Records On‹ von Corinne Bailey Rae durch ›Never as Good as the First Time‹ von Sade abgelöst wurde.

Sie bemühte sich, beiläufig-heiter zu klingen. »Sind nur ein paar Freunde – du weißt doch, das alte Team von der Station. Komm, leg's hin und gib mir einen Kuss«, lockte sie.

Aber Lionel hob warnend die Hand. »Das alte Team, hm?« Er kniff die Augen zusammen. »Du meinst die rothaarige Tusse mit dem Arschgesicht, nicht den Lustmolch von Arzt, ja?«

»Warum sollte ich seine Nummer noch haben?« Sanft versuchte sie das Handy seinem Griff zu entziehen. »Komm schon. Gib's mir wieder. Ist nur Weiber-Blabla. Was unsere Kinder machen und Wechseljahre-Kram und so.«

Das ließ ihn die Nase rümpfen. Seine Hand schob sich um ihre Taille, als wollte er sie an sich ziehen, und er machte Anstalten, das Handy auf den Tisch zu legen.

Doch plötzlich schnappte er es sich frech grinsend wieder und tippte es zweimal an. »Wollte schon immer ein bisschen Weiber-Blabla mitkriegen.«

»*Eine neue Nachricht*«, verkündete das Handy laut. »*Erhalten heute um 16:15 Uhr.*«

Ruth spürte, wie ihr Puls sich beschleunigte, bis er ihr bedrohlich in den Ohren dröhnte.

»Hi, ich bin's mal wieder. Hör mal, du willst doch auf jeden Fall irgendwann wieder arbeiten. Also, jetzt hast du die perfekte Chance. Wir können dich echt gebrauchen, und ich glaube einfach nicht, dass es dich befriedigt, zu Hause zu sitzen und alles nur in den Nachrichten zu sehen. Ich kenne dich, Ruth. Du hast dich noch nie gedrückt, wenn Not am Mann war … Ich kapier's einfach nicht.«

»Schau? Es ist Prudence. Du weißt doch noch, ihre Mutter ist auch aus Dominica und kannte meine Mutter von früher. Wir haben zusammen im Krankenhaus angefangen, sie will bestimmt nur über alte Zeiten reden. Nichts Spannendes. Ich hör mir den Rest später an.« Wieder griff sie nach dem Handy, aber Lionel schüttelte den Kopf und hielt es so hoch, dass sie nicht darankam.

»*Was ist los, Ruth?*«, fragte das Handy besorgt. »*Das passt einfach nicht zu dir. Liegt es an deinem Mann? Lässt er dich nicht?*«

Aus Lionels Gesicht wich das Lächeln. Seine freie Hand ballte sich zur Faust.

Sie hatte gewusst, dass der Tag auf die eine oder andere Art in einer Katastrophe enden würde, aber sie hatte eher damit gerechnet, dass die blauen Flecken davon kommen würden, dass das Abendessen zu lange gekocht hatte oder sie das Falsche sagte, wenn er ihr das Neueste über die Verzögerung des Begräbnisses seines Bruders erzählte.

Jetzt, da Lionels Mund sich zu einer dünnen Linie zusammenpresste, ahnte sie, dass kein bereits durchlebtes Desaster sie gegen das gewappnet hatte, was jetzt kommen würde. Sie wagte nicht zurückzuweichen, sondern schob nur einen Fuß nach hinten und verlagerte langsam ihr Gewicht darauf.

»Ach, tut mir leid. Wahrscheinlich bin ich nur blöd, aber … ruf mich doch an, okay? Nur damit ich weiß, dass es dir gut

geht.« Ein Piepsen. »*Drücken Sie die Eins, um die Nachricht noch einmal anzuhören*«, sagte das Handy.

Lionel tippte auf den Bildschirm, und das Gerät verstummte.

Ruth wartete darauf, dass er aufschauen, sie anbrüllen, ihr zu Leibe rücken würde, aber er stand sehr still da, so unheimlich still.

Ihr eigener Herzschlag dröhnte ihr in den Ohren.

Sie stürzte um das andere Ende des Tischs herum in den Flur, stieß sich von der Wand ab, schwang sich ums Geländer herum auf die Treppe und polterte nach oben in der Hoffnung, sich im Badezimmer in Sicherheit bringen zu können, dem einzigen Raum mit verschließbarer Tür.

Auf der fünftletzten Stufe packte etwas den fliegenden Saum ihrer Strickjacke. Sie warf die Arme nach hinten und ließ sie sich von den Schultern gleiten, dann griff sie nach dem oberen Pfosten, um schnell um die Kurve zu kommen. Da bekam sie eine Faust in den Rücken, dass ihr der Atem wegblieb und sie mit dem Gesicht voraus auf die Stufen knallte.

Ihr Kinn traf auf die Kante, und sie biss sich in die Wange, sodass sich ihr Mund mit Blut füllte. Schmerzhaft donnerten ihre Schienbeine und Schultern gegen zwei Stufen weiter unten.

Gerade als sie verzweifelt den Pfosten ergriff, schloss sich eine Hand um ihren Fußknöchel. Mit aller Kraft trat sie nach hinten aus, in der Hoffnung, er würde sie so lange loslassen, dass sie die letzten Stufen hinaufholpern und ins Bad stürzen konnte.

Ihr Fuß traf mit voller Wucht auf etwas Unebenes – und drückte es ein. Ein Schmerzgeheul erhob sich, die Hand um ihren Knöchel löste sich abrupt, und etwas prallte ans Geländer und ließ die Treppe erbeben. Dann ein leises Knacken, ein überraschtes kleines Keuchen, eine atemlose Stille.

Im nächsten Moment krachte etwas auf den Boden am Fuß der Treppe, dass das ganze Haus vibrierte. Der Briefkasten schepperte, und irgendwo kam etwas ins Wackeln und zerschellte hörbar.

Erstarrt kauerte Ruth da, darauf gefasst, dass das Unheil wieder über sie kam, aber es passierte nichts.

Schließlich drehte sie sich um und spähte durchs Geländer hindurch.

Lionel lag verkrümmt auf dem Boden vor der Treppe, die Beine absurd die Wand hoch überstreckt, als hätte er einen kuriosen Handstand rückwärts machen wollen. Sein Kopf war zur Seite gedreht, ebenfalls in unmöglichem Winkel. Sein Blick war starr auf sie gerichtet.

Sie wusste, sie sollte sich lieber schnell aufrappeln und ins Bad fliehen, solange sie konnte, aber vor Schreck und Schmerz konnte sie kein Glied rühren.

Lionel starrte weiter. Nur würde er nicht lange betäubt bleiben. Bald würde er aufstehen. Sie brauchte eine geschlossene Tür zwischen sich und ihm, ehe sein Starren sich in Zorn verwandelte.

Sie wartete auf das Blinzeln, das anzeigte, dass er zu sich kam, aber er starrte weiter und weiter.

Langsam beruhigte sich ihr Atem. Ihre Muskeln entkrampften sich. Lionel starrte weiter. Ohne zu blinzeln.

Als ihr bewusst wurde, dass sie anfing, die Augen zusammenzukneifen, weil es im Flur dunkler wurde, fragte sie sich flüchtig, ob ein Gewitter kommen würde. Es fühlte sich so an – die Luft summte vor Spannung.

Erst als die Nacht hereinbrach, ließ sie endlich den Gedanken zu, dass es keinen Sinn hatte, noch länger zu warten.

Es kam ihr vor, als sei es nicht sie selbst, die die Treppe hinunterschwebte und sich neben ihren Mann kniete.

Sanft schloss sie ihm die Augen.

16.

ALLES IM GRÜNEN BEREICH

Sehr früh am nächsten Morgen fliegen meine Augen auf, und sofort setzen die bangen Gedanken ein, was für Nachrichten sich vielleicht auf Jims Handy stauen. Auch wenn es noch eine Weile dauern wird, bis sich jemand in Person nach ihm erkundigen wird – ich muss dieses Problem dringend sofort angehen, sonst wird, wenn ich, nachdem ich ihn entsorgt habe, mit irgendeiner Erklärung für sein Verschwinden aufwarte, unweigerlich die Frage aufkommen, seit wann genau er nicht mehr da ist.

Ich quäle mich aus dem Bett, ziehe mir die nächstbesten Klamotten über und stolpere nach unten, entschlossen, mich gleich auf die Suche zu machen und nicht aufzugeben, bis ich mein Ziel erreicht habe, selbst wenn das bedeutet, dass ich das Jim-Paket öffnen muss.

Auf dem Weg durch den Flur summt mein Handy und pingt etwas zeitverzögert – es ist Charlies Song des Tages ›All by Myself‹ –, und da kommt mir eine letzte Idee. Vielleicht ist Jims Akku doch noch nicht leer; er hatte sein Handy gern auf Vibration geschaltet. Dann müsste ich nur ganz nahe sein, um das Summen zu hören. Wenn ich also Schritt für Schritt vorgehe …

Vor dem Ablagetisch im Flur tippe ich auf meinem Handy Jims Nummer an. Dann beuge ich mich darüber und strenge mein Gehör an. Nichts. Ich gehe ins Wohnzimmer, lausche vor dem Bücherschrank. Inzwischen geht Jims Mailbox dran, also wähle ich neu.

Kein Summen beim Fernseher. Auch nicht rechts und links des Sofas. Aber als ich zum Sessel komme, ist da ein ganz schwaches Geräusch, ehe wieder die Mailbox einsetzt.

Jetzt bin ich vorbereitet. Auf dem Sessel kniend wähle ich ein drittes Mal und warte, jede Faser in mir angespannt.

Und dann spüre ich es: im Sessel vibriert etwas. Unter den Zierkissen ist nichts, unter dem Sitzpolster spüre ich auch nichts, aber seitlich zwischen Polster und Schale …

Ich ziehe das Handy heraus und halte es in die Höhe, als wäre es das magische Schwert am Ende einer mythischen Heldenreise. Ich fühle mich siegreich. Und ein bisschen lächerlich.

Dann senke ich den Arm wieder – der Akku hat kaum noch Saft. Eilig stürze ich in die Küche und stecke das Gerät ans Ladekabel, bevor es ganz ausgehen kann. Während es lädt, mache ich mir einen Tee und gebe dann sorgfältig die PIN ein, die Jim in mein eigenes Handy einprogrammiert hatte – nicht weil ich es selbst nicht konnte, sondern damit er nach Belieben meine Nachrichten lesen oder meine Anrufe beantworten konnte. Ich sähe doch gerade müde aus oder hätte die Hände voll, behauptete er dabei immer, aber in Wahrheit war das nur eine seiner Methoden, andere Leute – selbst die Kinder – davon abzubringen, mich zu kontaktieren. Weil man nie wusste, ob man mich selbst dranbekam.

Nachdem ich die letzte Ziffer eingegeben habe, grinse ich breit, als das Ziffernfeld durch Jims Startbildschirm ersetzt wird.

»Das kommt davon, wenn man so kontrollsüchtig ist«, bemerke ich in Richtung Jim-Paket und fange an, seine Nachrichten durchzuschauen – zu meiner Erleichterung ist es nur Spam, aber jetzt immerhin Spam, mit dem sein Handy interagiert hat.

Ich weiß nicht, ob ich mich freuen oder erbärmlich fühlen soll, dass nicht nur keine Nachrichten von Freunden oder Kollegen, sondern noch nicht einmal von den Kindern vorhanden sind.

»Das heißt, dein Leben war sogar noch trister und begrenzter als meines«, sage ich zu dem Paket. »Wobei ich mit den meisten meiner Freunde ja auch schon seit Ewigkeiten nicht mehr ge …«

Ich schnappe mir mein Notizbuch und füge der *Liste zum Glücklichsein* in Großbuchstaben hinzu: *WIEDER KONTAKT ZU ALTEN FREUNDEN AUFNEHMEN.*

»Vorausgesetzt, sie wollen Kontakt zu mir aufnehmen«, flüstere ich. Dann reiße ich mich zusammen. »Ach, wenn nicht, dann trete ich in einen Chor ein. Oder nein – ich trete *auf jeden Fall* in einen Chor ein, verdammt.«

Auch das füge ich der Liste hinzu und spüre ein warmes Kribbeln – ich bin noch ein bisschen mehr aufgetaut.

Nachdem ich eine Liste aller Chöre in der Gegend erstellt habe, mache ich mich zum Einkaufen auf – ich brauche neue Vorräte (irgendwie ist mir der Kuchen ausgegangen), Kriechöl, Schneckenkorn und Baileys.

Die einsame Packung Mehl, die ich in den Regalen des Supermarkts abstauben kann, werte ich eher als Triumph denn als Zeichen, dass die Welt untergeht. Wäre Letzteres der Fall, würde das meine Ehemann-tot-Probleme ziemlich entschärfen. Leider existiert sie hartnäckig weiter.

Jetzt sind es schon drei Tage, dass Jim tot ist, und ich bin kein bisschen weitergekommen mit meiner *Jim-entsorgen-*

Liste – nur auf der *zum Glücklichsein* hake ich stetig Punkte ab. Mein heutiger Fortschritt besteht darin, dass ich herausgefunden habe, dass ich keine Karaoke-»Anlage« brauche, wie mir eine sehr hilfreiche Amazon-Bewertung erklärt hat. *Auf YouTube gibt's haufenweise Songs mit den Lyrics zum Mitsingen.* Und was das Mikrofon angeht, habe ich überhaupt kein Problem damit, stattdessen zum Beispiel einen Pürierstab vor mich zu halten.

Zwei Durchgänge von ›All by Myself‹ später habe ich meine Einkäufe eingeräumt und die *Liste zum Glücklichsein* aktualisiert. Jetzt noch in den Garten, bis ans Ende des Grundstücks und das Schneckenkorn über den Zaun geworfen – hoffentlich auf Nawars Terrasse und nicht auf ihr Blumenbeet. Nach erledigter guter Tat sprühe ich die Angeln der Gartentür mit Kriechöl ein und bewege sie hin und her, bis sie sich geräuschlos öffnet und schließt, dann wiederhole ich das Ganze mit dem Riegel. Somit ist zwar nicht ganz ausgeschlossen, dass Nawar mich hört, wenn ich mich um Mitternacht rausschleiche, aber wenigstens war ich nicht untätig in Sachen unbemerkt aus dem Haus kommen.

Als Nächstes nehme ich mir das größere Hindernis vor – Edwina. Schritt eins: Zitronenkuchen backen.

Anderthalb Stunden später packe ich ein großzügiges Stück in eine Tupperdose, bringe es über die Straße und stelle es auf Edwinas Fußmatte. Dann klingle ich und trete ein Stück zurück. Als sie die Nase durch den Türspalt steckt, sage ich fröhlich: »Als Dank für Ihre Hilfe, den Gasableser dazu zu bringen, die Maske anzuziehen.«

Edwina nimmt die Dose und wischt sie mit Lappen und Desinfektionsmittel ab – beides scheint stets neben ihrer Tür bereitzustehen. »Ich denke, das hier ist noch im Rahmen der Regeln. Aber desinfizieren Sie die Dose bitte, wenn ich Sie

Ihnen zurückgebe«, fügt sie streng hinzu. »Nun, da Sie schon hier sind, könnte ich Ihnen eine erste Gartenarbeitslektion geben. Ich will später meine Schwertlilien ausdünnen, da kann ich Ihnen ein paar Zwiebeln vor die Tür legen. Aber nur, wenn Sie sie ordentlich einpflanzen und pflegen. Lassen Sie sie nicht umkommen.«

Ich zucke zusammen.

»Ziehen Sie nicht gleich den Schwanz ein, Sally«, sagt Edwina knapp. »Sie müssen sie nur an eine sonnige Stelle setzen, mit schön durchlässiger Erde, keine Staunässe. Und die erste Woche immer gut gießen – gleich frühmorgens, um Gottes willen nicht mittags, da werden sie ja gekocht.«

»Sonnig, gut gießen, und zwar morgens«, wiederhole ich pflichtbewusst und bringe ein frohes Lächeln zustande.

»Worauf warten Sie – auf Applaus?«, fragt sie spitz. »Ein paar Akeleisetzlinge bringe ich Ihnen auch. Die säen sich von selbst fürs nächste Jahr aus, wenn Sie die Samen reifen lassen, statt ungeduldig zu werden und sie einen Kopf kürzer zu machen, kaum dass sie verblüht sind.«

Wieder verziehe ich automatisch das Gesicht. In der nächsten Zeit werde ich wahrscheinlich gewisse Dinge nicht nur um einen Kopf, sondern um sämtliche Extremitäten kürzer machen müssen. Wie wird es sich wohl anfühlen, ihm die Halswirbelsäule durchzusägen?

»Bitte sagen Sie jetzt nicht, das könnten Sie sich nicht merken, Sally. Das glaube ich Ihnen nicht«, ruft Edwina mich äußerst missfällig in die Gegenwart zurück. »Es scheint mir höchste Zeit zu sein, dass Sie Ihrem Gehirn etwas mehr zumuten. Mir kam es immer recht leistungsfähig vor, auch wenn Sie entschlossen zu sein scheinen, es sträflich zu vernachlässigen. Ich hoffe, da habe ich mich nicht geirrt.«

Eine Woche zuvor hätte ich mutlos die Schultern hängen

lassen, und die nächsten zehn Stunden wären meine Gedanken um all die Dinge gekreist, in denen ich dumm und nutzlos bin. Aber Leute, denen das Zerteilen von Leichen bevorsteht, sollten keine Weicheier sein, also hebe ich das Kinn und straffe die Schultern. »War ein bisschen viel auf einmal, aber ich hab's mir gemerkt.«

Könnte das die Andeutung eines Lächelns sein? Das ist ja fast noch gruseliger als der Gedanke daran, Jim den Kopf abzusägen.

»Ihre Blumenbeete werden es Ihnen danken. Da wären übrigens noch ein paar Sachen, die Sie sich anschaffen sollten, wenn Sie sich wirklich die Hände dreckig machen wollen.«

Während Edwina eine ganze Liste von Gartengeräten und anderem Zubehör herunterrattert, versuche ich mich ganz darauf zu konzentrieren, wie hübsch es aussehen wird, sobald ihre Ratschläge im wahrsten Sinne des Wortes Früchte tragen. Vielleicht wird das Zurückschneiden und Auslichten mir dabei helfen, die Erinnerung daran zu verdrängen, wie ich Jim in Stücke zerlegt habe.

Um Mitternacht ziehe ich Jims Hut und Mantel über und stehle mich durch den Garten zur Pforte. Sie öffnet sich geräuschlos. Ich halte inne und lausche, aber in Nawars Garten ist alles still.

Ich schlüpfe durch das Törchen, husche den Fußweg entlang zur Straße, drücke mich in die Hecke und spähe hinaus. Edwinas Haus ist gerade noch zu sehen. Alle Lichter sind ausgeschaltet. Vorsichtig trete ich hervor, wobei mich Zweige im Rücken kitzeln.

Die Vorhänge regen sich nicht. Das Fenster bleibt dunkel.

Ich wage mich weiter vor und noch weiter … und vergrößere stetig den Abstand zu ihrem Haus, bis es außer Sicht ist, dann drehe ich mich hastig um, plötzlich in panischer Angst, hinter mir könnte jemand sein und mein überhaupt nicht verdächtiges Verhalten beobachten.

Die Straße ist leer.

Ich husche zur nächsten Ecke, biege ab und nehme dann die nächste Parallelstraße zu meiner. Gut: Nun, da das Gartentörchen geölt ist, kann ich also nachts durch den Garten entkommen, ohne bemerkt zu werden. Aber was bringt mir das? Ich habe immer noch keinen Ort für die Jim-Entsorgung. Und nicht den blassesten Schimmer, wie ich sein Verschwinden erklären könnte. Und das, wo Tag 4 gerade in Tag 5 übergeht.

Mutlos lege ich den Kopf in den Nacken und starre in den Himmel.

Nicht die Spur einer Wolke ist zu sehen. Die Sterne treiben in der Finsternis, verzerrt durch die drohenden Tränen der Verzweiflung in meinen Augen. Ich schniefe und lenke mich ab, indem ich Orion und den Großen Wagen suche. Ich wünschte, ich könnte noch mehr Sternbilder erkennen, aber wozu soll ich sie lernen, wenn ich doch im Gefängnis lande? Ich weiß ja nicht, wie viel man von den Sternen durch ein Fenster sieht, das sich nicht öffnen lässt.

Hinter mir ertönt ein dumpfer Aufprall. Ich drehe mich um. Plötzlich bin ich mir nur allzu sehr bewusst, dass ich allein mitten in der Nacht im Dunkeln herumstehe. Die Häuser auf dieser Straßenseite stehen zurückgesetzt hinter schmalen Gärten mit hohen, undurchsichtigen Zäunen. Der Bürgersteig ist nur ein Trampelpfad, durch einen struppigen Grasstreifen von der Fahrbahn abgetrennt. Die Straßenlaternen stehen auf der gegenüberliegenden Seite, an der ein paar Sportplätze liegen, die den Übergang zum Park bilden. Der orange Schein ist hell genug, um etwas zu erkennen, aber ich glaube nicht, dass ich von den Häusern aus zu sehen wäre. Vorhin fand ich das noch tröstlich, aber nun wird mir klar, wie einsam ich bin, dass mich niemand sehen oder hören wird, wenn die falsche Person um die Ecke kommt …

Ganz in der Nähe schleift etwas über den Boden. Ich wirble herum, versuche zu erkennen, woher genau es kommt.

Ich strenge die Ohren an …

Da ist es – und dann wieder – und wieder –

Ich gehe dem Geräusch nach und lande vor einem Zaun. Noch einmal schaue ich mich um und bemerke in der Nähe eine Bank mit Blick auf die Sportfelder. Daneben steht ein dünner, leicht gebogener Baum.

Dort saß ich vor ein paar Nächten mit der grünäugigen Katze. Der Zaun vor mir gehört zu dem Garten, in dem die Frau mit dem Bluterguss im Gesicht stand.

Ich finde das Loch im Zaun wieder und drücke das Auge daran, aber diesmal sehe ich nur ein leeres Stück Garten. Keine Frau. Und keine Erklärung für das Geräusch.

Doch dann ertönt etwas Neues: ein Rascheln, als würde jemand Papier zerknüllen. Dann etwas, als würde eine Kanne ausgeschüttet. Und Ächzen und Keuchen und dumpfes Aufklatschen. Dann ein Geräusch wie Stöcke, die auf den Boden klappern … und wie ein Streichholz angerissen wird? Ein Seufzer. Und noch ein Streichholz.

»Komm schon, komm schon«, flüstert eine Frauenstimme, angespannt und angstvoll. »Nur noch ein bisschen …« Dann schärfer, verzweifelt: »Nein, bitte nicht. Bitte!«

Ich denke an den Schluchzer, der mich an jenem Abend an den Zaun gezogen hatte. Und an die drohende Stimme aus dem Haus, derentwegen die Frau dorthin zurückrannte …

Da werde ich nicht tatenlos zusehen. Nicht, nachdem ich endlich erkannt habe, dass man sich wehren muss.

Für Edwina zu backen und Nawar ein paar nette Worte zu sagen ist ja schön und gut, aber hier ist die Chance, wirklich jemandem in Not zu helfen.

Ich hangele mich am Zaun hoch, schwinge ein Bein darüber und wende mich dem zu, was dahinterliegt.

17.

BRATPFANNE TRIFFT FEUERCHEN

Aus dem Garten starrt die Frau – groß, breitschultrig, in den Fünfzigern – voller Entsetzen zu mir auf. In der Hand hält sie ein abgebranntes Streichholz. Sie ist allein. Kein Mann steht drohend mit geballten Fäusten vor ihr. Ihr Flehen galt nicht einem gewalttätigen Ehemann oder Freund, sondern dem Streichholz, dem es nicht gelang, den aussichtslosen Scheiterhaufen zu ihren Füßen zu entzünden. Obenauf liegen ein wenig feucht glänzendes Kleinholz und Späne, darunter eine Schicht sichtlich nassen Laubs, einige durchweichte Gartenabfälle, ein paar zerknüllte Zeitungen und ein Arm.

Äh. Ja, das ist eindeutig ein Arm.

Es dauert ein bisschen, aber dann kapiere ich, was den zentralen Teil des ungleichmäßigen Scheiterhaufens bildet.

Ich warte auf die Überraschung. Auf Schock, Entsetzen, Angst.

Stattdessen erkenne ich die Frau, die mich anstarrt, als hätte ihr Gehirn aufgehört, ihrem Körper Befehle zu geben, wieder. Nicht nur wegen der blauen Flecken, die sie vor ein paar Tagen hatte, und der Leiche unter dem Scheiterhaufen, sondern auch, weil ich jetzt erkenne, dass sie es war, die den beiden halbwüchsigen Jungen auswich, obwohl sie so schwer mit Einkäufen beladen war; und die den Müll der beiden aus der Hecke klaubte, bevor ich es tun konnte.

»Gehört der Arm demjenigen, der Ihnen vor ein paar Tagen das blaue Auge verpasst hatte?«, frage ich so normal, dass ich selbst staune.

Die Frau starrt mich weiter an. Dann, endlich, senkt sie den Blick auf den Scheiterhaufen und starrt zur Abwechslung auf ihn. »Ich bin ein Monster«, flüstert sie. »Was tue ich da? Ich habe … ich kann doch nicht …« Hilflos schüttelt sie den Kopf. Ihr Atem beschleunigt sich, sie presst die Hände an die Schläfen. »Warum bin ich nicht gegangen?«, keucht sie. »Warum bin ich nicht einfach gegangen?«

Hätte mir jemand diese Situation vorausgesagt und mich gefragt, was ich tun würde, ich hätte geantwortet: »Anfangen zu weinen, weil all die unterdrückten Schuldgefühle, die Scham und das Grauen auf einmal hochkommen und mich erdrücken würden.«

Aber das ist keineswegs der Fall. Stattdessen schwinge ich das andere Bein über den Zaun und springe auf den Rasen.

Die Frau blickt auf. Ihr Gesicht verzerrt sich vor Erleichterung, und sie streckt die Hand nach mir aus. »Ich tue Ihnen nichts«, flüstert sie. »Ich bin keine … Rufen Sie bitte die Polizei. Ich will, dass Sie die Polizei rufen. Ich werde mich nicht wehren. Ich bleibe einfach hier stehen, das verspreche ich. Nur …« Ein halb verschluckter Schluchzer, über ihre Wangen laufen frische Tränen. »Bleiben Sie so lange bei mir? Nur bis sie kommt?«

»Kann ich machen, wenn Sie das wirklich wollen.« Sie öffnet den Mund, aber ich lasse sie nicht zu Wort kommen. »Wir könnten aber auch erst mal reingehen und uns unterhalten. Wenn Sie sich in die eine Ecke der Küche setzen und ich in die andere und wir Tür und Fenster offen lassen, sollte das coronamäßig okay sein.«

Sie wischt sich die Tränen von den Wangen, allerdings kommen sofort neue nach. »Die werden mir doch glauben, oder?«, stößt sie aus. »Dass es ein Unfall war. Ich hatte nie vor … er hatte mich verfolgt. Er wollte … er wollte …«

Betont lenke ich den Blick auf den Scheiterhaufen. Nach einem Moment folgt die Frau meinem Beispiel.

»Oh«, sagt sie leise.

»Sieht nicht sonderlich nach Unfall aus«, bemerke ich.

»Warum habe ich das getan?« Ihr Ton wird panisch. »Warum habe ich nicht gleich die Polizei gerufen? Jetzt glauben sie mir nie im Leben. Die werden denken, es wäre Absicht gewesen. Die werden –«

»Deshalb sollten wir nach drinnen gehen und reden«, unterbreche ich sie, so laut ich es wage. Bisher sind in den Nachbarhäusern keine Lichter angegangen, aber wenn sie so weitermacht, wird es nicht mehr lange dauern. Und dann bleibe ich definitiv nicht hier in der Nähe – ich muss schließlich an meine eigene Leiche denken.

»Warum tun Sie das? Warum rennen Sie nicht weg und holen die Polizei? Ich habe doch gerade …« Sie deutet auf den Arm, der aus dem aufgeschichteten Brennmaterial ragt.

Ich weiß, am vernünftigsten wäre, zu sagen, dass ich verstehe, dass es Notwehr war. Ich könnte mir sogar eine Geschichte ausdenken, zum Beispiel, eine Freundin von mir hätte auch einen gewalttätigen Mann, oder ihr die Wahrheit über meine Eltern erzählen. Aber ich bin unvernünftig. Leichtsinnig. Und das nur, weil sie eine weggeworfene Verpackung aus einer Hecke geklaubt hat.

»Na ja, *ich* habe vor vier« – ich schaue auf meine Uhr – »vor fünf Tagen meinem Mann den Schädel mit der Bratpfanne meiner Großmutter eingeschlagen, also kann ich schlecht was sagen, wissen Sie.«

Noch bin ich mit meinem Jim-Problem kein bisschen weiter als zu Anfang, aber vielleicht, ganz vielleicht, fehlt mir gar nicht eine geniale Idee.

Sondern eine Verbündete.

18.

KRIMINELLE VEREINIGUNG

»Sie haben Ihrem Mann den …«, gibt die Frau verwirrt zurück. Dann schnappt sie nach Luft und weicht zurück. »Mit Absicht?«

»Natürlich nicht!«, fauche ich. »Also, jedenfalls nicht absichtlicher als …« Ich deute auf den Arm in dem Scheiterhaufen. »Er liegt in einer Plane verpackt bei mir in der Küche, ich versuche ihn mit Katzenstreu auszutrocknen«, sagt meine große dumme Klappe. »Sollten Sie sich auch überlegen. Das mit dem Feuer wird nämlich nichts, alles ist viel zu feucht. Und die Knochen und Zähne werden sowieso nicht ganz verbrennen. Außerdem wird der Geruch definitiv zu Fragen führen. Hören Sie, wir sollten zum Reden wirklich reingehen, aber den da«, ich zeige auf den Arm, »sollten wir mitnehmen. Stellen Sie sich vor, es kommt ein Fuchs, während wir drinnen sind.«

Die Frau schwankt auf den Füßen. »Oh, bitte nicht. Sie können sich nicht vorstellen, wie es war, ihn hier rauszuschleifen.«

»Doch, ich glaube schon.«

Sie blinzelt mit glasigen Augen. »Das ist Wahnsinn.«

»Wahrscheinlich. Aber wenigstens können wir jetzt gemeinsam wahnsinnig sein. Verlegen wir das bitte nach drinnen, bevor uns jemand hört?« Noch während ich es ausspreche, kommt mir ein schrecklicher Gedanke. »Sie sind doch allein im Haus, oder? Da wohnt niemand sonst?«

»Nur ich und«, sie deutet auf den Scheiterhaufen, »Lionel.«

»Na, wenigstens etwas.« Ich knie mich hin, packe mit festem Griff den Arm und ziehe die Leiche unter dem feuchten Stapel hervor, der nach und nach davon abrutscht. Mit schief gelegtem Kopf betrachte ich sie. Indessen schlingt die Frau die Arme fest um sich. »Was habe ich getan? Was habe ich getan? Washabeich –«

»Er ist etwa eins achtzig groß, oder?«

»Was? Warum …«

»Also grob gesagt zwei Meter.« Ich gehe neben Lionels Schultern in die Hocke. »Wenn Sie seine Füße nehmen, sollten wir beim Schleppen den Mindestabstand einhalten können. Natürlich nicht von ihm, aber ich würde sagen, es zählen nur Leute, die atmen. Kommen Sie schon.«

Die Frau sinkt in die Hocke, umgreift seine Fußknöchel, dann verfällt sie wieder in Reglosigkeit, ihr Gesicht eine Grimasse des Entsetzens und der Unentschlossenheit.

Ich fange an, mich in Richtung Haus zu bewegen, sodass sie hinterherstolpern muss. Dank meines Schwungs und der Verzweiflung schafft sie es den Gartenweg entlang in die Küche. »Übrigens, ich bin Sally«, schnaufe ich unter der schlaffen Last.

»Ruth«, kommt die ebenso atemlose Antwort.

Gemeinsam schleppen wir ihn nach hinten vor die Küchenzeile. Ächzend lasse ich die Schultern zu Boden sinken. Ruth versucht es mir mit schmerzverzerrter Miene gleichzutun – und die Füße rutschen ihr aus den Händen und plumpsen zu Boden.

»Oh mein Gott!«, keucht sie und schlägt sich die Hand vor den Mund.

»Ich glaube, das hat er nicht gespürt«, sage ich, während sie zu einem Stuhl wankt. »Soll ich einen Tee aufsetzen?« Ich gehe zum Spülbecken und veranstalte das staatlich verordnete Händewasch-Zeremoniell mit antibakterieller Seife. »Wenn Sie nämlich das mit der Polizei und dem Gefängnis durchziehen wollen, können Sie vorher auch erst mal allen Kuchen im Haus essen.«

»Aber wird die Strafe nicht höher, wenn ich es hinauszögere? Die werden ja schon sehen, dass ich versucht habe, es zu vertuschen.«

»Nur falls Sie das mit der Polizei wirklich machen.«

»*Falls* …?«

»Sie hatten doch schon die inoffizielle Einäscherung eingeleitet. Also tun Sie nicht so, als hätten Sie nicht wenigstens halb keine Lust dazu gehabt.«

»Aber es wäre unrecht«, flüstert sie. »Ich muss dazu stehen, was ich getan habe, und die Strafe akzeptieren.« Mit einem trockenen, trostlosen kleinen Schluchzer kommt sie mühsam auf die Füße und trottet zum Telefon. Ich sehe ihr zu, wie sie den Apparat von der Ladebasis nimmt und ihn dann reglos anstarrt, immer wieder schwankend, als hätte sie keinen festen Boden unter den Füßen.

Allmählich beginnt das Wasser zu kochen, und sie hat immer noch nicht gewählt. Ich nehme zwei saubere Tassen vom Abtropfgestell und schaue in Schränke, bis ich eine Schachtel Teebeutel finde. Gieße den Tee auf, stelle eine dampfende Tasse an mein Ende des Tischs und schiebe die andere in Ruths Richtung.

Einen Moment später stellt sie das Telefon zurück auf die Basis. Während ich Milch aus dem Kühlschrank nehme und nach Zucker fahnde, holt sie zwei Teller und eine Packung Bakewell-Törtchen von Mr. Kipling's heraus und beginnt die Verpackung zu öffnen.

Ich nicke beifällig. »Wer Mord sagt, muss auch Torte sagen.«

Ruth erstarrt, ihre Hände ballen sich um die knisternde Plastikfolie. Dann reißt sie sie so vehement auseinander, dass ein Törtchen herausfällt. Sie stopft die Hülle in den Mülleimer und platziert ein Törtchen auf jeden Teller. Dann hält sie plötzlich inne und starrt blicklos auf den Toaster. Diese entkräftete, resignierte Miene ist mir so vertraut, dass ich mich innerlich krümme, sowohl in Mitgefühl wie eigenem Schmerz. Diese Frau ist eine Unbekannte, und doch *kenne* ich sie, und sie kennt mich. Momentan fühle ich mich ihr näher als jedem anderen Menschen auf der Welt.

Blinzelnd kommt sie zu sich, ihr Blick wird wieder klar. Sie verteilt die verbliebenen vier Törtchen auf die Teller, stellt einen an mein Tischende, lässt sich dann auf den Stuhl am anderen sinken und zieht sich ihre grob gestrickte Strickjacke fest um den Oberkörper. Das weiße Baumwollshirt mit dem zarten blauen Blütenmuster darunter hat am Kragen Spuren von Dreck – oder von Blut.

»Ich dachte, jetzt schlägt er mich tot«, sagt sie. Ich beobachte, wie sich ihre Schultern in einem tiefen, mühsamen Atemzug heben und senken. »Aber man kann doch nicht einfach Leute umbringen, nur damit sie einen nicht zuerst umbringen. Das ist falsch und schlecht und …«

»Für mich klingt das nach Notwehr, und das ist weder falsch noch schlecht. Ich für meinen Teil bin ganz froh, dass ich noch lebe – und dass mein Ehemann mir nie wieder etwas tun kann. Und was die Strafe angeht«, mein Ton wird matt, »dreiundzwanzig Jahre hab ich schon. Jim hieß er.«

»Sechzehn«, flüstert Ruth. Ihr Blick flitzt zu mir, dann wieder zur Seite. »Ich will nicht ins Gefängnis. Das kann ich doch nicht verdient haben, nicht mal nach …« Sie faltet die Hände vor dem Mund wie zum Gebet.

»Haben Sie Kinder?«

»Einen Sohn. Er ist sechsundzwanzig.« Ein Lächeln lässt ihre Miene weicher werden. »Er war zehn, als Lionel in unser Leben kam. Ich dachte, wir hätten das große Los gezogen, als wir merkten, dass es mit uns dreien als Familie funktionierte. Am Anfang war es auch richtig schön. Wir waren so glücklich.« Ihr Ton klingt eher nach bitterem Leid als nach Glück. »Dann verletzte er sich bei der Arbeit – er fiel von einer Leiter, und sein Knie war kaputt. Eine ganze Weile konnte er nicht arbeiten. Da wurde das Geld knapp, und er fing an zu trinken und bedrängte mich, dass ich ihm ein Rezept für stärkere Schmerzmittel besorgen sollte. Ich bin gelernte Krankenschwester, er glaubte, ich könnte das vielleicht über Beziehungen deichseln. Aber so funktioniert das nicht.« Tränen sammeln sich an ihren Wimpern. »Da passierte es zum ersten Mal. Ich dachte, es hätte nur an der Situation gelegen, am Stress. Weil es ihm danach wahnsinnig leidtat.« Sie schluckt schwer. »Aber dann passierte es wieder … und wieder, und ich … ich konnte … ich konnte einfach die Hoffnung nicht aufgeben, dass es irgendwann wieder werden könnte wie zuvor.«

»Und Ihr Sohn?«

Sie schüttelt den Kopf. »Der weiß es nicht. Ich habe immer wahnsinnig darauf geachtet …« Ihr Blick richtet sich auf Lionels Füße, die hinter dem anderen Tischende hervorschauen. »Ich würde alles tun, damit er es nie herausfindet. Nicht nur, was ich getan habe, sondern auch, warum es dazu …« Sie verstummt und presst sich eine zitternde Hand auf den Mund.

Ich überlasse sie ihrem Gedankengang, weil ich schon weiß, zu welcher Erkenntnis, gefolgt von bitterer Entschlossenheit, er langsam führen wird: dass sie bereit ist, für den Rest ihres Lebens jede Schuld, jede Schande, jedes Grauen zu tragen, solange nur ihr Sohn nicht hineingerät. Und der einzige Weg, um das sicherzustellen, ist, dafür zu sorgen, dass er das mit der Leiche neben uns nie erfährt, denn sonst wird er auch alles andere erfahren müssen und sich fortan ständig fragen, was davon er unbewusst ahnte und wobei er bewusst wegschaute.

Das kann Ruth für ihren Sohn genauso wenig wollen wie ich für Charlie und Amy.

Ich zwinge mich, ihr in die Augen zu schauen. »Als es bei mir passiert ist, gab es für mich nur eine einzige wirkliche Frage – nämlich die, ob ich es möglich machen könnte, dass es nie jemand erfahren würde. Und bevor Sie jetzt dagegenhalten, dass es noch schlimmer ist, es zu versuchen und dann zu scheitern – das sehe ich nicht so. Vor allem nicht im Hinblick auf die Kinder.«

Ruth schüttelt mutlos den Kopf. »Das funktioniert doch nicht. Selbst wenn wir's versuchen wollten, wie sollen wir es je schaffen?«

Ich zucke mit den Schultern. »Weiß ich noch nicht, weil ich für mich noch keine Lösung gefunden habe. Aber vielleicht …« Ich hole tief Luft, und dann fahre ich fort, weil es seit dem Moment, als ich Ruth von Jim erzählte, keinen Grund mehr gibt, etwas zurückzuhalten. »Vielleicht kann man diese Art Problem nicht allein lösen.«

Ruth kneift die Augen zu. »Aber wenn wir uns zusammentun, sind wir dann nicht eine kriminelle Vereinigung, dann sind wir doch –«

»Nicht allein damit.«

Ich warte. Nach einem Moment richtet sich Ruths Blick wieder auf mich.

»Ich weiß, ich bin eine Wildfremde für Sie, aber wir haben etwas gemeinsam, sonst würden wir nicht so hier sitzen.

Ruth, Sie sind der einzige Mensch auf der Welt, dem ich davon erzählen kann ... will ... was da passiert ist, was ich getan habe. Ich habe es Ihnen gesagt, weil ich *wusste*, dass Sie es verstehen würden.« Ich muss zitternd Atem holen, und plötzlich bin ich diejenige, die mit den Tränen kämpft. »Bitte, Ruth. Ich zerbreche mir den Kopf, aber ich finde einfach keine Lösung, und ich brauche jemanden, der mir hilft. Ich kann das nicht allein. Ich will nicht mehr allein sein.«

Erschrocken fahre ich zusammen, weil etwas an meine Finger prallt. Ich blicke darauf hinab und sehe, dass Ruth eine Packung Taschentücher über den Tisch hat schlittern lassen. Mit einem zittrigen Lachen tupfe ich die Tränen ab. Als ich wieder aufschaue, betrachtet sie mich unverwandt.

»Ich will nicht die Polizei rufen«, sagt sie leise, und ihr Gesichtsausdruck ... Ich kann gerade noch ein Aufschluchzen unterdrücken. Dieses Mitgefühl, dieses Verständnis, dieses *Bescheidwissen.* Wie unterschiedlich wir auch sein mögen, wir sind uns doch ähnlich. Wir haben das Gleiche durchlitten. Wurden an die gleiche Grenze getrieben – und darüber hinaus. Ohne dass ich ein Wort sagen muss, weiß sie, was wirklich zählt.

»Das werde ich meinem Sohn nicht antun«, fährt sie fort, langsam und ruhig und sanft, weil sie erkennt, dass mehr mich zerbrechen würde. »Ich habe keine Ahnung, wie wir einander helfen können, aber vielleicht finden wir gemeinsam einen Weg, unsere Kinder da rauszuhalten. Ob wir ins Gefängnis gehören oder nicht, sie haben es nicht verdient, uns zu verlieren.« Ihre Hand geht zu einem Medaillon um ihren Hals, und sie umschließt es fest. »Gut und Böse sind moralische Fragen, keine rechtlichen. Wir können sicher eine Möglichkeit finden, es zu sühnen, zu zeigen, dass wir gute Menschen sind ... oder?«

»Natürlich. Wir sind nicht böse. Das war nicht unsere Schuld.«

Ruth schüttelt den Kopf, noch immer mit der Hand um das Medaillon. »Wenn das vorbei ist – wenn wir es schaffen –, müssen wir zusehen, dass wir der Welt etwas geben, was diese Taten aufwiegt; wir müssen sichergehen, dass wir nicht noch weiter in die …«

»Wir werden schon keine Serienkiller, ja?«, sage ich knapp. »Nicht die Krise kriegen.«

Da muss sie überrascht auflachen. Dann wird ihre Miene wieder ernst. »Wenn nötig, müssen wir uns gegenseitig zur Verantwortung ziehen«, sagt sie leise, aber fest.

Ich nicke.

Ich hätte es vielleicht als Drohung auffassen können oder zumindest als Warnung, aber so sah ich es überhaupt nicht. Ich war viel zu froh, nicht mehr allein zu sein.

19.

DIE ZEIT LÄUFT

Jedes Mal, wenn ich an Ruth denke, scheint die Welt plötzlich größer und heller zu sein. Es ist Tag 5, und ich bin immer noch nicht sonderlich viel weitergekommen – aber momentan reicht es mir, Hoffnung zu haben. Hoffnung und eine Mitstreiterin.

Wir kamen überein, dass es zu verdächtig wäre, wenn wir aus heiterem Himmel anfangen würden, uns wie wild Nachrichten zu schreiben, daher tauschten wir zwar unsere Telefonnummern aus, verabredeten aber, erst wieder in Kontakt zu treten, wenn wir uns heute beim spätabendlichen Frische-Luft-Schnappen »zufällig über den Weg laufen«.

Trotzdem summe ich vor mich hin, als ich Edwinas frisch gepflanzte Schwertlilienzwiebeln und Setzlinge (deren Namen ich vergessen habe) gieße.

Als die Türklingel mich auf einen Stapel Pakete aufmerksam macht, bei deren Bergung Edwinas Vorhänge flattern, winke ich ihr zu.

Gleich darauf geht ihre Tür auf. Ich bringe ein ziemlich echtes Lächeln zustande und weise auf die Pakete. »Mein Gartenzubehör! Oh, und wenn ich heute Nachmittag meinen Spaziergang mache, stelle ich Ihnen etwas Bananenbrot vor die Haustür, schauen Sie doch immer mal nach.«

Edwina neigt den Kopf. »Wenn ich heute meinen *wöchent-*

lichen Einkauf mache, stelle ich Ihnen einen Erbsensetzling vor die Tür.«

Ich grinse nur. »Ich habe angefangen, eine Einkaufsliste zu führen, damit ich in Zukunft nicht mehr so oft gehen muss. Vielleicht. Also, wenn ich das mit dem Planen endlich richtig hinkriege.«

Edwina schürzt die Lippen. »Immerhin gibt es Hoffnung«, sagt sie und schließt ihre Tür.

Lachend sammle ich meine Pakete auf, bringe sie in die Küche und spiele Charlies Song des Tages ab. Dabei schwöre ich mir, ihn anzurufen, sobald mir eine plausible Erklärung für Jims »Verschwinden« eingefallen ist. Es ist viel zu lange her, dass ich seine Stimme gehört habe, aber noch kann ich es nicht riskieren.

Mit ›Blackbird‹ von den Beatles als melancholischem Soundtrack packe ich die Gartenhandschuhe, die Kniematte, die Pflanzschaufel und die billige Astschere aus. Im letzten Paket ist mein neues Kleid. Beim Bestellen lächelte ich vor Vorfreude, aber als ich jetzt den seidigen Stoff über die Hände gleiten lasse, bäumt sich mir der Magen auf.

Als ich mir das letzte Mal ein neues Kleid kaufte, verpasste Jim mir einen ebenso blau leuchtenden Fleck.

Danach versuchte ich mir nichts Neues mehr zu kaufen, aber dann bekam meine Lieblingsstrickjacke Löcher, und Jim scheuerte mir eine, weil ich aussah »wie eine Pennerin, dabei rackere ich mich täglich ab, um die Kohle für dich und die undankbaren Rotznasen ranzuschaffen«.

Ich spiele mit der Fingerkuppe an einer Paillette herum. Was dachte ich mir nur dabei? Jim wird …

Nein, wird er nicht. Er kann nicht mehr.

Langsam stehe ich auf, drehe mich zu dem Leichenpaket auf dem Boden um und halte das Kleid vor mich. Mein Spiegelbild in der Ofentür ist dunkel und trübe, aber hier und da blitzt eine Paillette auf, kleine helle Funken in der Schattenwelt der Scheibe.

Mitten in der Küche streife ich Hose und Oberteil ab – sollen die Rotkehlchen gaffen, wenn sie wollen – und ziehe das Kleid über, schüttle die Hüften, bis es frei fällt. Die Spiegelbild-Sally lächelt jetzt, zuerst nur zögerlich, aber dann dreht sie sich nach rechts und links, die Pailletten blitzen, der Rocksaum schwingt, und die Sally in der Scheibe strahlt.

»Wow, siehst du toll aus«, sage ich zu ihr. »Die Farbe steht dir super. Sagte Granny auch immer.«

In dieser Stimmung bin ich plötzlich so kühn, dass ich mich hinhocke und das Jim-Paket antippe. Dann hole ich tief Atem, lege die Hand darauf und drücke. Mich darauf zu konzentrieren, wie es sich anfühlt, löst einen Brechreiz aus, trotzdem tue ich es noch einmal. Sind es nur die Katzenstreu, der Reis und das Salz, oder fühlt Jim sich schon weniger fest an, eher wie eine dicke Suppe mit Knochen darin?

Da muss ich in den Garten flüchten und tief durchatmen. Niemals werde ich dieses Paket öffnen, nicht einmal, um Ruth zu berichten, wie das Austrocknen voranschreitet. Dank des stechenden Essiggeruchs kombiniert mit der Katzenstreu und dem Natron ist noch kein Hauch Verwesungsgestank zu riechen, aber wer weiß, wie lange all das noch wirkt. Noch etwas, was ich besser nicht google.

Gerade will ich das Kleid gegen Gartenkleidung tauschen, da klingelt das Telefon. Ein paar lange Sekunden starre ich es an. Seit Monaten habe ich abgesehen von Jim mit niemandem mehr gesprochen außer in den letzten Tagen mit Nawar, Edwina und Ruth.

Ein erneutes schrilles Klingeln lässt mich durch die Küche eilen. »Hallo?«, sage ich tonlos.

»Sally! Sie klingen ein bisschen heiser. Alles okay?«

Wer ist das? Ich kenne die Stimme, kann sie aber nicht zuordnen.

»Mhm«, sage ich. »Hab nur gerade Tee in den falschen Hals bekommen.«

»Ah, tut mir leid, aber schön, dass es Ihnen gut geht. Mit Jim auch alles okay?«

Mein »Mhm« ist diesmal deutlich höher.

»Könnte ich ihn vielleicht kurz sprechen?«

»Oh, äh … er ist … kann ich ihm was ausrichten?«

»Ich wollte nur mal hören, wie's ihm geht. Hatte mir ein bisschen Sorgen gemacht, weil er nicht auf meine Mail von letzter Woche geantwortet hatte, wegen des neuen Arbeitsschemas, das wir jetzt einführen.« Shit! ShitshitshitshitSHIT! An seinen Mailaccount hatte ich überhaupt nicht gedacht. Irgendwie hatte ich angenommen, die würden anrufen, wenn sie was von ihm wollten, weil er offiziell ja beurlaubt ist. »Ich hab's gerade auf seinem Handy versucht, aber das klingelte durch, also dachte ich, ich schaue mal, ob Sie beide nicht von dem bösen Killervirus dahingerafft wurden«, sagt er mit einem kleinen Lachen, bei dem sich mir alles zusammenzieht. »Aber egal, falls er die Mail nicht bekommen hat, im Grunde geht's darum, dass ab jetzt jede Woche ein anderes Teammitglied dazu eingeteilt ist, im Büro vorbeizuschauen – erst mal nur eine Stunde oder so –, um die Post zu sichten, eventuell Handwerker reinzulassen, solche Sachen. Ich will nur wissen, ob Jim mit seiner Woche einverstanden ist.«

Mir wird ganz schwummerig. Ein Wort, von dem ich bisher dachte, das sei nur so dahingesagt. Aber jetzt fühle ich mich genau so, wie es klingt. Wie in einem grauen Nebel, und mir sticht es in der Brust, als wäre die Luft zu dünn. »Wann –

wann ist Jims Woche denn? Dann kann ich es ihm in den Kalender schreiben.«

»Weiß ich gerade nicht auswendig. Steht aber in der Mail. Falls er sie nicht findet, soll er mir kurz schreiben, dann schicke ich sie ihm noch mal.«

Wenn ich es nun nicht schaffe, in seinen Laptop zu kommen? Wenn der Zugang passwortgeschützt ist und er es nirgends notiert hat, wo ich es finde?

»Also, machen Sie's gut, Sally«, sagt Jims Boss, dann setzt der Freiton in der Leitung ein.

Einen Moment lang stehe ich da, das Telefon ausgestreckt, als wollte ich es der Luft als Opfergabe darbieten, dann stecke ich es ungeschickt auf die Basis, sprinte nach oben ins Arbeitszimmer und sacke vor Jims Laptop auf den Schreibtischstuhl. Als ich die Maus hin- und herbewege, erwacht der Prozessor zum Leben. Im nächsten Augenblick erscheint der Sperrbildschirm – eine Steilküste mit Klippen und Möwen darüber und in der Mitte das Eingabefeld für die PIN.

So angstvoll, dass es mir in den Ohren dröhnt, gebe ich sorgfältig die PIN unserer Handys ein, in der unwahrscheinlichen Hoffnung, dass er auch hier dieselbe benutzt hat. Wenn nicht, habe ich keinen Schimmer, was ich tun soll – wenn man nun nur eine begrenzte Anzahl von Versuchen hat, bevor das Gerät sich komplett sperrt?

»Bitte funktioniere. Bitte, bitte, bitte«, flüstere ich und drücke Enter.

Der Bildschirm wird schwarz.

Meine Kehle schnürt sich zu, als legte Jim mir die Hände um den Hals.

Und dann flammt der Desktop auf, gleich darauf legt sich ein Outlook-Fenster darüber – und da ist er: Jims Posteingang, eigens für mich aufgerufen. Ich lasse den Atem entweichen und werde einen Moment lang ganz schwach vor Erleichterung, dann richte ich mich auf und konzentriere mich auf die Mails.

Ich scrolle herunter, bis ich die Mail mit dem Zeitplan finde, klicke sie an und überfliege den Text, dann beuge ich mich vor und blättere panisch im Kalender an der Wand, um zu sehen, wie viel Zeit ich noch habe.

Gott sei Dank, es ist nicht gleich die nächste Woche.

Heute ist Freitag. Ab Montag habe ich noch vierzehn Tage, über zwei volle Wochen. Aber wenn die rum sind, gibt's kein Entrinnen mehr.

»Vierzehn Tage, da finde ich auf jeden Fall eine Lösung. Kein Problem.«

Ich habe schließlich vierzehn Tage *und Ruth.*

Mit einer knappen Mail bestätige ich Jims Einteilung.

Überwältigt von meiner eigenen Schlauheit ändere ich dann rasch das Passwort für den Mailaccount, nur falls der sich irgendwann mal schließt.

»Schau nur, da checkst du sogar tot noch deine Mails!«, sage ich zu dem Jim-Paket, während ich die Küche durchquere, um die *Jim-entsorgen*-Liste um einen Punkt zu ergänzen: *Täglich Mail und Handy checken und wenn nötig antworten.* Und ich nehme mir vor, Ruth zu sagen, dass sie das dringend auch tun muss, voller Stolz auf die brillanten Tipps, die ich meiner neuen Partnerin geben kann, obwohl sie als richtige Krankenschwester gearbeitet und obendrein zehn Jahre mehr Lebenserfahrung hat als ich dummes kleines Ding.

Da platzt mein Handy mit ›Mamma mia‹ heraus, dass ich zusammenfahre – Amys Klingelton, den sie bei ihrem letzten Besuch hier selbst einprogrammiert hat.

»Amy-Schatz! Wie geht's dir? Ist das schön, dich zu hören!«

»Himmel, Mum. Bei Charlie beschwerst du dich nie, dass er nicht anruft. Warum muss ich die Pflichtbewusste sein? Wie geht's Dad?«, fragt sie in eher uninteressiertem Ton.

Trotzdem macht mein Herz einen Schlenker. Charlie kam nie mit Jim klar, aber Amy verstand es durchaus, Daddys kleinen Liebling zu spielen, wenn sie etwas von ihm wollte, und den Rest der Zeit den Kopf einzuziehen, um Ärger zu vermeiden. Während Charlies geradlinige Art oft zu gegenseitigem Anbrüllen führte, was darin resultierte, dass er auf sein Zimmer geschickt wurde, machte Amy auf Kleinkind, wenn sie verärgert war. Dann überließ Jim sie mir und verzog sich, um Sport zu schauen. Nicht, dass Amy und ihr Vater sich nahe gewesen wären, und die meisten ihrer Anrufe, seit sie auf der Uni war, drehten sich um Geld, aber auf ihre Art muss sie ihn lieben. Ja, er war mürrisch und herrisch, oft schlecht gelaunt und kaum jemals zärtlich, aber er hatte sie und Charlie nie grob angefasst – oder mich, wenn die beiden dabei waren.

»Mum? Bist du noch da?«

»Sorry, Schatz. Hatte gerade das Rotkehlchen beobachtet. Ich hab angefangen, wieder mehr im Garten zu machen, und es freut sich so über die Würmer, die beim Umgraben rauskommen.«

»Schön für dich. Und was macht Dad?«

»Nicht viel. Der bewegt sich seit Tagen kaum mehr vom Fleck.«

Ich bin wirklich ein Monster. Nur ein Monster würde über so was Witze machen. Ich wäre gern entsetzt über mich, aber dafür scheine ich nicht gemacht zu sein. Ich fühle mich nur traurig und müde. So unendlich müde.

»Ich dachte, er erledigt alle Einkäufe?«, reißt Amy mich in die Gegenwart zurück.

»Er war irgendwann so genervt über das Maskentragen, dass es den Ärger nicht mehr wert war. Du weißt ja, wie er sein kann.« Ich lasse ein verschlucktes kleines Lachen einfließen.

»Soll ich ihm kurz Hallo sagen?«

Es wärmt mich bis ins Mark, wie widerstrebend sie klingt. Dann legt sich eiskalte Scham darüber. »Er will gerade nicht telefonieren. Ist nicht sehr gesprächig. Ziemlich depri.«

Eine kleine Pause. »Soll ich rüberkommen?«

Ich versuche, wie ich es schon immer getan habe, mir einzureden, dass Amy lediglich weiß, dass die Ehe ihrer Eltern unglücklich ist. Das soll bitte nicht der Moment sein, in dem ihr endlich alles klar wird.

»Ich würde mich wahnsinnig freuen, dich zu sehen, Schatz, aber führ mich nicht in Versuchung. Du kennst doch Edwina – die ist zum Straßendrachen geworden, was die Coronaregeln angeht, und dein Vater hat schon einen Riesenhals auf sie. Besser, man gibt ihr keinen Grund, ihn total aus der Haut fahren zu lassen. Aber wie geht's dir? Alles in Ordnung?«

»Mhm«, sagt sie. »Ich wollte nur mal hören, wie's euch geht, als gute Tochter und so. Macht's gut, ja?«

»Du auch«, sage ich schon halb ins Freizeichen hinein. Dann schaue ich Rosemary und Petunia an. »Sie hat sich dann doch nicht getraut, um Geld zu bitten, oder? Sie war nicht … ihr glaubt auch nicht, dass sie nur wissen wollte, ob es uns gut geht, oder?«

Es klingt dünn und unsicher statt trocken und sarkastisch, aber das Letzte, was ich jetzt brauchen kann, ist, dass meine relativ ichbezogene Tochter plötzlich anfängt, sich Gedanken um das Wohlergehen ihrer Eltern zu machen.

»Oh, dich werden sie nicht vermissen, mein Lieber«, sage

ich zu Jim. »Ich meine, natürlich werden sie merken, dass du nicht mehr da bist. Irgendwann. Aber es wird nicht so sein, dass du ihnen fehlst. Ich, ich würde ihnen fehlen.«

Aber würde ich ihnen wirklich fehlen, wenn ich wegen Mordes an ihrem Vater im Gefängnis landen würde, oder rede ich mir auch das nur ein? Vielleicht würden sie mich ja hassen.

Das darf ich nicht zulassen.

Ich ziehe die *Jim-entsorgen*-Liste heran, setze als neuen Punkt das Datum, an dem er im Büro sein muss, darunter, und schreibe DEADLINE dazu. Dann kreise ich beides rot ein.

20.

DIE WISSENSCHAFT DES SCHEITERNS

Keine zwei Kilometer entfernt waren Samira und Leila genauso ratlos, wie sie Yafirs Leiche loswerden sollten, ganz zu schweigen von einer Erklärung für sein Verschwinden.

»In einem See?«, schlug Leila vor. »Oder einem Fluss, wenn wir ihn mit Gewichten beschweren?«

Samira schüttelte den Kopf. »Mit dem Klimawandel und den Dürreperioden käme er vielleicht irgendwann wieder zum Vorschein.«

»In einer verlassenen Mine oder einem Brunnen oder Bunker?« Leila schrieb die drei Stichworte auf. »Oder könnten wir ihn in Säure auflösen?«

»Wo sollen wir das machen?«

»In der Badewanne?«

»Da könnten wir selbst an den Dämpfen sterben. Und es würde den Lack schädigen und damit eine Spur hinterlassen.«

Die Türklingel ertönte, dicht gefolgt vom Telefon. Samira eilte in den Flur, während Leila den Apparat ans Ohr drückte. Seit Samira bekannt gegeben hatte, dass Yafir »in der Garage in Quarantäne gegangen war«, meldeten sich ständig sämtliche engen und weiteren Verwandten, um ihnen ihr Mitgefühl auszusprechen und Hilfe anzubieten. Eigentlich fand Samira, sie konnte dankbar sein, einer Gemeinschaft, ja Kultur anzugehören, in der einem, wenn überhaupt, zu viel Hilfe angeboten wurde, aber in dieser Lage war das schlicht unmöglich.

»Nein, bitte schick meine Cousinen nicht vorbei, Tantchen«, hörte sie Leila in der Küche sagen. »Das ist echt nett von dir, aber sie sollen sich besser nicht anstecken, wo du und die anderen in Pakistan festsitzen.«

Samira schnallte sich die Maske um, rückte ihren Hidschab zurecht, holte tief Atem und öffnete die Haustür. In der Einfahrt stand die Großcousine ihres Mannes und strich sich gerade die Abaya glatt. »Wie müde du aussiehst, Samira! Bei all den Sorgen habe ich mir das schon gedacht, und ich habe mich gefragt: ›Wie kann ich helfen?‹ Und dann rief mich Yafirs Tante an und sagte zu mir: ›Samira ist eine gute Ehefrau und eine gute Köchin, aber ihr *Aloo gosht*, das ist nicht so gut‹. Da wusste ich, was ich machen muss.« Sie zeigte auf einen Topf neben der Tür. »Ich weiß, es ist nur eine Kleinigkeit, aber wo dein Mann doch so krank ist«, hier verlagerte die Cousine sich zur Seite und spähte an Samira vorbei in den Flur, »und all seine Brüder mit ihrem armen Vater in Pakistan, sagte ich mir, ein gutes Essen – ein heilendes Essen – ist sicher gut, und ich kann mir sagen, dass ich euch in eurer Not nicht allein gelassen habe. Außerdem habe ich ein paar Paracetamol mitgebracht«, sie wies auf eine kleine Papiertüte neben dem Topf, »in den Läden kriegt man zurzeit keines mehr.«

»Oh, das ist aber fürsorglich von dir –«

»Der arme Yafir. Sein Vater so krank und jetzt er auch noch. So viele Sorgen, und niemand von uns kann viel dagegen tun. Sag uns bitte, wenn du etwas brauchst – dass jemand einkaufen geht, oder wenn Yafir gepflegt werden muss.«

»Es tut mir so leid, dass ich dich nicht hereinbitten oder länger mit dir reden kann, um dir angemessen zu danken. Im

Moment habe ich noch keine Symptome« – bei diesen Worten trat Yafirs Cousine einen Schritt zurück –», aber ich könnte es nicht ertragen, wenn ich dich für deine Güte auch nur dem kleinsten Risiko aussetzen würde.« Samira neigte dankbar den Kopf, verabschiedete sich und schloss sanft die Tür.

Als sie in die Küche zurückkam, war Leila dabei, mit dem Hörer am Ohr hin- und herzumarschieren und gelegentlich einen zustimmenden oder bekümmerten Laut von sich zu geben, während aus dem Lautsprecher ein wilder Strom der Empörung über die Reisebeschränkungen und der Ermahnungen kam, ihrem Vater und ihren Onkeln ja gehorsam zu sein, und zwischendurch immer wieder das Summen ertönte, dass ein weiterer Anruf in der Leitung wartete.

»Leila? Leila, kannst du mir mit deiner Schwester helfen?«, rief Samira gerade so laut, dass die Stimme am anderen Ende verstummte.

»Tut mir so leid, aber meine Mutter braucht mich«, sagte Leila dem Telefon. »Vielen Dank, dass du angerufen hast.« Sie drückte das Gespräch weg – da ertönte auf dem Anrufbeantworter schon eine neue Stimme. Leila stellte ihn leiser, bis die Nachricht zu einem bloßen Gemurmel wurde. »Okay, damit wären die Tanten komplett, glaube ich.« Sie ließ sich wieder vor ihre Liste der Leichenentsorgungsmöglichkeiten fallen.

Samira sank in den Stuhl neben ihr und nahm ihr den Stift aus der Hand. »Du solltest das hier nicht tun. Du solltest gehen und …«

»Mum.« Leila lächelte sanft. »Wir stecken da gemeinsam drin.« Sie legte den Kopf schräg. »Aber wenn du zu große Schuldgefühle hast und es *irgendwie* wiedergutmachen willst, mein Leben wäre unendlich viel schöner mit ein, zwei Paneer Paratha und einem Erdbeer-Kardamom-Lassi dazu.«

Samira barg das Gesicht in den Händen. »Es tut mir leid. Es tut mir so leid. Ich hätte verhindern müssen, dass du herausfindest, was ich getan habe. Welche Mutter würde –«

»Hey, *ich* bin nach unten gekommen, obwohl du mir gesagt hattest, ich sollte oben bleiben.«

»Du wusstest ja nicht, was dich erwartet. Ich hätte nicht gedacht, dass es so schnell gehen würde.« Sie presste die Hände auf die Augen und wünschte, sie könnte so den Anblick aus dem Gedächtnis tilgen, wie ihre Tochter in der Küchentür stand und ihren Vater in Krämpfen auf dem Küchenboden sah.

»Tja, wir werden wohl nie wieder mit Maryam schimpfen, dass sie das Essen so runterschlingt, weil sie es immerhin nicht mitbekommen hat.« Die Heiterkeit in Leilas Ton war wie das Funkeln der Sonne auf zerbrochenem Glas.

»Warum *bist* du überhaupt runtergekommen? Hast du gemerkt, dass etwas nicht stimmt?«

»Ich dachte, das Poltern käme davon, dass er dich verprügelt.« Es waren Yafirs Füße gewesen, die an die Einbauschränke schlugen, bis die Krämpfe aufhörten, weil das Gift die Atmung lähmte. »Und ich wollte dich damit nicht allein lassen. Ich dachte mir, langsam sollte ich anfangen, auch tapfer zu sein.«

Samira zog ihre Tochter in die Arme. Während Leilas Tränen in ihr Kleid sickerten, wünschte sie, sie könnte um Vergebung beten, aber das erschien ihr unmöglich, wo sie doch alles tat, um ihr Verbrechen zu vertuschen. Vielleicht würde später Zeit zu Besinnung und Reue sein. Vorerst musste sie sich darauf konzentrieren, nur ja nicht ins Gefängnis zu kommen, damit sie für das Wohlergehen ihrer Kinder sorgen konnte.

Als ihr Blick sich an dem Rattengift in der Garage festgesaugt hatte, war ihr das nicht wie ein Entschluss vorgekommen; es war lediglich ein Akzeptieren, dass es keine andere Option gab, wenn ihre Tochter überleben sollte. Und im Zuge dieser Erkenntnis war plötzlich alles scharf und kristallklar geworden. Sie wusste noch, wie sie dachte, es müsse die Zugluft gewesen sein, nicht ihr eigener Wille, die sie von der Garage zurück in die Küche getragen hatte wie ein Schirmchen der Pusteblume, die Wünsche erfüllen konnte, wie sie es ihren Töchtern immer erzählt hatte. Wie sonst hätte sie sich so leicht und schwebend fühlen können statt von bleierner Furcht niedergedrückt?

Yafir das Gift unters Essen zu mischen war ihr vorgekommen wie ein Kinderstreich. Wie konnte die sanfte, ruhige kleine Samira so etwas tun, noch dazu unter den Augen ihrer Kinder, die um sie herum Geschirr und Besteck holten und den Tisch deckten? Sie würde doch nicht in deren Beisein ihren Vater vergiften? Und im Haus sterben lassen? Und …

»Mum, du musst atmen.« Leila streichelte ihr sanft kreisend den Rücken.

»Mir geht's gut, alles in Ordnung. Du musst mich nicht trösten –«

»Doch, muss ich«, gab ihre Tochter trotzig mit blitzenden Augen zurück, dann grinste sie. »Wird höchste Zeit, dass ich dreckige Rotzgöre mal zu was gut bin.«

Samira seufzte mahnend. »Leila. Deine Ausdrucksweise.«

»Jetzt kommt's auf ein bisschen Fluchen wahrscheinlich auch nicht mehr an.« So leicht die Worte waren, so bitter war der Ton. Leila krallte die Hände ineinander. »Ich … du liebst mich ja noch, oder? Auch wenn du jetzt weißt, dass ich … dass ich nicht heiraten werde. Zumindest nicht … jemanden, den die Familie jemals akzeptieren würde, weil es nicht nur …

so bin ich nun mal. Das wird sich nicht mehr ändern, und ich …«

Samira legte ihr die Hand an die Wange und hob ihr Gesicht an, bis sich ihre Blicke trafen. »Meine Tochter, ich liebe dich von ganzem Herzen.«

Leila schmiegte sich in ihre Hand. »Warst du mit Dad je glücklich?«, fragte sie, kaum lauter als ein Flüstern.

Samiras Blick schweifte zur Verbindungstür in die Garage, in der Yafirs Leiche in Katzenstreu und eine Plane gepackt in einer hastig leer geräumten großen Transportkiste lag. »Ich hatte gehofft, dass ich es sein würde. Unsere Familien sagten, wir würden gut zusammenpassen, und ich vertraute darauf, dass sie wussten, was das Beste für mich war.« Sie spielte mit ihrem liebsten Armband – dem, das Maryam ihr im vergangenen Jahr im Kunstunterricht zum Muttertag gebastelt hatte. »Ich frage mich, ob es überhaupt Menschen gibt, die sich vor der Heirat wirklich kennen. Wenn es so einfach wäre, sich den Partner selbst auszusuchen, warum gibt es dann bei den weißen Familien in deiner Schule so viele geschiedene Eltern? Wenn ältere, erfahrenere Menschen, die einen lieben –«

»Wenn sie dich geliebt hätten, wie konnten sie dich zwingen, Dad zu heiraten?«

»Sie haben mich nicht gezwungen. Sie haben mich darum gebeten. Und ich war einverstanden und habe ja gesagt.«

»Aber warum? Ich versteh's nicht.« Leila fuhr sich mit den Händen durch die langen Haare, fasste sie mit einem Haargummi zusammen und warf sich den Pferdeschwanz mit einer wütenden Geste über die Schulter. »Und warum hast du ihn später nicht verlassen? Und wenn sie ihn für dich ausgesucht hatten, wären nicht sie in der Verantwortung gewesen, als es so schlimm wurde und du merktest, wie schrecklich er ist? War.«

Sie würde ihrer Tochter niemals von jenem einen Mal erzählen, als sie versucht hatte, Hilfe zu finden. Da ihre Eltern und ihr Bruder tot waren, hatte Yafir sie vom Rest ihrer eigenen Familie leicht isolieren können, also hatte sie sich an die Schwägerin gewandt, die am nächsten wohnte und die immer nett zu ihr gewesen war. In ihrer gemeinsamen Sprache gab es keine Worte für das, was im Dunkeln in ihrem Ehebett geschah – vielleicht, um zu verhindern, dass je über so etwas gesprochen wurde. Trotzdem hatte sie in ihrer Verzweiflung versucht, es ihr zu erklären.

Kirans Reaktion war, Samiras Hand von ihrem Arm abzuschütteln, als starrte diese vor Dreck. Der Abscheu in ihrer Miene fraß sich durch Samiras ganze Haut, bis Scham sich wie ein Brandmal in ihr Herz einbrannte, sich um sie legte wie ein zweiter Schatten. Und jedes Mal, wenn der Gedanke, sich Hilfe zu suchen, wieder den Kopf erhoben hatte, hatte sie den Blick gesenkt und diese Scham zu ihren Füßen liegen sehen.

»Eine Ehefrau muss gefallen und gefällig sein«, hatte Kiran gesagt. »Eine Ehefrau, die die Geheimnisse ihres Mannes nicht für sich behalten kann, bringt Schande über ihn. Welches Recht sollte sie haben, gut und freundlich behandelt zu werden, wenn sie es nicht zu ihm ist?«

Samira hätte gern aufbegehrt, dass der Islam nichts dergleichen forderte – dass diese Vorschriften von den Menschen kamen, nicht von Gott. In der Heiligen Schrift stand, dass Gott sie nicht schwerer prüfen würde, als sie ertragen konnte. Und da sie keinen Weg sah, ihren Mann dazu zu bewegen, gut zu ihr zu sein, wie es der Glaube forderte, ertrug sie es also und sagte nie wieder ein Wort zu jemandem über seine Grausamkeit. Warum sollte sie jetzt davon sprechen, nach all den Jahren der Qual, wo es endlich vorbei war?

»Mein Bruder war gerade gestorben, und meine Eltern … sie und ich waren am Boden zerstört«, erzählte sie Leila stattdessen. »Eine Heirat – die Gründung einer neuen Familie – gab uns eine Perspektive, eine Hoffnung, dass bald wieder etwas Glück einkehren würde.« Ihr Blick wurde sanfter, als sie Leila ansah. »Und du bist mein Glück. Und Maryam auch. Und ihr wart das Ein und Alles eurer Großeltern.«

»Aber warum war Dad nicht glücklich? Lag es daran, dass Maryam und ich beide Mädchen waren?« Leila schüttelte den Kopf. »Ich kapiere einfach nicht, wie er dich so behandeln konnte. Wie er auch nur darauf kommen konnte …« Sie verstummte und schluckte. »Ich muss immer wieder daran denken, wie wir zusammen Monopoly gespielt und uns totgelacht haben, weil er ständig Geld von der Bank stehlen wollte, aber so offensichtlich, dass Maryam es immer bemerkt hat, und … Wie kann jemand einerseits so sein und dann so was tun?« Ihre Finger zeichneten den Rand eines blauen Flecks am Arm ihrer Mutter nach.

Samira zog ihren Ärmel herunter.

»Ich weiß, ich sollte Schuldgefühle haben, dass ich mir jetzt Gedanken mache, wie wir seine Leiche loswerden können, aber ich fühle rein gar nichts.« Sie richtete die ernsten dunklen Augen auf ihre Mutter. »Stimmt mit mir was nicht? War er deshalb –«

Samira schloss die Hand um die ihrer Tochter. »Nein. Für Schuldgefühle und Reue werden wir später Zeit haben. Jetzt müssen wir tun, was nötig ist. Trotzdem ist es furchtbar, dass du da hineingezogen wurdest.« Einen Augenblick lang wurde sie von Verzweiflung übermannt, aber sie kämpfte sie nieder. Dass Leila mit drinsteckte, war nicht mehr zu ändern, aber wenigstens waren deren Hände nicht mit dem Mord selbst befleckt. Leila hatte lediglich geholfen, ihren

Vater aus der Küche zu tragen, und war mit Maryam die nötigen Dinge kaufen gegangen, um ihn zu verpacken, während Samira wie wild den Boden geschrubbt hatte, als könnte sie die Sünde von sich abwaschen wie die Spuren von den Fliesen.

Leila straffte sich. »Es ist, wie es ist, Mum. Momentan will uns keiner was, und wir müssen dafür sorgen, dass das auch so bleibt, und deshalb muss Dad nun mal weg.« Sie tippte mit dem Stift gegen die Liste. »Wenn wir das Auto dicht vor die Garage stellen, können wir die Kiste in den Kofferraum heben, und … ah, nein. Das Navi würde die Fahrt aufzeichnen samt der genauen Koordinaten, wo wir ihn hingebracht haben. Wenn er gefunden würde, wäre das so gut wie ein Geständnis.«

Samira holte tief Atem, die Hände um die Knie gekrampft. »Wir müssen ihn zerteilen. Nur so können wir ihn verschwinden lassen«, stieß sie schnell hervor und sprach weiter, um den Nachhall der Worte in der Luft nicht spüren zu müssen. »Stück für Stück … ist es leichter.« Ihr Blick sog sich an dem Fleck an der Wand fest, den Maryam in der vorigen Woche mit ihrem schmutzigen Turnbeutel gemacht hatte. Sie hatte ihn mit Putzmittel, mit Fleckenspray und sogar mit Bleichmittel geschrubbt, aber da war er, immer noch, während von Yafir nichts zurückgeblieben war außer dem Inhalt der Transportkiste in der Garage.

»Das Problem«, hörte sie sich in unglaublich ruhigem, kühlem Ton sagen, als spräche sie davon, welches Desinfektionsmittel sie am liebsten benutzte, »ist: Wenn wir die Stücke an verschiedenen Stellen verstecken, steigt das Risiko, dass er gefunden wird, maximal an. Aber wenn wir nur einen Ort nehmen, muss er groß genug sein, und wenn wir zu Fuß sind, müssen wir mehrmals gehen, außer … wir könnten natürlich so einen …« Ungeduldig schnippte sie mit den Fingern. »Wie heißen die noch mal – Rollkoffer?«

Leila schluckte schwer. Ihr Gesicht war blass und verkniffen. »Wäre es nicht verdächtig, im Lockdown mit einem Koffer unterwegs zu sein?« Ratlos hob sie die Schultern. »Aber so wie es aussieht, sollten wir es vielleicht herausfinden.«

21.

ALTE FREUNDE UND NEUE FEINDE?

Zwei Stunden später bin ich immer noch keinen Schritt weiter mit der *Jim-entsorgen*-Liste und wende mich der *Liste zum Glücklichsein* zu. Meine Augen heften sich auf *KONTAKT ZU ALTEN FREUNDEN AUFNEHMEN* und wollen sich partout nicht mehr davon lösen.

Janey, bedeutet das. Sonst nichts. Nicht die Cousins und Cousinen, die ich aus den Augen verloren habe. Nicht die Mitglieder meines alten Lesezirkels oder die Eltern der Mitschüler von Charlie und Amy. Wenn ich jemanden davon anrufen und die Person mich abwimmeln würde, fände ich das zwar schade, aber es würde mir nicht das Herz brechen. Wenn Janey das Gespräch abbrechen oder nie zurückrufen würde, wenn ich ihr auf die Mailbox spräche …

Ich nehme mein Handy, scrolle in meinen Kontakten zu J und tippe Janeys Eintrag an. »Mein Gott, ich will so gern wieder deine Stimme hören.« Ich nähere den Finger dem Anrufbutton, aber er bleibt darüber schweben. »Hallo, du hast vor ein paar Tagen deinen Mann zum Mumifizieren eingewickelt, da wirst du es doch wohl noch schaffen, deine älteste Freundin anzurufen«, rüge ich mich.

Stattdessen trinke ich einen Schluck lauwarmen Tees. Dann hole ich mir einen Keks. Rosemary und Petunia beäugen mich missbilligend.

Ich sinke auf meinen Stuhl zurück, nehme wieder das Handy – und sitze da und schaffe es einfach nicht, den Anrufbutton anzutippen.

Was soll ich ihr denn sagen? »Hey, Mut, hier ist Mut!« – als hätten wir uns erst gestern noch unterhalten und sich nichts zwischen uns geändert statt so ziemlich allem?

Wird es Janey überhaupt wichtig sein, dass ich mit ihr reden will? Oder dass es mir leidtut?

Ich vermisse ihre Stimme und ihre Gruselgeschichten. Unsere Insiderwitze. Unsere gemeinsamen Erinnerungen.

Ich vermisse sie, als hätte ich einen Teil meiner selbst verloren.

Mein Handy schaltet sich wieder auf Standby. Meine Augen im schwarzen Bildschirm sind hohl, voller Leid.

Plötzlich ist es in der Küche zu still, das Haus zu groß und zu klein zugleich, zu leer und zu angefüllt mit diesem Paket, das Jim ist, der tot ist und …

Ich schnappe mir Jims Handy, meine Handtasche und Schlüssel, stürze hinaus in den Vorgarten und ziehe die Tür hinter all dem Grauen und Leid zu.

Der Himmel ist blau-grau gefleckt wie ein Vogelei. Er wirkt seltsam zerbrechlich, als könnten die Baumkronen ihn zerreißen. Mein Herz schlägt zu schnell, aber schon spüre ich es zur Ruhe kommen, während ein warmes Lüftchen über mein Gesicht streicht wie eine sanfte Hand. Es riecht nach gemähtem Gras und … Ribena?

Ich schließe die Augen und bin wieder in Grannys winzigem Garten, die Nase in einer hängenden Traube magentafarbener Blüten vergraben.

»Ribes«, steigt das Wort aus meinem Gedächtnis auf und tritt über meine Lippen. »Blut-Johannisbeere.«

Fast kann ich spüren, wie die Blätter sich anfühlten.

Und als ich die Augen wieder öffne, sehe ich sie, in voller Blüte, dort in einer geschützten Ecke in Edwinas Vorgarten. Während ich lächelnd über die Straße schaue, zittern ihre Vorhänge. Ehe ich mich zurückhalten kann, winke ich ihr schon – und spüre meinen Mut sinken, als sich ihre Tür öffnet.

»Guten Morgen«, sagt sie in einem Ton, dass sich mir die Eingeweide zusammenziehen. »Ist alles in Ordnung? Nur weil Sie heute schon einmal unterwegs waren.«

»Ja, um was zu essen zu kaufen.« Ich spiele mit dem Gedanken, hinzuzufügen: *Da Käse und Kuchen so ziemlich das Einzige sind, was mich davon abhält, mich auf die Straße zu stellen und laut zu schreien, dachte ich mir, die wären das kleinere Übel, oder hätten Sie es lieber andersherum?* Ich kann mich gerade noch beherrschen.

Edwinas Augen verengen sich. »Wenn das hier Ihr täglicher Spaziergang ist, baue ich darauf, dass Sie sich nicht Jim anschließen, falls er wieder so einen Mitternachtsspaziergang macht«, sagt sie auf diese milde und doch einschüchternde Art. »Vorschrift ist Vorschrift. Und wenn mich meine Erfahrungen aus fünfzig Jahren regem Interesse an True Crime etwas gelehrt haben, dann, dass Leute, die nachts herumschleichen, gewöhnlich nichts Gutes im Sinn haben.«

»Was sollen wir denn bitte im Sinn haben?« Ich will es als scherzhafte Frage stellen, aber es kommt scharf und knapp heraus.

»Dieser Ton ist nun wirklich unangebracht.«

»Sie haben die Wahl zwischen ihm und Schreien wie am Spieß – suchen Sie sich's aus«, platze ich heraus, ehe ich mich beherrschen kann.

Dann drehe ich mich um und marschiere davon, voller Wut auf mich, weil es so heillos blöd von mir war, meinen

Frust und meine Nervosität an Edwina auszulassen, wo sie mir doch zurzeit unwissentlich so nützlich ist.

Ich stapfe die Straße entlang und um die Ecke. Mein Kopf ist so voller Wut und Elend, dass ich nicht auf den Weg achte und nur zehn Minuten später feststelle, dass ich von der anderen Seite wieder auf ihr Haus zukomme. Als die Vorhänge prompt zu flattern beginnen, gebe ich auf, stürme durch meinen Vorgarten ins Haus und durch Flur und Küche geradewegs in den Garten, wo ich zornig mit zu Klauen gekrümmten Fingern in den Himmel starre.

Wenn es etwas gibt, was meinen Nicht-in-den-Knast-kommen-Plänen noch mehr gefährlich werden könnte als Edwina, dann eine Edwina Möchtegern-Marple. »Warum ausgerechnet True Crime? Kann sie nicht schreinern? Oder Schach spielen? Oder Tiere präparieren?«

Tja, wenn ich ihr nur meine vielen Fragen stellen könnte, was für forensische Fehler ich garantiert mache, ich wette, sie wüsste die Antworten …

Dann blinzle ich und begreife, dass sie mir mal wieder nichts ahnend die perfekte Methode geliefert hat, wie ich ganz unverdächtig Recherchen anstellen kann. Ich fange breit an zu grinsen.

Fünf Minuten später habe ich mir einen Stapel spurenlastiger Krimis bestellt. Endlich habe ich die Möglichkeit, vielleicht ein paar meiner Leichenentsorgungsprobleme zu lösen, ohne verdächtige Google-Suchen zu betreiben.

Mit einem True-Crime-Podcast im Hintergrund gehe ich daran, mir zur Belohnung eine Portion von Grannys Rindfleischeintopf zu kochen. Beim Kauf der Zutaten dachte ich, dabei würden in mir glückliche Erinnerungen daran wach werden, wie ich Charlie und Amy das Rezept beibrachte. Doch ich werde schon wieder traurig. Was haben sie wohl aus ihrer Kindheit in Erinnerung behalten? Wie wir zu dritt so oft gemeinsam lachten, aber kaum jemals, wenn wir zu viert waren; wie wir alle leiser redeten und uns vorsichtiger bewegten, wenn Jim zu Hause war?

Ich konzentriere mich wieder aufs Kochen und sehe auf dem Schneidbrett das blutige Fleisch liegen, während der Sprecher im Podcast einen überaus scheußlichen Mord beschreibt. Schnell nehme ich mir die Karotten vor, aber das Messer ist zu stumpf. Ich übe mehr Druck aus, und die Karotte teilt sich mit einem Geräusch wie knackende Knochen.

Als ich Jims Mantel und Hut nehme, um zu meinem mitternächtlichen Treffen mit Ruth aufzubrechen, befürchte ich halb, dass sie es sich anders überlegt hat, aber da ist sie, wartet im Schatten unter den ersten Bäumen am Waldrand auf mich. Ich hatte geglaubt, wir würden sofort zur Besprechung möglicher Leichenentsorgungsorte schreiten, aber unversehens bin ich dabei, ihr von Amy und Charlie zu erzählen und sie mir von ihrem Sohn. Trotzdem kommt mir das Gespräch wie ein Fortschritt vor – in mehr als einer Hinsicht.

Nach den Jahren der Mühe, meine Nachrichten und Mails vor Jim geheim zu halten, ist es absolut merkwürdig, einer Wildfremden begierig Amys letzten Post vorzulesen, aber vielleicht ist genau das der springende Punkt. Dass ich ihn Ruth *freiwillig* vorlese, genau wie sie mir im Gegenzug die Mail vorliest, die ihr Sohn ihr an diesem Morgen geschickt hat.

Charlies Song des Tages ist ›Somewhere over the Rainbow‹. Wir hören ihn uns gemeinsam an, jede auf einem Ende eines Baumstamms im mondlichterhellten Wald sitzend, unter Tränen strahlend.

»Ich sagte mir immer, das Wichtigste sei, dass Jim die

Kinder nie geschlagen hat – er wusste, das war die Grenze, die er definitiv nicht überschreiten konnte –, aber er hat ihnen ja trotzdem wehgetan, wenn auch nicht körperlich.« Zitternd hole ich Luft. »Ich hatte mir geschworen, ich würde nie ein Leben führen wie meine Mutter – wenn ich je Kinder hätte, würde es ganz anders sein. Aber reicht es aus, dass sie nie mitbekamen, was er tat? Charlie weiß, dass *irgendwas* nicht stimmt. Das letzte Mal, als er nach Hause kam, fing er ständig davon an, wie ungesund unsere Beziehung wäre – daher dieser große Streit, weswegen er sich schon Monate vor dem Lockdown nicht mehr bei uns blicken ließ.«

»Ich kenne die beiden nicht, aber wenn dein Sohn dir Lieder schickt und deine Tochter anruft, um sich nach dir zu erkundigen, klingt das nach Kindern, die gut aufgewachsen sind, mit aller Liebe, die sie brauchten. Du bist nicht schuld daran, dass ihr Vater ihnen die nicht auch gegeben hat.« Ruth betrachtet ihr Handy. »Mein Sohn ist auch zu einem so guten Menschen geworden. Ganz meine Mutter.« Ihr stolzes Lächeln löst sich plötzlich in Trauer auf. »Wenn er wüsste, was ich getan habe …«

»Wir sorgen dafür, dass er es nie herausfindet«, verspreche ich ihr. »Und eines Tages, wenn das alles vorbei ist, können wir vielleicht mal alle zusammen zu Abend essen. Wenn du willst«, füge ich schüchtern hinzu.

Ruth lächelt. »Gerne.« Sie nickt mir zu. »Was hast du überhaupt vor, falls wir es schaffen?«

Zeittechnisch ist jetzt schon Tag 6, seit Jim tot ist – ein weiterer Tag näher an der Deadline. Natürlich ist noch Zeit, um alles zu regeln, aber wie lange kann ich mir erlauben, mir das einzureden, solange ich keine Lösung habe? Wann hört der Optimismus auf und fängt die Blödheit an?

Ich lasse die Schultern hängen. »Ich hatte mir immer gewünscht, einen Job zu haben, aber Jim …« Ich schüttle den Kopf. »Was *habe* ich eigentlich in den letzten Jahren gemacht, seit die Kinder aus dem Haus sind?«

»Es kostet viel Zeit, sich alles, was man tut und sagt, im Voraus zu überlegen und ständig Ausschau danach zu halten, was als Nächstes problematisch werden könnte, bevor er es merkt. Für mich war das auch jahrelang mein Vollzeitjob.«

Eine Weile schweigen wir beide.

»Ich hab angefangen zu gärtnern«, sage ich schließlich. »Und ich hab mir eine Liste gemacht. ›Liste zum Glücklichsein‹ hab ich sie genannt, und darin steht alles, was ich unternehmen will, damit mein Leben schöner, größer, erfüllter wird. So was Bedeutendes wie Krankenschwester könnte ich nie werden, dazu bin ich nicht schlau oder qualifiziert genug, aber irgendwie würde ich trotzdem gern Menschen helfen. Hast du vor, wieder zu arbeiten, oder müsstest du umschulen?«, frage ich hastig, bevor sie etwas sagt, was mir in seiner Liebenswürdigkeit die Sprache raubt. »Nicht dass es momentan viel Spaß machen kann, als Krankenschwester zu arbeiten, aber –«

»Ich würde liebend gern in die Klinik zurückgehen.« Ruths Stimme ist heiser vor Sehnsucht. »Ich dachte, ich würde nur eine kurze Auszeit nehmen, aber Lionel freute sich so, dass ich mehr zu Hause war, und es lief so gut zwischen uns, und …« Sie umfasst das ramponierte Medaillon, das ihr an einer dünnen goldenen Kette um den Hals hängt. »Wenn unsere Lage hier geklärt ist, gehe ich zurück. Als Allererstes.«

»In der Pandemie Krankenschwester zu sein bringt garantiert eine Menge Bußepunkte.« Ich verziehe das Gesicht. »Das sollte motivierend klingen.«

Ruth lacht nur. »Das wäre für mich keine Buße. Sondern ein Vergnügen. Ein Geschenk. Zum Glück wird Pflegepersonal gerade so dringend gebraucht, sodass ich nicht das Gefühl hätte, ich würde auch noch dafür belohnt, dass ich …« Sie macht eine vage Geste. Dann ändert sich plötzlich ihr Gesichtsausdruck. »Und wenn wir die Leichen an die Küste fahren? Machen Gangster das nicht so: ihre Mordopfer mit Gewichten daran im Meer zu versenken?«

Ich starre sie an; der Themenwechsel bringt mich völlig aus dem Takt. Dann denke ich daran, wie oft meine eigenen Gedanken schon von schierer Angst zu etwas ganz Gewöhnlichem umgesprungen sind; es ist seltsam tröstlich, zu merken, dass das in unserer Situation ganz normal zu sein scheint.

»Das Problem ist, was wir der Polizei sagen würden, wenn die uns anhält und fragt, wohin wir mitten im Lockdown wollen. Außerdem würde das ihr Verschwinden nicht erklären. Vielleicht finden wir einen Fluss in der Nähe, wo wir einen Angelunfall vortäuschen können?«

»Mein Mann hat noch nie im Leben geangelt.«

Ich knibble ein Stück Rinde von unserer improvisierten Bank los und schüttle den Kopf. »Würde sowieso nichts bringen. Flüsse kann man mit Schleppnetzen durchsuchen, und das würde nicht gut enden, vor allem, weil niemand durch einen Unfall in eine Plane voller Katzenstreu eingewickelt wird.«

»Und wenn wir behaupten, sie wären an einen Fluss gefahren, die Leichen aber woanders verstecken? Wenn zwei Leute dieselbe Story erzählen, müsste das doch Gewicht haben.«

»Nur wird die Polizei früher oder später ihre Handys orten. Und selbst wenn wir die zum Fluss bringen, würde die Frage aufkommen, warum die dort sind, aber nicht die Leichen. Und da meistens der Partner oder die Partnerin verantwortlich ist, wenn jemand verschwindet oder ermordet wird, würden sie die Spurensicherung durch unsere Häuser schicken, und egal wie gründlich wir sauber machen, irgendwas würden sie garantiert finden.«

Ich verstumme und gebe mir alle Mühe, großartige Ideen zu haben. Als ich zu Ruth schiele, streicht sie über ihr Medaillon und macht dabei ein Gesicht, als wäre ihr übel.

»Müssen wir es noch mal durchsprechen?«, frage ich sanft.

Ruth schüttelt den Kopf, aber ihr freier Arm presst sich um ihre Körpermitte.

»Es ist zu spät, um zur Polizei zu gehen«, erinnere ich sie, wobei ich versuche, ruhig und ermutigend zu sprechen. »Die nimmt dir jetzt nicht mehr ab, dass es Notwehr war. Und es würde die Welt nicht besser machen – schon gar nicht für unsere Kinder –, wenn wir die nächsten zwanzig Jahre im Gefängnis verbringen, statt unser Leben zu leben, Gutes zu tun und unseren Kindern dabei zu helfen, damit zurechtzukommen, dass ihre Väter verschwunden sind.«

Das hier gehen wir jetzt schon zum dritten Mal durch, aber statt genervt zu sein, finde ich es tröstlich. Jedes Mal, wenn ich Ruths Gewissen beruhige, festigt sich meine eigene Entschlossenheit.

Ruth schaut auf die Uhr. »Wir sollten schlafen gehen«, sagt sie dumpf, steht auf und klopft sich die Hose ab. Auf dem Weg zurück zur Straße sagt sie: »Vielleicht könnte ich dich morgen Vormittag mal anrufen? Bis morgen Nacht kommt es mir so lange vor …«

»Aber gern!«

Wir tauschen ein scheues Lächeln, während wir aus dem Schatten der Bäume wieder in den orangen Lichtschein der leeren Straße treten.

»Aber weißt du was, ruf besser nicht mich an – nimm Lionels Handy und ruf Jims an. So können wir den Eindruck erwecken, unsere Männer hätten sich zuerst gekannt. Das wird viel weniger verdächtig wirken, wenn wir einander ein Alibi geben müssen.«

Ernst nickt Ruth. »Dem Himmel sei Dank, dass eine von uns einen Sinn für die Details hat. Ich habe das mit der Plane und der Katzenstreu übrigens so gemacht, wie du gesagt hast, und es war schrecklich, aber wenigstens habe ich jetzt den Trost, dass er nicht anfangen wird zu stinken. Ich wünschte, ich könnte auch etwas Nützliches beitragen. Der beste Gedanke, den ich gerade habe, ist, dass mein Cousin einen großen Van hat.« Sie runzelt die Stirn. »Und einen Häcksler hat er auch.« Im nächsten Moment reißt sie entsetzt über ihre eigenen Worte die Augen auf. »Ich komme in die Hölle«, sagt sie – zu mir, zur Straße, zur Welt im Allgemeinen. »Ich komme hundertprozentig, unweigerlich in die Hölle. Falls es eine Hölle *gibt*. Und wenn nicht, werde ich als was Fürchterliches reinkarniert werden. Als Pudel vielleicht. Oder so eine Katze ohne Fell. Oder als Schmeißfliege. Ja, wahrscheinlich ist das hier schmeißfliegenwürdig. ›Sei immer anständig und gut‹, ermahnte mich meine Mutter so oft, und jetzt bin ich eine Mörderin und versuche es auch noch zu vertuschen.«

»Wenn wir aus dieser Zwickmühle raus sind, kannst du dich sofort daranmachen, das aufzuwiegen, indem du Verseuchte pflegst.«

Sie bleibt stehen und starrt mich an. Ich mache mich auf eine sanfte Rüge gefasst, aber ihr Blick ist weich und freundschaftlich. »Kann sein, dass ich mir das mit der Polizei noch anders überlege, aber von deinen Geheimnissen werde ich niemals auch nur einer Menschenseele etwas verraten«, sagt sie feierlich. »Meine Mutter war der anständigste, gütigste Mensch, den ich je kannte, und sie wäre zwar entsetzt darüber, was aus mir geworden ist – was ich getan habe –, aber sie würde mir vergeben. ›Wenn dir je der Glaube fehlt, nimm dein Gewissen‹ war das Letzte, was sie zu mir sagte.«

Ich bin noch um eine Antwort verlegen, da schreckt uns ein merkwürdiges Geräusch auf: ein lauter werdendes Rumpeln, untermalt durch stakkatohaftes Klacken.

»Wie laut waren wir?«, zische ich, während das Geräusch näher und näher kommt.

Da biegt eine große, schlanke Gestalt um die Ecke.

22.

ICH PACKE MEINEN KOFFER UND NEHME MIT

Die Gestalt marschiert resolut auf High Heels die Fahrbahn entlang und zieht einen großen Rollkoffer hinter sich her. Den Kopf hält sie gesenkt, dennoch erkenne ich, dass ihr Mund unter dem sorgsam festgesteckten Hidschab entschlossen zusammengepresst ist. Als sie unter einer Straßenlaterne hindurchkommt, sehe ich, dass es ein junges Mädchen ist.

Da schaut sie auf und sieht uns. Ihre Augen weiten sich, ihr Schritt stockt. Mit einem tiefen Atemzug stählt sie sich, um weiterzugehen, aber beim nächsten Schritt bleibt ihr Absatz in einem Schlagloch hängen, sie taumelt zur Seite, und der Koffer gerät aus der Bahn. Eines der Räder verfängt sich in einem Abflussgitter, von dem Ruck wird ihr der Bügel aus der Hand gerissen, und sie knallt auf den Asphalt.

Ruth und ich stürzen zu ihr. »Alles in Ordnung?«, ruft Ruth ihr zu und verlangsamt, als das Mädchen sich mit einem eher frustrierten als schmerzvollen Ächzen aufsetzt.

»Ging nie besser«, brummt es und inspiziert seine Handflächen.

»Ich habe Desinfektionsgel«, bietet Ruth ihr sofort an und beginnt in ihren Taschen zu kramen.

»Ich auch, aber das wird brennen wie Hölle.«

»Es wird verhindern, dass sich etwas entzündet. Ich bin Krankenschwester«, sagt Ruth sanft, aber bestimmt.

Das Mädchen seufzt tief, gehorcht aber. Ich knie mich zu dem Koffer, aber als ich versuche, das Rad freizubekommen, springt das Mädchen mit angstvoller Miene auf. »Schon okay«, sagt es und nimmt hastig den Bügel. »Das schaffe ich schon. Brechen Sie wegen dem alten Ding bloß nicht die Coronaregeln.«

Ich hebe die Hände und trete zurück. »Wenn dir die Coronaregeln so wichtig sind, warum bist du dann mitten in der Nacht mit einem Koffer unterwegs? Auf Reisen kannst du nicht sein, und bei anderen Leuten zu übernachten ist verboten, außer … halt mal, bist du in Schwierigkeiten?«

Das Mädchen reißt die Augen auf. »Nein, alles gut!«, sagt sie, plötzlich in hohem, angespanntem Ton. »Ich bin nur …« Sie blinzelt mehrmals schnell hintereinander, »… Bücher abholen gewesen. Meine Tante hat mir ein paar Bücher in den Garten gelegt, und ich hab sie gerade geholt, damit wir was Neues zu lesen haben. Eine Stunde Spazierengehen täglich ist ja erlaubt, also alles im grünen Bereich, total korrekt, und … ja.«

Wir starren einander an.

»Ich muss weiter. Meine Stunde ist fast rum«, sagt das Mädchen forsch, »und ich hab meiner Schwester versprochen …«

Da erkenne ich sie plötzlich: das Mädchen mit lila Hidschab und Stiefeln aus dem Baumarkt. Das mit der kleinen Schwester – und dem Wagen voller Sachen, die meinen so befremdlich ähnlich waren.

»Wie geht's eurer Katze?«, platze ich heraus, im Gefühl, sie sollte noch nicht gehen, ohne so recht zu wissen, warum.

Sie schaut völlig verwirrt drein. »Was für eine Katze?«

»Wir sind uns im Baumarkt begegnet. Da hattest du tonnenweise Katzenstreu gekauft.«

Das Mädchen blinzelt wieder so schnell, als rasten ihr tausend Gedanken gleichzeitig durch den Kopf. Dann schluckt sie leicht verkrampft.

Mein Blick wandert zu dem Koffer.

Das Mädchen spannt sich an, wie um wegzulaufen, und mich durchzuckt etwas: ein Ahnen, dass hier das fehlende Teil meines *Jim-entsorgen*-Puzzles winken könnte. Was Ruth und ich gemeinsam erreichen könnten, indem wir einander als Alibi nutzen, ist noch immer riskant. Aber als Trio – drei einander fremde Frauen, die sich erst seit Kurzem kennen –, da würde die Polizei niemals Verdacht schöpfen.

Außerdem: Wenn wir ein Grab schaufeln müssen, wird es mit einem zusätzlichen Paar Hände schneller und leichter gehen.

»Okay, sind da drin Leichenteile, oder ist das ein Probelauf?«

Ruth gafft mich mit offenem Mund an.

»Wa – was – das ist aber … was sagen Sie denn für Sachen?«, empört sich das Mädchen. »Das ist doch … Nein.« Sie weicht zurück. »Mit Ihnen rede ich gar nicht, Sie sind ja verrückt. Leichenteile!«

Als sie ein kleines Lachen versucht, könnte ich feixen. Ich *wusste* es.

Mit schief gelegtem Kopf mustere ich wieder den Koffer. »Blut ist keines zu sehen, also hast du sie echt gut verpackt, oder du karrst ein paar Steine durch die Gegend, um zu schauen, ob jemand dich anhält.«

Ihr Gesicht spannt sich an. »Ich will zu meiner Tante.«

»Ich dachte, daher kommst du gerade.«

»Sie bringen mich total durcheinander!«, fährt das Mädchen auf und zerrt am Koffer. Durch einen besonders heftigen Ruck kommt er frei, sodass sie rückwärts stolpert. »Ich muss nach Hause. Lassen Sie mich in Ruhe, oder ich schreie.«

Ich hebe die Augenbraue. »Wenn dir meine Fragen nach der Katze und dem Inhalt des Koffers so unangenehm sind, weiß ich ja nicht, ob du freiwillig die Polizei auf den Plan rufen willst.«

»Ach, und was machen *Sie* hier draußen?« Sie richtet den Blick auf Ruth. »Und was sagt Ihre Freundin dazu, dass Sie junge Frauen beschuldigen, Leichenteile herumzukarren?«

»Ich sage dazu, dass wir wahrscheinlich bald im Gefängnis sitzen«, antwortet Ruth. »Wir haben nämlich ein ähnliches Problem. Aber wenigstens haben wir es gemeinsam.«

Das Mädchen starrt uns ungläubig an und wirft die Hände in die Luft. »Das gibt's doch nicht. Was ist hier bitte schön los?«

»Warum *glaubst* du eigentlich, dass in dem Koffer Leichenteile sind?«, fragt Ruth mich.

»Weil wir im Baumarkt die gleichen komischen Sachen im Wagen hatten.«

»Sind da jetzt *wirklich* Leichenteile drin?«, fragt sie das Mädchen.

»Nein!«, faucht dieses. Dann sinken ihre Schultern nach vorn. »Es sind Bücher, genau wie ich gesagt habe. Ich wollte wissen, ob ich mit einem Koffer rumlaufen kann, ohne dass mir jemand blöde Fragen stellt. Sieht nach nein aus. Wobei ich mir die Fragen anders vorgestellt hatte.« Sie schaut sich wachsam um. »Wir sollten das *nicht* mitten auf der Straße diskutieren.«

»Ich weiß«, sagt Ruth, »aber bevor du gehst, hast du vielleicht irgendwelche Tipps, was Leichenentsorgung angeht? Wir könnten dringend welche gebrauchen.«

23.

ALLER GUTEN DINGE SIND VIER

Zwanzig Minuten später findet die seltsamste Teegesellschaft statt, die ich mir je hätte träumen lassen.

Wir sitzen in einer Garage mit weit geöffnetem Tor. Ruth und ich auf Klappstühlen zur Straße hin, jeweils an einer Ecke des Tischs, sowohl des Mindestabstands wegen als auch, weil wir dann besser im Auge behalten können, ob sich jemand nähert. Auf einer Kiste neben der Verbindungstür zum Haus sitzen Leila und ihre Mutter Samira, die vielleicht Mitte Dreißig ist. Sie ist schlank wie ihre Tochter, aber sehr viel kleiner und eher ein wenig schüchtern, während Leila ziemlich selbstbewusst wirkt – zumindest dem äußeren Anschein nach. Ihre temperamentvolle Art hat etwas Fragiles, ich weiß nicht genau, ob wegen der derzeitigen Situation oder weil sie erst siebzehn ist.

Aber so ziemlich jeder wäre wohl ein bisschen fragil, wenn er neben einer großen Kunststoffkiste mit Mausefallen drumherum säße, auf der Schüsseln mit Essig und Natron stehen und in der ein toter Vater liegt.

»Hast du nur Katzenstreu genommen oder noch was anderes?«, fragt Leila mich, während ich mir ihr Arrangement näher anschaue. »Ich hab noch einen Schwung dieser kleinen Trockenbeutel bestellt, wie sie in neuen Handtaschen sind, keine Ahnung, ob die bei was so Großem was bringen. Das

Salz darin verhindert hoffentlich wenigstens, dass sich Maden einnisten.«

Samira dreht sich bang zur Tür zum Haus um. »Soll ich …«

»Du weckst sie nur auf, Mum«, sagt Leila. »Meine kleine Schwester«, erklärt sie Ruth. »Sie ist erst sieben.«

»Weiß sie von …« Ich deute auf die Kiste.

»Sie ist *sieben*«, wiederholt Leila.

»Sie glaubt, ihr Vater wäre hier drin in Quarantäne, weil er Symptome hat und uns schützen will«, flüstert Samira.

Leila schnaubt. »Wäre ihm zum ersten Mal eingefallen.«

»Leila!«, seufzt Samira.

Leila verdreht leichthin die Augen, aber ihre fest vor der Brust verschränkten Arme sprechen Bände. »Ist schon gut, Mum. Die können das verstehen. Im wahrsten Sinne des Wortes.«

»Wenn du so gefühllos redest, woher sollen sie wissen, ob wir nicht schlechte Menschen sind? Wie sollen sie glauben können, dass wir keine Wahl hatten?«

Ich hebe die Hand. »Ich glaube euch.« Dann deute ich auf Ruth. »Ihr habe ich auch geglaubt, noch bevor sie ein Wort gesagt hatte.«

»Dass wir alle uns ineinander wiedererkennen, spricht doch schon dafür, dass wir alle im selben Boot sitzen«, sagt Ruth auf ihre sanfte Art.

Leila bedenkt uns mit einem skeptischen Blick. »Ihr habt eure Männer abgemurkst, weil sie durch ihre patriarchale Macht eure Töchter zwingen wollten, irgendeinen wildfremden Typen zu heiraten, nur um ein bisschen Gerede zu vermeiden?«

Ich starre Samira an, die die Hand um die Stirn gekrampft hat. »Wie nett«, sage ich. »Warum in aller Welt wollte er das tun?«

»Weil meine Cousine – wir sind auf derselben Schule – vor Kurzem Fotos durchgegangen ist, ob sie sich fürs Jahrbuch eignen, und auf einem Bild vom Valentinstag war ganz hinten gerade so zu sehen, wie ich mit meiner Freundin Händchen halte und sie mir eine Rose schenkt.« Resigniert zuckt Leila mit den Schultern. »Ich war immer so vorsichtig, aber das hat mich kalt erwischt. Ich hatte keine Ahnung von dem verdammten Foto. Hätte ich einen Schritt weiter links gestanden, dann wäre ich gar nicht drauf gewesen. Ich versuchte Dad weiszumachen, dass das nichts zu bedeuten hätte, dass es einfach ein Scherz gewesen wäre, aber er wollte nichts davon wissen. Egal was dahinterstecken würde, Gerüchte wären schon schlimm genug. Allein, dass man so was mit unserer Familie …« Sie blickt zur Seite. »Mum wollte ihn davon abhalten, mich weiter fertigzumachen, da verprügelte er sie. Dann wurde es still, und …«

Samira legt wie schützend eine Hand über ihre Kehle. »Gleich darauf hörte ich, wie mein Mann per Videoanruf mit seinen Brüdern und Onkeln in Pakistan redete – die sind alle gerade dort, weil sein Vater krank ist. Wir hätten eigentlich mitkommen sollen, aber Maryams Pass war abgelaufen, und als er erneuert war und wir den Flug umgebucht hatten, kam der Lockdown, also sitzen wir hier fest und sie dort …«

Leila verdreht wieder die Augen. »Die Kurzfassung reicht, Mum. Wichtig ist, dass sie diese nette Familienkonferenz hatten, wie man den Ruf der Familie retten und mir die Chance auf ein ›normales Leben‹ geben könnte. Indem sie mich mit einem völlig Fremden verheiraten, der mich hauptsächlich deshalb will, weil ich britische Staatsbürgerin bin. Ich meine, okay, mir tut jeder leid, der sich so sehnlich ein besseres Leben wünscht, dass er sich nur wegen des Visums an *mich* binden würde, aber …« Zornbebend bricht sie ab.

Samira beendet die Erklärung: »Der Plan war, dass wir, sobald es wieder ginge, rüberfliegen sollten, angeblich, um seinen Vater noch einmal zu sehen, nur wären wir vom Flughafen geradewegs zur Heiratszeremonie gebracht worden.«

Leila wirft den Kopf zurück. »Ihr denkt wahrscheinlich, da hätte ich doch tausend Möglichkeiten gehabt, dem zu entgehen, aber wenn deine ganze engere und weitere Verwandtschaft sich verbündet hat, um das durchzuziehen, dann wird es früher oder später auch passieren. Und wenn ich mitgespielt und ihn später verlassen hätte, wären sie mir auch auf den Pelz gerückt, und ich hätte nirgends hingekonnt, weil sie *alle* mit drinstecken, und hätte zu ihm zurückgemusst, und wenn ich mich nicht ›benommen‹ und alles still erduldet hätte, was er mit mir macht, hätten sie …« Sie blickt zur Seite. »In den Zeitungen wird um so was meistens nicht so viel Bohei gemacht, als wenn weiße Mädchen ermordet werden, aber ich hab trotzdem schon mehr als genug Artikel über Mädchen wie mich gelesen, und wenn jemand in Stücken in einem Koffer enden muss, dann lieber mein Vater.« Trotzig hebt sie das Kinn. Und bricht in Tränen aus und birgt das Gesicht in den Händen, während Ruth und ich nur hilflos zuschauen können. Wo liegt der Triumph darin, Schreckliches zu tun, nur um noch Schrecklicherem zu entkommen?

Samira legt den Arm um sie. Mir schmerzt buchstäblich alles vor Sehnsucht nach meinen eigenen Kindern. Sie so fest im Arm zu halten, dass es sich anfühlt, als könnte man sie wieder zurück in den eigenen Körper drücken, wo ihnen nichts passieren kann.

»Es sind nicht alle Verwandten, Leila«, sagt Samira leise. »Nur wenige davon halten das wirklich für richtig. Die anderen … sind darin genauso gefangen wie wir. Sie wissen, dass es unislamisch ist, aber sie haben nicht die Macht oder die

Kraft, um sich gegen Männer zu stellen, die über Frauen bestimmen wollen.« Ihre Miene wird düster. »Wenigstens wird dein Vater dir nie wieder wehtun, das ist vorbei.«

»War es denn all die Jahre okay, die er *dir* wehgetan hat?«, entfährt es Leila. Sie wischt sich die Wange ab. »Ich hätte in der Schule was sagen sollen. Die Lehrer sind nett, die hätten uns bestimmt geholfen.«

»Wobei denn?«, fragt Samira mit einem geduldigen Seufzer – sichtlich haben sie diese Diskussion nicht zum ersten Mal. »Wegzulaufen und unsere Namen zu ändern und nie, niemals wieder nach Hause zu kommen? Nie wieder mit jemandem aus der Verwandtschaft zu reden? Nie wieder …« Sie verstummt, hebt mutlos die Hände, sieht dann Ruth und mich an. »Egal wohin ich schaue, es gibt keine Lösung. Was sollen wir nur tun?«

»Wir sind vier kluge, fähige Frauen. Gemeinsam werden wir uns ein selbstbestimmtes Leben aufbauen und diese Sache deichseln«, sage ich mit aller Zuversicht, die ich aufbringe, was nicht viel ist, aber man muss nehmen, was man hat.

»Sehr bewegend. Sollten wir einrahmen und an die Wand hängen«, sagt Leila und beißt sich auf die Lippe.

»Leila!«, zischt ihre Mutter.

Ich lache nur. »Das war doch gut, oder? Inspirierend, motivierend, energisch …«

Leila grinst. »Wonder Woman meets die Suffragetten.«

Einen Moment lang zieht sich mein Herz vor Sehnsucht nach Janey zusammen – unwillkürlich denke ich an die Geschichtsstunde zurück, in der unser dummer, geliebter kleiner Insider seinen Anfang nahm. Wenn ich die Augen schließe, sehe ich das Klassenzimmer und unsere graugesichtige, grau gekleidete Lehrerin vor mir. Wie sie das Lehrbuch zuschlug und ihr Gesicht plötzlich grimmig wurde. »Ihr könnt den Suffragetten heute vielleicht nichts mehr abgewinnen, aber selbst wenn ihr euch ihre Namen nicht merken könnt, eines solltet ihr euch merken: einen der stärksten Sätze unserer Geschichte; den Solidaritätsschwur jeder einzelnen Frau an ihre Schwestern und im Gegenzug die Bitte um ihre Solidarität. ›Wo Mut ruft, wird Mut ihn hören‹.«

Wie sehr wünschte ich, Janey wäre jetzt hier und sagte zum Beispiel: »Wir könnten jetzt ein bisschen Mut gebrauchen, was, Mut?«

Ich schiebe die Sehnsucht nach Janey beiseite und konzentriere mich auf die neuen Freundinnen, von denen ich umgeben bin.

24.

ENE MENE MUH, UND RAUS BIST DU

Am nächsten Tag bleibt Leila zu Hause bei Maryam, und Samira geht mit mir und Ruth zum ersten Mal bei Tageslicht spazieren. Trotz der willkommenen Ablenkung durch meine neuen Komplizinnen ziept tief in meinem Bewusstsein immer wieder die Sehnsucht nach Janey wie ein freiliegender Nerv.

Ich kann mir kein Leben vorstellen, in dem ich nie wieder mit ihr reden werde, dennoch habe ich immer noch nicht den Mut aufgebracht, sie anzurufen, obwohl ich genau weiß: Wäre sie diejenige gewesen, die sich abgekapselt hätte, dann hätte ich auf jeden Fall das Bedürfnis gehabt, wieder mit ihr ins Reine zu kommen. Aber Janey konnte schon immer gelegentlich schmollen, wenn ich also anriefe und sie nicht abnähme, könnte es gut sein, dass Tage, ja Wochen vergehen würden, bis ich mir sicher wäre, ob noch Hoffnung besteht oder nicht. Und das würde ich nicht ertragen. Vor allem nicht, während Jim immer noch vor der Waschmaschine liegt. Und während meine neuen Freundinnen darauf bauen, dass ich das Meine dazu tue, um uns aus unserer gemeinsamen Klemme zu helfen.

»Wir sollten ein paar Grundregeln festlegen, wie wir in Verbindung miteinander treten«, sage ich, bevor ich in Janey-selige Verzweiflung versinken kann. »Es wird unmöglich sein, so zu tun, als würden wir uns gar nicht kennen, aber wenn es so aussieht, als wäre der Kontakt durch unsere Männer zustande gekommen, wird es das Ganze viel weniger verdächtig erscheinen lassen. Wir sollten uns über ihre Handys anrufen, erstens erweckt die Datenspur den Anschein, dass sie noch leben, zweitens bekräftigt das die Behauptung, dass sie sich während des Lockdowns ziemlich eng zusammengeschlossen haben.«

Samira nickt. »Und woher sollen sie sich kennen?«

»Wir beide hatten uns überlegt, dass Lionel bei Sally und Jim irgendeine kleine Renovierungsarbeit gemacht hatte.« Ruth kann sich ein kleines stolzes Lächeln nicht verkneifen. »Ich habe sogar eine Rechnung mit ›bar bezahlt‹ geschrieben, um etwas Schriftliches zu haben.«

Samira neigt nachdenklich den Kopf. »Ist vielleicht Lionels Auto kaputtgegangen? Und er hat einen Tag lang Yafirs Taxi gemietet?«

Ruth schüttelt den Kopf. »Keine Option. Das hätte er anders hingekriegt. Aber«, ihr Gesicht hellt sich auf, »vor der Pandemie hat ihn ab und zu ein Freund mit einem Saisonticket zu Man-United-Spielen eingeladen, da kam er so spät nach Hause, dass er vom Bahnhof hierher ein Taxi nahm.«

»Ich schreibe dir einen Beleg«, sagt Samira. »Jetzt brauchen wir noch einen Grund, warum sie in Kontakt geblieben sind.«

»Lionel und Jim haben sich schon per WhatsApp über Sport ausgetauscht, lasst uns das noch einen Tag hin- und hergehen und was Glaubhaftes finden, dann kann Lionel Yafir zur Gruppe hinzufügen.«

»Vielleicht kann Lionel anmerken, dass Yafir und er bei der Taxifahrt nach dem Spiel, wo sie sich kennengelernt haben, gewisse politische Ansichten geteilt haben. Das sollte unverdächtig wirken.« Ruth verzieht das Gesicht. »Also, für den Lockdown zumindest.«

»Normalerweise käme mir das sehr weit hergeholt vor«, Samira spielt mit ihrem Armband, »aber jetzt, wo die Welt kopfsteht …«

»Genau«, sage ich. »Also, Ruth und ich haben es aussehen lassen, als gingen Lionel und Jim gelegentlich miteinander spazieren, aber wenn Yafir gerade Quarantäne hält, könnte er nicht dazustoßen, selbst wenn er es wollte.«

Samira sieht erleichtert aus. »Wenn wir eine Story erfinden müssen, warum sie alle drei gemeinsam verschwunden sind, müssen wir es Schritt für Schritt angehen. Uns erst einmal eine wirklich glaubhafte Erklärung dafür ausdenken, dass sie sich schließlich zu dritt getroffen haben.«

»Aber zuallererst brauchen wir ein paar Codeworte, um einander im Notfall benachrichtigen zu können – zum Beispiel etwas für den Fall, dass wir uns sofort an einem festgelegten Ort treffen müssen, und ein anderes für einen Anruf.« Ich werfe Ruth einen Blick zu. »Wie wär's mit ›Bakewell-Törtchen‹ für ein Treffen und ›Feuerchen‹ für einen Anruf?«

Ruth schüttelt halb grinsend den Kopf. Dann fällt ihr Blick auf etwas hinter mir, und sie eilt dorthin. »Was wäre mit so was?« Kniend schaut sie sich den Kanaldeckel vor sich näher an. »Die sind nicht verschlossen, wir bräuchten also nur einen Zimmermannshammer oder so, um ihn aufzuhebeln, und er ist groß genug, und wir könnten dicht davorfahren.«

Samira lässt den Blick über die Häuser an der Straße schweifen. »Hier sind zu viele Fenster in oberen Stockwerken, aus denen man die Straße gut sieht. Zu großes Risiko. Und wenn nun eine Leiche irgendwo wieder ans Licht gespült wird – oder gar alle drei …«

Ruth seufzt, geht aber weiter. »Ich habe eine Website über

verlassene Gebäude und Anwesen gefunden. Keine Sorge«, fügt sie schnell hinzu, »ich habe es in eine Suche nach Archäologiekursen eingebunden und dann noch nach alten Kohleminen und Bunkern gesucht.«

Beeindruckt schaue ich sie an.

»Lächle nicht so. Da kommt mir's vor, als würde ich schon …«

»Anfangen, dich korrumpieren zu lassen?«

»Leila und du, ihr habt den gleichen Humor«, sagt Samira zu mir. Um ihre Mundwinkel spielt ein kleines Lächeln. Dann verblasst es. »Ich muss etwas klarstellen.« Sie holt leicht bebend Atem. »Lionels Tod war ein Unfall. Und du, Sally, hast aus dem Moment heraus zugeschlagen, aber ich … ich habe Gift benutzt. Bitte«, spricht sie hastig weiter, »denkt jetzt nicht, dass ich es schon länger geplant hatte. Es fing damit an, dass ich diese Beratung belauscht habe, genau wie wir es euch erzählt haben, und dann … ich kann es gar nicht beschreiben. Es war, als wäre die Welt plötzlich einen Schritt zurückgetreten, und … Es kam mir nicht mehr wirklich vor.«

»Eine Kurzschlussentscheidung«, sage ich. »Ich hab's verstanden. Du hast das Gift einfach genommen –«

»Nein! Zuerst versuchte ich es an den Türen, aber die waren alle verschlossen, und die Schlüssel waren weg. Die Tür zur Garage war die letzte, aber die Garage war auch zu. Ich hätte Leila also nicht aus dem Haus bekommen. Ich kann gar nicht genau sagen, was ich eigentlich dachte, was passieren würde, wenn ich nicht sofort etwas unternahm – vielleicht wäre überhaupt nichts passiert, aber vielleicht hätten sie sich gestritten, und er hätte mich umgebracht, wenn ich versucht hätte, zu verhindern, dass er Leila etwas antut, und dann hätte niemand mehr zwischen ihm und ihr gestanden …« Sie schüttelt den Kopf. »So stand ich da, und da sah ich das Gift.

Ich weiß nicht, ob ich ihn wirklich töten wollte. Ein bisschen dachte ich auch, ihm würde nur schrecklich übel werden und währenddessen könnte ich die Schlüssel finden, aber …« Langsam lässt sie den Atem entweichen, und in ihre Züge kehrt leise Akzeptanz ein. »Aber ich wusste, dass es auch schlimmer kommen könnte. Und als es so kam, habe ich nicht den Notarzt gerufen. Vielleicht hätte ich es noch getan, aber es ging so schnell.«

Ruths Lächeln ist gequält, aber sie blickt Samira ohne Skepsis an. »Bei alledem ging es dir nur darum, Leila zu retten. Was blieb dir auch übrig, nachdem du vergeblich versucht hattest, dich gegen ihn zu stellen, und ihr nicht fliehen konntet? Zu Notwehr muss doch gehören, dass man es auf eine Art tut, bei der man auch gewinnen kann.«

»Aber werden wir gewinnen?«, fragt Samira mit zitternder Stimme. »Oder werden wir nur statt unter der Erde im Gefängnis landen?«

»Hört mal«, sage ich, als Samira und Ruth synchron die Schultern hängen lassen, »wir werden eine Menge Ideen durchsprechen müssen, bis wir die Lösung finden. Aber wir haben doch Zeit.« Meine kleine Zeitbombe erwähne ich nicht. Ich versuche nicht darüber nachzudenken, dass ich ab Montag nur noch vierzehn Tage habe, bis Jim im Büro sein muss.

»Du vielleicht. Ich nicht«, sagt Samira grimmig. »Aber ich habe eine Idee. Eine, die funktionieren wird.« Sie holt tief Luft. »Wir werden sagen, eure Männer hätten auch Symptome bekommen und beschlossen, sich mit meinem Mann zusammen zu isolieren, und dann habe ich sie alle zusammen getötet. Ich habe das Gift schon eine Stunde vorher in die Küche geholt, bevor ich es ihm serviert habe. Rechtlich gesehen ist das Vorsatz. Deshalb sollte ich den Preis zahlen.«

Ruth und ich starren sie an, dann uns gegenseitig, dann wieder Samira.

»Abgesehen davon, dass wir gerade festgestellt haben, dass du auch nicht mehr Wahlmöglichkeiten hattest als wir, kapiere ich nicht, wie uns das helfen soll.«

»Indem wir sagen, dass ich es tat und ihr nichts davon wusstet, weil ich ihre Handys nahm und durch regelmäßige Nachrichten so tat, als wäre alles in Ordnung. Dann, als sie nach den vierzehn Tagen nicht nach Hause kamen, kamt ihr zu mir, um nachzufragen, und …« Sie breitet die Hände aus.

»Ich kapier's immer noch nicht.« Ich schaue Ruth an. Sie zuckt nur mit den Schultern. »Und dann …?«

»Dann komme ich ins Gefängnis, und ihr sorgt dafür, dass Leila und Maryam nichts passiert. Wenn ich der Polizei sage, dass ich hauptsächlich Yafir töten wollte, um zu verhindern, dass Leila zwangsverheiratet wird, und Lionel und Jim nur Kollateralschäden waren, wird meinen Verwandten klar sein, dass sie Leila nichts tun dürfen. Wenn ihr dann etwas zustoßen würde, wüsste die Polizei genau, warum, und wer dafür verantwortlich war. Das würden sie nicht riskieren. So wäre sie in Sicherheit, bis sie volljährig ist und ein eigenes Leben führen kann, aber ihr müsst mir trotzdem versprechen, dass ihr auf sie aufpasst. Und bei Maryam ist noch nichts zu befürchten, solange sie so klein ist.« So zuversichtlich sie es auch sagt, der Ausdruck in ihren Augen lässt anderes ahnen. »Eine der besten Eigenschaften unserer Kultur ist, dass die Verwandtschaft immer einspringt, wenn Kinder ihre Eltern verlieren. Ihre Tanten werden vielleicht versuchen, ihr Dinge zu erzählen, die ich nicht gut finde, aber ihre Schwester und die Schule und ihr beide könntet dafür sorgen, dass sie das Leben führen kann, das sie will.«

»Aber deine Kinder sind die jüngsten. Unsere sind erwachsen. Wenn jemand die Schuld für alle auf sich nehmen muss, dann ich«, sage ich mit enger Kehle.

»Oder ich«, fügt Ruth standhaft hinzu.

»Wenn es so weit kommen sollte, würden wir dich niemals den Kopf hinhalten lassen«, verspreche ich.

»Damit könnten wir nicht leben«, sagt Ruth tonlos, die Hand um das Medaillon gekrampft. »Egal was dir passiert, wir stehen dir bei. Wir stehen das gemeinsam durch oder gar nicht.«

Samira erschauert und wendet sich ab, und ich erkenne, dass sie weint. Ich würde ihr gern die Hand drücken oder anbieten, sie in den Arm zu nehmen. Aber dann schaue ich doch nur hilflos Ruth an, während wir darauf warten, dass Samiras Schultern aufhören zu beben.

»Wären wir nur schon vorher befreundet gewesen«, sagt sie leise, während sie sich die Tränen von den Wangen wischt.

»Tja, wir sind es jetzt.«

Samiras Blick wird unwahrscheinlich weich – und traurig. »Und dafür bin ich unendlich dankbar – schon allein, dass ich mit jemandem darüber reden kann, was ich jetzt machen soll …« Sie seufzt. »Die Sache ist, ihr könnt euren Verwandten, Freunden und Bekannten ja vielleicht noch weismachen, dass eure Männer zusammen weggegangen sind und ihnen etwas Schlimmes zugestoßen ist, aber bei meinen ist das unmöglich. Da müsste schon eine Riesenkatastrophe passieren – dass er wahnsinnig wird oder die ganze Familie bei einem Erdbeben ausgelöscht wird. Schon jetzt ist es schwierig genug, Ausreden zu finden, warum mein Mann nicht trotz seiner Krankheit mit ihnen telefoniert, aber bald – spätestens in vierzehn Tagen – werden seine Brüder erwarten, dass sie ihn entweder persönlich sprechen können oder er im Krankenhaus liegt. Und dann werden nicht nur ein, zwei Leute ahnen, dass etwas faul ist – schon in der nächsten Verwandtschaft wären es mindestens ein Dutzend.«

»Okay, es ist kompliziert, aber der Großteil der Verwandtschaft sitzt in Pakistan fest, oder? Das heißt, sie können nicht so bald wieder hierherkommen, da gewinnen wir Zeit.«

»Ich kann dir ein paar Symptome beschreiben, warum Yafir nicht sprechen könnte«, bietet Ruth an.

Aber Samira schüttelt den Kopf und ballt frustriert die Fäuste. »Ihr versteht nicht, wie das bei uns ist. Da kennt jeder jeden, und alle sind in ständigem Austausch.«

»Aber die Beschränkungen«, sage ich. »Da ließe sich doch bestimmt –«

Samira wirft genervt die Hände in die Luft. »Ich weiß nicht, wie ich es euch erklären kann, damit ihr es versteht. Sie hatten diese Familienberatung, sie haben gemeinsam über Leilas Schicksal entschieden. Wenn Yafir die Hochzeit nicht arrangieren kann, wird es einer seiner Brüder machen. Ihre Denkweise ist so: Wenn wir – ihre Frauen, Töchter, Nichten – uns schlecht benehmen, sind sie daran schuld, weil sie als Männer für uns verantwortlich sind, also müssen sie dafür sorgen, dass alle sehen, dass sie uns zurechtgewiesen haben. Wenn nicht, sieht es aus, als billigten sie unser Verhalten, statt uns wie vorgeschrieben auf den richtigen Weg zurückzubringen. Es ist …« Sie schüttelt den Kopf. »Es ist zu viel, um es zu erklären.«

»Aber sein eigenes Kind ein Leben lang ins Elend zu stürzen …«, sagt Ruth entgeistert. »War deine Familie auch so?«

»Nein!« Samira seufzt. »Nein, meine Eltern waren anders. Zumindest, bis mein Bruder starb.« Gequält blickt sie in die Ferne. »Er war mit drei Freunden von der Universität im Auto unterwegs. Sie hatten alle getrunken, und irgendwie kam das Auto von der Straße ab und prallte gegen einen Baum. Mein

Bruder und einer der anderen starben. Das brach meinen Eltern das Herz. Uns allen. Er war …« Eine neue Träne rollt auf ihre Wange. »Die Schande, dass er etwas getrunken hatte – dass er in einem Auto mit betrunkenem Fahrer gesessen hatte … Die Sachen, die die Leute zu meinen Eltern sagten. Dass sie in der Erziehung versagt hätten, weil sie zugelassen hätten, dass mein Bruder westlich wurde, statt ihm die richtigen Werte zu vermitteln. Wie unverantwortlich es sei, auch nur daran zu denken, mich auch an die Universität gehen zu lassen, wo sie es mir doch schuldig wären, für mich da zu sein, um mich vor ähnlichen Fehlern zu bewahren … Das ertrugen meine Eltern nicht, wo sie schon so schrecklich trauerten. Und ich auch nicht. Ich hätte damals allem zugestimmt, was …« Müde verstummt sie. »Bitte. Es ist zu schlimm, jetzt auch noch über diesen alten Kummer zu sprechen. Wir müssen überlegen, wie wir aus dieser Sache rauskommen, denn ich werde die anderen nicht mehr lange abspeisen können, und dann …«

»Vielleicht muss letzten Endes doch eine von uns gestehen«, sage ich, »aber wir sind jetzt vier schlaue Köpfe. Schauen wir erst mal, wozu die zu gebrauchen sind, bevor wir diesen Weg gehen.«

Samira hält das eindeutig für hoffnungslos, aber sie bemüht sich redlich, zu lächeln. »Es wird Leila trösten, dass wir es zumindest versucht haben«, sagt sie.

In tiefer Stille gehen wir weiter.

25.

MITTERNACHTSMONSTER

Stille war in jener Nacht im Haus der sehr, sehr müden frischgebackenen Mutter am anderen Ende des Orts ein heiß ersehntes, aber knappes Gut.

»HAU AUS DEM FLUR AB, DU FETTE KUH!«, blaffte ihr Mann, als sie im Bemühen, ihr weinendes Kind zu trösten, durchs Haus wanderte.

Die sehr, sehr müde Mutter schluckte die ihr in der Kehle sitzenden Schluchzer herunter, wankte ins dunkle Kinderzimmer, sank auf die Wäschetruhe in der Ecke und schaltete das Nachtlicht ein – die Feenkönigin Titania mit erhobenem Zauberstab, in einer Pose, die eher an eine Walküre mit Speer erinnerte. Keith fand, es sah gewalttätig aus, aber für sie sprach aus Titanias Miene nur der Wille, all jene zu beschützen, die vom goldenen Lichtkreis der Kugel oben auf dem Stab erfasst wurden.

Jetzt kam dieser Lichtkreis ihr vor wie ein sicherer Hafen, in den sie sich mit ihrer Tochter kuschelte, während ihre liebsten Kinderbuchfiguren auf der Tapete herumtollten.

»Schau, Liebling«, flüsterte sie, nur um eine Stimme zu hören, die nicht weinte oder herumbrüllte. »Da ist Winnie-der-Pu, und Tigger und I-Aah.«

Ihre Sicht verschwamm vor Erschöpfung, und plötzlich schreckte sie auf. Flüchtig hatte es geschienen, als drehte

I-Aah sich zu ihr um und knurrte sie mit extrem scharfen gefletschten Zähnen an.

Und als sie zur Seite schielte, lüftete der Verrückte Hutmacher zum Gruß den Hut, und das Weiße Kaninchen zeigte ihr den Stinkefinger.

Sie kauerte sich über ihr Baby, sodass ihr langes rotes Haar um beide fiel wie ein Vorhang, und drückte ihrer Tochter einen Kuss auf das heiße kleine Köpfchen. »Ich liebe dich«, sagte sie. »Ich liebe dich, du bist alles, was ich will.« Sie kniff die Augen zu. »Daddy liebt dich auch. Er ist nur so müde. Schau, wir sind alt, schon über vierzig! Und kaum zu schlafen ist so hart, und das ständige Saubermachen …«

Prompt nieste das Baby und sprühte ihr dabei Rotz ins Gesicht.

»Genau, meine Süße. Überall Sabber und Rotz, und dazu all das Pipi und Kacka und die Bäuerchen. Für dich ist das ja alles ganz normal, aber deine Mama ist noch nicht besonders gut im Mama-Sein. Sie tut, was sie kann – und ich verspreche dir, sie wird noch besser –, aber im Moment vergisst sie manchmal, zu Abend zu kochen, und ist zu kaputt, um gründlich zu putzen, und sie frisst und frisst, obwohl sie schon so fett und hässlich geworden ist …« Halb schluchzend holte sie Atem und kämpfte die Tränen nieder, dann zog sie ihren Morgenmantel auf und bot der Kleinen die Brust an. Nach ein paar Versuchen saugte das Baby sich fest.

Die Mutter schaltete das Nachtlicht aus und die Spieluhr ein. Deren Deckel wurde von innen heraus erleuchtet, und über Decke und Wände begann ein Reigen blauer Hexen und grüner Seedrachen zu tanzen.

»Alles wird wie vorher, nur besser, weil du jetzt auch da bist.«

Sanft wiegte sie das Kind und ließ den Blick über die leuchtenden Figuren an der Wand schweifen. »Wenn die Pandemie vorbei ist, fahren wir mit dir ans Meer zu deiner Großmutter – sie wohnt im Haus *meiner* Großmutter oben über den Klippen – und spielen am Strand und gehen vielleicht, wenn wir ganz mutig sind, zu der versteckten Bucht hinter den Höhlen. Davon hab ich dir erzählt, weißt du noch? Wie das tapfere und kluge Mädchen sich der Dunkelheit stellte und mithilfe des Mondes zu der verborgenen Bucht fand, in der jemand auf sie wartete. Und weißt du, wer das war?«

Das Baby blinzelte schläfrig.

»Auf das Mädchen wartete eine Frau mit nachtblauem Haar und Augen wie der Mond. ›Komm mit mir, ich werde dich in die Lehre nehmen‹, sagte sie und streckte ihm die Hand hin. ›Ich werde dich lehren, dich in einen Vogel zu verwandeln und auf dem Wind zu segeln und die Wellen zu beruhigen oder zu einem wilden Sturm aufzupeitschen‹.«

Die Lider des Babys senkten sich auf Halbmast. Die sehr, sehr müde Mutter lächelte. Mit jedem weiteren Wort wurde sie leiser.

»›Und was ist der Preis?‹«, fragte das Mädchen. Denn es wusste, dass solche Kenntnisse nicht umsonst waren. Die Hexe lächelte, erfreut über die Klugheit des Mädchens. ›Du musst wahr machen, wessen die Dörfler dich fälschlicherweise beschuldigten, und zu genau dem werden, was sie von dir behaupteten.‹ Ein kleines Weilchen war das Mädchen still. Dann lächelte auch es und nahm die Hand der Hexe, denn es wusste, entgegen aller Erwartungen würde es nun froh und glücklich leben bis an sein Lebensende.«

Und damit verstummte die sehr, sehr müde Mutter und gab dem Schlaf nach, der sich um ihre schmerzenden Glieder legte und sie sacht in tiefes Nichts hinabzog …

Das Baby riss sich von ihrer Brust los und steigerte sich in ein wahres Sirenengeheul hinein, das die sehr, sehr müde Mutter mit einem Schlag in die Nacht zurückkatapultierte.

In der Nähe ertönte ein Wutschrei. Er durchbebte das ganze Haus, ließ die Wände erzittern wie Wasser. Die blauen Hexen und grünen Seedrachen trudelten durch die Luft wie vom Sturm durcheinandergewirbelt.

In dem Gemisch aus Realität, Fantasie und Traum, das Erschöpfung und Angst um sie schufen, legte die sehr, sehr müde Mutter verzweifelt ihr schreiendes Baby in die sichere Wiege – da hörte sie schon das Monster nahen, brüllend wie ein Orkan.

Das Monster – oder die Dörfler, darauf aus, die Hexe und das Mädchen zu vernichten, das sie sich geschworen hat zu beschützen?

Krachend flog die Tür auf, die Hexen und Seedrachen versanken in Schatten, und die Welt verdunkelte sich. Im nächsten Moment krallte sich eine Klaue in ihr Haar und zerrte sie auf die Füße. Eine zweite Klaue umklammerte ihren Arm und schüttelte sie, während das Monster das Maul aufriss, ihr seinen heißen, fauligen Atem ins Gesicht blies und die spitzen, scharfen Zähne fletschte.

Doch so müde die Hexe war – so müde, dass sie am liebsten aufgegeben und einfach zugelassen hätte, dass das Monster sie fraß –, sie wusste, dieses würde auch ihr Baby fressen.

Sie griff um sich, und durch ihre Verzweiflung und Liebe heraufbeschworen befand sich in ihrer Hand plötzlich eine Waffe. Wie von Feenhand geschenkt, ein Speer, einer Schildmaid aus alten Sagen würdig. Die Mutter raffte ihre letzte Kraft zusammen und stieß dem Monster den Speer in die Kehle.

Eine Art hellen, rieselnden Berstens war zu hören. Ein erstickter Schrei. Und dann ein KNALL, der wie ein Brecher in die Welt einschlug.

Und alles wurde schwarz.

Zitternd stand die Hexe in der Finsternis. Dann begann das Baby wieder zu schreien.

Sie warf ihre Waffe weg, hob das Kind auf, drückte es an sich und suchte sich vorsichtig einen Weg zwischen den ausgestreckten Gliedern des gefallenen Monsters hindurch.

Hoch oben verzog sich die Wolke, die den Mond verdeckt hatte, und Licht überflutete den Strand. Gehorsam folgte die Hexe dem Lichtstrahl und trug ihr Kind in die Sicherheit eines warmen Betts, krabbelte selbst hinein und versank in den weichen Kissen, Decken und Laken.

Sie war so unendlich müde, aber jetzt konnte sie ausruhen.

26.

VERRÜCKTE WELT

Nach einer unruhigen Nacht des erfolglosen Grübelns über unserem Drei-Leichen-Problem trotte ich nach unten. Das Haus kommt mir furchtbar kalt und einsam vor. Da greife ich einen Tipp aus einer meiner neuen Forensik-Sendungen auf und gehe daran, den gesamten Küchenboden gründlich zu reinigen und zu desinfizieren, damit nicht nur ein verdächtiges leichenförmiges Stück blitzsauber ist, wenn die Polizei je das Haus durchsucht. Zum Glück ist in der Pandemie exzessives Putzen nichts Merkwürdiges.

Mein zweites Frühstück wird durch ein Klopfen unterbrochen. Auf meiner Türschwelle liegt ein Umschlag. Die knappe Erklärung auf der Rückseite besagt, dass darin Samen aus Edwinas Garten sind, die ich in den nächsten zwei Tagen auf einem frisch umgegrabenen Beet aussäen und darüber Pflanzerde streuen soll. Ich versuche das als Zeichen zu werten, dass Edwina mir zunehmend geneigter wird, aber dass mein Gehirn in Endlosschleife *Morgen in vierzehn Tagen muss Jim im Büro sein!* rezitiert, verleiht allem einen gewissen Dämpfer.

Charlies Song des Tages lockt vorübergehend ein Lächeln auf meine Lippen, aber der Gefühlszustand »Happy« scheint bei mir heute nicht drin zu sein, nicht einmal mit Pharrell Williams' Hilfe. Und das süße Katzenvideo von Amy lenkt mich kaum die zehn Sekunden lang ab, die es läuft.

Meine wärmste Strickjacke – die große unförmige mit den Löchern, die Jim gehasst hatte, die ich aber standhaft nicht wegwarf, sondern ganz hinten im Besenschrank unter der Treppe versteckte – scheint nach mir zu rufen, und bald stecke ich bis zum Hals in Mopps, Putzeimern und Kartons voller Zeug, das ich schon vor Jahren sortieren wollte.

Ich bin so mit Herumwursteln beschäftigt, dass ich das Klingeln des Telefons erst bemerke, als ich mich rückwärts aus dem Schrank befreie und mir die Spinnweben aus dem Haar streife. Als mir klar wird, dass ich es schon eine Weile höre, springe ich auf, flitze in die Küche und zerre den Apparat von der Basis im Glauben, es wären Ruth oder Samira.

»Was ist?«, keuche ich – und erst da fällt mir ein, dass es jemand anders sein muss, weil wir uns ja über die Handys unserer Männer verständigen wollten. Da kein anderer Mensch diese Begrüßung auch nur ansatzweise für normal halten kann, füge ich rasch hinzu: »Ich meine, hallo, wer ist –«

»Sally?«

Die Stimme am anderen Ende ist so von Tränen verzerrt, dass ich sie erst einmal nicht erkenne.

»Sally? Bist du noch dran?«

»Janey?«, keuche ich und muss mich an die Küchenzeile lehnen. In mir prallen Besorgnis wegen des Klangs ihrer Stimme und das schiere Glück aufeinander, sie zu hören.

»Ich brauche dich. Bitte. Ich bin so unendlich müde, und …«

So habe ich sie nicht mehr klingen hören, seit ihr Dad starb.

Sie holt krampfhaft Atem, als hätte die Luft um sie sich in Wasser verwandelt. »Keith ist tot«, sagt sie. »Heute Nacht hatte er … und jetzt ist er tot. Und ich … ich weiß nicht, was ich machen soll.«

Ich bekomme kaum Luft. Um die grenzenlose Freude, ihre

Stimme zu hören, windet sich ein Stacheldraht aus Zorn und Bitternis. Ich habe sie so vermisst, dass mir das Herz geblutet hat, und sie ruft einfach an, als wäre nichts geschehen? Als wäre es völlig selbstverständlich, dass ich immer für sie da bin, während sie es nicht war? Sie wandte sich von mir ab, und in der Folge vernichteten Jims Kontrollwahn und Gewalttätigkeiten die letzten paar normalen Bestandteile meines Lebens. Sie ließ mich mit ihm allein. Lieferte mich ihm aus.

»Sally?«, schluchzt Janey. »Sally, bitte …«

Ich würde sie am liebsten anschreien. Und auflegen. Ich würde gern die Augen schließen und wieder öffnen und neben ihr stehen.

Sie ist noch da, unsere Freundschaft, wie eh und je. All die Jahre. All die Erinnerungen. Sie ist da und wartet auf uns. Zerbeult und rissig und verbogen, aber nicht zerbrochen – falls ich jetzt die Hand ausstrecke.

Mir wurde so viel genommen. Die Chance, einen Teil des Lebens zurückzubekommen, das ich verloren glaubte, ist ein zu großes Geschenk, als dass ich es im Zorn zurückweisen darf. Wenn die Ruinen unserer Freundschaft wieder aufgebaut werden sollen, wird es eine Abrechnung geben. Aber nicht jetzt.

»Bist du auch krank?«, frage ich. »Wo ist er – wo bist du?«

»Bei uns zu Hause.«

Oh Gott, er ist im Haus gestorben, genau wie ihr Vater.

»Ich komme, Janey. Ich komme gleich vorbei. Ich kümmere mich um alles, versprochen, aber sag mir nur, ob du krank bist. Brauchst du einen Arzt?«

»Nein«, schluchzt sie. »Nein, es ist nicht … Er hatte nicht …«

»Was dann? Ein Unfall?«

»Ich habe ihn getötet.« Es klingt völlig heiser, dann holt sie noch einmal Luft und sagt ganz ruhig: »Ich habe ihn getötet, Sally.«

Mein erster Gedanke ist: *Okay, das war's. Jetzt bin ich endgültig übergeschnappt.*

Dann wird mir klar, dass das ein besonders lebhafter Traum sein muss. *Du musst aufwachen*, sage ich mir. Aber das tue ich nicht, weil ich nun mal nicht schlafe. Und diese Erkenntnis lässt mich nicht zusammenbrechen, weil ich nach dreiundzwanzig Jahren, in denen ich passiv zu sein lernte in der vergeblichen Hoffnung, das würde mich beschützen, in den letzten paar Tagen gelernt habe, nachzudenken, zu handeln, tapfer zu sein. Zum ersten Mal ist es nun nicht Notwendigkeit, die mich antreibt. Sondern Mut.

»Hör auf, so zu übertreiben, Janey. Sag am besten *gar nichts mehr*«, sage ich schroff, aber langsam und deutlich. »Du alte Dramaqueen, musst du aus jedem kleinen Streit ein Riesenepos mit Tod und Teufel machen? Du solltest *wirklich nicht so reden. Überleg mal – wenn das jemand hört!*«

Am anderen Ende der Leitung wird scharf Atem geholt.

»Komm bitte erst mal wieder runter. Und ruf auf keinen Fall jemand anderen an und mach dich zum Narren, okay, Mut?« Da kommt mir ein Gedanke. »Ihr wohnt noch da, wo ihr immer gewohnt habt, oder?«

»Ja«, flüstert Janey. »Sal-«

»Bin auf dem Weg.«

27.

WIEDERVEREINIGUNG

Die Hände fest ums Lenkrad gekrallt, setze ich rückwärts aus der Ausfahrt und fahre davon, tunlichst nicht zu schnell und ohne mich um Edwinas flatternde Vorhänge zu kümmern.

Zu Janey sind es nur knapp sechs Kilometer, aber plötzlich kommt mir alles unvertraut vor, die Straßen scheinen sich unendlich weit in die Ferne zu erstrecken, als dehnten sich Zeit und Raum.

Nur noch wenige Blocks von ihr entfernt werden Sirenen hörbar. Ich sage mir, dass das nichts zu bedeuten hat – jedenfalls nichts, was mit mir zu tun hätte. Dazu gibt es überhaupt keinen Grund.

Die Sirenen kommen näher, werden lauter.

Ich sage mir, dass sie einfach nur in die gleiche Richtung fahren.

Aber sie werden noch lauter.

Dann sehe ich im Rückspiegel das Polizeiauto mit blitzendem Blaulicht über die Hügelkuppe kommen. Mit weißen Fingerknöcheln umklammere ich das Lenkrad, zwinge mich zu atmen und hefte den Blick auf den Tacho, um nur ja nicht aus Nervosität zu beschleunigen.

»Die fahren vorbei«, flüstere ich. »Sei nicht blöd. Keine Panik.«

Sie holen auf … kommen immer näher. Ich fahre links ran,

meine Hände schmerzen davon, wie fest ich das Lenkrad gepackt halte. Ich kneife die Augen zu und beschwöre sie innerlich, vorbeizufahren. Einfach weiterfahren, bitte nicht vor mir anhalten …

Lauter, näher. Lauter, näher. Dann heulendes Vorbeisausen.

Und dann knirscht es am Straßenrand dicht vor mir. Mein Herz hüpft wild. *Sie fahren links ran. Sie wollen doch mich.* Wegen Janey oder wegen Jim? Oder hat Ruth ihren Schuldgefühlen nachgegeben und mich verpfiffen?

Da wird mir bewusst, dass die Sirenen leiser geworden sind. Und stetig leiser werden.

Ich öffne die Augen und sehe das Polizeiauto in eine Straße nach rechts abbiegen. Erleichtert lasse ich den Atem entweichen.

Hinter mir ertönt wütendes Hupen. Mein Blick springt zum Rückspiegel. Da fährt das Auto hinter mir schon um mich herum und düst mit einem zweiten Hupen davon.

Ich zeige ihm den Stinkefinger und fahre am ganzen Leib zitternd wieder los. Eine Minute später bin ich in Janeys Straße, parke vor ihrer Einfahrt, schnappe mir meine Handtasche und eile am Haus vorbei in den Garten. Dort springe ich auf die Terrasse zur Küchentür und rufe nach ihr.

Hinter der Tür entsteht Bewegung, und da ist sie, das krause rote Haar wild in alle Richtungen stehend, das Gesicht glänzend von Tränen und Rotz, eine Wange und Augenbraue gerötet und zerschrammt.

Im nächsten Moment fallen wir uns in die Arme. Janey heult in meine Schulter, meine eigenen Tränen netzen den Kragen ihres Kleids, ich wühle die Hand in ihr Haar, und wir drücken uns aneinander, als könnten wir so den Schmerz aus uns herausdrücken.

28.

WIRKLICH SCHLECHTER MÄNNERGESCHMACK

Auf einmal ertönt durchdringendes Schreien. Janey seufzt, macht sich von mir los und eilt ins Wohnzimmer. Wie betäubt folge ich ihr, weil ich sofort weiß, was ich dort vorfinden werde, es aber nicht glauben kann. Und doch höre ich sie tröstend etwas säuseln, in einem Ton, der nur bedeuten kann …

Dass sie ein Baby hat. Meine beste Freundin hat ein Baby, und ich wusste nichts davon.

Wie vor den Kopf geschlagen starre ich zu ihr hinüber.

Sie hat mich nicht benachrichtigt. Hat mir kein Foto geschickt. Mich nicht um Rat oder Trost gebeten bei den zigtausend Ängsten, die man mit einem Neugeborenen hat.

Als wäre mein Leben im Vakuum gewesen, während Janeys Welt sich weiterdrehte. Ohne mich.

Über den Kopf des Babys hinweg blickt sie zu mir herüber, und einen Augenblick lang überlege ich, ob ich mich einfach umdrehen und gehen soll. Diesen Schmerz hinter mir lassen. Aber als ihr Blick auf meinen trifft, sind darin Sehnsucht und Leere und Einsamkeit und zerbrechliche, unsichere Zuneigung.

»Das ist Ava«, flüstert sie und schaut wieder das Baby an.

Eine Träne gleitet über ihre Wange. »Schau, mein Süßes, deine … deine Tante Sally ist da.«

In der Mitte des Wohnzimmers treffen wir uns. Ava gluckst und schlenkert aufgeregt die winzige Hand. Ich nehme sie in meine. »Ach, ist die …« Auch auf meinen Wangen sind Tränen. »Hallo Ava.«

Sie quietscht vor Vergnügen, und trotz allem spüre ich mich lächeln, als ihre kleinen Finger sich in meine krallen, dann gibt Janey sie mir, ich wippe mit ihr auf und ab, und sie kuschelt sich in meinen Arm. Janey schlägt sich die zitternde Hand vor den Mund.

Mein Herz ist zu voll. Ich versuche alles außer dem Hier und Jetzt auszublenden. Meine Gefühle im Hinblick darauf, dass Janey eine Tochter hat, können warten. Der tote Ehemann nicht.

Sanft lege ich Ava in ihren Laufstall.

»Es tut mir so leid«, sagt Janey, als ich mich wieder ihr zuwende. »Mir tut alles so leid, Sally. Dass ich Jim nicht ausstehen konnte, hätte nicht …« Sie blickt zu den großen, sonnendurchfluteten Erkerfenstern hinüber und schlingt fest die Arme um sich. »Ich wollte dir so gern helfen, aber ich war so sauer auf dich und hab mich so blöd benommen, sodass ich nur uns beiden wehtat, und …«

Ich ziehe sie noch einmal in die Arme. »Später.«

Sie klammert sich an mich, und eine Locke ihres wilden Feuerhaars streift mir das Auge. Es fühlt sich an, als käme ich nach Hause.

»Ich hätte dir das mit Ava sagen sollen«, stößt sie aus. »Auch wenn ich nicht wusste, ob du überhaupt von mir hören willst. Ich hätte anrufen sollen.«

»*Natürlich* wollte ich von dir hören.« Meine Stimme ist rau von all dem Ungesagten. Ich halte Janey fest und versuche nur daran zu denken, wie froh ich bin, sie wiederzuhaben. Mir entfährt ein schluchzendes Auflachen. »Ich wusste schon gar nicht mehr, wie groß du bist. Wie konnte ich das vergessen, du Riesin!« Ich trete zurück, wische mir mit dem Ärmel das Gesicht ab und schaue mich um. »Wo ist Keith?«

»Oben«, flüstert sie mit einem Schauder. »Ich hatte die ganze Zeit nicht kapiert, warum du Jim nie verlassen hattest. Es ging mir nicht in den Kopf, dass du es einfach hinnahmst, wie er dein Leben ruinierte, und dann fing Keith … er fing an …« Sie schüttelt hilflos den Kopf. »Er fing an, mir wehzutun, und ich blieb trotzdem bei ihm. Ich blieb, keine Ahnung, warum. Weil ich vielleicht dachte, dass es wieder besser werden würde? Dass es leichter werden würde, wenn Ava älter wäre?«

»Ich dachte, Keith und du wärt glücklich«, sage ich leise.

Ihr Blick füllt sich mit Verzweiflung. »Waren wir auch. Alles war super, bis ich schwanger wurde, und dieser Wandel überraschte mich total, weil wir es beide gewollt hatten, aber ihm war zuwider, wie sich mein Körper veränderte und dass ich nicht mehr so viel Sex wollte. Ich dachte, wenn das Baby da wäre, würde es sich wieder einrenken, aber dann kriegten wir beide keinen Schlaf mehr, und überall war Chaos, und da wurde ihm klar, dass es nie wieder werden würde wie zuvor. Dass ich dem Baby immer die meiste Zeit und Energie widmen würde. Ich konnte einfach nicht fassen, was passierte. Ich dachte, es wäre meine Schuld, weil ich so blöd gewesen war, mit zweiundvierzig noch ein Kind zu kriegen, und …« Ihr Redeschwall mündet in ein tristes kleines Schlucken. »Warum habe ich das zugelassen, Sal? Warum zur Hölle habe ich das einfach akzeptiert?«

Ich drücke ihre Hände. »Wir haben das nicht *zugelassen. Sie* haben es getan, und wir hätten es gern wieder gestoppt und wussten nicht wie.«

Ihr Blick heftet sich an meinen, erst fragend, dann findet er die Antwort. »Oh, Sally.« Ihr Gesicht verzerrt sich. »Ich hatte so gehofft, dass ich mich irre.«

Ich winke ab. »Du sagtest, Keith wäre oben? Wie hast …«

»Ich hab ihn für ein Monster gehalten.« Sie lacht halb bebend auf. »Ein wirkliches, echtes Monster aus einer meiner blöden Geschichten. Mir war überhaupt nicht klar, was ich tat. Ich war so unwahrscheinlich müde, ich glaube, ich schlief noch halb … mein Gott, wahrscheinlich denkst du jetzt, ich wäre verrückt. Und dass die besser kommen und mich für immer wegsperren sollten.«

»Du bist nicht verrückt. Was meinst du, wie oft ich, als Charlie und Amy klein waren, träumte, dass der Toaster lebendig würde oder dass sie sich in Tiere verwandelten, oder …« Ich zucke mit den Schultern und wische ihr sanft mit dem Ärmel die Wangen ab, während sie mich in entgeisterter Hoffnung anschaut. »Wirklich? Ist dir das auch passiert?«

»Bei solchem Schlafmangel gibt es zwangsweise Momente, wo man den Bezug zur Realität verliert.«

Sie blickt zu Ava hinüber. »Als ich heute Morgen aufwachte und ihn fand, hab ich erst mal gar nicht kapiert, was passiert war. Dann erinnerte ich mich an meinen Traum – dass uns ein Monster angriff und ich mich mit dem erstbesten Gegenstand wehrte, den ich zu fassen bekam … tatsächlich war es Avas Nachtlicht, und es ging kaputt, und irgendwie muss er einen Stromschlag bekommen haben – ich weiß noch, dass es tierisch knallte, und die Hälfte der Sicherungen im Haus brannte durch –, aber ich war so im Halbschlaf, dass ich das kaum registrierte. Ich nahm nur Ava und versteckte mich im Schlafzimmer, und weil ich so müde war, schlief ich einfach wieder ein …« Sie erschauert und zieht sich die Strickjacke fester um den Leib. »Solange Ava so klein ist, kann ich sie im Gefängnis wahrscheinlich noch bei mir haben, aber dann …« Hoffnungslos schaut sie mich an. »Wenn schon ich nicht für sie da sein und ihr Liebe schenken kann, würde ich sie am liebsten dir überlassen, aber Jim …«

»Jim ist kein Problem mehr.«

Völlig verblüfft starrt sie mich an. »Hast du ihn verlassen? Wann? Warum hast du es mir nicht gesagt?«

Ich sinke aufs Sofa und nehme ihre Hand in meine. »Du wirst Ava nicht verlieren und Ava nicht dich, weil ich dafür sorgen werde, dass alles gut wird.«

Janey zieht ihre Hand weg. »Das kannst du nicht, Sally! Wie willst du das denn machen? Mir helfen, ihn im Garten zu verbuddeln?« Sie stemmt sich hoch, geht zum Fenster, hält dann inne, als ihr Blick auf ihre Tochter fällt. »Wenn ich jetzt schnell zur Polizei gehe, komme ich hoffentlich wenigstens wieder raus, während sie noch …«

»Du hast schon recht.« Ich warte, bis sie sich zu mir umdreht, dann stehe ich langsam auf und trete zu ihr an den Laufstall. »Wir beide allein würden das nie hinkriegen. Aber die Welt ist erstaunlich klein, und ich hab gerade völlig unabsichtlich eine Selbsthilfegruppe gegründet.«

»Himmel, Sally, eine Lockdown-Frauengruppe wird mir doch nicht helfen, einen Mord zu vertuschen!«

»Notwehr ist nicht Mord.«

»Egal! Die werden mir trotzdem nicht helfen zu vertuschen, dass ich meinen Mann umgebracht habe.«

Ich schürze die Lippen. »Genau da irrst du dich. Die haben kein Problem damit, *mir* zu helfen zu vertuschen, dass ich Jim umgebracht habe.«

Janey steht wie vom Donner gerührt da. Einen Moment lang wankt sie.

»Dass ich mir so sicher bin, dass meine kleine Selbsthilfegruppe mich dabei unterstützen und nicht an die Polizei verraten wird, hat einen simplen Grund: Die sitzen alle im selben Boot.« Ich umklammere das Gitter des Laufstalls. »Keine von uns ist eine Mörderin. Und wir alle haben Kinder, die wir vor Schlimmem bewahren wollen. Wenn ich denen vertraue, obwohl ich sie erst ein paar Tage kenne, solltest du mir auch vertrauen können. Ich werde dieses Problem lösen, Janey. Für dich, für mich und für uns alle.«

»Wie soll das gehen?«, stößt sie hervor. »Das klappt doch nie.« Sie presst sich die Hände an die Schläfen.

»Wenn es schiefgeht, sage ich, dass ich Keith getötet habe.«

Ihre Augen weiten sich vor Schreck und verzweifelter Hoffnung.

»Wir anderen haben schon einen Pakt geschlossen. Die Kinder von Ruth und mir sind erwachsen. Im Fall des Falles nehmen wir die Schuld auf uns. Besser, es kommen nur ein oder zwei von uns ins Gefängnis als alle. Also, du hast die Wahl: Schließ dich uns an und versuch mitzuhelfen, dass wir alle ungeschoren davonkommen, oder liefere dich der Polizei aus. Nur bei einer Option kannst du dein Kind selbst aufziehen.« Ich blicke ihr mit all der Liebe, Entschlossenheit und Unerschrockenheit in die Augen, die mir unser Wiedersehen verliehen hat, die Aussicht darauf, sie in dieser Krise an meiner Seite zu haben. »Welche wählst du?«

29.

ANNÄHERUNGEN

»Hiermit erkläre ich diese Sitzung des Clubs der heimlichen Witwen für eröffnet«, sage ich feierlich, als wir am nächsten Tag in angemessenem Abstand versammelt sind. Und zwar im Park, am Ententeich, damit Maryam herumrennen und nach Federn suchen kann, während wir reden.

»Als ersten Punkt der Tagesordnung möchte ich darum ersuchen, dass wir nicht noch mehr Mitglieder aufnehmen. Wer ist dafür?« Ich schaue mich in der Runde um, die sich gegenseitig beäugt – Samira vorsichtig, Janey misstrauisch, Leila neugierig und Ruth mitfühlend.

Leila hebt die Hand. »Fünf sollten für alles reichen, was wir jetzt tun müssen. Mehr erhöht nur das Risiko, dass eine was Dummes anstellt und gefasst wird und dann uns andere verpfeift – zur Strafmilderung oder unabsichtlich. Ja, ich bin für keine weiteren Mitglieder – und definitiv nicht noch mehr Leichen.«

»Das unterstreiche ich auch, aber bitte lasst uns keine Witze darüber machen«, sagt Ruth, wenn auch freundlich. »Es geht hier um Menschenleben –«

»Tode«, berichtigt Leila.

»Leila«, seufzt Samira, dann dreht sie sich uns anderen zu und hebt die Hand. »Ich bin auch dafür.«

»Ei guggi daaa!«, sagt Janey zu Ava, die in ihrem Tragekorb

ein Juchzen von sich gibt. »Ja, Mami ist auch dafür, ist sie, jaaa. Absolut. Fünf sind genug. Vielleicht mehr als genug.« An mich gewandt zuckt sie entschuldigend mit den Schultern, dann schenkt sie den anderen ein reumütiges Grinsen. »Ich will ja nicht querschießen, aber ist das wirklich eine gute Idee? Vier Leuten zu vertrauen ist echt viel.«

»Je mehr wir sind, desto größer das Risiko, dass eine sich unabsichtlich verrät und alles auffliegt«, merkt Samira zurückhaltend an.

Janey macht eine bestätigende Geste in ihre Richtung. »Genau.«

Ruth ringt die Hände und beißt sich auf die Lippe. »Andererseits, wenn wir befragt werden und uns alle gegenseitig decken, wäre das für die Polizei doch sicher hieb- und stichfest?«

»Ganz zu schweigen davon, dass wir jetzt vier Leichen haben«, rufe ich in Erinnerung. »Die loszuwerden wird schon rein körperlich ziemlich anstrengend.«

Janey schüttelt sich. »Können wir dieses Thema auf später verschieben?«

»Hallo? Wer hat deine Leiche verpackt? Wer hat hinterher sauber gemacht?«

»Du bist die reinste Lichtgestalt, ich versinke in Ehrfurcht vor dir«, sagt sie aus tiefstem Herzen.

Ich krause die Nase und versuche ernst zu bleiben. Dann prusten wir beide los. »Mein Gott, hab ich dich vermisst«, sage ich. Aber schnell reiße ich mich wieder zusammen, weil unsere Gründungssitzung nun wirklich nicht die passende Gelegenheit ist, sich mit unserer angeschlagenen Freundschaft auseinanderzusetzen. »Hört zu. Ich weiß, die Lage ist beängstigend. Und ich weiß, wir alle verlangen einander sehr viel ab – und uns selbst auch. Aber schauen wir mal, was herauskommt, wenn wir uns gemeinsam Gedanken machen. Sollte es nichts bringen, können wir immer noch getrennte Wege gehen.«

Janey verzieht das Gesicht. »Wie ist das eigentlich mit diesen Strafminderungsgeschichten? Wenn nun eine von uns die anderen verrät, um nicht in den Knast zu kommen?«

Samira schüttelt den Kopf. »Das ist Amerika. Und es ist ein furchtbares System, weil unschuldige Leute sich zu Verbrechen bekennen, die sie gar nicht begangen haben, damit sie eine milde Strafe bekommen, statt zu riskieren, dass der Prozess ungünstig für sie ausgeht, und Leute, die schlimmste Taten begangen haben, handeln sich so weit runter, dass sie viel zu gut davonkommen. Aber in Großbritannien wird die Anklage fast nie sonderlich geändert. Wenn die Angeklagten auch andere Verbrechen gestehen, wird das nur am Rande mitberücksichtigt.«

Wir alle starren sie an, selbst Leila.

Samira wird rot, bückt sich, pflückt ein paar Gänseblümchen und fängt an, eine Kette daraus zu flechten. »Ich wollte als Mädchen Jura studieren.« In den Worten liegt eine Traurigkeit, nach der ich sie eines Tages genauer fragen werde, nehme ich mir vor.

»Zurück zur Tagesordnung«, sage ich. »Punkt zwei: die Verwandtschaft. Bei mir gibt's da keine Probleme. Meine Kinder sind ausgezogen, meine und Jims Eltern sind tot, und mit seinem Bruder hat er zuletzt vor vielleicht vier Jahren geredet. Ruth?«

»Meine Familie ist zum größten Teil in Saint Lucia, und seine Geschwister leben alle in Dominica – na gut, abgesehen von dem Bruder, der gerade gestorben ist. Ich halte von Lionels Handy aus Kontakt zu ihnen und versuche dabei so gut wie möglich seinen Schreibstil nachzuahmen. Ich hoffe, sie schieben es auf die Trauer, wenn seine Nachrichten komisch klingen.«

Janey sieht beeindruckt aus. »Ein Glück, dass ich mir darum keine Sorgen machen muss – ich war sowieso immer diejenige, die mit Keiths Eltern redete. Wenn ich ihnen ab und zu von seinem Handy aus Nachrichten oder ein Foto von Ava schicke, werden sie den Unterschied gar nicht merken. Sobald der Lockdown endet, wird's schwierig, weil sie darauf brennen, ihre Enkelin zu sehen, aber bis dahin ist seine Seite kein Problem, und meine sowieso nicht.« Sie wirft mir einen Blick zu, aus dem ich lese, dass sie weiß, dass auch ich sofort an dasselbe denke. Diesen regnerischen Nachmittag zwei Tage vor Janeys vierzehntem Geburtstag. Das Telefon klingelte, als ich gerade verschiedene Make-up-Varianten für die Party ausprobierte und gleich wieder abwischte, weil Dad mich niemals aus dem Haus gehen lassen würde »in diesem nuttigen Aufzug, du kleine Schlampe!« Aber er war im Pub, deshalb eilte ich summend die Treppe hinunter und nahm den Hörer von der Gabel.

Die fröhliche Begrüßung blieb mir im Hals stecken, als am anderen Ende krampfhaft geschluchzt wurde.

»Sally, Sally, ich glaube … ich glaube, mein Dad ist tot.«

Ich kassierte später Prügel, weil ich losstürzte, ohne die Gartenpforte hinter mir abzuschließen, aber ich bereute es keine Sekunde. Denn so konnte ich mit Janey neben ihrem toten Vater bleiben, bis der Rettungswagen kam und ihn mitnahm.

Danach saßen wir gemeinsam auf dem Sofa, während ihre Mutter von der Arbeit geradewegs ins Krankenhaus fuhr, bis sie schließlich nach Hause kam, hohläugig von dem Schock, morgens noch Ehefrau und abends Witwe zu sein.

Seit damals hatte ich Janey nie wieder so klingen hören –

bis gestern. Diese Erinnerungen müssen unsere Freundschaft doch wieder in richtige Bahnen lenken? Egal wie viel Zeit wir verloren haben, das kann doch unmöglich die gefühlt tausend gemeinsamen Jahre zunichtemachen?

»Die besteht nämlich«, schwungvoll dreht Janey sich wieder zu den anderen um, »nur aus meiner Mum, und die wohnt an der Küste und ist ein bisschen …« Sie atmet tief durch. »Man vermutet, es ist subkortikale Demenz. Ich hab erreicht, dass sie Tabletten verschrieben bekommen hat, aber dann kam der Lockdown –« Sie bricht ab. »Egal, das ist für uns nicht wichtig.« Sie schaut Samira an. »Und zu guter Letzt?«

Samira blickt düster. »Sobald man wieder darf, werden sie alle um ihn herumschwärmen und ihn gesundpäppeln wollen, und außerdem sollen wir eigentlich nach Pakistan …«

»Mum!«

Wir alle zucken zusammen und schauen auf.

Neben Samira ist Maryam aufgetaucht und zupft an ihr. »Mir ist warm, und mein Reißverschluss klemmt.«

Samira kommt auf die Knie hoch und ruckelt den Reißverschluss frei. Sofort schüttelt Maryam die Jacke ab, wirft sie ihrer Mutter ins Gesicht und saust wieder davon.

Ich klatsche in die Hände, um die allgemeine Aufmerksamkeit wieder der Sitzung zuzuwenden. »Also müssen wir uns, wenn die Beschränkungen gelockert werden, dringend zusammensetzen und überlegen, wie Samira und alle, bei denen dann die Zeit drängt, das Problem lösen. Weiter zu Punkt drei. Wie sieht es bei allen finanziell aus? Und wie ist es mit Chefs und Kollegen, die nach unseren Männern fragen könnten? Der brillanteste Plan bringt nichts, wenn plötzlich das Haus mit Leiche drin gepfändet wird oder wenn die Frage aufkommt, warum sie nicht zur Arbeit erscheinen.«

»Keith ist selbstständiger Baugutachter, also ist seine Arbeit im Lockdown kein Thema. Und danach kann ich seine Kunden wahrscheinlich auch noch ein bisschen vertrösten, also sind wir da erst mal sicher, ja, sind wir, Süße, genau!«, gluckt sie und spielt mit Avas Zehen. »Und Mami kriegt Mutterschaftsgeld – außerdem hat meine Mum gesagt, wenn ich ihr Auto verkaufe, jetzt, da sie nicht mehr fahren kann, darf ich das Geld behalten.«

Ich lächle Ruth an. »Du wirst auf jeden Fall sofort wieder arbeiten können, das weiß ich, aber ist bis dahin alles geregelt?«

Sie nickt. »Lionels Aufträge wurden bis auf Weiteres komplett auf Eis gelegt.«

»Also, Dad als Taxifahrer hatte bisher zwar noch gearbeitet«, sagt Leila, »aber während er angeblich Corona hat, erwartet natürlich niemand, dass er in der Gegend herumspringt. Und seine schlechtesten Eigenschaften kommen uns jetzt zugute.«

»Leila, bitte«, rügt ihre Mutter – korrigiert sie aber nicht.

Leila verdreht die Augen. »Mein Vater hat oft schwarzgearbeitet und die Bezahlung in Umschlägen im Haus aufbewahrt. Ein paar hat er sogar in einer alten Kühltasche neben dem Gartenschuppen vergraben.«

»Tatsächlich?«, staunt Janey. »Ich hätte nie gedacht, dass es noch Leute gibt, die so was machen.«

»Ein bisschen Gold haben wir auch – also, Schmuck, keine Goldbarren. Gestern Abend haben Mum und ich mal alles überschlagen. Es sollte ausreichen, bis eine von uns Arbeit findet.«

»Und was ist mit dir, Sally?«, fragt Samira.

Tja, jetzt muss ich damit rausrücken. Sie im Dunkeln zu lassen wäre nicht fair. »Geldmäßig bin ich vorläufig versorgt.

Ich habe Jims Urlaubsgeld, und sobald es geht, versuche ich einen Job zu finden. Aber …«

»Was?«, will Janey wissen.

Sie alle starren mich an.

»Aber in vierzehn Tagen muss Jim ins Büro kommen.«

30.

TICK TACK, ARMABHACK

Es wird unbehaglich herumgerutscht, das Lächeln weicht besorgten Mienen.

»Sie haben einen Plan aufgestellt, nach dem jede Woche eine andere Person vor Ort sein muss. Notfalls kann ich behaupten, Jim wäre krank – vielleicht kann ich damit ein bisschen Zeit schinden –, aber irgendwann könnte das ausgereizt sein, also …«

»Also haben wir eine drohende Deadline«, sagt Janey finster.

»Länger können wir uns unsere Familie auch nicht vom Leib halten, außer es passiert was, was sie ablenkt. Das heißt, wenigstens ist die Deadline nicht nur einseitig«, sagt Samira – beim letzten Wort bricht ihre Stimme.

»Dass Onkel Ayaan tot umfällt, wäre zum Beispiel schon mal nett. Und bevor ihr mich jetzt für total assig haltet«, fährt Leila schnell fort, »muss man hinzufügen, dass er der Rädelsführer bei dem Skype-Anruf war, wo sie über …« Ihre Kiefer mahlen. »Ich hoffe, dabei hatte einer Corona und hat die anderen angesteckt – wäre nur gerecht, wenn sie mit dieser Beratung statt meines Schicksals ihr eigenes besiegelt hätten und die ganze Bagage einer nach dem anderen den Löffel abgibt.«

Samira schließt die Augen, streckt die Hand aus und nimmt

die von Leila. »Verurteile nicht die ganze Verwandtschaft. Ihre Frauen und Kinder stecken nicht mit drin.«

»Juhu! Nur all meine männlichen Verwandten. Und meine einzige blutsverwandte Tante.«

»Manche der jüngeren Onkel und Cousins hatten garantiert keine andere Wahl, als sich anzuschließen. Wenn sie sich geweigert hätten, hätte ihnen nichts Gutes gedroht – und ihren Familien auch nicht.«

Ich räuspere mich. »Wo wir schon bei bitteren Tatsachen sind, gehen wir doch mal schnell Punkt vier an … Egal wie der Plan schließlich aussehen wird, es läuft mit ziemlicher Sicherheit auf irgendeine Art Zerteilen hinaus. Wir sollten uns also schon mal darauf einstellen.«

Samira knüpft eine weitere Gänseblume an ihre Kette. Ruth spielt mit ihrem Medaillon. Janey beugt sich über Ava.

Nur Leila schaut nicht beiseite. Sie stößt einen tiefen Atemzug aus und nickt. »Hoffen wir, dass die Katzenstreu bis dahin gewirkt hat – oder zumindest so weit, dass es erträglich ist.«

Janey drückt sich die Hand auf den Mund. »Hört auf!«, fleht sie. »Im Ernstfall kriege ich das sicher hin, aber ich will nicht schon vorher darüber reden. Meine Güte, Sally. Danke fürs Ins-kalte-Wasser-Stürzen und Schauen, ob wir schwimmen, untergehen oder nur kotzen.«

Ich ignoriere sie und wende mich Ruth, Leila und Samira zu. »Ich hab vor, auf Kochblogs nach Fleischzerteilung zu googeln, so kriege ich hoffentlich ein paar Tipps, ohne Verdacht zu erregen. Woran wir vor allem denken sollten, ist, dass die Gelenke von Natur aus gute Trennstellen sind. Und Ruth kann uns sicher Ratschläge für einzelne Fragen geben.«

Ava auf Janeys Schoß bewegt sich im Schlaf und stößt eine Speichelblase aus.

»Ja fein, meine Süße«, sagt ihre Mutter und wischt sie mit

dem Ärmel ab. »Andererseits, was bringt es, Leute zu zerteilen, wenn man nicht weiß, wohin danach mit ihnen? Das sind doch ungelegte Eier – also, gruselige Monstereier, aber trotzdem.«

Und so gehen wir zu Punkt fünf über: mögliche Entsorgungsorte. Sofort kommt jeglicher Schwung zum Erliegen. Jede schaut in eine andere Richtung, es ist klar, dass keine eine brauchbare Idee hat. Ich versuche mir die Enttäuschung nicht anmerken zu lassen. »Das ist wahrscheinlich das Schwerste, also überspringen wir es mal und besprechen den letzten Punkt: die WhatsApp-Gruppe der Männer.«

»Wird die nicht im Grunde ein einziges Beweisstück sein?«, fragt Janey skeptisch.

»Schon – aber eines zu unseren Gunsten. Wir brauchen einen Beweis dafür, dass sie einander kannten, um zu erklären, warum alle zusammen verschwunden sind, und außerdem erklärt das, woher wir einander kennen. Wenn zuerst ihre Gruppe gut gefestigt ist und wir einander nur gelegentlich vereinzelte Nachrichten schicken – Samira Ruth, Ruth mir, ich Janey –, wirkt alles etwas normaler. Zumindest lockdownmäßig normal. Wir können unsere Nachrichten sogar nutzen, um die Story zu untermauern, sie würden gemeinsam spazieren gehen – na gut, bis auf Yafir –«

Plötzlich hellwach, erhebt sich Janey auf die Knie. »Hey, daraus ließe sich vielleicht was machen. Keith war begeisterter Wanderer. Wenn er mitgekriegt hätte, dass Jim mit einem Kumpel spazieren geht, wäre er sofort dabei. Wahrscheinlich hätte er auch bald darauf gedrängt, mal eine richtig stramme Tageswanderung zu machen – für ihn ist das der Gipfel der Entspannung. Egal, wir könnten es jedenfalls so aussehen lassen, als fiele ihnen allen ein bisschen die Decke auf den Kopf und sie scharrten mit den Hufen, das wäre doch eine tolle

Ausgangslage für wohin sie auch immer verschwunden sein könnten, sobald wir das geklärt haben.«

Ich ziehe Jims Handy heraus. »Jim kann Keith gleich jetzt schreiben, dass er jemanden getroffen hat, mit dem er sich zum Laufen trifft –«

»Halt!«

Wir alle starren Samira an.

»Wir sollten in Zukunft dringend unsere eigenen Handys entweder zu Hause lassen oder ausschalten, wenn wir uns treffen. Die Handys unserer Männer sollen sich bewegen und sich manchmal treffen, das gehört ja zur Story dazu. Aber mit unseren eigenen sollten wir kein Risiko eingehen, außer eine von euch weiß mit Sicherheit, dass die Polizei nicht im Nachhinein feststellen kann, wo zwei Handys zum selben Zeitpunkt im Verhältnis zueinander waren.«

Ich bringe ein strahlendes Lächeln zustande, aber die Stimmung hat sich getrübt. Schweigend schalten wir alle unsere Handys aus. »Wenn ich nach Hause komme, schreibt ›Jim‹ an ›Keith‹. Ich werde andeuten, dass er und Lionel bei ihrem Spaziergang Keith zufällig getroffen und sie beschlossen haben, sich ab jetzt zu dritt zu verabreden. So können alle sich kennenlernen, und Keith wird in die Gruppe aufgenommen. Und sobald *das* passiert ist, kann ich Janey deswegen schreiben, und sie kann antworten, dass das echt toll ist, weil Keith gerade einen solchen Hänger hat und so weiter und so fort, und schon ist die halbe Erklärung fertig.«

»Ist immer noch ein bisschen komisch, dass Dad bei der Sache dabei sein soll«, sagt Leila skeptisch. »Eigentlich hätte er für so was überhaupt nichts übrig.«

»Normalerweise vielleicht, aber wir müssen einfach die Schiene fahren, dass in der Pandemie alles anders ist, und deutlich machen, wie schwer er es findet, in Quarantäne zu sitzen, vor allem, wo sein Vater so krank ist«, gebe ich zu bedenken.

»Man könnte damit arbeiten, dass er ein schlechtes Gewissen hat, hier in England festzusitzen, während sein Vater stirbt«, überlegt Samira. »Vielleicht könnte ich – also, als Yafir – im Chat ein-, zweimal andeuten, dass er während der Quarantäne ja nicht arbeiten kann und nervös ist, weil bald größere Ausgaben auf ihn zukommen.« Sie streicht Leila über den Arm.

Leila schluckt. Ihre Augen glänzen. Aber sie nickt. »Dass er sich Sorgen macht, wie er die Hochzeit bezahlen soll, könnte auch erklären, warum er sich darum drückt, mit seiner Familie zu chatten, und trotzdem in dieser total komischen WhatsApp-Gruppe aktiv ist.«

»Wäre nicht die komischste Freundschaft, die sich in der Pandemie bildet – hey, ich backe inzwischen für Edwina im Austausch gegen Gartentipps!«

»Ganz zu schweigen von uns fünf und unserem munteren Pläneschmieden«, fügt Janey leicht bitter hinzu.

»Genau!«, sage ich. »Das Wichtigste ist, dass wir dann statt vier verschiedener Storys, warum unsere Männer verschwunden sind, nur eine brauchen. Egal was wir den Leuten sagen: Je einfacher, desto weniger kann schiefgehen.«

Ich verkneife mir hinzuzufügen, dass wir nur hoffen können, dass unsere wunderbaren Pläne nicht in vierzehn Tagen krachend zusammenfallen. Die Angst steht sowieso jeder von uns ins Gesicht geschrieben.

31.

DER KEIM EINES PLANS

Ich stecke gerade meinen Schlüssel in die Haustür, da raschelt es laut in dem Fliederbusch auf Nawars Seite der niedrigen Trennmauer. Die Zweige teilen sich, und ihr Gesicht erscheint.

Ich starre sie an und folge dann ihrem Blick zur anderen Straßenseite, aber Edwinas Vorhänge bleiben ausnahmsweise einmal still.

»Dürfen wir nicht mal von einer Einfahrt zur anderen miteinander reden?«, frage ich im Beinahe-Flüsterton. »Dafür kann sie uns doch sicher nicht anzeigen. Und überhaupt, sie ist eher einsam als bösartig – sie bringt mir gerade bei, zu gärtnern!«

»Du bist eine Heilige, Sally. Aber bei jedem sind die Grenzen woanders. Wenn du ihr mit dem Spaten den Schädel einschlägst und Hilfe beim Verbuddeln brauchst, sag mir Bescheid!«

»Danke für das Angebot, aber da hätte ich schon genug Freiwillige«, sage ich ehrlich.

»Na gut, aber wenn nicht, lass es mich wissen«, zischt der Flieder zurück, »vor allem, weil ich dich gern um einen riesigen Gefallen bitten würde, und wenn du ja sagst, bin ich dir einiges schuldig.«

»Gern, worum geht's denn?«, frage ich richtiggehend erfreut. Ich mag Nawar und helfe ihr gern, wo ich kann, aber es erstaunt mich selbst, wie begierig ich darauf bin.

»Gott sei Dank.« Auch Nawar klingt aufrichtig erleichtert. »Ich hab dir doch erzählt, dass mein Dad krank ist – schon früher, nicht Corona«, fügt sie schnell hinzu. »Die Sache ist, das spitzt sich gerade zu, und Pflegepersonal findet man zurzeit überhaupt nicht, deshalb müssen wir wahrscheinlich bis Ende des Lockdowns zu ihm ziehen.«

»Soll ich diese Geschichte machen, wo ich ein paarmal am Tag zu euch rüberschleiche und das Licht an- und ausschalte, damit Edwina euch nicht wegen Verreisens anzeigt?«

Nawar lacht. »Ich liebe deine Denkweise, aber tatsächlich darf man das, wenn jemand sehr krank ist. Ich wollte dich nur bitten, die Pflanzen zu gießen und die Fische zu füttern. Könntest du das machen? Ich würde dir einen Schlüssel geben.«

»Überhaupt kein Problem!« Nicht nur freue ich mich, dass ich ihr helfen kann – wenn Nawar und ihre Familie weg sind, wird es auch viel einfacher, hinten durch den Garten nach draußen zu schlüpfen, sei es mit oder ohne Teile von Jim. Ganz zu schweigen davon, dass ich so weniger Angst haben muss, dass jemand das Zerteilen hört.

»Danke!« Vor Erleichterung klingt sie fast schroff. »Wahrscheinlich hab ich die Hälfte vergessen einzupacken, aber solange keiner von uns Corona kriegt, kommen wir hoffentlich klar. Sag mal, wie geht's eigentlich Jim? Ist er nicht schon gestorben vor Sehnsucht nach seiner Arbeit?«

Mir stockt der Atem; zum Glück merkt sie es nicht. »Der nutzt die Zeit, um den ganzen Tag auf der faulen Haut zu liegen. Oh, übrigens, wenn du willst, kann ich Edwina euretwegen Bescheid sagen«, füge ich hinzu, froh, das Thema wechseln zu können. »Dann musst du nicht auch noch daran denken.«

In mir arbeitet es schon fieberhaft, was für Möglichkeiten mir Nawars Abwesenheit eröffnet. Ich könnte alles, was wir vielleicht brauchen, um Jim und die anderen verschwinden zu lassen, zu ihr liefern lassen und dann in meinen Garten schmuggeln, dann entsteht keine Datenspur. Und wer weiß, vielleicht gibt es bei ihr einen Stand-PC, dann könnte ich auf ihm alles googeln, was ich wissen will und mich nicht von Jims Laptop aus zu suchen traue.

So glücklich ich bin, Nawar einen Gefallen tun zu können, in Wahrheit tut sie mir vermutlich einen viel größeren.

Zurück im Haus rufe ich zur Inspiration einen True-Crime-Podcast auf, aber leider liefert er nicht den magischen Funken eines Plans, eine Leiche zu entsorgen, geschweige denn vier.

Es sind jetzt noch genau vierzehn Tage, bis Jim im Büro sein muss. Schon der Gedanke lässt Panik durch mich schwappen – nur vierzehn Tage, um uns alles auszudenken und auch noch in die Tat umzusetzen. Jetzt ist er schon eine Woche lang tot, und ich bin zwar in einiger Hinsicht weitergekommen, aber in dieser speziellen Frage stehe ich noch genau am selben Punkt wie zu Anfang.

Immerhin kommt nachmittags meine letzte Bestellung *zum Glücklichsein* und sorgt für die perfekte Ablenkung von der Versuchung, Trübsal zu blasen. Schon bald bin ich dabei, eine Reihe winziger Setzlinge mit Erdballen, die ich mir nach Edwinas Anweisungen bestellt habe, aus der Verpackung zu wickeln. Ich nehme sie mit zu einem meiner »Blumenbeete« (mit vier eingegangenen Staudenpflanzen und einigem nicht sehr hübschen Unkraut), werfe die gepolsterte Kniematte davor und mache mich an die Arbeit. Erst reiße ich alles heraus, dann grabe ich kleine Löcher für die Jungpflanzen, setze sie hinein und drücke die Erde darum fürsorglich fest wie eine

Bettdecke um kleine Kinder. Schließlich gieße ich sie, trete zurück und betrachte das Ergebnis.

Auf der nackten, frisch umgegrabenen Erde lassen zwei Reihen winziger Pflänzchen die Köpfe hängen. Eine kalte Brise fährt in die Blättchen, während die Sonne sich einen Moment lang zwischen den Wolken zeigt und dann wieder verschwindet.

»Schauen wir mal, ob Edwina wirklich der Garten-Guru ist, für den sie sich hält, oder ob ich nur totes Zeug vergraben kann«, sage ich zu den Pflanzen. Mein Blick wandert zur Küchentür, wo gerade so das Fußende des Jim-Pakets sichtbar ist.

Als ich wieder ins Haus komme, höre ich das Klappern des Briefschlitzes, aber statt Werbung finde ich auf dem Fußabtreter ein Gartenhandbuch. Ein erstaunlich violetter Klebezettel instruiert mich: *Sofort desinfizieren bitte. Falls Sie es nützlich finden, behalten Sie es ruhig.*

Ich starre den Zettel an, dann das Buch. Edwina besitzt es sichtlich schon eine ganze Weile. Etwas an den vom vielen Durchblättern weichen Seiten erinnert mich an Grannys Bratpfanne. Aber das ist natürlich Quatsch. Edwina hat kein Fitzelchen Sentimentalität im Leib. Vielleicht hat sie das Gefühl, sie müsste mir so für das Erdbeertörtchen von gestern danken? Aber selbst wenn sie damit nur eine Schuld begleichen will, hat es irgendwie Gewicht.

Um ihr berichten zu können, wie nützlich es mir ist, nehme ich es mit nach draußen und nehme mir vor, den Rosenbusch zu schneiden, der seit Jahren nicht geblüht hat. Zunächst reiße ich einen Löwenzahn heraus, der seine Wurzeln erstickt, pflücke eine schon reife Pusteblume ab und blase die Samen in den Garten. Ein paar steigen höher, andere sinken und verteilen sich überall, bereit, zu neuen Löwenzähnen zu werden – wahrscheinlich genau da, wo ich sie nicht brauchen kann.

Plötzlich habe ich das gruselige Gefühl, beobachtet zu werden – *hat Edwina sich etwa hinter das Grundstück geschlichen und spioniert durch den Zaun, was meine Gartenfortschritte machen? Wird sie dabei womöglich das Jim-Paket bemerken?* –, aber am Gartenzaun steht kein Mensch, sondern ein Fuchs.

Argwöhnisch schaut er mich an und duckt sich tiefer ins Gras.

»Kusch!«, befehle ich ihm.

Der Fuchs schnürt im Bogen in Richtung Küchentür.

»He!« Ich eile den Gartenweg entlang und schneide ihm den Weg ab. »Hau ab! Verpiss dich!«

Er bleibt mit leicht verärgerter Miene stehen, dann tritt er den Rückzug an und verdrückt sich durch eine Lücke hinten im Zaun.

Leicht verunsichert raffe ich das Buch und meine Gartensachen zusammen, gehe nach drinnen – und lasse hastig alles auf den Tisch fallen, weil mein Telefon klingelt.

»LANGWEILIG! MÜDE! LANGWEILIG!«, beschwert sich Janey. »Wie kann mir so langweilig sein, wenn ich gleichzeitig so müde bin und drittens so eine Heidenangst habe? Wie ist das im Gehirn überhaupt vereinbar?«

»Wenn ich irgendwo Mehl zu kaufen finde, bringe ich dir morgen ein paar Melting Moments vorbei.«

»Meine Lieblingsplätzchen! Du bist ein Schatz«, gibt sie aus tiefstem Herzen zurück. »Du weißt nicht, wie sehr ich deine gebackenen Leckereien vermisst habe. Also, dich auch, aber vor allem die Leckereien.«

Ich nehme Jims Handy, lese den Schwung Nachrichten in der Männer-WhatsApp-Gruppe und verziehe das Gesicht. »Weißt du zufällig, wo es momentan Klopapier gibt? Ruth hat gerade was über Dosentomaten geschrieben und erwähnt, dass Samira fast keines mehr hat. Sorte ist egal, Hauptsache, sie muss keine Panik mehr kriegen, sobald eines der Mädchen aufs Klo geht.«

»Das macht meine Langeweile auch nicht besser«, mault Janey, während ich die beiden Sachen auf meine Einkaufsliste schreibe. »Andererseits muss ich zugeben, ich könnte jeden Tipp gebrauchen, wo's Nudeln gibt. Kaum zu glauben, dass das gerade mein größter Wunsch ist. Manche Leute müssen Tonnen davon gehortet haben. Ich wette, deine Edwina sitzt auf einem Berg davon. Vielleicht lauert sie deshalb immer am Fenster – weil sie vor lauter Klopapier und Spaghetti keinen Platz zum Bewegen hat.«

»Sie gibt mir ständig Gartentipps und hat mir heute eines ihrer eigenen Gartenbücher geschenkt; ich glaube, sie wird langsam umgänglicher. Hm, vielleicht könnte ich ihr meine Hilfe bei ihrem kleinen Gartenprojekt am Ende der Straße anbieten«, kommt mir spontan. »Sie sagte, allein würde sie es niemals schaffen, das ganze Grundstück vom Gestrüpp zu befreien. Ob das ein Hinweis sein sollte, dass sie gern …« Ich verstumme. Meine Gedanken wirbeln durcheinander.

Der erste Keim eines Plans beginnt sich zu bilden.

32.

EIN ORT ZUM GÄRTNERN

Als ich am nächsten Tag beim Ententeich den anderen von Nawars Reiseplänen erzähle, sind auch sie begeistert.

»Hat jemand ein Handy übrig oder so was?«, fragt Leila.

»Ich könnte Lionels Tablet anbieten«, schlägt Ruth vor.

Leila grinst. »Perfekt! Ich setze es auf die Werkseinstellungen zurück und erstelle ein paar Konten unter Nawars Namen. Dann kann Sally es mit nach nebenan nehmen und sich in Nawars WLAN einloggen, dann hinterlässt sie keine Datenspur zu ihrer IP-Adresse.«

»Gute Idee«, sage ich, erleichtert, dass ich nicht auf Nawars vielleicht vorhandenen Stand-PC zurückgreifen muss. »Kann ich da wirklich alles mögliche verdächtige Zeug googeln und sicher sein, dass es nicht zu mir rückverfolgbar ist?«

Leila nickt. »Außer, du loggst dich in deinen Mailaccount ein oder kaufst etwas mit deinen Kreditkartendaten.«

»Wunderbar! Und das ist nicht meine einzige gute Nachricht. Ich hab den Anflug eines Plans.«

Auf allen Gesichtern breitet sich erleichtertes Lächeln aus.

»Mein erster halbwegs guter Gedanke, wie ich Jim loswerden könnte, war, auf einem Friedhof ein frisch ausgehobenes leeres Grab zu finden, es noch weiter auszuheben, Jim reinzuwerfen und es wieder auf normale Höhe aufzufüllen, damit die eigentliche Leiche darauf gebettet werden kann. Das Problem ist, dass das Risiko zu groß ist, dabei gesehen zu werden. Wir brauchen also einen triftigen Grund, ein echt großes Loch zu graben. Am Ende meiner Straße ist ein unbebautes Grundstück mit Gestrüpp darauf. Meine Nachbarin Edwina hat eine Ecke davon in einen kleinen Garten verwandelt. Wir könnten uns an ihr ein Beispiel nehmen.«

Die anderen kapieren es offenbar noch nicht; sie schauen mich nur an.

»Wir werden das ganze Grundstück in einen Gemeinschaftsgarten verwandeln. Das heißt, dass wir es zuerst von allem Bewuchs befreien müssen. Es ist im Grunde flach, aber es stehen ein paar kleine Bäume und mit Schlingpflanzen überwucherte Büsche darauf. Die müssen wir alle mitsamt Wurzeln ausbuddeln, damit sie nicht gleich wieder austreiben und alles zunichtemachen. Das sagen wir zumindest, falls jemand nachfragt. Es wird eine Heidenarbeit sein, aber es gibt uns eine Ausrede, ein so tiefes Loch zu buddeln, wie wir brauchen.« Ich verstumme. »Also, wahrscheinlich. Vielleicht. Ich weiß nicht, wie tief es genau sein muss, aber in ein paar Tagen kann ich es bei Nawar googeln. Ich denke, wenn man einen Garten anlegt, ist ein zwei mal drei Meter großes Loch mit einem Meter Tiefe sicher vertretbar.«

Die anderen blicken entsetzt.

»Kriegen wir das ohne Bagger überhaupt hin?«, fragt Leila kleinlaut. »Das ist doch riesig, oder?«

»Es wird mühsam sein, aber wir sind zu fünft und haben noch fast zwei Wochen. Das ist machbar.«

»Aber wird man uns wirklich abnehmen, dass wir eine so große Grube brauchen?«, fragt Janey zweifelnd.

Ich nicke mit sorgsam zuversichtlicher Miene. »Ganz sicher. Ich hab in einer Ecke meines Gartens so einen unschönen Busch und hab Edwina gefragt, was ich machen soll, und sie sagte, wenn ich was Neues pflanzen wollte, müsste ich ihn samt Wurzelballen ausgraben. Wir machen das einfach auch. Nur sind die Büsche auf diesem Stück Land noch größer, also werden die Wurzeln noch tiefer reichen und tada, perfekte Ausrede – vor allem wenn wir sagen, dass wir noch eine Schicht Mutterboden einfüllen wollen, bevor wir etwas setzen. Tja, ganz unten kommt einfach eine Lage Leichen rein.«

»Und wenn uns jemand sieht?« Ruth schaut sich um, als würden wir schon beobachtet.

»Ja, und?«, gibt statt meiner Leila zurück. »Dann sehen sie uns gärtnern. Wenn das Grundstück groß genug ist, klappt es sogar mit dem Mindestabstand, dann haben wir auch da kein Problem. Und nach ein paar Tagen werden sich die Leute an uns gewöhnen und aufhören, uns zu genau zu beobachten.«

»Und die Säcke mit Muttererde sind hoffentlich so groß, dass sie uns Deckung geben, wenn es so weit ist, dass wir … sie begraben müssen«, überlegt Ruth zaghaft.

»Wir werden eine ganze Menge großer Säcke brauchen – Edwina zufolge braucht man außerdem eine Lage Kies und dazu Dünger aus Fisch, Blut und Knochen.«

»Fleisch, Blut und Knochen«, murmelt Leila.

Janey stöhnt. »Danke. Keine so lebhafte Darstellung, bitte.«

Leila grinst ohne jede Reue, bis Janey zurückgrinsen muss. Ich werfe einen Blick auf Samira und sehe erleichtert, dass sie nicht mehr ganz so erledigt wirkt; die Sorgenfalten um ihre Augen erscheinen mir heute weniger ausgeprägt.

»Können wir das wirklich unter aller Augen tun?«, fragt sie.

»Insbesondere denen von Edwina?«, gibt Ruth zu bedenken. »Denn aus dem, was du von ihr erzählt hast –«

»Sie ist das beste Alibi, das wir je kriegen könnten. Wir sollten sie *daran beteiligen*.«

Janey gibt einen skeptischen Laut von sich. »Spielen wir da nicht ein bisschen sehr mit dem Feuer?«

»Wenn wir sie bitten, sich mit ihrer Erfahrung einzubringen, könnte sie das sogar ablenken. Wenn nicht, würde sie uns sowieso beobachten, damit wir bloß nicht ihrem kostbaren Kirschbaum zu nahe kommen.« Ich seufze. »Es widerstrebt mir ja, ihr Herzensprojekt sozusagen zu entweihen, aber das beansprucht nur eine kleine Ecke des Geländes, und die werden wir zuallererst abtrennen.«

»Wenn wir so viele Säcke Erde kaufen und im Auto hinbringen, können wir dazwischen wahrscheinlich auch ein paar Leichensäcke schmuggeln«, sagt Samira. »Und weil alles so schwer ist, wird es nicht auffallen, wenn wir sie mit aus dem Auto wuchten. Trotzdem müssen wir sie vorher«, ihr Gesicht verzieht sich angeekelt, »so portionieren, dass wir sie tragen können.«

Ich erwidere die Grimasse. »Zumindest hab ich all diese Sägen jetzt nicht umsonst gekauft.«

33.

REPARATURARBEITEN

Unser Treffen dauert viel länger als vorgesehen, als ich also nach Hause komme und sehe, dass Edwinas Vorhänge wild schaukeln, füge ich mich ins Unvermeidliche und warte einfach vor meinem Grundstück, bis sie nach draußen kommt.

»Tut mir leid, dass ich so spät heimkomme«, rufe ich, bevor sie mir eine Standpauke halten kann. »Ich bin im Wald kreuzdämlich im Kreis gelaufen. Um ehrlich zu sein, war ich abgelenkt – ich hatte mich gefragt, was Sie davon halten würden, wenn ich auf dem Grundstück mit Ihrem Kirschbaum auch ein bisschen Hand anlegen würde.«

Edwinas Augen weiten sich, ihre Kinnpartie spannt sich an.

»Ich verspreche auch, dass ich Ihren Bereich nicht antaste«, füge ich hastig hinzu, »aber Sie hatten doch gesagt, Sie würden es nie schaffen, alles zu roden, und ich dachte, jetzt, wo ich so schön von Ihnen zu gärtnern lerne, wäre das vielleicht etwas, wo ich mich einbringen könnte.«

Mit eingezogenen Wangen, als hätte sie etwas Saures gegessen, droht Edwina mir mit dem Finger. »Denken Sie daran, Bäume haben weit verzweigte Wurzeln. Sie müssen mindestens zwei, drei Meter Abstand lassen – und nichts pflanzen, was sich zu sehr ausbreitet. Ich habe den Baum zum Gedenken an meinen Mann gepflanzt, und ich … könnte es nicht ertragen, wenn damit etwas passieren würde.« Ihr Gesicht sieht ehrlich besorgt aus, ihre Worte überschlagen sich fast.

»Ich verspreche, dass wir einen großen Abstand lassen«, sage ich feierlich, mit schlechterem Gewissen als je zuvor.

»Wir?«, fährt Edwina misstrauisch auf.

»Ich hab mit ein paar Freundinnen überlegt, dass wir es als Gemeinschaftsprojekt angehen könnten – natürlich unter Einhaltung des Mindestabstands. Aber das Grundstück ist ja groß. Wenn wir es ordentlich machen wollen, müssen wir wohl alles Gestrüpp und all die verkümmerten kleinen Bäumchen rausmachen und dann mit guter Erde und Dünger auffüllen, oder?« Hoffnungsvoll sehe ich sie an. »Meinen Sie, Sie könnten uns auf Abstand ein bisschen beistehen, wenn wir an knifflige Punkte kommen?«

Edwina rümpft die Nase. »Zuerst müssen Sie bei der Gemeinde anfragen, ob Sie es überhaupt dürfen, aber ich nehme an, wenn die hört, dass ich mit dabei bin und das Ganze beaufsichtige, wird das kein Problem sein. So könnte ich immerhin sicherstellen, dass der Baum meines Mannes ungestört bleibt«, sagt sie steif. Dann seufzt sie. »Aber generell ist das ein guter Gedanke; so können Sie Ihren Drang, so viel draußen zu sein, produktiv nutzen.«

Ich strahle sie an. »Genau das dachte ich auch!«

»Wir werden über geeignete Pflanzen reden müssen. Wie gesagt, es dürfen keine sein, die sich zu sehr ausbreiten und mein Werk beeinträchtigen.« Ihr Blick wandert zu der üppigen Kletterrose an ihrer Hauswand und wird plötzlich melancholisch. Ihre sonst so harten Züge glätten sich, mit einem Mal sieht sie richtig schön aus – und freundlich. Ich blinzle, aber die Fata Morgana löst sich nicht auf.

»Haben Sie und Ihr Mann früher gemeinsam gegärtnert?«, frage ich sanft.

Sie zuckt zusammen, ihr Blick heftet sich auf mich. »Nein«, sagt sie, wieder schroff. »Meine Mutter war Gartenbauerin von Beruf. Sie züchtete neue Rosensorten. Und meine Tante arbeitete in den Kew Gardens im Orchideenhaus. Das hatten sie von ihrer Mutter gelernt. Eine wundervolle Frau, viel zu klug für das Leben, das sie führen musste.«

»Meine Großmutter war auch so«, sage ich, ehe es mir so recht bewusst wird. »Ich wünschte, ich wäre ihr ähnlicher.«

Edwina legt den Kopf schräg. »Manchmal kommt so etwas erst später im Leben.« Dann richtet sie sich wieder auf, ihre harte Miene kehrt zurück. »So, jetzt haben wir aber lange genug geschwatzt – und auf die Vorschriften gepfiffen.«

»Vielen Dank noch mal für das Buch – und für Ihre Unterstützung bei meiner kleinen Gartenidee!«, rufe ich, während sie sich umdreht, um wieder hineinzugehen.

Sie hält inne und betrachtet mich von oben herab. »Belassen Sie es einfach bei meiner Zustimmung und hören auf, mich zu bauchpinseln. Ich bin doch keine Weihnachtsgans.«

Ihre Haustür fällt ins Schloss. Ich starre ihr verblüfft nach. *Wo kommt denn plötzlich dieser Humor her?*

Ich haste durch meinen Vorgarten, schließe die Haustür auf und rufe Janey an, um ihr die Neuigkeit mitzuteilen.

»Häng ein Foto von dem Grundstück an, wenn du der Gemeinde schreibst«, rät sie mir. »Wenn die sehen, wie hässlich es aussieht, werden sie dich anflehen, es zu pflegen. Liegt dort Müll rum?«

»Unter Edwinas Augen?« Ich erschauere beim bloßen Gedanken daran.

»Dann nimm für das Foto was aus deinem Mülleimer mit. Stell dich so, dass Edwina es nicht sieht, und nach dem Foto hebst du es sofort wieder auf, dann merkt sie es gar nicht.«

»Du hast den Beruf verfehlt, Janey. Du hättest Verbrecherboss werden sollen statt Marketingfachfrau.«

»Hey, der Boss oder zumindest die Drahtzieherin unserer kleinen Bande bist tatsächlich du, Mut!« Sie lacht, aber es endet mit einem bangen kleinen Schnaufer. »Hör mal, ich will dich jetzt nicht vor den Kopf stoßen oder so, aber ich weiß einfach nicht, wie ich das … das alles schaffen soll, das mit Keith und dass Ava mich so komplett fordert und dazu noch Mums Demenz«, flüstert sie mit brechender Stimme. »Irgendwie muss ich zu ihr an die Küste und ihr Auto holen, bevor sie vergisst, dass ihr Führerschein weg ist, und wieder damit fährt.«

»Ach, das wird schon gut gehen –«

»Es wird *nicht* gut gehen, Sally«, knurrt sie. »Letzte Woche ist sie damit in die Stadt gefahren, und dann hat sie vergessen, wie man wieder startet. Die Polizei hat sie heimgebracht und mich angerufen, um zu fragen, wo sie den Schlüssel verstecken sollen, damit sie ihn nicht findet, nur ich.«

»Na siehst du – wenn sie den Schlüssel nicht findet, kann sie es nicht noch mal machen. Und alles andere kriegen wir schon hin. Und wenn die Beschränkungen aufgehoben werden, kann ich dir mit Ava helfen. Himmel, jetzt, wo Jim weg ist, kannst du sogar bei mir einziehen, wenn du willst«, sage ich scherzhaft, ohne darüber nachzudenken.

Und höre perplex, wie Janey scharf Atem holt. »Meinst du das ernst?«, flüstert sie.

Die Sehnsucht in ihrem Ton bohrt sich mir mitten in die Brust.

Es war nur ein Scherz. Wie könnte das nach allem, was zwischen uns vorgefallen ist, funktionieren? Würde ich das überhaupt wollen, wo ich doch noch so wütend bin, so verletzt, so …

»Sally?«

»Zieh bei mir ein«, hauche ich, plötzlich selbst mit rauer Stimme.

»Für wie lange?«, fragt Janey zurück, noch leiser als bisher.

Ihr Ton geht mir bis ins Mark und erfüllt mich mit Wärme statt meiner kalten, harten Wut. Ich höre mich lachen, leicht und locker, als hätte sich eine große Last von meinen Schultern gehoben. »Wie lange hast du vor zu leben?«

Janey schnieft hörbar. »Du weißt nicht, wie sehr ich dich vermisst habe.«

»Nach einer Woche kannst du mich wahrscheinlich schon nicht mehr ertragen«, warne ich sie. »Und glaub nicht, dass das nur ein Hilfsangebot ist – ich brauche jemanden, der was zu den laufenden Kosten beiträgt. Außerdem, als diejenige, die schon berufstätig ist, wirst du mich ganz schön auf Zack bringen müssen, wenn ich das mit der Jobsuche angehe.«

»Hilf mir, mein Kind wohlbehalten aufzuziehen, und ich werde dich auf Zack bringen, dass du nicht mehr weißt, wo vorn und hinten ist«, verspricht meine beste Freundin.

Ich räuspere mich. »Danke für alles, was du für meine Kinder getan hast.«

»Bitte, gern geschehen?« Zum Schluss des Satzes wird es zur Frage. »Aber, äh, was meinst du genau, ich kriege gerade die Kurve nicht?«

»Dass du ihnen weiterhin Karten und Geschenke geschickt hast.« Ich hole tief Luft und zwinge mich, weiterzusprechen. »Nachdem wir nicht mehr … nach unserem … Streit. Du hast ganz normal mit ihnen weitergemacht, und ich … zuerst wusste ich es gar nicht, dann hat Amy es durchblicken lassen, und … da war ich sauer, aber auch so erleichtert, dass du für sie noch präsent warst. Dass sie nicht darunter leiden mussten, dass du … dass ich …«

»Weißt du, dass Charlie mit mir geschimpft hat? Er meinte, egal wie Jim mich gekränkt hätte, ich solle es nicht an dir auslassen, du wärst schon einsam genug, und ohne mich …« Sie holt unsicher Atem. »Sally, ich … wir … lass uns reden. Ich muss mich entschuldigen. Also, in aller Form. Denn es tut mir leid.« Sie schnieft wieder. »Du weißt gar nicht, wie sehr. Ich dachte, ich täte das Richtige. Jedenfalls redete ich mir ein, es wäre das Einzige, was ich noch machen könnte. Und ich weiß, du hältst es einfach nur für dumm und grausam und schrecklich, und ein bisschen hasst du mich dafür …«

Sie bricht ab, und mir ist klar, dass sie hofft, ich würde sagen, dass das nicht stimmt. Als ich schweige, seufzt sie halb schluchzend. »Wahrscheinlich würde ich mich auch ein bisschen hassen. Aber ich konnte es nicht ertragen, was er dir antat. Und … ich hoffte wirklich, dass das dich endlich wachrütteln würde und du erkennen würdest, was ich schon die ganze Zeit sah … oder beschließen würdest, dass ich dir wichtiger bin als er, oder …«

Ich sehe sie vor mir, wie sie eine ihrer Locken um den Finger wickelt, wie sie es ihr Leben lang tat, wenn sie versuchte, die Tränen zurückzuhalten. Ich habe den latenten Drang, ihr das Herz leichter zu machen, aber ich lasse es. Weil sie mich aus ihrem Leben ausschloss, als ich sie am nötigsten brauchte. Sie hat mich alles allein tragen lassen.

»Du warst einer der wenigen Lichtblicke in meinem Leben, und dann bist du einfach –« Ich breche ab.

»Ich konnte es nicht mit ansehen«, sagt sie so leise, dass ich sie kaum verstehe. »Ich konnte es einfach nicht mehr mit ansehen. Es kam mir vor … es kam mir vor, als steckte ich irgendwie mit drin. Ich wusste nicht, was ich sonst noch machen konnte, um dich dazu zu bringen, ihn endlich zu verlassen.«

Ich höre ihr an, wie schlecht sie sich fühlt, und einen Moment lang genieße ich es, weil ich am liebsten schreien würde, wie sie so etwas nur sagen kann. Wie kann sie es wagen, zu sagen, dass sie es nicht ertrug, wo doch nicht sie es war, die litt. Ihr tat Jim nichts an. Und wenn es sie schmerzte, was war schon dieses bisschen Schmerz im Vergleich zu dem, was ich durchmachte …

»Ich wollte dich immer mal anrufen, aber je länger es her war, desto weniger wusste ich, was ich sagen sollte. Und dann war ich plötzlich schwanger, und mein Leben zerbrach in Scherben, und mit einem Mal kapierte ich, warum du dich nicht getrennt hattest, weil ich in genau der gleichen Lage war.«

»Warum hast du mich dann nicht wenigstens angerufen!« Es ist nicht ganz ein Aufschrei, wäre es aber gern.

»Ich schämte mich zu sehr«, kommt kleinlaut zur Antwort.

Ich grabe die Zähne in die Unterlippe.

»Mir war klar, was ich dir angetan hatte. Ich hatte das Gefühl, ich wäre es nicht wert, dich anzurufen.«

»Aber dann, als Keith … warum hast du es da getan?«

»Weil ich nichts mehr zu verlieren hatte.« Es ist ein Flehen, ein Schluchzen. »Ich dachte, jetzt komme ich lebenslänglich ins Gefängnis, und alles, was ich wollte, war dich noch einmal zu sehen. Ich wollte dabei sein, wie du Ava kennenlernst.«

Ich öffne den Mund, dann schlucke ich die Worte herunter. Sie werden nur neue Wunden schlagen, statt die alten zu heilen.

»Ich bin froh, dass du mich angerufen hast«, sage ich, als ich wieder sprechen kann.

»Meinst du, das zwischen uns wird wieder gut?«, wispert Janey. »Wenn das hier vorbei ist, falls wir es schaffen, meinst du, wir können …«

Ich bin nicht versöhnt – so einfach ist es nicht. Ich wünschte, in diesem neuen Einvernehmen zwischen uns wäre nicht dieser Hauch Verzweiflung wegen all dessen, was wir durchmachen mussten, um wieder zueinander zu finden.

Mir bleibt die Antwort erspart; an ihrem Ende ertönt ein durchdringendes Heulen. »Da hat jemand einen Bärenhunger«, sage ich. »Wir sehen uns morgen.«

Dann lege ich auf, weil ich momentan nicht mehr dazu sagen kann. Und nicht noch mehr darüber hören will.

Trotzdem fühle ich mich nicht, als müsste ich eine Woge des Zorns unterdrücken, als ich die Gießkanne nehme und Rosemary und Petunia Wasser gebe. Die Wunde wird heilen müssen, bevor wir in neue Bahnen kommen, aber es ist erstaunlich, wie klein so eine Wut erscheint, wenn man lebenslange Liebe und die neue Hoffnung danebenstellt, dass ich vielleicht eines nicht mehr fernen Tages wieder glücklich sein kann.

34.

SUPER-GAU

Der nächste Tag beginnt mit einem Wirbel aus Fortschritten. Als ich morgens nach unten komme, liegt auf dem Fußabtreter ein Dankeskärtchen mit den Schlüsseln zu Nawars Haus- und Küchentür. Ich lege es beiseite und mache mich schnell an das Foto von dem Grundstück inklusive Janeys Müll.

Beim Frühstück schicke ich die Mail an den Gemeinderat los und habe das ungerechtfertigte Gefühl, enorm viel erreicht zu haben, das ich prompt noch ausbaue, indem ich ein Blech außerordentlich gute Snickerdoodles backe. Einen Teil davon liefere ich Edwina an die Haustür – wo ich eine Papiertüte mit meinem Namen darauf finde. Darin sind mehrere schmutzige Klumpen. Gierig lese ich den Zettel, der an der Tüte klebt.

Noch mehr Schwertlilien, diesmal schwarze. Beim Einpflanzen wie gehabt vorgehen. E.

Grinsend nehme ich die Zwiebeln mit nach Hause und pflanze sie hinter meine kleinen Setzlinge, dann setze ich mich an den Küchentisch. Eigentlich bin ich entschlossen, heute endlich auszuknobeln, wie wir das Verschwinden unserer Männer erklären können, aber jede Idee hat irgendeinen Haken.

»Wie heißt das Monster, dem immer neue Köpfe wachsen, wenn man einen abschlägt?«, frage ich Rosemary und Petunia. Entweder sie wissen es nicht, oder sie wollen es mir nicht sagen. »Wohin können vier Leute gehen und dann einfach verschwinden – ohne ihre Handys mitzunehmen?«

Skydiving? Bungeespringen? Nein, dazu bräuchte man Hilfspersonen. *Bootfahren?*

»Aber woher kriegen sie das Boot?«, frage ich das Jim-Paket. »Und wie sollen alle an Bord gleichzeitig verschwinden, außer es geht unter?«

Ein Boot könnten wir zwar sicher arrangieren, aber die Frage ist, wie wir es so beschädigen könnten, dass es wie ein Unfall aussieht. Bestrebt, meine Fortschritte nicht zum Erliegen kommen zu lassen, nehme ich Nawars Schlüssel, schlüpfe durch ihre hintere Gartenpforte und dann in die Küche. Zuerst schaue ich nach den Zimmerpflanzen und serviere den Fischen ihr Mittagessen, dann suche ich auf der Rückseite des Routers nach dem WLAN-Code, damit ich mich nächstes Mal mit Lionels altem Tablet einloggen kann.

Als ein Summen ertönt, fange ich erfreut an zu lächeln – es ist Zeit für Charlies Song des Tages –, aber es ist Jims Handy, das klingelt, nicht meines. Panik durchzuckt mich: der Anruf ist von »Yafir«. Kaum habe ich abgenommen, da sagt Samira auch schon: »Sally, draußen ist ein Mann. Ich glaube, der Sohn von einem von Yafirs Cousins. Ich hab den Fernseher sehr laut gestellt, damit er, wenn er klingelt, glaubt, wir würden es nicht hören, aber er lungert weiter vor der Garage herum, wie um zu lauschen, ob sich da drin was regt. Gerade läuft er auf der Straße hin und her und telefoniert, aber ich glaube, bald wird er an die Garage klopfen oder nach Yafir rufen – ich weiß nicht, was ich machen soll!«

Bevor ich Jim Grannys Bratpfanne über den Schädel gezogen hatte, wäre ich vor Panik erstarrt. Jetzt schnappe ich mir nach nur minimalem Zögern meine Schlüssel, schließe Nawars Haus und Garten ab, stürze nach Hause und schnurstracks die Treppe hinauf. »Ich komme«, keuche ich währenddessen. »Vielleicht kann Leila in der Garage Musik anmachen? Bin gleich da.«

Ich tippe auf Auflegen und schnappe mir auch schon eine große Haarklammer, mit der ich meine ungekämmte Mähne zu einem unordentlichen Knoten hochstecke, dann ziehe ich mir meine seriöseste Strickjacke über. Im Arbeitszimmer hänge ich mir das Band mit Jims Schlüsselkarte von der Arbeit um den Hals in der Hoffnung, dass es von Weitem wie ein offizieller Dienstausweis aussieht. Dann nehme ich die lederne Aktenmappe, die ich Jim zum Vierzigsten geschenkt habe, stecke wahllos ein Notizbuch und eine Handvoll Papiere hinein und stürze nach unten und durch den Garten hinaus. Hinter den Gärten entlang sprinte ich auf die Straße, hoffentlich so schnell, dass Edwina mich nicht sieht. Selbst sie muss schließlich ab und zu mal blinzeln.

Sobald ich um die Straßenecke in Sicherheit bin, verfalle ich in schnellen Schritt, fische meine Lesebrille aus der Tasche und bemühe mich, Lippenstift aufzutragen, ohne langsamer zu werden.

Beim Einbiegen in Samiras Straße verlangsame ich und zwinge meinen Atem zur Ruhe. Mit offener Aktenmappe, den Stift über dem leeren Blatt, beschwöre ich meine innere Edwina herauf, blicke mich ernst um und tippe dann gedankenvoll mit dem Stift gegen das Kinn. Schließlich notiere ich gewichtig: *Sieht nett aus hier.*

Mit befriedigtem Nicken marschiere ich wieder los, nur um dramatisch stehen zu bleiben, als mein Blick auf den großen Mann fällt, der vor einem Haus etwa auf halber Strecke der Straße herumlungert. Mit erstaunt-besorgt geneigtem Kopf beobachte ich, wie der Mann auf Samiras Garage zugeht, mich dann bemerkt und stehen bleibt.

Einen Augenblick lang schauen wir einander an. Ich trete nervös einen Schritt zurück, zücke mein Handy und mache ein Foto, dann tippe ich meine Mailbox an.

Während meine aufgenommene Stimme mir erklärt, ich hätte keine neuen Nachrichten, sage ich angespannt: »Hallo, hier Corona-Straßenkontrolle, Quadrant vier. Hier lungert ein verdächtiger Mann vor einem Haus herum. Sieht aus, als wollte er schauen, ob jemand zu Hause ist, vielleicht um einzubrechen.«

Dabei ziehe ich mich an die Straßenecke zurück und werfe besorgt einen Blick über die Schulter wie in Angst, verfolgt zu werden. Der Mann ist schon dabei, die Flucht in die andere Richtung zu ergreifen.

Grinsend schalte ich die Mailbox aus, stecke das Handy in die Tasche und wende mich zum Gehen.

Ein paar Minuten später pingt Jims Handy – es ist »Yafir«.

Wie oft muss ich den Leuten noch sagen, dass ich keine Stimme mehr habe? Gerade war ein nicht besonders heller Cousin von mir vor dem Haus. Hat Samira schikaniert. Ist das Wort »freiwillige Quarantäne« so schwer zu kapieren?

Sei froh, dass sie alle noch gesund sind, kommt »Lionels« knappe Antwort.

Ich zögere, dann stecke ich das Handy weg. Das hier ist glaubhafter, wenn Jim sich nicht einmischt.

Als ich in meine eigene Straße einbiege, geht mein Blick sofort wachsam zu Edwinas Haus.

Ihre Vorhänge flattern, und ich wappne mich gegen das unvermeidliche Unheil von gegenüber.

Doch dieses wartet auf meiner Türschwelle auf mich.

Amy. Mit einem riesigen Koffer.

35.

FAMILIENTREFFEN

Noch schlimmer hätte die Lage nur sein können, wenn sie einen Schlüssel zum Haus gehabt und in der Küche Jim gefunden hätte. Mir ist bewusst, dass ich bodenlose Angst haben sollte. Aber ich bin nur über und über taub.

»Wo ist Dad?«, fragt Amy, das Kinn auf diese pseudo-streitlustige Art vorgereckt, die sie an sich hat, wenn sie genau weiß, dass ihr Vater nicht in der Nähe ist. »Ich hab meinen Schlüssel vergessen und klingle schon ewig!«

»Oben. Macht ein Nickerchen«, sage ich das Erste, was mir in den Sinn kommt.

Amy wirft einen skeptischen Blick nach links und rechts. »Seit wann ist er taub?« Sie seufzt tief. »Mein Leben lang musste ich auf Zehenspitzen um ihn rumschleichen, wenn er seine Ruhe wollte, und kaum bin ich aus dem Haus, fängt er an zu schlafen wie ein Toter.«

Ich kann gerade noch verhindern, zusammenzuzucken. »Ich hab ihm Noice-Cancelling-Kopfhörer gekauft«, behaupte ich schwach. Dann reiße ich mich zusammen und gehe hinein. Was hier auch los ist, wenn Edwina kommt und uns ausschimpft, wird es nicht besser.

Amy stellt ihren Koffer neben dem Ablagetisch im Flur ab und darauf eine riesige Sporttasche und eine aus allen Nähten platzende Handtasche. Mit einem flüchtigen Blick die

Treppe hinauf macht sie leise die Haustür zu und marschiert ins Wohnzimmer. Als ich ihr folge, schließt sie auch diese Tür – leise und vorsichtig –, und zum ersten Mal erkenne ich, wie verkehrt all das ist. Das ist doch kein normales Verhalten. Wie konnte ich mir je einreden, ich hätte meinen Kindern eine glückliche, gesunde Kindheit geschenkt?

Amy rettet mich davor, in Verzweiflung zu versinken, indem sie sich an meine Brust wirft.

Wenigstens ist sie ins Wohnzimmer gegangen und nicht in die Küche, denke ich, während ich die Arme hebe und sie an mich ziehe.

»Männer sind so scheiße«, schnieft sie mir ins Ohr. »Ich hasse sie alle.« Dann bricht sie in Tränen aus.

»Liebling, warum bist du denn gekommen? Du weißt doch, dass es gegen die Vorschriften ist –«

»Scheiß auf die Vorschriften!«, wimmert Amy. »Oder sind dir die blöden Coronaregeln wichtiger als deine eigene Tochter?«

»Es geht hier um eine weltweite Pandemie, nicht um Falschparken oder so.«

Amy tritt zurück. Ihr Gesicht ist gerötet und tränenfleckig. »So empfängst du mich, nachdem wir uns zwei Monate nicht gesehen haben? Kein ›Wie schön, dich zu sehen‹ oder ›Ich hab dich so vermisst‹?«

»Natürlich habe ich dich vermisst! Ich bin einfach so überrascht, Liebling. Warum sind alle Männer scheiße, und was ist mit dem Koffer?«

»Ich hab ihn verlassen!«, erklärt Amy und wirft sich wieder in meine Arme. »Ich hab's keinen Tag länger ausgehalten. Und die neugierige alte Schachtel gegenüber, die mich vorhin schon finster angestarrt hat, kann mich mal, ich gehe *nicht* zu einem Mann zurück, der so mies zu mir war, egal was der verdammte Staat dazu sagt.«

»Was hat er getan?«, flüstere ich und drücke sie fest. »Hat er dir wehgetan?«

Amy macht sich los und blickt mich finster an. »Natürlich hat er mir wehgetan! Was glaubst du, warum ich hier bin?«

Es ist, als hätte ich Glassplitter verschluckt. Amy sah nie, wie Jim mich schlug, sie bekam nie blaue Flecken oder Schrammen zu sehen, die ich nicht mit alltäglichen kleinen Missgeschicken hätte erklären können. Da die Gewalt erst eskalierte, als die Kinder schon größer waren, ließ sich das ganz gut machen. Als Teenager waren sie so viel unterwegs, dass Jim nur darauf achten musste, dass er mich nicht an Stellen verletzte, die gut zu sehen waren. Trotzdem beschränkte er sich meist auf verbale Attacken. Aber Worte haben eine ganz andere Wirkung, wenn immer das Risiko besteht, dass ihnen ein Fausthieb folgt.

Und all die Zeit redete ich mir ein, ich ließe nicht zu, dass die Geschichte sich wiederholt, weil ich meinen Kindern nicht vorlebte, dass Gewalt und Misshandlungen normal sind. Wozu war das gut, wenn es jetzt doch so gekommen ist?

»Nun, das wird er nicht wieder tun.« Ich hole tief Atem. »Also, gehen wir wenigstens das Körperliche an. Brauchst du Antiseptikum? Arnika?« Ich schlucke die Säure, die mir hochkommt, hinunter. »Oder solltest du zum Arzt?«

»Zum Arzt? Wieso das bitte? Machst du jetzt wirklich Scherze darüber, dass *mein Herz gebrochen ist*?« Amy reißt sich von mir los und stürmt zum Sofa.

»Du hast gesagt, er hätte dir wehgetan – «

»Wir haben uns *getrennt*, Mum! Ich muss hierherkommen und wieder bei meinen Eltern in der hintersten Pampa einziehen wie die größte Loserin. Natürlich tut das weh!«

Ich schaue in ihr fleckiges Gesicht und könnte gleichzeitig

vor Wut explodieren, wie dumm sie ist, und Luftsprünge vor Freude machen, dass *meine* Tochter in ihrem Alter noch so unbeleckt von Leid und Misshandlung ist, dass für sie eine Trennung schon der Gipfel der Grausamkeit ist.

Die Erleichterung behält die Oberhand. Hauptsache, sie ist heil und gesund – Hauptsache, ihr wurde nicht auf die gleiche Weise wehgetan wie mir. Alles andere wird sich schon finden.

Amys Bericht, warum sie ihren Freund verlassen musste, verschlingt einen Berg Taschentücher. Die Gründe sind zahlreich und vielfältig und summieren sich zu einem ebenso riesigen Haufen heißer Luft.

»Also«, sage ich vorsichtig, »das klingt, als wäre euch beiden klar geworden, dass ihr nicht füreinander bestimmt seid. Das ist natürlich sehr traurig, aber musstet ihr euch mitten im Lockdown trennen? Konntet ihr nicht noch ein paar Wochen warten?«

»Wir wären uns bald an die Kehle gegangen, so eng wie wir aufeinandergehockt haben!«, jammert Amy.

»Sag das gefälligst nicht so leichtfertig – es gibt Leute, für die ist das bittere Realität.«

Amys Blick bohrt sich in mich. Einen Moment starrt sie mich an, und in mir regt sich Panik – was rede ich da bloß? Ich habe das Gefühl, all meine Geheimnisse müssten mir ins Gesicht geschrieben stehen.

Dann wird Amy rot und senkt den Blick. »Tut mir leid.« Sie holt schluckend Atem und krampft die Hände um die durchweichten Taschentücher zu Fäusten. »Es ist nur … ich fühlte mich so allein. Es ist so schrecklich, mit jemandem zusammenzuwohnen, von dem man dachte, er liebte einen, aber jetzt findet er einen nur scheiße.«

Auch ich schaue zur Seite, weil in mir solche Trauer hochkommt – genau so allein fühlte ich mich die letzten dreiundzwanzig Jahre lang. Aber das Heulen darüber kann noch ein bisschen warten. »Ach, Kind. Also, *ich* liebe dich, ja? Und ich bin froh, dass du erkannt hast, dass er nicht gut genug für dich war.«

Amy schnieft, wischt sich die Nase am Handrücken ab, dann lacht sie, als ich ihr noch ein Taschentuch und eine Flasche Desinfektionsgel in die Hand drücke. »Schluss mit dem rührseligen Kitsch. Hab ich mir wenigstens eine Tasse Tee und ein, zwei Kekse verdient?«

Ich bin nur zu froh, in die Küche flüchten zu können, aber kaum dort, überkommen mich mit voller Macht die Bedenken. Selbst wenn es mir gelingt, Jim vor Amys Blick zu verbergen – wenn sie hierbleibt, wird sie zwangsläufig merken, dass etwas nicht stimmt. Sicher, ich kann behaupten, dass er im Schlafzimmer bleiben muss, weil er Symptome hat; ich kann sogar nebenbei anmerken, dass ich jetzt aufs Wohnzimmersofa ausweichen muss, weil ich bisher in ihrem Zimmer geschlafen habe, aber dann wird sie mir nur ihre Hilfe dabei anbieten, mir einen Schlafplatz im Arbeitszimmer zu schaffen. Und wie soll ich erklären, dass man ihn nicht zumindest im Zimmer herumlaufen und aufs Klo gehen hört?

Irgendwann wird sie kapieren, was los ist.

Soll ich sie trotz des Beschlusses gegen neue Mitglieder in unseren Club aufnehmen?, geht mir wie ein Funke der Hoffnung durch den Kopf … aber die Realität löscht ihn sofort aus. »Die werden allein klarkommen, wenn Amy die Polizei ruft, oder?«, frage ich Rosemary und Petunia. »Ich bin ja nicht unersetzlich.«

Aber so gern ich das glauben will, ich weiß, es stimmt nicht. Um es zu schaffen, werden wir alle nötig sein – ich als Ideengeberin, Samira, um diese in einen machbaren Plan zu verwandeln, Ruth, um dafür zu sorgen, dass dabei so wenig Schaden wie möglich entsteht, Janey, um die Schwachstellen zu finden, damit Samira sie ausbügeln kann, und Leila, um den Glauben daran aufrechtzuerhalten, dass wir das wirklich durchziehen können.

Viel zu lange habe ich mir von einem miserablen, kleinlichen Mann die Lebensfreude und das Potenzial rauben lassen. Aber um es wert zu sein, mit Leuten wie Janey, Ruth, Samira und Leila befreundet zu sein, muss jemand etwas Besonderes sein, auch wenn ich noch immer nicht ganz fähig bin, das zu glauben. Ich weiß, natürlich liegt es teilweise einfach an der Situation, aber sie setzen ebenso Vertrauen in mich wie ich in sie. Wenn ich mich ihrer als würdig erweisen kann, werde ich auf einem guten Weg sein, zu etwas zu werden, worauf ich stolz sein kann.

»Keeekseeee!«, klagt Amy verzweifelt.

»Augenblick noch, Liebling!«, rufe ich, bewege mich aber nicht vom Fleck. »Wie zum Henker werde ich sie los?« Mein Blick fällt auf Jim. »Und wohin verflucht stecke ich dich?«

Nach oben kann ich ihn nicht schleifen, ohne dass Amy es mitkriegt, und in die Küche wird sie früher oder später unweigerlich kommen. Wahrscheinlich eher später als früher – Amy war nie vorn dabei, wenn es ums Tischdecken oder Kochen helfen ging. Ich ließ ihr das immer durchgehen, zumindest dann, wenn kein Risiko bestand, dass Jim es mitbekam, weil ich es toll fand, dass sie keine Angst davor hatte, nicht rund um die Uhr pflichtbewusst zu sein. Trotzdem, irgendwann wird sie sich selbst einen Tee machen wollen, auch wenn sie das benutzte Geschirr danach nie wegräumt …

Im nächsten Moment ist der Nebel der Panik wie weggeblasen, und mir offenbart sich die Lösung.

Zuerst aber mache ich Tee und bringe die Tassen und eine

Packung Shortbread-Ringe mit Schokoglasur von M&S ins Wohnzimmer.

Amys Augen leuchten richtig. »Ooooh, wie geil! Was hat denn Dad zu denen gesagt?«

Ich grinse konspirativ. »Absolut gar nichts. Es hat was für sich, dass er sich quarantänemäßig in seinem Zimmer einschließt und nur per WhatsApp Bescheid sagt, wenn er Tee oder was zu essen will, wie einem Zimmermädchen.«

»Was – hat er etwa Corona?« Amy rückt ein bisschen von der Tür zum Flur ab.

Sekundenlang frage ich mich, ob das die beste Erklärung ist, aber falls Amy das Edwina gegenüber erwähnt … nein, das darf ich nicht riskieren.

»Ich glaube nicht, aber er ist zurzeit ziemlich seltsam. Zuerst hat er mich überhaupt nicht nach draußen gehen lassen. Dann wollte plötzlich *er* nicht mehr rausgehen. Er macht so gut wie gar nichts mehr.«

Amy stöhnt und kämpft sich auf die Füße.

Blitzschnell packe ich sie am Handgelenk. »Wohin willst du?«

»Ich sollte ihm wohl mal Hallo sagen.«

Ich ziehe an ihrer Hand. »Ich glaube, er schläft gerade, und generell …«

Generell was? Warum würde ihr Vater ihr nicht einmal durch die Zimmertür Hallo sagen? Kann ich irgendwie eine Aufnahme von einer Männerstimme basteln und im richtigen Moment aus seinem Zimmer ertönen lassen?

»Generell …?«, hakt Amy nach.

»Hat er irgendwie keine Stimme mehr.«

Amy runzelt die Stirn. »Ich dachte, er wäre nicht positiv?«

»Ich weiß es nicht. Die Sache ist …« Mein Gehirn hängt fest. *Was ist die Sache?*

»Die Sache ist?«, drängt Amy noch ungeduldiger.

Ich werfe die Hände in die Luft. »Weißt du was, ehrlich gesagt hab ich keine Ahnung. Kein bisschen.«

»Da wäre Dad nicht der Erste, der im Lockdown ein bisschen gaga wird«, sagt Amy hilfsbereit.

Danke, Liebling. Das tröstet mich echt, sagt die Stimme in meinem Kopf.

»Aber wenn er kein Corona hat, wieso hat er dann keine Stimme mehr? Sag mir die Wahrheit«, verlangt sie und schaut mich bohrend an. »Glaubst du, er hat sie nicht mehr alle? Wenn es so schlimm ist, sollten wir dann nicht irgendwen holen?«

»Das können wir gern machen, aber vielleicht sollten wir ihm noch ein paar Tage Zeit und Ruhe lassen, ob er sich von allein wieder berappelt.«

»Ah«, sagt Amy. »Also mehr trotziges Kleinkind als psychische Krise? Dann sollte ich wohl wenigstens versuchen, ihm Hallo zu sagen, damit er nicht glaubt, ich ignoriere ihn. Da wäre er ja auch sauer.« Sie beißt sich auf die Lippe und schaut zur Decke.

»Vielleicht hört er sich aber mit den neuen Kopfhörern irgendwas an, also mach dir keine Gedanken, wenn er nicht antwortet«, warne ich sie.

Amy nickt und schiebt sich noch einen Keks in den Mund. »Solange er's nicht sieht«, raunt sie mir zu, als könnte er es sonst hören.

Kaum betritt sie die erste Stufe, husche ich in den Flur und reiße die Tür zum Besenschrank unter der Treppe auf, um ihr die Sicht zu versperren. Dann flitze ich in die Küche, packe das Fußende des Jim-Pakets und fange an zu ziehen. Wenigstens habe ich inzwischen diese Slalom-Technik raus, sodass ich recht schnell vorankomme.

Ich habe das Paket beinahe im Flur, da verhakt sich das hintere Ende an irgendetwas. Ich zerre kräftig – und ein ominöses Geräusch ist zu hören.

Mir bricht der kalte Schweiß aus. In hellem Entsetzen sehe ich die aufgerissene Plane vor mir, aus der Katzenstreu, Sand und Reis – und wimmelnde Würmer und rot-schwarze Klumpen – auf den Küchenboden rieseln. Wie ich auf die Knie falle und panisch versuche, alles wieder hineinzustopfen, aber zu spät, weil Amy schon auf der Treppe ist, und ich rufe ihr zu, sie solle ins Wohnzimmer gehen, alles sei in Ordnung, aber es klingt hoch und quietschig, und sie späht an der Schranktür vorbei und …

Da löst sich das verhakte Ende, und das Paket gleitet so abrupt weiter, dass ich fast auf den Hintern falle. Ich sinke auf die Knie. Irgendwas wird unweigerlich schiefgehen, und es wird damit enden, dass Amy die Leiche ihres Vaters findet und –

Ich kneife die Augen zu, kämpfe die Panik nieder. Dann packe ich wieder das Paketende, ziehe es bis vor den Besenschrank und steige hinein, um es nach hinten zu ziehen. Als ich ein Ende in die Senkrechte hebe, damit es hineinpasst, biegt es sich auf eine Art durch, bei der mir schlecht wird.

Ich knalle die Tür zu und schiebe den Riegel vor, gerade als Amys Schritte die Treppe herunterklappern.

36.

ALLE MEINE ENTCHEN

Zwei Stunden später heult Amy immer noch Rotz und Wasser – *woher nimmt sie das alles?* –, und ich mache mir langsam Sorgen um ihren Flüssigkeitshaushalt, aber wenn ich nicht bald zum heutigen Planungstreffen aufbreche, werden die anderen sich fragen, wo ich bleibe, und mich anrufen.

»Liebling, ich muss mir unbedingt kurz die Beine vertreten, aber wenn ich wiederkomme, können wir gern weiterreden.« Ich nehme ihr Gesicht in die Hände und drücke ihr einen Kuss auf die Stirn. »Eine Stunde, ja?«

»Mum!«, krächzt sie entrüstet. »Du kannst doch nicht weggehen, wenn's mir so geht! Und überhaupt, ich hab Hunger. Ich dachte, wir könnten uns Rührei mit Käse machen.«

»Jetzt nicht. Außerdem sind nur noch zwei Eier da, und die brauche ich, weil ich was backen will. Aber im Kühlschrank sind ungefähr zehn Sorten Käse, und wir haben massenhaft Brot, mach dir doch ein leckeres Sandwich. Dad bringe ich das Mittagessen nachher nach oben, du kannst also einfach was für dich allein machen.«

»Und du gehst wirklich weg?«, fragt Amy verzagt.

»Ja, Liebling. Deine Mutter geht jetzt wirklich eine Stunde lang spazieren, um frische Luft zu schnappen und einen klaren Kopf zu kriegen. Und auf dem Rückweg schaue ich beim Laden vorbei, ob sie wieder Eier haben.«

Ich eile nach oben, angeblich, um noch aufs Klo zu gehen, aber hauptsächlich, um ein paar Kissen unter die Decke im Ehebett zu stopfen, damit es aussieht, als läge jemand darin, falls Amy durchs Schlüsselloch späht; ich bezweifle zwar, dass sie es riskieren will, Jim zu stören, aber besser, ich gehe auf Nummer sicher.

Den Schlüssel zum Schlafzimmer stecke ich ein, in Gedanken eisern bei der Frage, was der Club für Schritt eins unseres Plans braucht – nämlich noch eine Plane, Bambusstäbe und etwas Seil. Das ist besser, als daran zurückzudenken, welche Qual die verschlossene Schlafzimmertür für mich schon bedeutet hat, so nützlich sie jetzt ist.

Als ich meine Handtasche nehme, schenkt Amy mir einen gekränkten Blick. Vielleicht ist es ein bisschen abrupt, gerade jetzt hart zu ihr zu sein, nachdem ich aus schlechtem Gewissen, dass sie einen Mann wie Jim zum Vater haben musste, ihr Leben lang zu nachsichtig mit ihr war.

Vielleicht ist es aber auch höchste Zeit, sage ich mir, während ich auf die Straße hinaustrete und mein Handy ausschalte.

Schon beim Sprint über die Wiese zum Teich rufe ich den anderen zu, wie leid mir mein Zuspätkommen tut. Die Erleichterung auf ihren Gesichtern wärmt mich bis ins tiefste Innere.

»Und was machst du jetzt?«, fragt Janey, nachdem ich erzählt habe, was los ist. »Selbst Amy wird irgendwann klar werden, dass dahinter mehr steckt, als dass Jim gerade komisch ist. Wie lange kann das gut gehen?«

Ich stöhne und hebe die Schultern. »Vielleicht ruft ja ihr Freund an, und sie versöhnen sich … Und ich habe sowieso nur Zeit, bis Jim den Bürotermin hat. Das sind jetzt noch zwölf Tage. Aber apropos Zeit läuft, was ist mit euren Verwandten?«, frage ich Samira.

Leila beißt sich auf die Lippe, um ein Grinsen zu unterdrücken. »Tatsächlich ist bei uns gerade so eine Art Atempause eingetreten. Dass im Haus meines Großvaters in Pakistan ständig so viele Leute im Internet sind und telefonieren, hat anscheinend die Elektrik überlastet, und der Sicherungskasten ist durchgebrannt.«

»Jetzt können sie nur noch im Handynetz surfen, und das ist dort ziemlich löchrig und zudem teuer, deshalb wird sich die Kommunikation eine Weile in Grenzen halten.« Auch Samira kann ihre Freude kaum verbergen.

»Außerdem braucht mein Großvater Sauerstoff, und der ist zurzeit schwer zu kriegen, also sind sie alle damit beschäftigt«, fügt Leila hinzu.

Meine Handtasche piept. Während die anderen sich weiter unterhalten, greife ich nach meinem Handy, dann fällt mir ein, dass es ausgeschaltet ist. Stirnrunzelnd taste ich herum, bis ich Jims Handy finde.

Amy: *Kommst du bald wieder raus? Mum wirkt total mit den Nerven am Ende.*

»Sorry, Amy schreibt gerade Jim«, sage ich zu den anderen und tippe: *Besser nicht, hab Halsschmerzen.*

Eine Sekunde später pingt Amys Antwort: *Gute Besserung x*

Ich warte, ob noch etwas kommt, aber das Handy bleibt stumm. Ich bin mir nicht sicher, ob ich dem Frieden trauen kann, aber ehe ich mich entscheiden kann, ob ich schnell nach Hause gehen oder Amy erst mal ignorieren soll, ertönt ein schriller Aufschrei und dann ein mächtiges Platschen – weil Maryam der Länge nach in den Teich gefallen ist.

Simultan springen wir alle auf und stürzen auf die Stelle zu. Leila erreicht sie zuerst und springt geradewegs ins Wasser, und mit Samiras Hilfe, die ebenfalls dorthin watet, hebt sie

Maryam heraus, stellt sie auf die Füße und bringt sie an Land. Dort klopft sie ihrer Schwester auf den Rücken, die schmutziges Wasser aushustet, während Samira Maryam das nasse, verdreckte Haar aus dem Gesicht streicht.

»Ich bin ausgerutscht«, schluchzt Maryam. »Das war keine Absicht.«

»Wir haben dir doch gesagt, geh nicht zu nah an den Rand«, schimpft Leila, aber das Beben in ihrer Stimme verrät eher Angst als Ärger. »Alles gut, hör auf zu weinen.«

Maryam schaut sie beleidigt an. »Ich hab Dreck im Mund.«

Ruth reicht ihr ein Taschentuch, Maryam spuckt eine Ladung sandigen Speichel hinein und will es Ruth zurückgeben.

Ihre Mutter schnappt es sich und verzieht entschuldigend das Gesicht. »Wenn das hier vorbei ist – die Pandemie, meine ich –, lernt ihr beide schwimmen.«

Maryams Miene hellt sich auf. »Am Meer? Darf ich im Meer schwimmen?«

Leila verdreht die Augen. »Sie wäre doch nicht ertrunken, Mum.«

»Man kann auch in ganz seichtem Wasser ertrinken, das kommt immer wieder vor«, wendet Ruth ein. »Schwimmen sollte jeder lernen.«

Leila schnaubt. »Falls dir mal 'ne Pfütze auflauert?« Plötzlich weiten sich ihre Augen, und sie tastet ihre Taschen ab. »Puh, dachte schon, ich hätte mein Handy verloren. Nächstes Mal lege ich es erst weg, bevor ich dich rette«, warnt sie ihre Schwester.

»Du rettest dein Handy und lässt mich ertrinken?«, beklagt sich diese. »Dann muss ich echt schnell schwimmen lernen.«

»Schwimmen ist etwas, wovon man erst merkt, dass man

es können sollte, wenn es zu spät ist«, rede ich den beiden zu. »Aber es kann auch Spaß machen. Hey, ihr und Ava könntet doch gemeinsam schwimmen lernen, und zur Belohnung machen wir alle mal Ferien am Meer, dann können diejenigen schwimmen, die es wollen, und die anderen können am Strand sitzen und sich mit Fish and Chips und Eis vollstopfen.«

»Na gut, dann bin ich dabei«, sagt Leila, während wir zurück zur Straße wandern, Maryam und Leila bei jedem Schritt quietschend und quatschend.

Ruth gibt sich jede Mühe, sie abzulenken, indem sie erzählt, wie ihre Mutter mit ihr immer nach Saint Lucia in Ferien fuhr, um ihr ihre Heimat zu zeigen. »Als wir mal im Juni dort waren, gingen wir an einem Wochenende zum Fish Fry, das ist ein Fest in Dennery, einem Fischerdorf. Da werden abends Unmengen an Hummer und Krabben und Thunfisch gegrillt, und dann wird bis spät in die Nacht Zouk und Calypso und Reggae gespielt und dazu getanzt. Meine Tanten hatten mir eigens ein *wob dwiyet* geschenkt, das ist unsere Nationaltracht – und ich fühlte mich so …« Versonnen schließt sie die Augen.

»Also, Saint Lucia können wir uns fürs Erste wohl eher nicht leisten«, sage ich vorsichtig, als sie nicht weiterspricht, »aber vielleicht eines Tages …«

Ruth lächelt sanft. »Ja, eines Tages«, echot sie.

Doch nachdem wir in verschiedene Richtungen auseinandergegangen sind, gehen mir nicht Ruths Erzählungen im Kopf herum, sondern Leilas Sorge, ihr Handy könnte ins Wasser gefallen sein. Wenn unsere Männer verschwinden sollen, ohne dass es seltsam wirkt, dass sie ihre Handys nicht dabeihaben, wäre der logischste Grund, dass sie sie *alle* vorher abgelegt haben.

Der Gedanke beschäftigt mich die ganze Zeit, die es mich kostet, in drei Geschäften nach Eiern zu suchen, bis ich welche finde. Deshalb renne ich beinahe, als ich freventlich ganze siebzig Minuten nach Verlassen des Hauses wieder in meine Straße einbiege. *Bitte lass Edwina auf dem Klo sein.*

Doch nein, als ich mich dem Haus nähere, flattern die Vorhänge, die Haustür öffnet sich und …

»Guten Tag, Sally.«

»Ich weiß, ich weiß, ich bin zehn Minuten zu spät«, keuche ich.

Edwina seufzt tief. »Sie sollten sich besser auf dem Laufenden über die aktuellen Bestimmungen halten. Seit heute darf man wieder so lange an der frischen Luft herumlaufen, wie man will – und sich dabei mit einer anderen Person treffen, unter Einhaltung des Mindestabstands natürlich. *Aber*«, fügt sie betont hinzu, als ich praktisch zu strahlen anfange vor Erleichterung, wie viel einfacher es das für den Club machen wird, »für Zusammenkünfte in geschlossenen Räumen gelten die bestehenden Regeln weiter – und insbesondere ist es weiterhin verboten, bei anderen Leuten zu übernachten.«

Ich gebe mir Mühe, leidgeprüft auszusehen, was nicht schwer ist. »Das sage ich Amy auch schon die ganze Zeit, aber ihr Freund hat mit ihr Schluss gemacht, und sie kann nirgends sonst hin. Für Trennungen gelten doch bestimmt Ausnahmen.«

»Ausnahmen gelten nur bei häuslicher Gewalt. Ich hoffe für Sie beide, dass das nicht der Fall ist. Dann allerdings …«

Ich seufze tief. »Ich habe ihr schon gesagt, dass sie versuchen sollte, den Lockdown abzuwarten, solange ihr körperlich keine Gefahr droht, aber ich kann sie doch nicht rauswerfen. Dabei fehlt sie mir gerade noch, jetzt wo Jim nur noch im Bett liegt – nein, er hat kein Corona«, füge ich schnell hinzu.

»Es ist nur …« Ich mache eine vage Geste. »… so was wie ein Lockdown-Blues.«

»Ich hatte mich schon gewundert, dass ich ihn gar nicht mehr sehe.« Edwinas Augen verengen sich.

»Spätestens jetzt, mit Amy, komme ich mir ein bisschen überfordert vor.« Ich muss nicht einmal schauspielern, um entsprechend auszusehen. »Sie wollte unbedingt Eier zu Abend, deshalb …« Ich hebe die Tasche an. »Ich weiß, ich sollte sie nicht verwöhnen, aber mich auch noch mit ihr zu streiten, das schaffe ich einfach nicht.«

Edwina schüttelt den Kopf. »Sie wird es lernen müssen. Die Kinder zu verhätscheln ist auch nicht die Lösung.« Dann wird ihr Blick milder. »Aber es liegt an Ihnen, wie Sie Ihre Kräfte einteilen. Behalten Sie jedenfalls im Kopf, dass sich nicht alle Probleme des Lebens lösen lassen, indem man Eier köpft. Bei manchen ist Alkohol gefordert.«

Ich breche unwillkürlich in Lachen aus. Ja, unter all der Strenge und den bösen Blicken versteckt sich tatsächlich ein Sinn für Humor.

Auf dem Weg durch den Vorgarten schalte ich sorgsam Jims Handy aus, damit Amy, falls sie ihm noch einmal etwas schreibt, sich nicht wundert, dass es in meiner Handtasche steckt. Beim Öffnen der Tür rechne ich damit, gleich eine bittere Beschwerde aus dem Wohnzimmer zu hören, doch alles bleibt still – verdächtig still.

»Hallo, Liebling? Wie geht's dir? Nach dem Essen etwas besser?«, rufe ich.

Keine Antwort. Vorsichtig schleiche ich halb die Treppe hinauf. Die Badezimmertür steht weit offen. Stirnrunzelnd eile ich in die Küche und schaue in den Garten. Leer. Bang schalte ich mein Handy ein. Die letzte Nachricht darauf lautet: *Rührei mit Käääääse bitte*, dahinter ein Anfleh-Emoji.

Wo ist sie? Hat sie Jim gefunden und ist geflohen?

Ich wirble herum, aber der Besenschrank ist verschlossen und verriegelt. Ich spähe hinein; alles wirkt unangetastet.

Dann stoße ich die Wohnzimmertür auf und schaue mich um. Keine Amy. Nur ein Iglu.

In meinem Wohnzimmer.

Es scheint mit einer waldmotivbedruckten Steppdecke umhüllt zu sein.

»Amy?«, flüstere ich.

Nichts.

»AMY!«

Das Iglu fängt an zu schwanken. Die Decke rutscht herunter und gibt den Blick auf einen Schlafsack darunter frei, der zur anderen Seite abrutscht. Ein Eingang wird aufgezogen, und heraus schaut Amys Kopf, ihr Haar ein wildes Wirrwarr um die gepolsterten Kopfhörer.

»Was ist?«, knurrt sie und zieht den Bügel von den Ohren nach unten um den Hals.

Ich starre sie nur an und deute auf das Iglu.

Amy verdreht die Augen, nimmt die Kopfhörer aber endgültig ab und krabbelt heraus. »Davon hab ich dir schon vor *Wochen* erzählt. Nachdem wir nicht mehr ins Studio konnten, mussten wir uns alle zu Hause irgendwas basteln. Es braucht ja kein perfektes Tonstudio zu sein, für unsere automatisierten Voiceovers für Unternehmen ist nur wichtig, dass möglichst keine Hintergrundgeräusche da sind. Manche aus dem Team haben ihre Besenkammern mit Schaumstoff ausgekleidet, aber ich hab mir gedacht, warum kein kleines Zelt mit Decken und Schlafsäcken darüber, dann ist es irgendwie lustig, darin zu arbeiten.«

»Ich war nur leicht überrumpelt, dass in meinem Wohnzimmer ein Iglu steht.«

Amy seufzt. »Ich wollte wenigstens ein bisschen was erledigt bekommen, wenn Dad schon tot spielt. Geht das schon die ganze Zeit so?« Düster wirft sie einen Blick an die Decke. »Wahrscheinlich kam er raus, als ich im Zelt war, und ich hab ihn verpasst.«

Schuldgefühle bohren sich mir zwischen die Rippen wie kalter Stahl.

Amy bemerkt die Qual in meinem Blick und verzieht die Lippen zu einem Lächeln, auch wenn es einen Moment dauert, bis es ihre Augen erreicht. »Können wir jetzt essen, oder musst du erst noch Geschirr abspülen oder so, während ich hier verhungere?«

Sieh an, wieder alles beim Alten: rotzig und schnippisch und unverfroren bis obenhin.

Wenigstens hat sie vor mir keine Angst, sagt die Stimme in meinem Kopf traurig. »Ich hab das Karaoke über Zoom abgesagt, also gehöre ich den Rest des Tages ganz dir.«

Amys Miene hellt sich weiter auf. »Kriege ich auch eine heiße Schokolade? Wie in alten Zeiten?«

Mich in alte Zeiten zurückzuversetzen ist das Letzte, was ich will, aber wenn es sie glücklich macht, während ich mich mit der Leichenplage im näheren Umkreis auseinandersetze, ist das ein Preis, den ich zahlen kann.

37.

MILCH, EIN STÜCK ZUCKER UND EIN LEICHTER HERZINFARKT

Während Amy isst, mache ich eine Tasse Tee, wie Jim ihn am liebsten mag. Und stelle fest, dass meine Hände zu zittern beginnen und ich an jenen letzten Morgen denken muss, wie der Tee ihm einen Tick zu hell war, was zu dem Wasserkessel führte, was zu der Bratpfanne führte, was wiederum zu dem Paket führte, das im Schrank unter der Treppe liegt … und plötzlich erinnere ich mich daran, wie ich mich zum ersten Mal fragte – nur ganz flüchtig –, ob Jim zu heiraten mich wirklich zum ersehnten »Glücklich bis ans Lebensende« oder vielleicht eher vom Regen in die Traufe geführt hatte.

Wir waren erst wenige Monate lang verheiratet, und die einzigen Zimmer, die es uns schon gelungen war einzurichten, waren Wohnzimmer und Schlafzimmer. Trotzdem bestand Jim darauf, dass »wir« eine Party für seine Kollegen gaben – ohne Freunde von mir, nicht einmal Janey.

»Wie soll ich sonst befördert werden?«, hatte er argumentiert, sich die schon schütter werdenden Haare gerauft und dann sorgsam wieder glatt gestrichen. »Bei so einem Familienunternehmen kommt es bestimmt viel besser an, dass ich ein solider, verheirateter Mann bin, als dass ich im Pub beim Dartspiel absahne.«

Ich verbrachte die Party damit, fremden Leuten selbst gemachte Appetithäppchen anzubieten, während sie mir kaum einen Blick widmeten. Nicht einer von Jims ach so familienorientierten Kollegen unterhielt sich auch nur marginal mit mir; einige wollten lediglich wissen, ob es auch was Stärkeres zu trinken gäbe als den Wein, von dem Jim jedem vorschwärmte, der nicht schnell genug flüchten konnte. »Es geht doch nichts über die frischen Zitrus- und Grasnoten eines chilenischen Chardonnay«, erklärte er seinem Chef.

Der schaute ihn nur groß an. »Für Chardonnay ist Chile aber eigentlich nicht die richtige Ecke, oder?«

Der Ausdruck auf Jims Gesicht, als er sah, dass ich den Kommentar gehört hatte, verursachte mir ein eisiges Gefühl.

Als Jims CD mit schmierigem Easy-Listening-Jazz zum Ende gekommen war, eilte ich hin und legte etwas Fetziges ein, aber als ich mich umdrehte und Jims Blick sah … Ich bohrte den Finger geradezu in die Stopptaste, ließ prompt die CD fallen und unternahm zwei vergebliche Versuche, sie vom Boden zu fischen. Da war Jim auch schon bei mir, stieß mich beiseite und schnappte sie sich. Seine Finger hinterließen weiße Male auf meinem Arm.

Ich weiß nicht, warum ich genau das als *den* Moment empfinde. Es hatte durchaus schon andere Gelegenheiten gegeben, wo ich ein unbehagliches Gefühl unterdrückt oder mir eingeredet hatte, Jims Wut über irgendeine Kleinigkeit wäre nicht etwas zu heftig und unvermittelt und beängstigend. Und kaum vier Wochen nach der Hochzeit hatte er mit diesen kleinen Spitzen angefangen, die er immer so emotionslos vorbrachte, dass sie eher nüchternen Feststellungen als Kränkungen ähnelten. Aber jetzt war er zum ersten Mal handgreiflich geworden, und das auch noch vor anderen Leuten. Von denen keiner auch nur mit der Wimper gezuckt hatte.

Damals war ich schwanger und hatte vor meinem Vater noch immer größere Angst als vor meinem Mann. Also setzte ich ein Lächeln auf und tat, als wäre nichts gewesen, denn er hatte mich ja immerhin nicht geschlagen, nicht wahr? Er hatte mich in seiner Nervosität, die Party zu einem Erfolg zu machen, nur etwas zu fest gepackt, das musste man doch nicht künstlich aufbauschen …

»Wie lange muss man denn so einen Tee umrühren?«

Amys Stimme reißt mich in die Gegenwart zurück. Ich schüttle den Kopf und bringe ein Lachen zustande. »Ich sollte das mal schnell deinem Vater bringen.« Und ich eile hinaus, ehe sie bemerken kann, wie gerötet mein Gesicht ist.

Ich klopfe lautstark an die Schlafzimmertür, schließe sie auf, schlüpfe hinein, stelle die Tasse auf eine Kommode und steige wieder hinunter, nachdem ich abgeschlossen habe.

Amy schaut mir bang entgegen, aber ehe sie mir unangenehme Fragen stellen kann, klingelt ihr Handy. Sie wirft einen Blick auf den Namen, verzieht den Mund und tippt auf Abweisen. »Er ruft schon zum dritten Mal an.«

»Das nächste Mal solltest du vielleicht annehmen. Wenn er nun erfahren hat, dass er Kontakt zu jemandem hatte, der Corona hat, und dich bitten will, dich zu isolieren?«

Als fünf Minuten später wieder ihr Handy klingelt, schenke ich Amy einen betonten Blick. Sie schnaubt verärgert, schnappt es sich aber vom Tisch und verschwindet damit im Wohnzimmer. Zehn friedliche Minuten lang kann ich den Garten bewundern, dann höre ich, wie sie lauter wird. Im nächsten Moment senkt sie die Stimme wieder, doch gleich darauf erhebt sie sie erneut – ein Widerstreit zwischen der frühkindlichen Prägung, wegen ihres Vaters leise zu sein, und dem viel später an der Uni und mit ihrem Freund gelebten Verhalten.

Als nach einem besonders lauten Ausbruch jäh Stille folgt, linse ich ins Wohnzimmer und sehe gerade noch, wie Amy das Handy aufs Sofa schleudert. Es prallt unbeschadet von einem Kissen ab.

»Er wollte nur sagen, dass ich trotzdem die halbe Miete zahlen muss!«

Ich lehne mich in den Türrahmen. »Da hat er leider nicht ganz unrecht.«

»Warum soll ich die Hälfte zahlen, wenn er die Wohnung ganz für sich allein hat?« Mit funkelndem Blick verkriecht sie sich in ihr Iglu.

Ich lasse sie darin sitzen und gehe ins Arbeitszimmer, wo ich wie jeden Tag erst Jims Mails checke, dann meine eigenen. Zu meiner Freude ist eine Antwort von der Gemeinde gekommen: Unser Gemeinschaftsgartenprojekt ist ohne Weiteres genehmigt. Dem Triumph folgt jedoch schnell Unbehagen. Jetzt müssen wir die Leichen also wirklich zerstückeln.

Da ich die Flut an Bildern, die dieser unheilvolle Gedanke in mir heraufbeschwört, nicht ertrage, nehme ich meinen jüngsten spurensicherungslastigen Krimi zur Hand; da fällt mir ein, dass ich gestern beschlossen hatte, ihn nicht weiterzulesen, nachdem die wirklich clevere Mörderin trotz ihres extrem guten Plans und absolut verständlichen Motivs entlarvt worden war.

Auch nicht erfolgreicher sind meine Bemühungen, mir eine Erklärung für das Verschwinden unserer Männer auszudenken.

»Mir wird schon was kommen«, rede ich mir ermutigend zu.

In meinem Geist herrscht absolute Leere.

»Dann wird halt den anderen was kommen«, knurre ich

und mache mich nach unten auf, wobei ich Charlies Song des Tages vor mich hinsumme, ›Don't Rain on My Parade‹.

Am Küchentisch sitzt Amy mit einem Haferkeks, einer Tasse Tee … und meinem Notizbuch.

38.

BLOSS KEINE LANGEWEILE AUFKOMMEN LASSEN

In heillosem Entsetzen stehe ich da. In mir schwillt ein ohrenbetäubendes Rauschen an, wie ein innerer Schrei.

Amy hebt den Kopf und schaut mich verwirrt an. »Käse und Schokolade und Kuchen kapiere ich ja noch, aber hältst du wirklich Karaoke für den Schlüssel zum Glücklichsein?«

Ich stoße einen kleinen erleichterten Japser aus, stürze hin und reiße ihr das Notizbuch aus der Hand.

»Äh … bisschen überreagiert vielleicht?« Ihr Gesicht verzieht sich zu einem schelmischen Grinsen. »Oder steht weiter unten auf der Liste was Peinlicheres? Also, weißt du, ein Vibrator ist nichts Schlimmes.«

»Oh mein Gott. Darüber reden wir jetzt bitte nicht.« Ich wage nicht, das Notizbuch in meine Handtasche zu stecken, falls Amy beschließen sollte, dann in diese zu spicken. Stattdessen stopfe ich es vorn in mein Oberteil.

»Was machst du da?«, fragt sie. »Meine Güte, was steht bloß auf dieser Liste?«

»Nichts, was dich etwas anginge.« Es klingt härter als beabsichtigt. Mit einem Seufzer beuge ich mich vor und küsse sie auf die Stirn, dann tippe ich ihr an die Nase. »Nicht in meinen Privatsachen schnüffeln, Fräulein Naseweis.«

Amy verzieht das Gesicht. »Was ist denn dein großes Geheimnis? Du weißt schon, dass ich erwachsen bin, ja? Du brauchst mir nichts mehr zu verschweigen.« Sie schielt zur Decke. »Hat es was mit Dad zu tun? Man hört echt keinen Mucks von ihm.«

Ich bin die Ausreden leid. Deshalb entscheide ich mich für eine kleine Teilwahrheit. »Ich mache mir Sorgen um eine Freundin von mir. Ihr Mann war fuchsteufelswild, als er herausfand, dass ihre Tochter lesbisch ist.«

Amy zieht eine Grimasse. »Puh. Ich bräuchte auch seelisch-moralische Unterstützung, wenn ich peilen würde, dass mein Mann ein homophober Idiot ist.«

»Na ja, sie werden sich scheiden lassen, sobald die Beschränkungen aufgehoben werden.«

»Warum geht sie nicht sofort?« In ihrem Ton ist plötzlich eine scharfe Note.

»Da hängt eine Menge dran. So ein ganzes Leben kann man nicht von jetzt auf nachher stehen und liegen lassen.«

Amy schnaubt, aber es liegt kein Humor darin. »Kann man doch, ich bin das beste Beispiel.«

»Mit Kindern ist es etwas anderes«, sage ich leise.

Dann sagt keine von uns mehr etwas.

Es ist eine Erlösung, als mein Telefon summt. Dann sehe ich die Nachricht.

Ruth: *SOS! Wasserleitung geplatzt. Installateur ist auf dem Weg. Das GROSSE PAKET muss weg!*

»Mist, eine Freundin hat eine Krise.« Ich schnappe schon meine Handtasche und eine Strickjacke und schreibe ungeschickt zurück: *Nin aif dem weg*

Und bin zur Tür hinaus, bevor Amy etwas sagen kann.

Ich schaffe es nur bis zur nächsten Querstraße zu joggen, dann muss ich verlangsamen. Ich habe das Gefühl, ewig zu brauchen, aber es können nicht mehr als fünf Minuten gewesen sein, bis ich mit dem Schlüssel, den Ruth mir für Notfälle gegeben hat, hinten in ihren Garten schlüpfe.

Ehe ich die Hintertür öffne, ziehe ich eine Maske über und schließe dann die Tür erst hinter mir, bevor ich nach ihr rufe.

»Hier oben!«, kommt die erschöpfte Antwort.

An einem herrlichen Druck eines palmengesäumten Strands zwischen zwei spitz zulaufenden, hoch aufragenden Felsen vorbei patsche ich die überschwemmte Treppe hinauf. Ruth hockt in einem Chaos aus durchweichten Handtüchern zwischen zwei Eimern im Badezimmer. Doch sosehr sie sich beeilt, wenn sie den einen in der Badewanne ausgeleert hat, fließt der andere schon über.

Ich knie mich neben sie und übernehme das Ausleeren.

Ruth sinkt restlos kaputt in sich zusammen. »Der Installateur sollte gleich da sein. Ich wollte ja den Hauptwasserhahn zudrehen, aber er sitzt zu fest, ich kann ihn nicht bewegen.« Sie streicht sich das Haar aus der Stirn. »Wenn du das hier ein paar Minuten unter Kontrolle halten kannst, versuche ich Lionel ins Wohnzimmer zu schaffen.«

»Das kann gern ich machen. Du siehst fix und fertig aus.«

Sie schenkt mir ein mattes Lächeln. »Darum wollte ich dich nicht –«

Ich drücke ihr die Schulter. »Musst du auch nicht.«

Ruth legt ihre Hand über meine. »Das war die schlimmste Woche meines Lebens, aber sie hat mir die besten Freundinnen geschenkt.«

»Ja, das ist das Megapositive daran.« Ich rapple mich auf und eile wieder nach unten.

Gerade als ich das Fußende des Leichenpakets gepackt habe, ertönt ein so lautes Klopfen an der Haustür, dass ich zurücktaumle und gegen die Küchenzeile pralle.

Ruth kommt die Treppe heruntergehastet. Einen Moment lang treffen sich unsere panischen Blicke, dann stürze ich vorwärts und schließe die Küchentür.

Eine Sekunde später höre ich die Haustür aufgehen.

39.

KATZ, MAUS, FUCHS

»Oh, Gott sei Dank«, sagt Ruth im Flur fast weinend vor Erleichterung.

Ich sperre die Ohren auf und vernehme eine Männerstimme: »Ich setze ein Ventil ein, dann kann das nicht mehr passieren, aber zuerst müssen wir das Wasser abdrehen. Der Haupthahn ist in der Küche? Meistens sitzt er unter der Spüle …«

Ohne zu überlegen, stoße ich die Hintertür auf, packe das Paket am Fußende und beginne es fieberhaft im Slalom über den Boden zu zerren.

»Halt, Moment!«, ruft Ruth im Flur panisch. Ich sehe förmlich vor mir, wie sie dem Installateur den Weg zu versperren versucht, der sich an ihr vorbeidrängen will, genau wie der Gasableser bei mir.

»Wir sollten keine Zeit verlieren«, sagt der Mann, jetzt näher.

»Nur einen Moment – da drin ist ein bisschen Chaos –«

»Ach, das ist doch kein Problem. Besser so, als dass es noch in die Stromkabel sickert.«

Meine Übung im Leichenzerren scheint sich auszuzahlen – mit einem verzweifelten Ruck holpern Schultern und Kopf die Stufe zum Garten hinunter.

»Aber die Katze muss ich rauswerfen«, sagt Ruth laut, schon in der Tür. »Sonst beißt sie Sie noch.«

»Sie nehmen die Katze, und ich stelle das Wasser ab, das wäre doch tolle Teamarbeit«, gibt der Installateur zurück.

Ich zerre die Leiche nach links, sodass sie längs neben der Außenwand zu liegen kommt. Dann ducke ich mich unter das Küchenfenster und versuche mucksmäuschenstill zu sein, ja, möglichst nicht einmal zu atmen, obwohl meine Lungen von der Anstrengung brennen.

Ein lauter Schlag etwa auf meiner Kopfhöhe lässt mich zusammenfahren; ihm folgt eine Salve Flüche, einiges Knirschen und Quietschen und ein lautes Ächzen.

»Wird's schon weniger?«, brüllt der Installateur dann, wobei seine Stimme leiser wird, wahrscheinlich weil er sich auf den Weg zur Treppe gemacht hat.

Ich sinke gegen die Wand und strecke die Beine aus.

Im nächsten Moment kommt aus dem Nachbargarten ein knallpinker Fußball über Ruths Zaun gesegelt. »Neeeeein!«, ruft eine Mädchenstimme. »Kannst du nicht aufpassen? Hey, wo willst du hin? Wir müssen unseren Ball wiederkriegen!«

»Will ich ja gerade!«, knurrt ein Junge.

»Du kannst nicht hingehen und klingeln, es ist doch Pandemie! Du bist so blöd«, faucht das Mädchen.

Als mir klar wird, was das komische Schaben und Rutschen genau hinter dem Zaun zu bedeuten hat, ist es zu spät. Über der Zaunkrone wird ein Kopf mit kurz geschnittenem Haar sichtbar, und im nächsten Moment schwingt das Mädchen ein Bein darüber und landet auf dem Gras.

Sie dreht sich um, bemerkt mich, und wir beide erstarren.

Das Mädchen erholt sich zuerst. »Entschuldigen Sie. Ich wollte nur den Ball holen. Ich dachte, hier draußen wäre keiner.«

»Schon gut«, kiekse ich.

Das Mädchen hebt den Ball auf, dann zögert sie und schaut

mich skeptisch an. »Sie wissen aber, dass es nicht erlaubt ist, Leute zu besuchen.«

»Ich bin von der Installateurfirma. Hier ist ein Wasserrohrbruch.«

Das Mädchen mustert mich zweifelnd.

»Hab grade Pause gemacht. Rohrbrüche reparieren ist schwere Arbeit.«

»Sie haben geraucht, ja?«, sagt das Mädchen anklagend.

Ich hebe die Hände. »Verrate du mich nicht, dann verrate ich auch nicht, dass du über den Zaun gestiegen bist.«

Das Mädchen zieht eine Schnute, nickt aber. Sie wirft den Ball zurück über den Zaun, klettert hinauf, schwingt das Bein auf die andere Seite, bleibt jedoch noch sitzen. »Rauchen ist schlecht für die Gesundheit. Wenn Sie Corona kriegen, sterben Sie wahrscheinlich.«

»Hast recht. Ich höre auf damit. Gleich morgen.«

Das Mädchen schüttelt den Kopf. »Lügen sollte man auch nicht.« Dann verlagert sie sich ganz auf die andere Seite und verschwindet in den Nachbargarten.

Ich wage einen Blick nach links zu werfen und seufze zutiefst erleichtert: Von dort aus, wo sie stand, war die Leiche zum größten Teil durch einen Kübel mit Kräutern verdeckt.

Einen Moment lang lasse ich den Kopf nach hinten an die Wand sinken. Dann krabble ich zur Küchentür und spähe vorsichtig hinein. Niemand ist zu sehen, doch da höre ich Schritte auf der Treppe knarren und presse mich rasch wieder gegen die Wand.

»Sally?«, vernehme ich leise Ruths Stimme.

Ich rapple mich auf und winke sie auf die Terrasse hinaus. »Hier, das war das Einzige, was mir einfiel, damit der Installateur ihn nicht sehen würde. Aber gerade kam ein Nachbarskind über den Zaun geklettert, weil ihr Ball hier reingefallen war, und vielleicht kommt sie noch mal, deshalb können wir ihn nicht hier lassen.«

Wir heben das Leichenpaket hoch und schleppen es zurück in die Küche; die Körpermitte schleift am Boden. Japsend und keuchend, jeden Moment in Gefahr, unwiderruflich zusammenzubrechen, wanken wir weiter zur Wohnzimmertür – da ertönen oben schnelle Schritte auf die Treppe zu.

Ruth, die noch im Flur ist, erstarrt. Das Fußende des Pakets knallt zu Boden.

Flüchtig erwäge ich, die Leiche in einem heroischen Akt allein außer Sicht zu zerren, aber dazu habe ich weder die Zeit noch die Kraft. Der Installateur poltert schon die Treppe hinunter. Ruth richtet sich vor dem Türrahmen auf. Auch ich stelle mich aufrecht hin, bereit, meinem Schicksal ins Auge zu sehen.

»Mist, hab die Dichtungsringe im Auto vergessen«, sagt der Installateur und stürmt zur Haustür hinaus, ohne auch nur einen Blick in unsere Richtung zu werfen.

Das Wasserrohr ist repariert, der Installateur weg.

Ruth und ich sitzen auf dem Sofa, jede einen starken Kaffee mit reichlich Rum und Sahne vor sich.

Ich massiere mir müde erst die eine, dann die andere Schulter. »Die reinste viktorianische Farce – nur mit mehr Leichen.«

»So darf das nicht viel länger gehen. Bald merkt wirklich jemand, was los ist, und dann …« Ruth holt tief Luft und spannt sich an. »Wenn es so weit ist …«

»Es kommt nicht so weit. Aber falls ja, stehen wir das zusammen durch. Du und ich. Die beiden Clubgründerinnen.«

Wir bringen ein mattes Lächeln zustande, dann widmen wir uns unserem Kaffee.

Ruth stöhnt und lässt steif den Kopf kreisen. »So zerschunden hab ich mich nicht mehr gefühlt, seit …«

Ich muss nicht nachfragen. Ich weiß, dass sie nicht einen langen Arbeitstag im Krankenhaus meint. »Wie oft war es schlimm?«, flüstere ich. Weil wir so etwas eigentlich nicht fragen. Jedenfalls haben wir es bisher nicht getan. Und manche Dinge – so wichtig es vielleicht wäre, sie jemandem zu erzählen – will ich mich selbst gar nicht aussprechen hören; Dinge, von denen ich mir nicht sicher bin, ob es sie besser machen wird, wenn ich sie ausspreche. Ich glaube, eigentlich geht es genau darum: dass wir endlich selbstbestimmt entscheiden können.

Ich will Ruth schon beschwichtigen, meine Worte zurücknehmen, da sinkt sie etwas tiefer in die Polster, als hätte sich etwas, was sie unter Spannung hielt, gelöst, und sie könnte endlich wieder frei atmen.

»Nicht so oft«, sagt sie leise. »Manchmal war es Wochen oder Monate lang gut, und ich dachte: Es war nur ein Ausraster. Wir alle machen Fehler, und es tut ihm ja leid.«

»Jim tat es nie leid«, sage ich, obwohl ich mir vorgenommen hatte, nur zuzuhören.

Ruths Miene ist sanft. »Ich weiß nicht, ob es besser oder schlechter war, dass es Lionel leidtat, er aber trotzdem immer wieder …« In kleinen Stößen lässt sie den Atem entweichen, als wollte sie das Gewicht der Luft messen. »Als es zwischen uns zu kriseln anfing, sagte ich mir: ›Wenigstens wird er dich nie schlagen.‹ Als er es dann doch tat, redete ich mir ein, es wäre nur einmalig gewesen. Und dann …« Sie schüttelt den Kopf. »Meine Tante hatte auch unter ihrem Mann gelitten, und von außen dachte ich, es wäre doch so einfach – warum verlässt du ihn nicht, du dummes Weib? Aber von innen sieht es ganz anders aus. Manchmal konnte ich kaum noch auseinanderhalten, was nun wirklich so gewesen war und wo er etwas ganz anderes behauptete – das oder jenes hätte er nie so gesagt oder getan, ich hätte das total falsch in Erinnerung.«

»Manchmal benahm er sich so, dass ich das Gefühl hatte, ich hätte mir die Hälfte nur eingebildet«, knüpfe ich sacht an. »Oder es zumindest in meiner Fantasie wahnsinnig aufgebauscht.«

Unsere Lippen verziehen sich zu einem Lächeln, Bitterkeit in unserem Blick.

»Ich hatte gedacht, Jim wäre anders als mein Vater. Als ich merkte, dass er doch genauso war, sagte ich mir, solange er die Kinder nicht anrührte, wäre er wenigstens *einigermaßen* anders. Und ich dachte, ich hätte es gut genug vor ihnen verborgen, aber jetzt ...« Dann kommen nur noch Tränen.

Neben mir höre ich, wie auch Ruths Atem den Rhythmus ändert, und eine Weile weinen wir still, Seite an Seite. Schließlich wische ich mir die Tränen ab.

Ruth seufzt. »Wir haben die Abstandsregeln missachtet.«

»Dein Haus stand unter Wasser. Wir sind ja so vorsichtig wie möglich, aber wir haben da insgesamt vier dicke erschwerende Faktoren, die andere Leute nicht haben.«

Unser beider Blick geht über die Rückenlehne des Sofas.

»Hier ist er wenigstens gut aufgehoben. In der Küche war er mir ständig im Weg.« Ruth kneift die Lippen zusammen, und flüchtig zuckt Schuldbewusstsein über ihr Gesicht.

»Fast wie im Leben?«, merke ich an.

Sie schenkt mir einen tadelnden Blick.

»Jetzt tu nicht so – du hast es ganz genauso gedacht wie ich«, necke ich sie.

»Schon, aber ich hatte wenigstens ein schlechtes Gewissen dabei.«

In meiner Handtasche plärrt mein Handy los. Ich wühle

danach und bete darum, dass es wirklich meines ist und nicht Jims.

Es ist meines – und auf dem Display leuchtet Amys Name.

»Mum, komm sofort nach Hause!«, kiekst sie hinein, kaum dass ich den Anruf annehme. »Beeil dich! Da ist … im Haus … oh mein Gott.«

»Was denn?!« Schon werfe ich mir die Tasche über die Schulter. »Wo bist du?«

»Im Wohnzimmer«, flüstert sie. »Und ich kann hier nicht raus – ich traue mich nicht in den Flur.«

Eine Woge des Entsetzens raubt mir alle Kraft. Sie hat den Besenschrank aufgemacht, und Jim ist herausgefallen.

Tja, aus der Traum, sagt die kleine Stimme in meinem Kopf. *Jetzt kriegst du die Strafe dafür, dass du deinen Kindern all die Jahre etwas vorgemacht hast, sie dazu gebracht hast, dass sie wiederum dir etwas vormachen. Damit du dir selbst etwas vormachen konntest.*

»Bitte komm schnell, Mum! Ja?«, ächzt Amy und legt auf.

Ich drehe mich zu Ruth um, mein ganzer Körper schreit vor Qual. »Amy hat Jim gefunden.«

40.

TOLLWÜTIG BIS TOLLKÜHN

Aus, vorbei. Ich komme ins Gefängnis. Und Amy wird mich hassen, sowohl dafür, was ich ihrem Vater als auch ihr angetan habe, indem es dazu kam, dass sie ihn fand. Was wird sie denken und tun angesichts dessen, dass seine Leiche die ganze Zeit, während wir redeten und lachten, nur wenige Schritte entfernt lag? Das würde doch nur eine Psychopathin machen. Bin ich eine? Kommt das daher, dass Jim mich misshandelt hat, oder steckte es schon immer in mir?

»Ich muss gehen«, höre ich mich sagen.

Ruth steht so hastig auf, dass das Sofa nach hinten rutscht. Das Paket wird an die Wand gedrückt, was ein sehr unangenehmes Knirschen auslöst.

Ich streiche meinen Rock glatt, ziehe den Saum zurecht und eile davon, bevor ich der Versuchung nachgeben kann, wieder aufs Sofa und in Verzweiflung zu sinken.

Ich kann mich dem, was jetzt kommt, sowieso nicht entziehen, und es hinauszuschieben wird es nur schlimmer machen, also beginne ich zu rennen, sobald ich Ruths Gartenpforte hinter mir gelassen habe. Vermutlich sieht es unelegant und unsportlich aus, und noch bevor ich an die Straßenecke komme, bin ich völlig verschwitzt, das Haar klebt mir an der Stirn und der Rock in den Kniekehlen. Trotzdem renne ich mit grimmiger Miene weiter.

Beim Durchqueren meiner eigenen Gartenpforte schlägt mir beißender Brandgeruch entgegen. Ich stürze durch den Garten zur offen stehenden Hintertür – und bleibe auf der Schwelle stehen, als zöge etwas in mir in die entgegengesetzte Richtung.

Ich packe die Türklinke und kämpfe mit dem Drang zu fliehen.

Wenn ich jetzt da reingehe, ist mein Leben vorbei, sagt die Stimme in meinem Kopf.

Ich schließe die Augen, hebe den Fuß an, setze ihn auf den Küchenboden und zwinge mich, einzutreten. Im Haus ist nichts zu hören, aber als ich die Augen wieder öffne, bietet sich mir ein Anblick, als wäre in der Küche eine Bombe hochgegangen.

Die Hälfte der Schränke steht offen. Überall stehen Töpfe und Pfannen herum. Neben der Spüle steht eine große Rührschüssel in einer Pfütze graubraunen Schleims. Dieselbe Substanz läuft an der Schrankfront herunter und ist kreuz und quer über den Boden verteilt.

Ich balle die Fäuste, beschwöre all meinen Mut herauf und durchquere die Küche, wobei ich mich für das wappne, was vor mir liegt: der klaffende Besenschrank unter der Treppe und davor das in sich zusammengesackte Jim-Paket mit der wimmernden Amy daneben.

Im Flur sehe ich graubraune Fußspuren, die schwächer werden und ins Wohnzimmer einbiegen … aber das ist es auch schon. Die Tür des Schranks ist geschlossen und verriegelt. Kein Jim-Paket weit und breit.

»Amy?«, rufe ich mit dünner, bebender Stimme.

Die Wohnzimmertür geht einen Spalt auf. »Mum?« Sie späht den Flur entlang zur Küche und dann erstaunlicherweise zur Treppe. »Ich glaub nicht, dass er oben ist, aber ich hatte zu viel Angst, um nachzuschauen. Was holt man da? Die Polizei? Den Tierarzt?«

»Tierarzt?«, wiederhole ich perplex. »Amy, was ist los?«

»Da war ein Fuchs!«

Ich breche fast zusammen, so weich werden mir die Knie vor Erleichterung. Sie weiß nichts von Jim. Es geht ihr gut, und ich komme nicht ins Gefängnis.

Als ich wieder zu mir komme, textet Amy mich bereits auf diese halb anklagende, halb entschuldigende Art zu, die sie an den Tag legt, wenn sie einen Wutanfall hatte und ihr am liebsten wäre, dass alle tun, als wäre nichts gewesen.

»Ich wollte Muffins backen, und sie sind ein bisschen verbrannt – okay, sie *haben* gebrannt –, da kriegte ich leichte Panik und hab aus Versehen die Schüssel mit dem übrigen Teig umgeworfen. Dann hab ich mich beruhigt und das Blech nach draußen gebracht, aber als ich wieder in die Küche kam, war da dieser riesige Fuchs und leckte den Teig vom Boden.« Sie wird knallrot. »Ich hatte ihn ein bisschen in der Gegend verschmiert.«

Wir schauen beide die Fußspuren an.

»Ja, sehe ich.«

»Ich dachte, der Fuchs würde wegrennen, wenn er mich sieht, aber er blieb einfach sitzen, also schrie ich ihn an, aber er duckte sich und sah aus, als wollte er sich auf mich stürzen, da bin ich rückwärts gegangen, aber er kam einfach näher, und … da hab ich den Teigschaber nach ihm geworfen und mich hier in Sicherheit gebracht.« Sie verschränkt abwehrend die Arme. »Du kannst dir nicht vorstellen, wie das war! Mit dem stimmt was nicht. Vielleicht ist er tollwütig?«

Ich drücke mir die Hand auf die Brust. Mein Herz schlägt noch immer so schnell, dass es eher ein Flattern ist. »Weißt du, was du mir für einen Schrecken eingejagt hast?«

»Oh! Sorry, dass ich fast von einem tollwütigen Fuchs angefallen wurde!«, empört sich Amy, dann schaut sie sich wieder um. »Wie können wir sichergehen, ob er weg ist? Vielleicht lauert er oben?«

»Ich vermute, wir müssen es wohl herausfinden.«

Amy schenkt mir einen beeindruckten Blick. Dann strafft sie die Schultern. »Ich hole nur die Schöpfkelle, dann komme ich mit.«

»Halt, lass uns erst überlegen. Hier unten sind alle Türen zu. Wie ist es oben? Hast du deine Zimmertür offen gelassen? Oder die zum Arbeitszimmer?«

Sie schüttelt den Kopf.

Mit einem Seufzer stoße ich mich von der Wand ab und drehe mich zur Küche um. »Dann ist er weg, denke ich. Na gut, wir sollten wohl zumindest grob sauber machen und …«

Als Amy hinter mir in die Küche tritt, schreit sie sofort schrill auf. Wir stolpern beide rückwärts an die Küchenschränke, und sie deutet mit zitterndem Finger auf die gegenüberliegende Wand.

Im Schatten der Hintertür, zwischen Wertstoffeimer und Waschmaschine, duckt sich ein großer räudiger Fuchs tief über ein Muffinblech.

»Was machen wir jetzt?«, quiekt Amy.

»Vor allem nichts, was deinen Vater doch noch hier runterbringt«, sage ich streng. Ich habe mich nicht so lange am Schlimmsten vorbeilaviert, nur damit diese Fuchsgeschichte so ausartet, dass Amy sich nicht mehr damit abspeisen lässt, dass Jim uns nur ignoriert.

Ich bücke mich nach Amys fallen gelassener Schöpfkelle und reiche sie ihr. »Hier. Für alle Fälle.« Dann schlüpfe ich zurück in den Flur und nehme Jims großen Regenschirm aus dem Ständer. Mit ihm stelle ich mich schützend vor Amy und schließe behutsam die Tür hinter uns, sodass dem Fuchs nur die Gartentür bleibt. Dann trete ich vor, den Regenschirm drohend auf ihn gerichtet.

»Hau ab«, sage ich fest.

Der Fuchs fletscht die Zähne, dann versucht er sie in den Rand des Muffinblechs zu schlagen, wie um es wegzuschleppen.

Ich pieke mit dem Regenschirm nach ihm, damit er abhaut, aber er duckt sich nur noch tiefer in die Nische zwischen Wertstoffmüll und Waschmaschine. Seine Augen funkeln bösartig.

Auch ich fletsche die Zähne und stoße den Regenschirm von oben bis dicht über den Kopf des Fuchses. Erst im letzten Moment flüchtet er an mir vorbei in die Küchenmitte.

Amy kreischt auf und wirft die Schöpfkelle nach ihm. Sie verfehlt den Fuchs und landet scheppernd neben dem Wertstoffeimer. Doch vor Schreck ergreift das Tier die Flucht durch die Gartentür und verschwindet mit einem Schwanzschlag unter dem Zaun hindurch.

»Okay«, keuche ich, »das Loch da wird jetzt zugemacht!«

Ich drehe mich zu Amy um. Sie starrt mich staunend an. »Wow, du warst der Hammer, Mum! Woher bist du plötzlich so mutig?«

Da muss ich einfach nur lachen.

41.

AMYS ZÜNDENDE IDEE

Sobald der Zaun abgedichtet ist, tue ich, als schaute ich nach Jim, und sage Amy, er hätte mit Kopfhörern geschlafen und deshalb weder ihre Nachrichten gesehen noch sie schreien gehört. Dann verdonnere ich sie dazu, die Küche sauber zu machen, mache selbst ein Sandwich »für Jim«, nehme es mit nach oben und gehe duschen.

Das Sandwich lege ich auf den Waschbeckenrand, das Tablett und den leeren Teller stelle ich vor Jims Tür, dann eile ich zurück ins Bad, um mir den Schweiß der heutigen Strapazen abzuwaschen. Gereinigt und mit dem Sandwich im Bauch fühle ich mich wieder einigermaßen menschlich. Kurz überlege ich, in mein neues Abendkleid zu schlüpfen, wähle dann aber vernünftigerweise (und bedauernswerterweise) doch ein alltägliches Oberteil und einen Rock.

Trotzdem bekommt Amy große Augen, als ich in die Küche komme. »Du siehst aber gut aus, Mum! Hast du noch was vor?«

»Danke für das Kompliment – und dieses Staunen. Momentan will ich mich nur hier an den Tisch setzen.«

Amy kommt ebenfalls an den Tisch. »Können wir kurz reden?«

Ich nicke und zeige auf den Stuhl gegenüber, auch wenn ich versucht bin, mich mit Kochen, Waschen oder irgendetwas anderem zu beschäftigen, was verhindern würde, dass sie mich über ihren Vater ausfragt.

Doch statt der befürchteten Fragen sagt sie: »Ich hab mir Gedanken gemacht. Dass Edwina mich vielleicht anzeigt, wenn ich hierbleibe, und was Dad sagen wird, wenn er wieder zum Vorschein kommt. Außerdem ist da diese blöde halbe Miete, die ich weiter zahlen muss, obwohl ich nicht in der Wohnung wohne … und da hatte ich einen Geistesblitz.«

Oh Gott, sagt die Stimme in meinem Kopf. »Aha?«, äußere ich laut.

Anscheinend reicht das Amy als Ermutigung, denn sie beugt sich vor. »Mein Freund und ich kennen ein anderes Pärchen, die finden den Lockdown auch megahart. Und sie und ich verstehen uns total gut, da hab ich sie angerufen und gefragt, was sie davon halten würde, wenn wir beide gemeinsam in die eine Wohnung ziehen und die Jungs in die andere. Sie hat mit ihrem Freund geredet, und der war voll dafür. Sie wollen jetzt auch erst mal auf Abstand gehen, bis ihr Mietvertrag ausläuft … na ja, was ich damit sagen will, ist: Ich kann mich jetzt von meinem Freund trennen, ohne dass ich hier wohnen muss.« Sie lächelt mir zaghaft zu. »Ich wollte nur wissen, ob es okay ist, wenn ich wieder gehe, wo Dad gerade so … dadmäßig ist? Wenn du willst, kann ich hierbleiben.«

Ich weiß, dass sie es ernst meint, obwohl sie weiß, dass *ich* weiß, dass es das Letzte ist, was sie will.

»Das klingt nach einer genialen Lösung, Liebling – ein kluger, reifer Plan, mit dem alle glücklich sind. Ich bin wirklich stolz auf dich. Mach dir bloß keine Sorgen um uns. Wir kommen zurecht.«

Statt wie erwartet wieder heiter zu werden und sich sofort ans Organisieren zu machen, greift sie über den Tisch und nimmt meine Hand. »Bist du dir sicher? Ich …« Sie senkt den

Blick und spielt mit ihrem Armband. »Ich wusste, dass Dad sauer sein würde, wenn ich nach Hause käme, aber ich hatte mich so nach dir gesehnt, und …«

In der Luft liegt plötzlich eine Schwere. Hätte ich meine Kinder wirklich so gut aus allem herausgehalten, wie ich es mir einredete, warum schlich meine laute, selbstbewusste, extrovertierte Tochter immer auf Zehenspitzen um Jim herum, bemühte sich permanent, ihn bei Laune zu halten und nur ja nicht aufzubringen? Dass sie bei mir oft selbstsüchtig und kindisch war, lag einfach daran, weil sie bei Jim das Gegenteil sein musste, aber ich sagte mir, wenn ich sie nur genug verwöhnte, wäre das Ausgleich genug, auch wenn ich wusste, so war es nicht. Konnte es gar nicht sein.

Ich weiß, dass sie mitbekamen, wie sehr Jim mich kontrollierte. Ich weiß, dass er durch mich auch Kontrolle auf sie ausübte. All das war mir eigentlich klar, aber ich scheute mich, die Teile zusammenzufügen, um das Gesamtbild nicht sehen zu müssen.

Glaubte ich wirklich, ich hätte ihnen eine heile Kindheit geboten? Dass es nur darauf ankam, die Gewalt in unserem Haus hinter verschlossenen Türen stattfinden zu lassen und sie wohlbehalten außen vor zu wissen? Ich kann doch nicht geglaubt haben, unter dieser Prämisse wäre meine *eigene* Kindheit heil gewesen – oder?

»Mum?« Amys Stimme klingt so kleinlaut, so voller Flehen. »Ist es dir unrecht, dass ich da bin?«

»Niemals!« Ich schiebe die Vergangenheit weg, konzentriere mich ganz auf meine Tochter. »Nie im Leben könnte es mir unrecht sein, dich bei mir zu haben.«

Sie schluckt schwer. »Ich wusste, dass Dad es nicht gut finden würde, und ich will echt keinen Ärger, aber ich … ich muss dich dringend fragen, ob du vielleicht sauer auf mich bist, weil ich Schluss gemacht habe. Du warst noch jünger als ich, als du mit Dad zusammenkamst, und ihr seid immer noch …«

»Ich habe deinem Vater gesagt, dass ich mich scheiden lassen will.«

Wann immer ich mir diesen Moment ausgemalt habe, dachte ich, mein Magen würde sich zusammenziehen, während ich auf Amys Reaktion warte. Doch nun sehe ich, wie über ihr Gesicht ganz flüchtig Erschrecken geht und sofort durch sanftes, trauriges Verständnis ersetzt wird.

Im nächsten Moment ist sie aufgestanden und umarmt mich, aber ganz vorsichtig, als wäre ich verletzt.

»Ich hab dich so lieb«, flüstert sie. »Ich hab dich so lieb, Mum.« Als sie sich von mir löst, schimmern ihre Augen von Tränen, aber sie lächelt.

Und ich sehe ihr an, dass sie Bescheid weiß. Egal ob Charlie es ihr verklickert oder sie es selbst begriffen hat, ich kann mir nicht mehr vormachen, sie hätten schlimmstenfalls vermutet, dass Jim mich unter seiner Fuchtel hat. Wie schlimm genau es war, werden sie nie erfahren – die Anrufe vom Büro aus, um zu prüfen, ob ich zu Hause war, die Male, wenn er unverhofft früher zurückkam, um sich zu vergewissern, dass ich allein war. Aber so langsam muss ich mir eingestehen, dass ich sie durch mein Vertuschen nur gezwungen habe, mitzuspielen.

Und doch, trotz meines Vorbilds hat Amy ihren Freund verlassen, als sie merkte, dass dieser ihr nicht guttat. Trotz all meiner Fehlleistungen sind die beiden stark genug geworden, um nach den bestmöglichen Optionen zu streben, die ihnen offenstehen.

Ich muss endlich den Mut aufbringen, die Dinge auszusprechen, von denen ich hoffe, sie wären auch Wirklichkeit, wenn Jim tatsächlich oben vor sich hin brütete statt unten vor sich hin zu trocknen. »Wir … wir warten noch den Lockdown ab, aber dann … dann ist es vorbei.« Die Vergangenheit kann ich nicht ändern, ich kann nur mich selbst und meine Zukunft ändern – das muss ausreichen.

»Ist das denn für dich machbar, dass du bis dahin hier wohnst?« Amys Züge sind sorgenvoll gespannt. »Du könntest auch mit mir kommen, ja? Es würde wahrscheinlich ziemlich eng werden, aber irgendwie würde es gehen.«

Jetzt drücke ich ihr die Hand. »*Danke.* Das … du bist eine wundervolle Tochter, Liebling. Aber das geht schon.« Ich sehe ihr an, dass sie widersprechen will, also sage ich absolut wahrheitsgemäß: »Dein Vater hat nicht vor, rauszukommen oder sich in mein Leben einzumischen – seit wir uns so arrangiert haben, ist es wirklich ruhig und angenehm. Und ich will einfach nur genießen, dass ich wieder anfange zu gärtnern und selbst entscheiden kann, was ich esse und im Fernsehen schaue.«

Amys Griff wird fest. »Egal was passiert, bitte lüg uns nicht an. Charlie und ich … wir brauchen dich. Heil und gesund.«

In diesem Augenblick weiß ich, dass meine Kinder Jims Verschwinden nicht schwer nehmen werden. Es wird sie treffen, aber nicht allzu tief. Nicht so, wie es sie treffen würde, wenn ich durch Jims Hand gestorben wäre.

»Nein. Keine Lügen mehr.« *Abgesehen davon, was unter der Treppe liegt.* Ich stähle mich innerlich und hole tief Luft. »Es tut mir leid, dass es bisher so viele gab.«

Amy schüttelt den Kopf. »Du hast es ja unseretwegen getan.« Sie atmet durch, schluckt. »Aber jetzt musst du dich an die erste Stelle setzen, ja? Wir sind erwachsen, wir kommen mit allem klar, was passiert, solange es dir gut geht.«

Diesmal bin ich es, die sich an sie wirft und sie umarmt.

Ich würde ihr gern so viel sagen. Wie sehr ich sie und Charlie liebe. Wie leid es mir tut. Wie dankbar ich bin. Stattdessen halte ich sie einfach nur fest und spüre, wie sie mich hält.

»Wir werden jetzt beide glücklich, ja?«, flüstert sie.

»Ja«, flüstere ich zurück. »Zumindest einigermaßen.«

Und dann lachen wir beide los, auch wenn dazwischen ein paar Tränen fallen, denn so ist nun mal die Realität. Aber der Schmerz dieser Wahrheit ist bei Weitem nicht so unerträglich wie die falschen Versprechen einer Lüge.

Schließlich seufzt Amy. »Ich sollte meiner Freundin sagen, dass der Wohnungstausch klargeht.« Aber sie steht nicht auf. »Ich hatte so sehr gehofft, dass er der Richtige wäre. Ich wollte so, dass wir für immer glücklich sind. Dass es etwas Festes, Sicheres wäre, worauf ich immer zählen könnte.« Ihr Kinn zittert. »War das so dämlich von mir?«

»Natürlich nicht. Wir sind nicht dämlich, nur weil wir uns Liebe wünschen. Wir sind dann dämlich, wenn wir uns einreden, wir hätten sie gefunden, obwohl es nicht stimmt.«

Sie glaubt natürlich, ich spräche von Jim – und ja, das tue ich, aber das ist nicht alles. Es war damals nicht nur so, dass ich in Jim verliebt sein wollte und hoffte, er liebte mich auch. Ich *brauchte* das, weil es meine einzige Chance war, meinem Vater zu entkommen. Jim *musste* meine Aussicht auf ein glückliches Leben sein. Und dieser Anspruch, diese Verzweiflung, verhinderte, dass ich die Warnsignale erkannte, bis es viel zu spät war. Vielleicht sollte ich nicht mehr wütend auf mich sein, weil ich geradewegs in ein Leben wie das meiner Mutter hineingestolpert bin, sondern akzeptieren, dass ich das Bestmögliche tat. Für mich *gab* es keine bessere Option als Jim. Wenn nur weniger Männer so wären wie er und mein Vater, dann stünden nicht so viele Frauen – wie meine Mutter, ich oder die anderen Clubmitglieder – vor einer Auswahl an Möglichkeiten, die sich später alle als Fehler erweisen.

Wenn man sowieso nicht gewinnen kann, ist es vielleicht keine Schande, zu verlieren.

Amy schnieft und wischt sich mit dem Handrücken die Nase ab. »Ein Glück, dass ich eine Lösung gefunden habe, wie ich dir aus dem Weg sein kann, während du dich sortierst.«

Mir stockt der Atem. »Du kannst jederzeit, *jederzeit* zu mir kommen, wenn du es brauchst«, sage ich so ernst, dass sie überrascht aufschaut. »Jederzeit«, wiederhole ich mit Nachdruck.

So viele dämliche Entscheidungen ich getroffen habe, mein Leben war nicht verschwendet. Trotz allem habe ich zwei Kinder aufgezogen, die mehr vom Leben erwarten als ich, nicht nur für sich, sondern auch für mich. Das ist nicht das Schlechteste, wie Granny sagen würde.

Nein, das ist absolut nicht das Schlechteste.

42.

THE KIDS ARE OK

Als Amy sich am nächsten Morgen auf der Türschwelle umdreht und mich fest umarmt, kommt es mir vor, als wäre ein Jahr verstrichen, dabei ist es nicht einmal vierundzwanzig Stunden her, seit ich sie wartend vor der Haustür fand.

Die Zeit vergeht gerade so seltsam. Der Gedanke, dass es nun nur noch zehn Tage sind, bis Jim verschwunden und eine Erklärung dafür vorhanden sein muss, ist ein beständiges Summen unter meinem Herzschlag. Ich rede mir permanent beruhigend zu, der Club und ich würden das schon lösen, aber werden wir das wirklich? Wenn ich nun wieder dieselben Fehler mache wie mit Amy und Charlie – zu glauben, mit tröstlichen Lügen würde alles gut, während für sie nur die Wahrheit wichtig gewesen wäre?

»Tschüs, Dad!«, blafft Amy die Treppe hinauf.

Ich drücke ihr den Arm. »Das ist nichts gegen dich, Liebling. Er fühlt sich einfach gedemütigt durch den Lockdown. Und will mit niemandem zu tun haben, bis er die Scharte in seinem Stolz wieder auswetzen kann.«

Mit schmalen Lippen zuckt sie mit den Schultern. »Dann ist Ignorieren wahrscheinlich besser als die Alternative.«

Ich muss Tränen wegblinzeln, aber Amy bemerkt es nicht einmal, während sie ihren Koffer quietschend durch die Einfahrt zu einem Auto zieht, das am Straßenrand wartet.

»Ruf mal Charlie an, ja?«, ruft sie mir noch zu. »Das mit dem … Absondern hab ich ihm schon erzählt, er wäre sicher erleichtert, wenn er wüsste, was dahinter in Wirklichkeit steckt. Er wäre *überhaupt* total erleichtert.«

Ohne mir die Chance zu geben, zu antworten, dreht sie sich um und stopft den Koffer auf den Rücksitz.

Während sie einsteigt, kurbelt die maskentragende junge Frau am Steuer das Fenster hinunter und winkt mir freundlich zu. Ich winke lächelnd zurück und schaue dem Auto nach, bis es außer Sicht verschwindet. Als ich endlich den Blick abwende, sehe ich Edwina auf ihrer Türschwelle stehen. Sie nickt mir zu – ziemlich hoheitsvoll – wie zum Einverständnis.

Ich nicke zurück, schließe die Haustür hinter mir und marschiere geradewegs in die Küche: jetzt habe ich mir ein paar Rum-Rosinen-Brownies verdient. Doch ich habe gerade erst angefangen, die Zutaten herauszusuchen, da pingt ein Handy. Ich nehme meines zur Hand und runzle verwundert die Stirn: keine neuen Nachrichten. Schnell schnappe ich mir Jims Handy und zucke zusammen, als ich sehe, dass eine Nachricht von Amy gekommen ist. Aber da steht nur *Ciao, Dad x.*

Als ich sie gestern mit ihrem riesigen Koffer auf der Schwelle stehen sah, glaubte ich, das sei so ziemlich das Schlimmste, was passieren könnte, aber jetzt erfüllt mich neue Entschlossenheit.

Nun, da Amy wohlversorgt ist, muss ich mich um mein anderes Kind kümmern. Schon seit dem Morgen, an dem ich Jim ins Jenseits befördert habe, habe ich mich danach gesehnt, ihn anzurufen, nur wusste ich nicht, wie ich hätte begründen können, dass ich mir sicher war, dass sein Vater uns nicht unterbrechen würde.

Doch jetzt rufe ich meinen Sohn an – endlich.

Das Telefon klingelt … und klingelt … und klingelt …

Gerade will ich auflegen, da schreckt mich Charlies Stimme auf, scharf vor Sorge.

»Mum? Alles in Ordnung?«

»Hallo, mein Liebling. Amy hat dir wahrscheinlich erzählt, dass euer Vater sich in seinem Zimmer verschanzt hat, und ich dachte mir, jetzt muss ich dich wirklich mal anrufen. Ich hab schon viel zu lange deine Stimme nicht mehr gehört.«

»Wenn du dein Telefon immer selbst abnehmen würdest, könntest du sie jeden Tag hören.« Er bemüht sich um einen scherzhaften Ton, aber es klingt zu scharf. Eilig spricht er weiter. »Ich will halt nicht riskieren, dass er dran ist und wir uns zoffen, während du allein mit ihm im Haus bist.«

»Das ist ab jetzt kein Problem mehr. Ich hab ihm die Meinung wegen des Telefons gesagt – unter anderem.«

Charlie lacht erfreut auf. Wärme durchströmt mich, als ich es höre.

Mein Gott, ich liebe meine Kinder.

Ich hole Atem. »Ich habe deinem Vater gesagt, dass ich ihn nach dem Lockdown verlasse.«

Einen Moment lang herrscht Stille. »Und … alles okay mit dir? Was hat er … da gemacht?«

»Er hat sich in unserem Schlafzimmer eingeschlossen und kommt kaum noch heraus, wie Amy dir sicher erzählt hat. Sie wusste bisher nur nicht, warum. Dein Vater und ich hatten uns eigentlich darauf geeinigt, niemandem etwas zu sagen, bis wir uns wirklich trennen können, aber mit Amy im Haus und Jims seltsamem Verhalten … na ja, gestern Abend musste ich es ihr dann doch erzählen. Aber so kann ich jetzt auch dich anrufen und es dir sagen.«

»Aber ist … ist es wirklich kein Problem, mit ihm in einem Haus zu sein, obwohl er weiß, dass du ihn verlassen willst?«

Die Luft ist dicht und schwer vor quälenden Schuldgefühlen. Eines Tages, wenn Jim endgültig Geschichte ist, werden wir über so vieles reden müssen. »Wenn nicht, komme ich und hole dich. Du weißt, dass das erlaubt ist. In den Regeln heißt es …«

»Es ist wirklich alles in Ordnung, Liebling. Es … es ist nicht *so*.«

Von Charlie kommt vielsagendes Schweigen.

»Diesmal ist es wirklich kein Problem«, sage ich zutiefst überzeugt, weil es die Wahrheit ist. »Wir haben uns arrangiert. Aber falls das Arrangement nicht mehr funktionieren sollte, rufe ich dich an, das verspreche ich dir.«

Ich kann hören, wie erleichtert Charlie ist, weil er unbewusst anfängt, mit den Fingern zu schnipsen. Schon als Kind tat er das automatisch, wenn er sich freute, und ich muss lächeln, kaum dass ich es höre. Doch dann denke ich an den wahren Grund, warum wir endlich frei sprechen können, und meine Gedanken wandern zu den vielen Meldungen und Artikeln, die ich gelesen und gehört habe, von Menschen, die einfach verschwinden und nie wieder auftauchen. Immer betonen die Angehörigen, wie schlimm dieses Nichtwissen ist – wie es sich unter die Haut bohrt, in unerwarteten Augenblicken aufflammt wie Nadelstiche, sich weder abstreifen noch ausmerzen lässt. Wann immer ich mir vorstellte, in ihrer Haut zu stecken, fesselte mich vor allem der Gedanke, wie die Verschwundenen bei Nacht jeden ihrer Träume beherrschen, während sie sie bei Tag immer wieder in zufälligen Fremden wiederzuerkennen glauben, im Supermarkt oder in den Vorübereilenden auf einem belebten Bahnsteig – permanent gegenwärtig in ihrer Abwesenheit. Kein Elefant im Raum, sondern ein klaffendes Loch, um das alle herummanövrieren müssen; eine Leere, die alles in sich einsaugt, was ihr zu nahe kommt. Dazu verdamme ich nun meine Kinder. Und mich verdamme ich zum Zusehen.

Andererseits wird nicht jeder, der verschwindet, gleichermaßen vermisst. Ein vermisstes Kind muss sich anfühlen wie ein unablässiges stummes Dröhnen, eine vibrierende Stille, aber ein Elternteil eines erwachsenen Kindes? Noch dazu eines, das sich nie sehr für sein Kind interessierte, das vielleicht nicht gewalttätig war, aber auch kaum jemals zugewandt oder gar zärtlich. Das ihm keinen Halt bot. Vielleicht wird für Charlie und Amy der quälendste Gedanke der sein, Jim könnte eines Tages wieder auftauchen. Ich weiß nicht, ob sie damit Hoffnung oder Furcht verbinden werden.

»Es tut mir leid, dass ich ihn nicht früher verlassen habe«, sage ich, denn wenn ich hierzu nicht den Mut habe, werde ich auch für alles andere keinen haben. »Es tut mir leid, Charlie.«

»Ich hatte recht, ja?«, fragt er gepresst. »Dass es schlimmer war als nur Kontrollwahn.«

»Ja, hattest du«, flüstere ich. »Aber es ist jetzt vorbei. Ich weiß, das kann all das Verschweigen und Lügen nicht wettmachen …«

»Mir ist schon klar, warum du es tatest«, sagt er sanft. »Du wolltest nicht, dass wir Angst vor ihm haben oder ihn hassen.«

»Ich wusste nicht, was er machen würde, wenn ich ihn verließe.« Die Worte brennen wie Säure, aber es ist höchste Zeit, die Wahrheit auszusprechen. Und Charlie schulde ich sie in ihrer ganzen Tiefe.

Während Amy sich nie ganz sicher war, was nun vor sich ging, wusste Charlie es genau. Und statt mich dieser Tatsache zu stellen, log ich ihn an, täuschte und manipulierte ihn. Ich ließ ihn in seiner Wut schmoren, weil er mich seinen Unmut niemals hätte spüren lassen, und seinen Vater wagte er nicht zu konfrontieren aus Angst, dieser könnte es an mir auslassen. Also steckte er fest. Nicht weniger in der Falle als ich selbst. Doch statt ihm zu helfen, tat ich, was ich konnte, um ihm weiszumachen, er bilde sich das nur ein, bis er sich nicht mehr anders zu helfen wusste, als von zu Hause wegzugehen.

Ich kann all das nicht ungeschehen machen. Ich kann Charlie nur helfen zu verstehen, warum ich ihm das antat.

»Ich wusste, wenn wir blieben, wärt zumindest ihr sicher. Ja, ich weiß, das reichte nicht. Das war nicht die Kindheit, die ich euch gewünscht hatte, aber ich wusste einfach nicht, was passieren würde, wenn wir gingen. Ich hatte wirklich keine Ahnung, deshalb … deshalb ging ich auf Nummer sicher, damit wenigstens euch nichts passieren würde.«

Eine kleine Weile lauschen wir nur auf unser gegenseitiges Atmen.

»Und jetzt?«, fragt Charlie dann mit bebender Stimme. »Amy und ich haben keine Ruhe, wenn es dir nicht gut geht. Ich kann dich holen, Mum. Ich kann –«

»Jetzt, wo ihr keine Kinder mehr seid, kann er mich nicht mehr beherrschen. Und siehe da, plötzlich ist er nur noch ein jämmerliches kleines Würstchen, und all die Macht, die er über mich hatte, ist verpufft, weil er keinen Ansatzpunkt mehr hat.«

»Kannst du das wirklich versprechen?«, fragt Charlie so leise, dass es kaum zu hören ist. »Da darfst du mich nämlich nicht täuschen. Nicht in dieser Angelegenheit.«

»Ich verspreche es dir, mein Liebling. Wirklich. Hoch und heilig.«

»Okay«, flüstert er heiser. »Okay.« Ein zitternder Atemzug. »Ich kann mir denken, dass es schwer und bitter werden wird, aber es ist ganz bestimmt das Beste. Amy und ich kommen klar. Und du wirst viel glücklicher sein.«

»Bin ich schon.«

Nachdem wir uns verabschiedet haben, sitze ich wie betäubt da, emotional völlig erschöpft. Erst als eine Nachricht pingt, fahre ich zusammen und bin wieder anwesend. Mit gerunzelter Stirn sehe ich Charlies Namen, dann lächle ich – es ist ein neuer Song.

Ich klicke den Link an, und ›Brave‹ von Sara Bareille erfüllt die Küche. Doch statt weiterzulächeln, habe ich Tränen in den Augen. Mein Sohn hält mich für tapfer, aber nur, weil ich ihn schon wieder angelogen habe. Statt mir seine Anerkennung zu verdienen, habe ich sie mir erschlichen.

43.

FAMILIENERINNERUNGEN

Ich liege längelang auf dem Fußboden im Wohnzimmer. Um mich herum sind gefühlt sämtliche im Haus existierenden Fotos ausgebreitet, manche in Rahmen, andere lose.

Nicht überraschend, dass in meinem alles andere als glücklichen Elternhaus während meiner Kindheit nicht viele Fotos gemacht wurden, aber eines, von mir und meiner Mutter am Strand, betrachte ich sehr lange. Dann schließe ich die Augen, wünsche mich wieder dorthin, umspielt von der Brandung, die frische Meeresbrise im Haar. Was gäbe ich darum, jetzt wieder dort zu sein. Dann würde ich Mum sagen, wir könnten es schaffen, auch wenn es ein Kampf auf eigene Faust werden würde, aber er wäre es wert.

Ich drücke das Foto an die Brust und beiße die Zähne zusammen. Meine Mutter war sanftmütig und lieb, aber sie ließ zu, dass ich meine Kindheit lang Zeuge war, wie sie misshandelt wurde – wenn ich nicht selbst meinen Anteil abbekam. Ein kleines bisschen hasse ich sie dafür, aber vor allem hasse ich mich selbst.

Wie konnte ich es dazu kommen lassen, dass ich fast das gleiche Leben führte?

Ich erinnere mich noch genau, wie mein Dad verächtlich schnaubte, als Mum schüchtern fragte, was er davon hielte, wenn sie sich als Hilfslehrerin an meiner Schule bewerben würde. »Um etwas mit mir anzufangen, jetzt, wo Sally nicht mehr so klein ist. Vielleicht könnte ich dabei sogar etwas lernen. Schauen, ob … ob sich daraus nicht noch mehr machen lässt.« Sie knetete ein Geschirrtuch zwischen den Händen.

»Du?«, schnaubte mein Vater. »Was willst du schon anderen beibringen? Du schaffst es doch nicht mal, unserer Tochter beizubringen, ein ordentliches gekochtes Ei zu machen.«

Woraufhin er sein halb gegessenes Frühstück nahm und ihr ins Gesicht schleuderte, während ich mich duckte und nur hoffte, er würde mir auf dem Weg nach draußen keine Ohrfeige verpassen. Meinem Vater war es egal, wenn blaue Flecken sichtbar waren, solange nur niemand mitbekam, dass er sie uns beibrachte; das sollte »in der Familie bleiben«. Als zählte es dann nicht.

So war Jim nicht. Nach jenem ersten Mal bei der Party für seine Kollegen tat er mir nie wieder weh, wenn jemand zusah, und achtete darauf, dass jegliche Beweise unter langen Ärmeln oder einem hohen Kragen versteckt werden konnten.

Und doch war es ab und zu vorgekommen, dass sich buchstäblich die Geschichte wiederholt hatte. Wie an dem Tag, als Charlie vorschlug, ich sollte in den Schulvorstand eintreten. »Dr. Blake sagte, sie hätte gern mehr Frauen dabei, und du wärst echt toll, Mum.« Er strahlte mich an, so stolz und hoffnungsvoll, ohne zu erkennen, wie unklug es von ihm war, das vor seinem Vater zu sagen.

Amy ließ sich vom Enthusiasmus ihres Bruders anstecken. »Du könntest auch die Vorlesestunde halten!«

»Du bringst uns ja sowieso zur Schule, da könntest du doch noch die eine Stunde länger bleiben«, bettelte Charlie.

»Nur eine Stunde?«, echote Amy, und Charlie hob die Hand, damit sie sie abklatschte, was er ihr nur höchst selten anbot.

Was konnte ich tun, außer mit den Schultern zu zucken? »Ich könnte es wohl versuchen«, sagte ich zögernd mit einem Blick auf Jim. »Das wäre doch in Ordnung, oder? Als gutes Beispiel für die Kinder?«

»Ja!« Charlie boxte mit der Faust in die Luft.

»Als abschreckendes Beispiel wärst du vielleicht ganz brauchbar«, sagte mein liebender Mann und Familienvater und tätschelte mich unterm Kinn.

»Was heißt das?«, fragte Amy munter.

»Das erkläre ich dir ein andermal«, sagte ich. »Los jetzt, oder ihr kommt zu spät, und dann kriegen wir alle Schimpfe!«

Ich weiß noch, wie eifrig mich Charlie zu Dr. Blake zerrte, als wir an der Schule ankamen, wie stolz er ihr erzählte, ich hätte Interesse, und wie enttäuscht und verwirrt und beschämt er schaute, als ich abwehrte – ich würde es mir überlegen, aber …

»Willst du denn nicht arbeiten?«, fragte er, als ich ihn an jenem Abend ins Bett brachte.

»Ich weiß nicht, ob ich darin gut wäre.« Ich drückte ihm einen Kuss auf die Stirn.

»Dad sagt immer, du wärst nicht gut, weil dir manchmal was schiefgeht«, ertönte Charlies Stimme, als ich schon aufgestanden war. »Aber ihm geht auch manches schief. In dem Laden vor ein paar Tagen hat er dieses Ding umgeworfen, nicht du.«

Meine Hand tastete nach der Stelle an meiner Seite, wo Jim seinen Zorn und seine Scham an mir ausgelassen hatte, kaum dass wir »sicher« zu Hause waren und die Kinder oben spielten.

»Und wenn du am Anfang noch nicht gut wärst, könntest du ja besser werden. Wie ich in Rechtschreibung.«

»Ich denke darüber nach, ja?«

Charlie drehte sich von mir weg. »Nacht, Mum.« Und er schaltete das Licht aus.

»Nacht, Liebling«, flüsterte ich mit erstickter Stimme.

Von diesem Moment gibt es kein Foto, aber über die Jahre habe ich ihn so oft im Kopf durchlebt, dass er genauso gut als Video existieren könnte. Wie konnte ich Jim nur glauben, ich könnte dies nicht, sei in jenem nicht gut, sei in nichts gut? Und warum habe ich ihn darin bestätigt, indem ich nie wagte, mir eine Arbeit zu suchen, nicht einmal etwas Ehrenamtliches – irgendetwas, was mir gezeigt hätte, dass ich auch ohne ihn zurechtkomme?

»Andere Männer befürchten, ihre Frauen könnten sie verlassen«, sagte er im Plauderton an dem Morgen, nachdem er mich zum ersten Mal richtig geschlagen hatte. »Aber du kämst doch ohne mich gar nicht klar.« Er schüttelte die Zeitung glatt; es klang wie ein Peitschenknall. »Das tröstet mich sehr.«

Warum glaubte ich, es reichte aus, dass meine Kinder vor körperlicher Gewalt geschützt waren, ließ sie aber darunter leiden, dass sie immer einen Eiertanz aufführen mussten, wenn ihr Vater zu Hause war? Sein giftiges Gezischel war schlimmer als jedes Gebrüll, und diese darunterliegende heimtückische Spannung, dieses Gefühl, er könnte jederzeit in die Luft gehen …

Ich ließ zu, dass sie damit aufwuchsen. Dass ihnen trotz all meiner Lügen und Ausflüchte klar war, was im Stillen hinter verschlossenen Türen geschah, wenn ich sie wegschickte, »damit ihr Vater etwas Ruhe hatte«.

Irgendwann muss mein Unterbewusstsein beschlossen haben, eine Zeitlinie meines Lebens mit Jim zu erstellen, vielleicht ist es auch der Wein, aber es ist, als blinzelte ich, und da läge sie vor mir, schreiend bunt in Technicolor.

Es erscheint mir jetzt so offensichtlich. Wie mein Lächeln von Foto zu Foto schwächer wird. Auf unserem letzten Familienfoto sieht es fast aus, als verschmölze ich mit dem Hintergrund. Nicht dass ich aufgehört hätte, bunte Farben zu tragen; es ist eher, als wären alle Farbpigmente aus mir geschwunden, oder als fände mich das Licht nicht mehr, sondern ginge geradewegs durch mich hindurch.

Auf dem letzten wahrhaft fröhlichen Foto sind die Kinder etwa sieben und neun. Wir spielen am Strand, im grellen Sonnenlicht sieht es aus, als leuchteten wir. Jim lungert in einigem Abstand herum, mit finsterem Gesicht, seine ganze Haltung drückt Verärgerung aus.

Warum bin ich geblieben? Warum habe ich mir das angetan? Es erscheint mir so völlig gestört. Aber vielleicht bewirkt ständige Angst eine Art Gestörtheit. Wenn man immer darauf bedacht ist, die Eskalation zu vermeiden, immer im Voraus nach Lösungen für Probleme Ausschau hält, die eventuell entstehen könnten, und doch wieder und wieder scheitert … vielleicht ist es dann normal, dass man glaubt, zu scheitern sei das Einzige, wozu man fähig ist.

Ich greife wieder nach dem Familienporträt und beginne den Rahmen auseinanderzumontieren. Vorsichtig ziehe ich das Foto heraus und lege es zur Seite. Dann nehme ich dasjenige mit mir und den Kindern am Strand, falte den Rand mit Jim nach hinten und stecke es stattdessen in den Rahmen. Als ich diesen umdrehe, lacht mir Fröhlichkeit entgegen statt Tristesse. Mir wird die Brust eng, aber es ist eine gute Art Schmerz. Ein sauberer Schmerz. Oder vielleicht noch nicht ganz, aber auf dem Weg dorthin, als würde mit den Tränen etwas von mir abgewaschen.

Es fühlt sich an wie ein Loslassen.

Rahmen für Rahmen trenne ich Jim aus meinem Leben

heraus. An den Jahren, die hinter mir liegen, ist nichts mehr zu ändern, aber ich kann mich dagegen auflehnen, auch nur einen Tag länger mit ihm zu leben.

»Ich dachte, *ich* würde so enden, also kann ich kein Mitleid haben, dass es stattdessen dich getroffen hat«, sage ich zu Jims Abbild, während ich ihn aus einem weiteren Foto wegfalte. »Ich hatte das nicht verdient. Ich hatte all das nicht verdient.«

Eine Weile presse ich die Hände auf die Augen und ergebe mich den Tränen. Irgendwann schmiere ich mir den Rotz über den Unterarm und mache weiter. Einmal angefangen, kann ich diese Arbeit nicht unvollendet lassen; jetzt muss ich sie zu Ende bringen. Ich muss alles zu Ende bringen.

Eine Stunde später liegt auf dem Couchtisch ein trauriger kleiner Haufen abgeschnittener Fotostücke, aber die Bilder an der Wand und auf den Regalen bringen mich jetzt alle zum Lächeln. Die Jim-Fetzen in den Wertstoffmüll zu werfen, scheint mir das Unheil geradezu herauszufordern, also hole ich aus dem Abstellraum einen Metalleimer, fege sie hinein, befördere irgendwoher eine Schachtel Streichhölzer zutage und gehe in den Garten, um sie zu verbrennen.

Vor den aufzüngelnden vielfarbigen Flammen weiche ich zwar zurück, bleibe aber nahe genug, um die Bilder zu beobachten, wie sie sich einrollen und schwarz verfärben. Als alles verbrannt ist, nehme ich den Eimer wieder mit hinein und gieße Wasser über die Asche. Dann suche ich die paar geschwärzten, aber nicht ganz verbrannten Fragmente heraus, werfe sie weg und spüle den Rest den Abfluss hinunter.

Das war's. Ich fühle mich leer – und trotzdem triumphiere ich innerlich, denn während meiner Fotoschnippelei arbeitete mein Gehirn auf Hochtouren. Amys Besuch hat nicht nur meine Entschlossenheit befeuert. Er hat mich auf eine Idee gebracht – die tatsächlich funktionieren könnte.

Ich hebe das Kinn und straffe das Rückgrat. Noch bin ich nicht die Mutigste, aber ich lerne dazu. Ich habe genug davon, darauf zu warten, dass das Leben besser wird. Es wird Zeit, dass ich selbst dafür sorge.

44.

EIN PROBLEM GELÖST – NUR NOCH TAUSEND ANDERE

Obwohl Freitag ist und Jim in neun Tagen verschwunden sein muss, habe ich keine Angst mehr zu scheitern. Höchstens noch ein bisschen, denn ich weiß endlich, was zu tun ist.

Also, größtenteils. Ein paar Haken gibt es noch.

Entschlossen, wenigstens einen auszumerzen, schlüpfe ich ins Nachbarhaus und setze mich mit dem Tablet auf Nawars Sofa. In weniger als einer Viertelstunde habe ich recherchiert, warum Leichen üblicherweise 1,80 Meter tief begraben werden und ob das wirklich dringend erforderlich ist. Tatsächlich gibt es für Gräber keine gesetzliche Mindesttiefe, es wird nur empfohlen, dass zwischen Sargoberseite und Erdoberfläche mindestens ein Meter Erdreich sein soll. Die meisten Gräber sind nur deshalb tiefer, damit man mehrere Särge mit weiteren Familienmitgliedern aufeinanderstapeln kann. Für »green burials« in den USA – also, Begräbnisse ohne Sarg – sind sogar nur sechzig Zentimeter üblich. Dazu muss man natürlich noch die Höhe der Leichen selbst rechnen, aber das heißt, wenn es zeitlich knapp wird, kommen wir wahrscheinlich mit einem Meter aus; optimaler wäre ein Meter zwanzig.

Als Nächstes schaue ich nach, wie präzise die Polizei Handysignale orten kann. Nein, nicht so präzise, dass wir uns wegen unserer Gedankenlosigkeit in den ersten Tagen Sorgen machen müssten.

Wieder zu Hause schlendere ich stolz in meinem Garten herum, der zwar noch nicht aussieht wie das Paradies auf Erden, aber wenigstens nicht mehr wie wildes Brachland. Ich schneide Zweige zurück, jäte Unkraut und gieße und überlege mir dabei, wie ich den anderen alles beibringe.

»Haben Sie Ihren Sommerflieder gut beschnitten bekommen?«, ruft Edwina mir zu, als schließlich die Zeit für den Ententeich gekommen ist und ich auf die Straße trete.

Sie ist nur freundlich, ermahne ich mich. *Es ist nicht ihre Schuld, dass du versuchst, dich zu einem geheimen Treffen mit deiner kleinen Mörderbande davonzuschleichen.*

Ich lächle ihr zu und hebe ziemlich übertrieben beide Daumen.

Unnachgiebig betrachtet Edwina das fröhliche Handzeichen. »Ich kann mich nicht erinnern, dass Sie vor dem Lockdown so übermütig waren.«

»Ich genieße es einfach, so viel draußen zu sein. Mir war vorher gar nicht klar, wie schlimm es war, nur im Haus zu sitzen.«

»Tatsächlich? Diesen Eindruck hatte ich gar nicht. Darüber sollten Sie sich ernsthaft Gedanken machen, wenn diese Corona-Situation wieder vorbei ist.« Sie richtet die zusammengekniffenen Augen aufs Haus. »Geht Jim immer noch nicht bei Tageslicht vor die Tür?«

»Er will nicht riskieren, mit Leuten zusammenzurasseln, die nicht ordentlich Maske tragen.«

»Nun, ich sehe Ihnen an, dass Sie es nicht erwarten können, wegzukommen, also stehen Sie hier nicht lange herum und halten mich vom Heckenschneiden ab. Fort mit Ihnen!«

Ich salutiere und eile davon.

Als ich in den Park einbiege und das magentafarbene Leuchten von Leilas Hidschab erspähe, kann ich mich kaum bezähmen, nicht loszurennen, erst recht, als ich erkenne, dass Leila vor Aufregung beinahe zu platzen scheint.

»Was ist passiert?«, frage ich und lasse mich aufs Gras fallen.

»Wisst ihr noch, wie ich sagte, es bräuchte schon eine Katastrophe, damit unsere Familie es für glaubwürdig hielte, dass Dad mit euren Männern irgendwohin gegangen ist? Also – Onkel Ayaan ist tot!«

Ruth schlägt die Hand vor den Mund. »Corona? Sind die anderen etwa auch krank?«

»Nein! Sogar noch besser.«

Samira verzieht das Gesicht, verkneift sich aber die Rüge.

»Er hat sich einen Stromschlag verpasst!«, fährt Leila mit atemloser Begeisterung fort. »Er war's leid, zu warten, bis jemand kommt und die Sicherungen im Haus meines Großvaters repariert, und wollte es selber erledigen.«

Janey schnaubt. »Ja, so ein dummer Trottel«, gurrt sie Ava zu. »So ein böser dummer Trottel, mein Liebling.«

»Und das ist nicht alles«, fügt Leila hinzu, jetzt weniger überdreht. »Ohne Strom sind die medizinischen Geräte meines Großvaters ausgefallen, und ihn hat's auch gekostet.«

Samira kneift die Augen zu und formt stumm etwas mit den Lippen – vielleicht ein Gebet für die Toten, vielleicht auch etwas eher Unschickliches.

Ruths Miene wird mitfühlend. »Es tut mir so leid.« Ihre Finger schließen sich um ihr Medaillon und streicheln es.

»Leid? Wieso?«, fragt Leila, während Samira »Danke« sagt.

Dann seufzt Samira. »Abgesehen von allem anderen ändert das so einiges. Mit dem plötzlichen Tod von Vater und Bruder und der Tatsache, dass alle anderen Verwandten immer noch in Pakistan festsitzen, wäre es vielleicht nicht mehr *ganz* so abwegig, dass mein Mann etwas so Untypisches tut wie mit Leuten von außerhalb irgendwohin zu fahren.«

»Genau«, sagt Leila eifrig. »Bei mir hatte mein Dad zwar ein Herz aus Stein, aber seine gestörten Brüder hat er geliebt. Also, nicht dass er schon immer so war. Als ich klein war …« Sie bricht ab und schüttelt den Kopf.

Samiras Augen suchen meinen Blick, voller Schmerz und Schuldbewusstsein – dafür, was sie Yafir antat, dafür, dass Leila nun mit von der Partie ist, dafür, dass keine von uns sich erlauben kann, sich damit auseinanderzusetzen, was sie verloren hat. Wir müssen uns ganz auf unsere Freiheit konzentrieren, oder wir werden sie gleich wieder verlieren. Und fürs Erste heißt das: auf unseren Plan. Und dabei dürfen wir an Yafir und Jim und Keith und Lionel nicht als Menschen denken – Menschen, die auch mal lachten und liebten und sich freundlich und gütig zeigten. Bis wir auf der sicheren Seite sind, müssen sie für uns Monster bleiben.

»Wie lange dauert es noch, bis Jim ins Büro muss?«, fragt Ruth bang. »Das ist doch nicht mehr lang hin, oder?«

»Montag in einer Woche. Also umso besser, dass wir alle unsere Gehirne eingeschaltet haben.«

Die anderen gucken mich nur trübe an.

»Okay, dann um so besser, dass *ich* heute mein Gehirn eingeschaltet hatte.«

Janey horcht auf. »Was meinst du, meine Süße?« Sie wackelt mit Avas Zehen. »Meinst du, Tante Sally hat einen brillanten Plan?« Und sie fängt an, ihrer Tochter auf dem Bauch herumzuprusten.

»Das fasse ich als überschwängliche Zustimmung auf«, bemerke ich. »Also – all meine hochkomplexen Ideen haben sich ja letztendlich als total bescheuert herausgestellt – je komplizierter der Plan, desto größer ist eben das Risiko, dass wir geschnappt werden oder Spuren hinterlassen oder dass alles heillos schiefgeht. Also brauchen wir einen so simplen Plan wie möglich. Wie unser kleines Gemeinschaftsgartenprojekt –«

»Kommst du bald mal zu deinem Geistesblitz?«, unterbricht mich Janey.

»Eigentlich hatte Amy ihn.«

Janey starrt mich an.

»Hör nur zu, okay? Amy ist zu einer Freundin gezogen, bei der jetzt im Lockdown auch die Beziehung in die Brüche gegangen ist. Also, die Mädchen sind in die eine Wohnung gezogen und die Jungs in die andere.«

»Sollen wir etwa behaupten, unsere Männer wären zusammengezogen?«, fragt Ruth perplex.

»Und wie soll das ihr Verschwinden erklären? Das kapiere ich nicht«, sagt Leila skeptisch.

»Wir müssen das Ganze erst mal in der WhatsApp-Gruppe unserer Männer aufbauen. Samira-als-Yafir und Ruth-als-Lionel können sich gegenseitig ihr Beileid zum Tod ihrer Brüder und der anderen Tode in der Verwandtschaft aussprechen und sich beieinander beklagen, wie bitter es ist, dass man nicht zu den Beerdigungen reisen darf und dass es ihnen gerade ziemlich reicht … Und Yafir kann über seine finanzielle Lage jammern, da kann Lionel sich einmischen und in dieselbe Kerbe hauen, wie schwer es ist, als Selbstständiger Beihilfen zur Coronaüberbrückung zu bekommen. Dem kann Janey-als-Keith zustimmen und darüber stöhnen, wie ätzend es ist, im Lockdown mit einem kleinen Baby dazusitzen. Wir müssen es dringend in die Richtung lenken, dass eine Stunde Spazierengehen nicht genug ist, und Keith muss betonen, wie gern er mal richtig den Kopf freibekommen würde – und ob sie nicht alle mal zusammen wegfahren sollten. Dann kann ich mich als Jim einmischen, dass unsere Ehe gerade in die Brüche geht und er sich in seinem Schlafzimmer eingeschlossen hat, ihm da aber der Himmel auf den Kopf fällt –«

»Ist das nicht gefährlich?«, mischt sich Samira ein. »Zuzugeben, dass ihr Eheprobleme habt?«

»Ich habe schon Charlie und Amy erzählt, dass Jim und ich uns nach dem Lockdown trennen wollen, also können wir das auch gleich mit reinbringen.«

»Was, das hast du den Kindern gesagt? Das muss ja ein Gespräch gewesen sein!«, sagt Janey mit großen Augen. »Wie haben sie es aufgenommen?«

Ich schüttle den Kopf. »Später. Sie freuen sich für mich, aber *wir* müssen uns jetzt auf den Plan konzentrieren. Wir müssen alles ausschlachten, was als Grund in Betracht kommt, warum unsere Männer gemeinsam zu irgendeiner wilden Lockdown-Unternehmung aufbrechen könnten, die im Desaster endet.«

»Und wie soll sich beweisen lassen, dass sie tatsächlich gemeinsam irgendwohin gefahren sind?«, fragt Leila.

Samira sieht mich leicht beschämt an. »Wenn wir hier ihre Handys abschalten und behaupten, sie wären verschwunden, wirkt das doch verdächtig.«

»Das ist Teil der Lösung«, gebe ich eifrig zurück. »Schritt eins: Wir besorgen uns ein Auto und verkleiden uns als unsere Männer – mit Masken, damit wird's viel überzeugender, weil man dann nicht viel von unseren Gesichtern sieht. Dann fahren wir mit ihren Handys weg, und unsere eigenen lassen wir zu Hause.«

»Und dann?«, fragt Samira stirnrunzelnd. »Tut mir leid, dass ich immer an deinen Ideen herumkrittele und selbst keine zu bieten habe, aber uns als Männer auszugeben funktioniert nicht mehr, sobald wir mit Menschen in Kontakt kommen müssen, zum Beispiel zum Tanken oder Essenkaufen oder wenn wir aufs Klo müssen.«

»Wir dürfen nicht so weit fahren, dass wir tanken müssen, aber das sollte kein Problem sein. Für meinen Plan habe ich die Küste anvisiert, dahin sind es höchstens drei Stunden, je nachdem, welchen Abschnitt wir nehmen. Schwieriger wird, dass wir für den Rückweg ein anderes Auto brauchen – Zug, Bus oder Taxi wären zu riskant. Vielleicht kann diejenige von uns, die keinen Mann spielt, separat hinfahren und uns in der Nähe der Stelle aufgabeln, wo wir das erste Auto stehen lassen.«

Janey bedenkt mich mit einem unbeeindruckten – und ehrlich gesagt entmutigenden – Blick. »Okay, abgesehen von dem Dutzend massiver Haken an deinem Plan, wo sollen wir dieses Auto abstellen, von dem aus unsere Männer sich angeblich geradewegs in Luft aufgelöst haben sollen?«

»Und das Handyproblem ist auch nicht gelöst«, wirft Samira ein. »Wenn wir ihre Handys im Auto lassen, ist die Frage, warum sie das tun sollten – erst recht alle vier.«

»Weil sie ins Wasser gehen«, sage ich. »Das ist das Einzige, was infrage kommt. Das wurde mir klar, als Maryam ins Wasser fiel und Leila sagte, sie hätte ihr Handy am Ufer lassen sollen. Wenn unsere Männer es für möglich hielten, dass sie nass werden, wäre es verständlich, dass sie ihre Handys nicht mitnehmen, also müssen wir uns etwas mit Wasser ausdenken. Und zwar das Meer, weil es dort plausibler ist, dass sie spurlos verschwinden und ihre Leichen nie wieder auftauchen, als bei einem Fluss oder See. Wir müssen unbedingt einen einleuchtenden Grund finden, warum sie ins Wasser gegangen sein könnten.«

»Zum Schwimmen?«, fragt Janey zweifelnd. »So warm ist es gerade noch nicht.«

»Schwimmen, paddeln, keine Ahnung. Der springende Punkt ist, dass wir unsere Oberbekleidung – also ihre Klamotten – am Strand zurücklassen … Hier komme ich momentan noch nicht so recht weiter, weil wir dann ungesehen so weit von dieser Stelle wegkommen müssen, dass jemand, der zufällig sieht, wie wir ins Wasser gehen, uns nicht wieder rauskommen sieht. An der zweiten Stelle müssen wir im Voraus Kleidung von uns in einer wasserdichten Tasche deponieren, dann steigen wir in das zweite Auto und fahren heim und begraben die Leichen in unserem Gemeinschaftsgarten, ohne irgendwas befürchten zu müssen, weil alle glauben, unsere Männer wären weit weg am Meer verschwunden, vermutlich sogar umgekommen.«

Es folgt ein Schweigen. »Das ist alles?«, fragt Leila dann. »Ich will ja nicht kontraproduktiv sein, aber das hört sich mehr nach einer einzigen Schwachstelle an als nach einem Plan.«

»Also, das ist natürlich *nicht* alles. Ich hab noch überlegt, wir sollten Haare von unseren Männern mitnehmen – von ihren Kämmen oder Kopfkissen – und das Auto damit präparieren, um zu beweisen, dass sie auch wirklich darin saßen«, räume ich ermutigend ein.

Samira schaut wieder verschämt. »Ich glaube, mit forensischen Methoden lässt sich feststellen, wie lange es her ist, dass ein Haar von der Kopfhaut abgefallen ist. Ganz zu schweigen davon, dass man, wenn wir ihre Kleidung am Strand zurücklassen, definitiv herausfinden wird, dass wir sie anhatten, egal wie vorsichtig wir sind – das Kernprinzip der Spurensicherung ist ja ›Jeder Kontakt hinterlässt eine Spur‹.«

»Aber wird die Polizei wirklich so viele teure Untersuchungen machen, wenn unsere Geschichten gut genug zueinander passen?« Ich versuche (vergeblich) die Verzweiflung im Zaum zu halten. »In der Hinsicht ist das Auto vermutlich am problematischsten. Wir müssen eben Masken und Handschuhe tragen und ihre Kleider sowieso. Und wir müssen eine Packung Einweghandschuhe und Handgel im Auto lassen, damit erklärt ist, warum unsere Männer darin keine Fingerabdrücke und sonstige Spuren hinterlassen haben.«

An dieser Stelle hätte sich auf die Mienen der anderen eigentlich verzückte Bewunderung legen müssen. Leider scheinen sie noch nicht ganz überzeugt zu sein.

Janey verschränkt die Arme. »Mal angenommen, man würde uns dieses Verschwinden abnehmen – an was für einem wundersamen Ort sollen wir das durchziehen können, ohne uns einfach nur verdächtig zu machen? Weißt du eigentlich, wie viel an den Stränden zurzeit los ist?«

»Hör mal, ich hab nie behauptet, ich hätte schon alles bis ins kleinste Detail durchgeplant«, fauche ich, dann zwinge ich mich, mein Temperament zu bezähmen. »Wir müssen das Schritt für Schritt ausarbeiten. Und ja, es sind noch ein paar Schritte offen, aber da kommen wir auch noch hin.« Ich lächle ihr ermutigend zu, aber Janeys Augen bleiben auf den Boden zwischen uns gerichtet, ihr Mund ein harter Strich, und plötzlich verstehe ich, dass sie nicht wütend ist. Sie fürchtet sich.

»Ich will dich nicht kritisieren. Du hast mehr Ideen beigesteuert als wir anderen zusammen, und ja, sicher wird uns irgendwann für alles eine Lösung einfallen, aber …«

Sie muss den Satz nicht beenden. Wir alle wissen, wie er lautet.

Aber schaffen wir das in nur neun Tagen?

45.

ACKERN FÜR DEN SIEG

Mangels Ideen, wie wir die Löcher in unserem Plan stopfen können, gehen wir daran, neue zu graben – am nächsten Tag machen wir uns grimmig entschlossen an unser Garten-Bestattungs-Projekt.

Niemand von uns erwähnt, dass Samstag ist und nur noch acht Tage bis zu Jims Bürotermin bleiben.

Zum Glück ist unser künftiger Garten groß genug, dass vier von uns unter Einhaltung des Mindestabstands darauf arbeiten können, während die fünfte auf Maryam und Ava aufpasst, so ist immerhin die erste Hürde – nicht von Edwina wegen Coronaregelbruchs kritisiert zu werden – schnell genommen.

Gemeinsam mit Ruth zäunt Edwina den Bereich um den Kirschbaum ein, damit wir nicht aus Versehen doch zu weit dort eindringen, dann fangen wir an, den Boden vom Bewuchs zu befreien. Das ist viel schwerere Arbeit als geahnt. Edwina wirkt nicht überrascht und durchaus belustigt darüber, wie sehr wir die vor uns liegende Aufgabe unterschätzt haben. Doch in ihrer Miene zeigt sich widerwilliger Respekt, als sie erkennt, dass wir uns nicht beirren lassen und die Herausforderung annehmen. Als sie hinreichend überzeugt ist, dass ihr Kirschbaum vor uns sicher ist, verzieht sie sich nach Hause mit dem Versprechen, später noch einmal vorbeizuschauen.

Unser nächster Schritt ist, eine »Gemeinschaftsgarten«-WhatsApp-Gruppe einzurichten – nun, da wir zusammenarbeiten, ist es wichtig, eine Beweiskette aufzubauen, wie wir, statt neidisch auf die Corona-Spaziergeh-Gruppe unserer Männer zu sein, beschlossen haben, es ihnen gleichzutun und eine eigene, gartenbasierte zu gründen.

Nachdem unsere Datenspur steht, schneiden Ruth und ich die restlichen Pflanzen ab, und Samira und Leila beginnen die Wurzeln herauszuhacken. Janey ist mit Babysitten dran und denkt sich Geschichten aus, um Maryam und Ava zu unterhalten und uns andere von unserer Mühe und Plackerei abzulenken.

»Und das Mädchen lächelte ebenfalls und nahm die Hand der Hexe, denn sie wusste, entgegen jeder Wahrscheinlichkeit würde sie nun glücklich leben bis an ihr Lebensende. Und man sagt, dass noch heute in klaren Vollmondnächten ihre Geister auf den Klippen erscheinen und die Unvorsichtigen in den Tod locken«, flüstert Janey, sodass wir alle die Ohren anstrengen müssen.

»Und dann?«, fragt Maryam mit geweiteten Augen.

Janey zuckt mit den Schultern »Nichts. Das war's, das war keine dramatische Pause oder so.«

»Das war die beste Hexen-Geister-Geschichte, die ich je gehört hab! Aber die braucht auf jeden Fall eine Fortsetzung.«

»Hab ich die nicht schon mal gehört?«, frage ich. »Also, das ist nicht als Kritik gemeint, aber sie kommt mir bekannt vor.«

Janey lacht. »Kein Wunder! Die erzähle ich schon, seit wir zehn sind. Der Hexen-Geister-Teil stammt von mir, aber das mit dem Gang in der Steilküste ist real. Er ist allerdings nur zu bestimmten Zeiten begehbar. Meine Mum erzählte mir mal davon, als wir im Sommer bei meiner Großmutter waren. Sie wollte ihn uns zeigen, schließlich war er gleich unten in den Klippen, auf denen das Haus steht, aber bei dem Gedanken bekam ich solche Angst, dass ich mir die Geschichte ausdachte, damit meine Cousine die Krise kriegte und ich aus der Sache rauskam, ohne zugeben zu müssen, dass ich Bammel hatte.« Sie seufzt. »Das letzte Mal, als ich dort war, hatte ich überlegt, hineinzugehen – alte Ängste überwinden und so –, aber als ich durchs Fenster auf den Klippenpfad schaute, stand da ganz am Rand eine Frau, ich schwör's euch, wie in der Story, und da … nein. Keine Chance.«

Sie steht auf, atmet tief durch und nimmt sich einen Spaten, während Leila an ihrer Stelle das Kindersitting übernimmt.

Auch wenn wir schneller vorankommen, weil unsere Aufmerksamkeit nicht mehr ganz bei der Story liegt, macht es weniger Spaß, wenn man keine andere geistige Beschäftigung hat als darüber nachzudenken, wie müde und verschwitzt man ist.

»Lasst uns dem Baby doch was vorsingen!«, sagt Maryam, nachdem Ava schon eine Weile in ihrem Kinderwagen vor sich hinlallt.

Nicht lange, und aus Leilas Handy schallt ein YouTube-Tutorial für einfache Kanons. Wir lachen, schuften und keuchen uns durch ein paar wahrlich unterirdische Versuche, aber dann schmettern wir begeistert eine ziemlich passable Version heraus.

Nach dem letzten Durchgang ist zu unserer Überraschung ein Klatschen zu hören.

Edwina ist wieder da. Ich mache mich auf eine Rüge gefasst, aber *ist das etwa ein Lächeln auf ihrem Gesicht?*

»Haben wir Sie gestört?«, frage ich nervös.

»Als Sie anfingen zu singen, befürchtete ich das, aber nein, nicht im Geringsten. Das klang sehr hübsch.«

»O-h«, sage ich. »Freut mich.« Ich schaue mich in unserer Runde um.

Janey formt lautlos mit den Lippen »sehr hübsch«.

Ruth erholt sich natürlich am schnellsten. Vielleicht muss sie sich auch gar nicht erholen, weil sie reinen und guten Herzens ist – und prompt sagt sie das Naheliegendste: »Haben Sie irgendwelche Vorschläge, was wir uns noch beibringen könnten? Ich kenne aus meiner Kindheit ein paar Call-and-Response-Songs, aber die sind alle christlich.« Sie wirft Samira ein flüchtiges Lächeln zu.

»Oh, das hat mich nie gestört«, sagt Edwina bestimmt. »Ich habe mein Leben lang weder über die Stränge geschlagen noch am himmlischen Jerusalem gebaut, aber ich habe mir nie versagt, Musik zu machen, die mir gefiel.« Während wir sie gleich noch mal sprachlos angaffen, tritt sie näher und begutachtet unsere Ausgrabungen. »Das macht ja schon recht ordentliche Fortschritte. Ich wollte Ihnen sagen: wenn Sie nicht wissen, wohin mit dem Grüngut, ich würde etwas für meinen Komposthaufen nehmen. Die Annahmestelle ist ja noch immer geschlossen.«

»Das wäre sehr nett von Ihnen. Danke«, sagt Ruth.

Edwina neigt auf diese hoheitsvolle Art den Kopf, wovon ich allmählich den Verdacht bekomme, dass das ihr Äquivalent für eine herzliche Umarmung ist, und überlässt uns wieder uns selbst.

»Tja, uns lacht im wahrsten Sinne des Wortes der Himmel«, sage ich. »Also weiter im Takt. Noch strahlt der Tag, und der Boden hier lockert sich nicht von selber.«

Und so schuften wir weiter und versuchen nicht den Mut zu verlieren, als wir schließlich das Ergebnis unserer Arbeit betrachten und uns klar wird, wie wenig es ist. Auf keinen Fall auch nur annähernd genug. Gott sei Dank, dass wir uns nicht mehr auf eine Stunde täglich beschränken müssen – dann wären wir geliefert.

»Das war der erste Tag«, ermutige ich die anderen. »Verzweifeln ist verboten.« Dennoch, unser Abschied voneinander ist ziemlich ernst.

Nur noch knapp über eine Woche. Eine. Woche. Eine. Woche, sagt mein Gehirn auf dem Heimweg im Takt meiner Schritte. Nach den bleichen Stückchen Sonne, die im Lauf des Tages immer wieder zu sehen waren, ist der Himmel jetzt leichentuchartig bezogen – wie mein Gehirn. Ich habe noch knapp über eine Woche, bis Jim im Büro erwartet wird, und noch immer steht mein Plan, sein Verschwinden zu erklären, nur zur Hälfte. Einen Moment lang überlege ich, ob ich Jims Chef mailen soll, Jim hätte Corona, dann verwerfe ich es. Je komplizierter wir die Sache machen, desto mehr kann schiefgehen, und desto schwieriger wird es, unsere Geschichten in Einklang zu bringen. Ganz zu schweigen davon, dass Samira zwar keine feste Deadline hat wie ich, aber ewig wird Yafirs Verwandtschaft ihr ihre Ausreden nicht abkaufen. So oder so, um unser aller willen muss das dringend bald vorbei sein.

Ein feiner Sprühregen beginnt zu fallen und lässt die Welt in Düsternis verschwimmen.

Mir *wird* etwas einfallen, rede ich mir fest zu. Ich bin nicht so weit gekommen, nur um jetzt die anderen, die Kinder und mich im Stich zu lassen, wo ich doch mehr denn je zu verlieren habe. Aber was, wenn Mut und Hoffnung nicht genügen? Was, wenn *ich* nicht genüge?

Der Gedanke scheucht mich geradewegs durchs Haus hindurch und hinten zu Nawar hinein, wo ich einen virtuellen Einkaufswagen mit Perücken fülle, die den Frisuren unserer Männer ähnlich sind, und dazu einen Haufen Verkleidungskram ordere, damit es wirkt wie ein Einkauf für eine Kostümparty. Hinzu kommt eine wasserdichte Herrenarmbanduhr, dann prüfe ich die Bestellung sorgfältig – vor allem wann sie voraussichtlich ankommt – und zahle mit der Prepaid-Mastercard, die Janey auf der Post besorgt und mit Bargeld aufgeladen hat, damit wir keine Geldspur hinterlassen. Nach abgeschlossener Bestellung googele ich eine Stunde lang nach Stränden, wo schon tödliche Unfälle passiert sind, finde aber nichts, was unseren Anforderungen gerecht wird. Dann versuche ich es mit Steinbrüchen und Seen – mit identischem Ergebnis.

»Ich muss die Suche noch enger eingrenzen«, sage ich zu dem schnurrbärtigen Zwergwels, der mich verächtlich aus der Ecke des Aquariums anschaut.

Er wendet, wühlt dabei eine Sandwolke auf und verdrückt sich zwischen die Schilfstängel.

»Danke, sehr ermutigend.« Ich schalte aus, und das Tablet wird dunkel, aber statt aufzustehen, bleibe ich noch eine Weile in der Stille von Nawars Haus sitzen. Die Vorhänge sind vorgezogen, daher wirkt es, als wäre schon tiefe Nacht. Die Aquariumbeleuchtung erzeugt wellenförmige Muster an der Wand, ich komme mir vor wie unter Wasser.

Als ich mich zum ersten Mal zum illegalen Googeln zu Nawar schlich, kam es mir vor wie ein Spionagespiel: aufregend und unheimlich. Diesmal komme ich mir nur klein und mutlos vor.

Die Mörder in Romanen haben immer so grandiose Pläne. Und ich? Einen Garten und ein paar Perücken.

Ich zwinge mich, aufzustehen, kontrolliere, ob auch alles in Ordnung ist, dann schließe ich die Hintertür ab. Die tief stehende Sonne blendet mich, und ich muss die Augen abschirmen. Die Welt um mich ist knallbunt und so grell, dass es wehtut. Eine Schwalbe schießt unter den Dachvorsprung eines benachbarten Hauses, am Zaun nickt ein blühender Fingerhut.

Tief sauge ich die Frühlingsluft ein, straffe die Schultern und richte mich gerade auf.

Ich habe viel mehr als einen Garten und ein paar Perücken. Ich habe Ruth, Janey, Samira und Leila. Mehr brauchen wir nicht.

Mehr dürfen wir nicht brauchen.

46.

HOFFNUNG IM HERZEN

Am nächsten Tag bringen wir uns beim Buddeln ›You'll Never Walk Alone‹ bei, aber das ist so deprimierend, dass wir schnell zu ›Raindrops Keep Fallin' on My Head‹, dann ›What a Wonderful World‹ und auf Ruths Anregung hin zu Soul II Souls ›Joy‹ übergehen. Trotz der heiteren Songs summt die Luft vor Spannung.

»Wenn alles in die Binsen geht, können wir immer noch einen Gefängnischor gründen«, sagt Janey aufmunternd, als wir kurz Atem holen.

»Pst!«, zischt Ruth und nickt in Richtung Maryam.

Die sitzt, ganz und gar in ein Spiel auf dem Handy ihrer Mutter vertieft, im kühlen Schatten von Edwinas Kirschbaum am Straßenrand, ein Paar gigantische Kopfhörer fest über den Ohren.

»Keine Sorge«, sagt Leila trocken. »Wenn sie das spielt, kann die Welt untergehen, ohne dass sie es mitbekommt.« Sie stöhnt und streckt den Rücken durch. »Ich mach mal fünf Minuten Pause.«

Wie vorhergesagt sieht Maryam nicht einmal auf, als ihre Schwester sich neben sie setzt und aus der Tasche zu Maryams Füßen eine Wasserflasche und einen Stoß handgeschriebener Blätter holt.

Janey verzieht das Gesicht. »Hausaufgaben? Ist das nicht

ein bisschen heftig, zusätzlich zu …« Sie deutet auf unsere Baustelle.

»Entwurf für mein Bewerbungsschreiben fürs Studium – falls mir jemals klar wird, bei welchen Unis es sich für mich überhaupt lohnt, mich zu bewerben. Ich weiß, es ist superfrüh, aber die Lehrer meinten, wir sollten doch schon mal anfangen und uns die Angebote der verschiedenen Unis online genau anschauen, selbst wenn der Lockdown so lange dauern sollte, dass sie keine Studienorientierungstage anbieten oder so.«

Janey runzelt die Stirn. »Was meinst du mit ›sich lohnen‹? Du weißt, dass du dich überall bewerben kannst?«

Mit eingezogenem Kopf hebt Leila eine Schulter. »Meine Bewerbung würde wohl schon fast überall beachtet werden, aber so was wie Oxford ist wahrscheinlich Zeitverschwendung.«

»Nur, wenn du dort nicht hinwillst.« Janey nimmt Leila die Blätter ab, setzt sich zwei Meter entfernt an die Gartenmauer und kramt einen Stift aus ihrer Handtasche. »Ich könnte dir helfen, dein Anschreiben aufzumöbeln. Und was das Bewerbungsgespräch und spezielle Prüfungen und so was angeht – zwei aus meinem Team haben in Oxbridge studiert. Ich könnte sie bitten, dir ein paar Insidertipps zu geben, zu Fangfragen und so.«

Leila schaut sie schüchtern an. »Meinst du nicht, ich bin bescheuert, dass ich auch nur darüber nachdenke? Also, bevor Dad …« Sie bricht ab, ihr Blick flitzt zu Maryam, aber diese blinzelt nicht einmal. »Davor hätte ich wahrscheinlich nicht mal irgendwohin gedurft, wo ich nicht zu Hause hätte wohnen können – und natürlich will ich eigentlich nicht weit weg, weil … ich hab ja Pflichten der Familie gegenüber, aber … irgendwas Gutes sollte das hier doch haben, oder?«

»Genau«, sagt Janey, so sanft, dass Leilas Augen feucht werden.

»Ich … alles kommt mir momentan so … so unsicher vor. Ich dachte immer, ich würde mich mit Dads Vorgaben schon so arrangieren können, dass ich das Leben führen könnte, das ich mir wünsche. Ich meine, klar hat mich seine Strenge teilweise eingeschränkt, aber das waren Sachen wie nicht zu Partys zu dürfen und mich nicht anziehen zu dürfen, wie ich will. Ich hätte nie gedacht … also, klar, im Hinterkopf war der Gedanke schon: ob er mich, wenn ich es zu weit treibe, nach Pakistan schicken könnte, damit die Verwandtschaft dort mich ›auf den rechten Weg zurückbringt‹? Aber, also … ich glaubte nicht, dass er es je wirklich *tun* würde. Das hält man einfach nicht für möglich, ja? Dass der eigene Dad – und die halbe Verwandtschaft – auch nur darüber nachdenken könnte, dich mit dem Nächstbesten zu verheiraten, der dich will, ohne Rücksicht darauf, was du selber willst oder wie du dann behandelt wirst oder …«

Ihre erhobene Stimme lässt Maryam neben ihr aufschauen. Sie zieht die Kopfhörer ab. »Will Dad das echt machen?«

Leila und Samira wechseln einen alarmierten Blick.

Maryam kneift die Augen zusammen. »Wollt ihr deshalb nicht mal durch die Garagentür mit ihm reden? Und treffen wir uns deshalb jetzt immer mit neuen Freunden, statt so spazieren zu gehen, dass jemand von den Tanten dazukommen kann?«

Samira hockt sich vor ihre Tochter und nimmt deren Gesicht in die Hände. »Die würden unsere neuen Freundschaften nicht gern sehen, deshalb müssen wir das hier geheim halten. Du darfst das niemandem sagen. Auch keinen Freundinnen aus der Schule. Nicht mal deinen kleinen Cousinen.«

»Wir wollen nicht, dass Dad es mitkriegt«, fügt Leila warnend hinzu. »Sonst denkt er, wir könnten anfangen zu glauben, wir wären mehr als gut dressierte Tiere.«

Maryam stampft mit dem Fuß auf. »Ich bin kein Tier! Und die neuen Freundinnen sind super. Ohne die Schule war es furchtbar langweilig.« Sie schürzt trotzig die Lippen. »Ich will nicht, dass Daddy wieder ins Haus kommt. Der soll für immer in der Garage in Quarantäne bleiben.«

»Denk erst einmal einfach daran, unser kleines Geheimnis zu wahren, ja?«

Leila schnaubt. »Wenn es je geheim bleiben kann mit all dem Geschnüffel und Getratsche um uns herum.«

»Warum *machen* sie das überhaupt?«, fragt Maryam. »Warum verpetzt jeder jeden? Sollen Familien sich nicht einfach mögen?«

»Die Sache ist, wenn man jemanden mag, will man ja, dass derjenige ein guter Mensch ist. Wenn also deine Tante oder dein Vater finden, dass du etwas falsch machst, müssen sie das den anderen sagen, damit die Familie dir hilft, das Richtige zu tun.« So sanft und behutsam Samira klingt, ihr Gesicht ist angespannt.

»So *sollte* es eigentlich sein, aber so ist es nicht.« Düster schaut Leila ihrer Mutter in die Augen. »In unserer Familie wird gepetzt, weil die anderen nicht wollen, dass das ›Falsche‹ mit ihnen in Verbindung gebracht wird.«

Maryam stößt einen tiefen Seufzer aus und spielt an der Schnalle ihres Schuhs herum. »Ich will nicht, dass Dad mich an irgendwen verkauft, wenn ich was falsch mache.« Sie blickt zu ihrer Schwester auf; in ihren Augen schimmern Tränen. »Wenn ich nicht so gute Noten hab, dass ich auf die Uni kann, darf ich dann stattdessen bei dir wohnen, wenn ich groß bin?«

Samira schließt Maryam in die Arme. »Niemand verkauft meine Töchter an irgendwen. Ich werde dafür sorgen, dass du jede Möglichkeit hast, dir ein wunderschönes glückliches Leben mit vielen tollen Freunden und Verwandten aufzubauen, die alle wollen, dass es dir gut geht.«

»Aber was ist, wenn Dad –«

»Du bist noch viel zu klein, um zu heiraten, also steht das sowieso nicht zur Debatte.« Samira drückt ihr einen Kuss auf den Scheitel. »Momentan brauchst du dir keine Gedanken zu machen außer um deine Hausaufgaben, und ich arbeite jetzt weiter im Garten.« Sie drückt kurz Leilas Schulter und macht sich wieder ans Graben.

Leila reicht Maryam etwas zu essen und trinken und ihr Hausaufgabenheft und setzt sich mit ihrem eigenen Entwurf zu ihr. »Na gut, die ganze Welt ist im Chaos, da ist es vielleicht nicht gar so bescheuert, mich dort zu bewerben, wo ich wirklich hinwill.«

»Wir bringen deine Bewerbung schneller auf Zack, als Edwina ›Coronavorschriften‹ sagen kann!« Janeys Fröhlichkeit klingt nicht ganz echt. Leila lächelt trotzdem.

Samira hält im Graben inne und wirft ihr einen angespannten, dankbaren Blick zu. »Das wäre so nett von dir.«

»Und du hast deine Jura-Pläne nie weiterverfolgt?«, frage ich, als wir uns wieder an die Arbeit machen. »Du bist so klug, da wurdest du doch in der Schule bestimmt ermutigt!«

»Nach dem Tod meines Bruders? Nein. Obwohl ich Hina Jilani und Asma Jahangir so bewundert hatte …«

Aus den Augenwinkeln sehe ich, dass Leila aufschaut.

»Das sind zwei unglaubliche Schwestern, die die Menschenrechtskommission von Pakistan gegründet haben *und* die erste Rechtshilfe nur von und für Frauen *und* das Women's Action Forum, das sich gegen frauendiskriminierende Gesetzgebung engagiert, *und* sie waren beide am Obersten Gerichtshof *und* hatten Ämter bei den Vereinten Nationen inne.« Samiras Blick ist in die Ferne gerichtet, aber ihre Augen leuchten. »Sie haben so viel erreicht. So viel zum Besseren gewendet. Als Mädchen dachte ich mir, wenn ich auch nur ein Zehntel so viel erreichen würde wie sie, könnte ich mit meinem Leben mehr als zufrieden sein. Und weil sie das nur gekonnt hatten, weil sie sich mit Recht und Gesetz auskannten, wollte ich …«

Sie zuckt zusammen und kehrt in die Gegenwart zurück. Ihre Wangen färben sich rot, als sie alle Blicke auf sich gerichtet sieht. »Euch beiden erzähle ich nachher beim Abendessen die ganze Geschichte«, verspricht sie Leila und Maryam, »vielleicht wird ja eine von euch …« Sie schüttelt den Kopf und stößt den Spaten in die Erde.

»Hast du schon mal über ein Fernstudium nachgedacht?«, frage ich vorsichtig.

Als sie statt einer Antwort nur noch einmal mit dem Spaten zustößt und mit aller Kraft an einer zähen Wurzel herumhebelt, befürchte ich, dass ich zu weit gegangen bin.

»Den Gedanken habe ich mir selbst verboten«, sagt sie da, so leise, dass ich weiß, es ist nur für meine Ohren bestimmt.

Einen Moment lang treffen sich unsere Blicke. Um uns hängt die Schwere verlorener Träume. Und dann ändert sich irgendetwas, als hätte sich unser geteilter Schmerz verbunden wie zu einem Lichtbogen. In ihre Miene tritt Überraschung – genau wie in meine, das weiß ich.

Was, wenn, sagen Samiras Augen, und meine erwidern es. *Was, wenn wir all das nehmen, was wir gerade über Kraft und Mut gelernt haben, und es auch auf diese verstaubten alten Hoffnungen anwenden? Was dann?*

Während wir wieder in den stummen Rhythmus des Grabens und Hackens fallen, kann ich beinahe Samiras Gedanken hören. Und glaube beinahe, sie hört meine.

Als ich mich etwas später aufrichte und umschaue, sehe ich, dass sie mit einem solchen Mix aus Freude und Sehnsucht zu Leila und Janey hinüberblickt, dass es mir in den Augen kribbelt. Schnell wende ich mich ab, bevor ich anfange zu weinen darüber, wie sehr wir uns von den Männern in unserem Leben den Wert haben absprechen lassen.

Dann sehe ich meine älteste, liebste Freundin an und kann so vieles, was ich an ihr liebe, nicht mehr entdecken und stattdessen so viel Trauriges, Wütendes, Verletztes. Die Janey, die Samira, Leila und Ruth kennen, ist oft gereizt, wo sie früher ironisch reagierte, und schnippisch, wo sie aus den gewöhnlichsten, frustrierendsten Dingen etwas Lustiges machte. Liegt das nur daran, was Keith ihr antat, oder ist es wenigstens zum Teil den körperlichen und psychischen Folgen der Mutterschaft geschuldet? Ich weiß noch: egal wie unbändig ich Charlie und Amy von Anfang an liebte, die Schlaflosigkeit und ihre ständigen Bedürfnisse, die nun zu den Schmerzen hinzukamen – auch denen von Geburt und Rückbildung, von denen ich verzweifelt wünschte, mich erholen zu können – all das war ein Durchhalteakt ohnegleichen. Wie viel davon wird mit der Zeit und ohne die ständig drohende Gewalt heilen, und wie viel von dieser neuen Janey ist permanent?

Und doch, es gibt Hoffnung. Die Gewalt hat uns negativ geprägt, aber mit Liebe und Freiheit können wir wieder werden wie zuvor. Andererseits, vielleicht sollten wir das gar nicht wollen. Vielleicht sind ja die Ichs am besten, die wir gerade entwickeln.

Die wir gemeinsam entwickeln.

47.

DIE LETZTEN PUZZLETEILE

Leider hat der Tag von da an nichts Gutes mehr zu bieten. Die vier Löcher in den vier Ecken des Gartens wirken jämmerlich klein. Wie lange wird es dauern, bis sie zu einem verschmolzen sind? Ganz zu schweigen von dem wirklich schwierigen Part – die Grube so zu vertiefen, dass »auch die schlimmsten Wurzeln rauskommen«, wie unser Code für die heftig diskutierte Frage lautet, wann sie ausreichend für vier Leichen ist.

Als wir unter dem trübgrauen Himmel auseinandergehen, ist unsere Laune vor Müdigkeit und Frust im Keller. All die bisherige Solidarität scheint sich verflüchtigt zu haben. Als Charlies Song des Tages in mein Handy pingt – ›You and Me Against the World‹ –, scheint er mir nur zu gut zu passen.

Ich falle an den Küchentisch, lasse den Kopf auf die Arme sinken und rufe Janey an, in der Absicht, sie auszufragen, wie ich das mit der Jobsuche anpacken soll, damit ich an diesem Abend wenigstens in einem Punkt weiterkomme.

»Hey, Mut, störe ich?«, bemühe ich mich in lockerem Ton zu fragen.

»Nö. Ich hab absolut nichts zu tun außer zu brüten, Ava zu füttern, danach sauber zu machen und mir dann Sorgen zu machen, bis ich wieder füttern muss. War gerade am Brüten, also totaaaal beschäftigt. Und bei dir, Mut? Kann's sein, dass dein Daueroptimismus gerade ein bisschen wankt?«

»Charlie wusste, was Jim tat.« Das wollte ich eigentlich gar nicht sagen – nicht einfach so, so nebenbei –, aber es ausgesprochen zu hören entlockt mir auch den Rest, wie einen Splitter, den ich aus der Haut drücke. »Auch wenn er nie etwas davon sah oder hörte, er hat es sich zusammengereimt, und ich … ich habe ihn angelogen. Ich habe ihm weisgemacht, das bilde er sich nur ein.«

»Ich weiß«, sagt Janey leise.

»Hat er es dir etwa erzählt?« Ich bedecke das Gesicht mit der Hand – nicht dass ich mich so gegen die Scham wappnen könnte. »Wann?«

»Schon länger«, sagt Janey ruhig. »Ich hatte ihn zum Geburtstag angerufen, und wir unterhielten uns ein bisschen, da platzte er auf einmal damit heraus, und ich konnte ja nicht *nichts* sagen. Also sagte ich ihm die Wahrheit – dass ich nicht *genau* wusste, was in eurer Ehe los war, dass mir Jim aber ziemlich dominant vorkam und ich das nicht gesund fand …« Sie seufzt. »Er hatte das Bedürfnis, darüber zu reden, und ich entschuldige mich jetzt bestimmt nicht dafür, dass ich versuchte, für ihn da zu sein, aber ich habe ihm kein Wort über unseren Streit erzählt, und –«

»Ich bin froh, dass du ehrlich mit ihm warst. Wenigstens eine von uns«, flüstere ich, dann räuspere ich mich. »Die Kinder sagen, sie werfen mir nichts vor, aber wenn ich überlege, was ich meiner Mutter gegenüber fühle …«

»Sally«, haucht Janey. »Deine Kinder wissen, wie sehr sie geliebt wurden. Daran haben sie nie, nie gezweifelt. Bei deiner Mutter und dir war das nicht so. Du …«

Ich erschauere und drücke mir die Hand an die Augen. »Für all diese Emotionen ist gerade überhaupt nicht die Zeit. Erzähl mir lieber was Schönes. Diese Sing-Tanz-Nummern, die wir uns ausdachten. Deine schönsten Sommerferien.«

»Hört sich an wie ein Schulaufsatz.«

»Janey.« Es soll scherzhaft klingen. Aber es klingt eher flehend.

»Meine Sommerferien. Von Janey Halliday, Alter: zweiundvierzigeinviertel«, singsongt meine beste Freundin. »Dieses Jahr fingen meine Sommerferien schon im März an, weil auf der Welt eine Seuche ausbrach, aber weil danach alles nur noch den Bach runterging und jetzt alle voll depri sind, erzähle ich lieber von den allerbesten Ferien, die ich je hatte.« Sie räuspert sich theatralisch. »Die allerbesten Ferien, die es je gab, hatte ich mit acht Jahren, als Mum, Dad und ich zu der besten Granny der Welt in ihr Haus am Meer fuhren …«

Ich lasse mich von Janeys Stimme einlullen, schließe die Augen und versuche mich in ihre Erinnerungen an Eisessen an der Strandpromenade im Ort und lange Spaziergänge auf den Klippen hineinzuträumen, an die Tage, die sie mit Baden in den Becken zwischen den Felsen und dem Bau epischer Sandburgen verbrachte.

»Meine Mum würde es vielleicht anders erzählen, wenn sie sich daran erinnern würde, aber sie verliert ja gerade buchstäblich den Verstand, deshalb musst du es mir einfach so glauben.« Janey stöhnt auf. »Mist, ich hab immer noch nichts wegen ihres Autos unternommen. Wenn die Beschränkungen nicht mehr so streng sind, kommst du dann mal mit mir hin und fährst *mein* Auto zurück, damit ich ihres abholen kann?«

Gähnend nehme ich einen Stift und füge es geistesabwesend meiner *Wenn-Janey-und-Ava-hier-einziehen*-Liste hinzu. »Ich hab's mir aufgeschrieben. Und jetzt lass für den Moment das Sorgenmachen wegen irgendwelcher Erledigungen. Zurück zu den sorglosen Tagen, als du deine Cousine im Meer ertränken wolltest.«

Und dann holt mein Gehirn meine Zunge ein. »Janey«, sage ich mit plötzlich gepresster Stimme. »Deine Mum will, dass du ihr Auto holst, weil sie wegen der Demenz nicht mehr fahren darf, es aber immer wieder vergisst.«

»Hat es einen besonderen Grund, dass du Echo spielst? Du willst aber keinen Demenz-Witz rei …«

»Das Auto deiner Mum ist unser Fluchtwagen.«

»Okay«, sagt Janey. »Also, zuerst müssen wir es zwar holen, aber klar. Das hilft uns natürlich für unseren Plan.«

»Das Auto deiner Mum steht *vor ihrem Haus*. Das ein, zwei Kilometer von einem *Strand* entfernt ist, wo es einen *Gang durch die Klippen* zu einer *Bucht auf der anderen Seite* gibt.«

»Ich kapiere wirklich nicht, was … Oh. OH!«

Ich muss lachen. »Du bist meine allerliebste Freundin, aber manchmal hast du echt ein Brett vor dem Kopf!«

»Oh mein Gott. Oh mein Gott, ich glaub's nicht.«

»Wie viel ist auf diesem Weg durch die Höhlen los? Wenn uns da tausend Leute begegnen, die uns sagen, dass man jetzt nicht reinkann, weil die Flut kommt, bringt es gar nichts. Davon abgesehen funktioniert unsere Verkleidung nur auf Entfernung.«

»Jetzt wünschte ich wirklich, ich wäre mit Mum reingegangen, als ich damals die Chance hatte. Ich kann mich kaum noch erinnern, was sie über die Route sagte.«

»Wir können es googeln – dazu muss ich nicht mal zu Nawar gehen!« Erregung durchpulst mich, während sich in mir die Teile zu einem Ganzen zusammenfügen. »Wenn Jim und die anderen vorhätten, dorthin zu gehen, würden sie es selbst googeln, stimmt's? Also können wir es unbesorgt tun!«

»Ich kann als Keith in die WhatsApp-Gruppe schreiben«, fällt mir Janey ins Wort, »dass ich – Janey – Ava gerade die Geschichte erzählt habe und ihm da wieder eingefallen ist, dass er immer mal dorthin wollte, und er hätte danach gegoogelt, und es klänge wie ein richtiges Abenteuer …«

»Genau! Wenn wir das so timen, dass Yafir gerade mit der Quarantäne fertig ist, kann Samira als er schreiben, dass er liebend gern ein, zwei Tage von allem hier wegkommen will.«

»Dann müssen wir es nur noch aussehen lassen, als hätten sie sich mit den Gezeiten geirrt, und schwuppdiwupp – fertig ist die perfekte Erklärung für ihr Verschwinden«, schließt Janey triumphierend.

»Wir brauchen einen Tag, an dem am Strand möglichst nichts los ist.«

Von Janey kommt ein halbes Stöhnen. »Und dieser wundersame Tag muss mehr oder weniger nächste Woche sein … ein Tag …«

»Mit so schlechtem Wetter wie möglich. Damit plausibel ist, dass alle vier verschwinden, müssen sie sich den dümmsten, gefährlichsten Zeitpunkt aussuchen, an dem Probleme vorprogrammiert sind.«

»Aber wenn es wirklich gefährlich ist – wenn es nun schiefgeht und *wir* ertrinken und verschwinden?«, fragt meine stets optimistische beste Freundin.

»Dann kommen wir wenigstens nicht in den Knast. Pass auf. Wie dement ist deine Mutter? Wenn sie mitbekommt, wie du das Auto nimmst, um uns alle nach Hause zu fahren, würde sie der Polizei verlässlich sagen können, wann das war? Und du hast gesagt, Nachbarn gibt es nicht viele; würden die bemerken, wenn das Auto nicht mehr da wäre?«

»Nein, weil es in der Garage steht. Und Mum kann den Tag wahrscheinlich nicht genau angeben – sie ist schon ziemlich tüdelü.« So flapsig das Wort ist, ihrem Ton hört man die Trauer an. »Aber jetzt mal im Ernst, Sally, ich hab keine Lust zu ertrinken.«

»Wir ertrinken nicht.«

»Du machst gerade eine Menge Versprechungen. Die solltest du besser auch halten, oder ich komme als Geist zurück und spuke bei dir, bis du nicht mehr weißt, wo dir der Kopf steht.«

»Kann ein Geist bei einem anderen Geist spuken?«

»Probier's aus, du wirst schon sehen!« Aber sie klingt abgelenkt, und im Hintergrund höre ich das Klacken einer Computertastatur. »Okay, ich hab hier einen Blogeintrag über die Höhlen gefunden. Da heißt es, nach etwa zehn Minuten kommt eine etwas heikle Stelle mit einem schmalen Sims, dann eine Gabelung, und man soll nicht nach rechts gehen –«

»Wie lange ist der Post her?«

»Drei – nein, vier Jahre. Und uh, das scheint jemand zu sein, der oder die hobbymäßig in alte Ruinen und Steinbrüche und so Zeug eindringt und sie erforscht. Definitiv niemand, von dem ich gern Reisetipps annehmen würde.«

»Aber das ist genau die Art Abenteuer, die wir für unsere Männer brauchen. Schau, ob du noch was anderes über die Höhlen findest, und vergleiche es damit. Und schau nach, ob in der Zeit seither was über Felsabbrüche oder Erdrutsche in der Gegend bekannt ist … Klar, es ist trotzdem gewagt, aber wenn du nicht zufällig noch andere Höhlen in Steilküsten kennst, die für uns infrage kommen, müssen wir die hier nehmen.«

»Wir müssen auch die Gezeiten nachschauen – und ob das Wetter sich auf sie auswirken wird«, sagt Janey finster. »Wenn wir da einen Fehler machen, hätten wir die letzten Tage auch unsere eigenen Gräber schaufeln können.«

48.

EIN PLAN BAHNT SICH AN

Danach geht alles so schnell, dass es fast etwas Unwirkliches hat. Dank der sieben zur Wahl stehenden Tage findet sich tatsächlich einer mit schlechtem Wetter; erfreulicherweise ist es allen Vorhersagen nach der Freitag, was perfekt ist, sowohl im Hinblick darauf, dass wir bis dahin alle nötigen Vorbereitungen treffen können (zum Beispiel tief genug zu buddeln), als auch, um einen plausiblen Zeitrahmen für unsere »Männer« zu erstellen.

Keith besitzt bereits ein Zelt mit allen Finessen, in das laut Janey drei Leute passen, also muss ich nur noch ein billiges Ein-Mann-Pop-up-Zelt für Jim kaufen, damit ist das abgedeckt. Wenn die im Kofferraum des Autos gefunden werden, mit dem unsere Männer angeblich unterwegs waren und das an dem Strand mit den Höhlen steht, deutet das darauf hin, dass ihnen gleich am Anfang ihrer Spritztour etwas zugestoßen ist. Noch besser, wenn es aussieht, als hätten sie vorgehabt zu zelten, wird es nicht komisch wirken, wenn wir sie erst als vermisst melden, wenn Jim am Montag nicht im Büro erscheint, und es wird umso schwerer werden, festzustellen, wann genau sie verschwunden sind.

Mit erneuter Energie husche ich im ersten Morgengrauen nach nebenan, um über Lionels Tablet das Zelt zu bestellen, da wird mir klar, dass dessen Datenspur zu Jim führen muss.

Erleichtert, dass ich den Logikfehler gerade noch rechtzeitig erkannt habe, gehe ich wieder nach Hause und bestelle es stattdessen mit Jims Kreditkarte. Dann sitze ich am Küchentisch und zerbreche mir den Kopf darüber, was für Fehler ich vielleicht schon gemacht habe und noch machen könnte.

»Was entgeht mir gerade?«, frage ich Petunia und Rosemary.

Sie lächeln nur milde.

Der nächste Schritt ist, die Story mit dem Campingtrip unter wenigstens einigen unserer Freunde und Verwandten zu verbreiten. Samira und Leila bleiben dabei, dass Yafir es eher geheim gehalten hätte, aber am Mittwochabend erwähnt Ruth es ihrem Sohn gegenüber, Janey sagt es einer Freundin, und ich erzähle es Amy und Charlie.

»Oh, mal was anderes, als auf dem Speicher herumzulungern«, sagt Amy wegwerfend.

»Er ist im Schlafzimmer, Amy.«

»Egal. Hauptsache, du kannst dich ein paar Tage auf dich konzentrieren, statt ihn hinten und vorne zu bedienen.«

Charlie schnaubt nur. »Ich hab das perfekte Lied für dich, während er weg ist.«

Weshalb der Club der heimlichen Witwen seine letzte Schaufel-Session damit verbringt, ›A Little Time‹ von The Beautiful South zu lernen, auch wenn es sich eher nach Katzenjammer anhört als nach locker-flockigem Popsong.

»Ach, morgen kriegen wir es besser hin«, sagt Ruth – dann wird ihre Miene düster, als es ihr einfällt.

Wie auf Kommando schauen wir alle zum verfinsterten Himmel auf.

»Kommen wir da wirklich heil heraus?«, flüstert Ruth.

Janey schüttelt den Kopf. »Abgesehen davon, dass ich immer noch halb das Gefühl habe, dass es in den Höhlen spukt, gehen wir mitten im Gewitter rein. Die Chance ist groß, dass wir, wenn wir nicht gleich ertrinken, gerettet werden müssen, und dann wird das große Fragen anfangen, und wir wandern in den Knast.«

»Hey, morgen Abend sieht's ganz anders aus«, sage ich mit aller gespielten Zuversicht, die ich aufbringe.

»Ja, weil ich von einer Wolke runterschaue – wenn wir nicht in der Hölle landen«, sagt meine mit wahrlich glühendem Optimismus gesegnete beste Freundin, allerdings klingt der Sarkasmus nur halbherzig; ein magerer Versuch, normal zu sein, während alles dabei ist, noch verrückter zu werden als sowieso schon. »Nur noch einmal schlafen, und wir finden es raus. Yeah!«

Die Wolken verdichten und verdüstern sich zusehends, und immer mal wieder spüre ich einen Tropfen des sich anbahnenden Regens auf der Haut, als wollte uns auch das Wetter signalisieren, dass es bereit ist.

Schweigend gehen wir wieder an die Arbeit. So langsam das Gartenprojekt voranschreitet, Stück für Stück ist die Grube breiter und tiefer geworden. An manchen Stellen ist es besonders mühsam, den Boden zu lockern, aber nachdem wir alle unsere Gartenschuppen erkundet und von Edwina einen Schnellkurs »Welche Werkzeuge zu welchem Zweck« bekommen haben, hacken und hebeln wir jetzt so selbstbewusst an Wurzeln und Steinen herum, als täten wir das seit Jahren. Eine schweißtreibende, rückenschmerz- und Blasen-an-den-Händen-fördernde Arbeit, aber erstaunlich befriedigend, vor allem jetzt, wo das Loch unseren Anforderungen endlich genügt. Es ist nicht ganz so tief wie erhofft, aber annehmbar, und nur das zählt.

»Wohin wir müssen, ist klar?«, frage ich Janey, als einen Moment lang kein Werkzeug mit Schmackes ins Erdreich saust.

Sie richtet sich stöhnend auf und wischt sich mit dem Handrücken eine verirrte Kringellocke aus der Stirn. »Ich hab mit Google Street View eine Stelle gefunden, wo wir die Sachen für danach verstecken können, damit wir sie gleich haben, wenn wir am anderen Ende auf die Klippen raufkommen.«

»Und ich habe doppelt und dreifach in den sozialen Medien geschaut – nirgends werden Polizeisperren erwähnt, um Leute zu fragen, warum sie unterwegs sind«, meldet sich Leila eifrig. »Ich wollte, ich dürfte mitkommen … aber natürlich ist klar, dass jemand sich um Ava und Maryam kümmern muss«, betet sie herunter, während wir schon alle den Mund öffnen, um zu protestieren. »Und auch, dass es sinnvoll ist, dafür die Nichtschwimmerin zu nehmen. Nein, wir müssen das nicht noch mal durchdiskutieren.«

Ich grinse sie schief an. »Glaub mir, ein bisschen Gesabber und ein paar verkackte Windeln wären mir tausendmal lieber, als bei Unwetter durch eine eiskalte Höhle zu stapfen.«

»Und das in Lionels Schuhen«, fügt Ruth hinzu. »Ich habe schon ausprobiert, mit wie vielen Socken übereinander ich sie tragen muss, damit sie auch anbleiben, trotzdem ahne ich schon, dass ich Blasen kriegen werde.«

»Du hast dir gemerkt, wie du das mit Ava machen musst?« Janey mustert Leila besorgt, die Hände gefaltet wie zum Gebet. »Das Fläschchen nimmt sie inzwischen eigentlich ganz gut, wobei ich weiß, mit Maryam dabei wird es unruhiger, aber …«

»Hat Maryam euch das eigentlich geglaubt, dass eure Mum und Janey gemeinsam zu einem Rechtsanwalt gehen wegen des Tods eures Onkels?«, fragt Ruth.

Leila zuckt mit den Schultern. »Sie kriegt fünfzehn Pfund für Spiele auf Roblox, da ist ihr alles egal.«

»Und ihr seid sicher, dass sie es niemandem sagen wird?«

Unbeeindruckt hebt Leila die Augenbraue. »Wann denn? Sie muss doch überlegen, welche virtuellen Dinge sie für ihr virtuelles Haus kauft.«

Samira geht in die Hocke und wischt sich die verschwitzte Stirn ab. »Der Tank ist noch drei viertel voll, also werden wir nicht tanken müssen, und Ruths Tasche mit Masken, Handschuhen und Reinigungsmitteln ist auch bereit.« Sie befühlt ihre Taschen und nimmt aus jeder einen Autoschlüssel. »Die funktionieren beide, und ich habe sogar nachgeschaut, wann die letzte Inspektion und Hauptuntersuchung war und ob die Kfz-Steuer bezahlt ist. In den nächsten zwei Monaten ist nichts davon fällig, also sollte es keinen Grund geben, uns anzuhalten – hoffe ich.«

Ich grinse. »Immer wenn von dir keine Einwände zu einem Plan kommen, weiß ich, dass ich damit arbeiten kann.«

»Trotzdem, die Chance, dass alles reibungslos verläuft …«

»Natürlich wird nicht alles reibungslos verlaufen. Aber wir werden es schaffen. Und danach kannst du dich vielleicht mal wegen dieses Jurastudiums umschauen.«

Samira seufzt. »Meine Freiheit reicht mir erst mal.«

Ich werfe einen Blick in den hinteren Bereich des Gartens, wo Ruth dazu übergegangen ist, die Wurzel eines Baumschößlings zu attackieren, als hätte sie ihr persönlich etwas getan. Es hat einiges für sich, unseren Kummer und unsere Wut an dem Stück Land auszulassen, auf dem wir bald die Männer begraben werden, die dafür verantwortlich sind.

»Wir müssen es versuchen«, sagt Samira plötzlich mit verhalten entschlossenem Gesichtsausdruck. »Selbst wenn wir erwischt werden und alles vorbei ist, diese Fröhlichkeit und Freundschaft hätten wir nicht erlebt, wenn wir gleich die Polizei gerufen hätten, und sie ist ein Geschenk. Egal wie es endet, so werde ich es immer sehen. Dass ich noch Zeit mit meinen Töchtern hatte. Und meinen Freundinnen.«

»Ich hoffe nur, ich stürze uns da nicht ins Unglück«, flüstere ich. »Du hättest die Planerin sein sollen – ich bin nicht so klug …«

»Aber du hast die Ideen«, sagt Samira. »Ich bin der Advocatus diaboli und bringe sie in Form. Janey ist die Unterhalterin, und Ruth hält Ethik und Moral aufrecht, und Leila … Leila und Maryam und Ava und Ruths Sohn und deine Kinder … sind der Grund, warum wir es versuchen müssen.«

Ich hebe wieder meine Grabgabel auf und stoße sie in die Erde. Einen Moment lang widersteht die Wurzel mir, dann gibt sie nach.

»Nein. Warum wir es *schaffen* müssen.«

49.

ACHTUNG, FERTIG, LOS

Ich erwache im ersten Morgenlicht. Zusammengerollt auf der Seite beobachte ich, wie es zwischen den Vorhängen hindurchdringt, zuerst rötlich – tja, Morgenrot, Schlechtwetter droht! –, dann zunehmend verhangen-blassgrau, als hätte der Tag nur flüchtig vorbeigeschaut und es würde wieder Nacht.

Also dann. Wie auch immer, am Ende des heutigen Tages wird der riskanteste Teil des Plans vorbei sein.

Um halb sechs ziehe ich mir eine Badekappe an und darüber die geeignetste Perücke, die ich finden konnte – eine, die Jims schütterer Halbglatze wenigstens annähernd nahekommt. Dass sie ein bisschen zottelig ist, lässt sich leicht dadurch erklären, dass er im Lockdown nicht zum Friseur konnte.

Wir werden garantiert geschnappt. Wir kommen alle ins Kittchen, sagt die Stimme in meinem Kopf sehr aufmunternd.

Ich blinzle sie weg, ziehe mir zwei Paar Latexhandschuhe an und dann eine Garnitur Kleidung von Jim mit zwei T-Shirts unter Pullover und Jacke, um massiger zu wirken.

Unten gieße ich Rosemary und Petunia. Über unsere Grube am Ende der Straße haben wir mithilfe von Pfählen eine Plane gespannt, damit sie sich bei dem Unwetter nicht mit Wasser füllt. Alles ist so gut vorbereitet wie nur möglich.

Der Alarm von Jims Handy geht los. Sechs Uhr. Es ist Zeit.

Ich atme tief durch, dann nehme ich meine neue wasserdichte Tasche, in der schon alles ist, was wir vier brauchen werden, wenn wir heil und gesund aus den Höhlen kommen.

Das Haus verlasse ich durch die Hintertür und schließe sie hinter mir ab. Samira parkt direkt vor der Einmündung der kleinen Gasse. Yafirs Auto nehmen wir deshalb, weil es hinten getönte Scheiben hat, sodass man von außen kaum etwas erkennt. Schnellen Schrittes gehe ich darauf zu, schnalle mir dabei die Maske an und desinfiziere meine Handschuhe, bevor ich eilig auf den Rücksitz gleite und die Tür zuziehe. Wir hatten überlegt, ob wir einen gemeinsamen Treffpunkt ausmachen sollen, beschlossen dann aber, dass es nicht verräterisch wirken wird, wenn Yafir alle zu Hause einsammelt, außerdem minimiert das den Zeitraum, in dem wir von Nachbarn gesehen werden können. Schon fremde Leute auf Entfernung zu täuschen wird schwer genug sein; bei solchen, die unsere Männer kennen, ist es noch viel riskanter, also besser, wir beschränken das Risiko auf ein Minimum. Wenn wir Glück haben, werden wir so früh am Morgen gar nicht gesehen.

Kaum bin ich drin, fährt Samira los. Janey auf dem Beifahrersitz dreht sich um und lächelt mir zu, wobei sie kurz die Sonnenbrille wegzieht, die sie unter Keiths Baseballmütze trägt.

»Alles gut gelaufen bisher?«, frage ich.

»Ja. Samira hat mich und Ava abgeholt und ist dann schnurstracks zurück in ihre Garage gefahren, Leila hat Ava genommen und ins Haus gebracht, und wir sind gleich weiter zu dir gefahren.«

»Ich hatte schon Angst, dass die Zeiten falsch berechnet wären.«

»Na, ich hoffe nur, das war's dann nicht schon mit unserem Glück«, sagt Janey mit ihrem üblichen Optimismus.

Samira zieht den Kopf ein, aber ich lache nur. »Janey ist so eine, die immer den Regenschirm dabei hat – sie sieht bei allem nur, was schiefgehen kann, und irgendwie verwirrt das wohl die höheren Mächte, die hinter Murphy's Law stecken.«

Dann herrscht kurze Anspannung, als wir vor Ruths Haus am Straßenrand halten, aber sie ist schon halb die Einfahrt entlanggekommen. Keine fünf Sekunden später sind wir wieder unterwegs.

»Ich komme mir vor wie eine Spionin«, flüstert Samira zwischen Panik und Kichern.

»Ich lese ja unheimlich gern John Le Carré, aber wisst ihr, was in keinem seiner Bücher vorkommt?«, beklagt sich Ruth. »Nervöser Durchfall.«

Samira stöhnt. »Nicht! Ich versuche das schon die ganze Zeit zu verdrängen.«

Ruth schraubt eine Wasserflasche auf und hält ihr eine Tablette hin. »Hier, halte kurz an und nimm das. Dann wird sich dein Magen für heute einrenken.«

Samira gehorcht und bremst gleich neben dem Park. Die wenigen Menschen, die man sieht, sind weit entfernt, trotzdem summt es in mir vor Ungeduld, loszukommen, während Samira die Tablette aufpickt und hinunterspült.

»Gut. Weiter.« Sie setzt den Blinker und dreht am Lenkrad. Der Motor heult auf – aber das Auto bewegt sich nicht.

Samira erstarrt. »Es fährt nicht! Es ist kaputt!«

Janey reckt den Kopf, um die Anzeigen auf dem Armaturenbrett zu sehen, dann lacht sie erstickt auf, es klingt eher wie ein Keuchen. »Es ist noch in Parkstellung.«

Samira rammt den Hebel in Fahrstellung. Im nächsten Augenblick sind wir in Bewegung.

»Auf der Autobahn wird's besser«, flüstert Janey vor sich hin.

»Nicht zu schnell!«, warne ich, als Samira behutsam beschleunigt.

Sie rutscht unbehaglich auf dem Sitz herum. »Schwitzt ihr eigentlich nicht unter der Perücke und den Handschuhen?«

»Wie verrückt«, versichere ich ihr.

»Wenn jeder Kontakt eine Spur hinterlässt«, sagt Ruth, »wird der Schweiß dann nicht auch DNA hinterlassen?«

Wir alle erstarren.

Ich beuge mich vor und studiere die Armaturen. »Was für Schnickschnack hat die Karre?«

Ruth folgt meinem Blick, beugt sich vor und schaltet zwischen den Sitzen die Klimaanlage ein. Aus den Lüftungsgittern strömt kalte Luft. Wir seufzen unisono auf.

»Na also, Teamarbeit ist alles.«

Plötzlich presst Janey die Hände vors Gesicht. »Kannst du anhalten? Mir ist schlecht.«

»Nicht«, warne ich Samira, als sie wieder den Blinker setzt. Ich lasse den Sicherheitsgurt aufschnappen, beuge mich vor und lege Janey die Hände auf die Schultern. »Tief durchatmen. Durch die Nase ein, durch den Mund aus.«

»Oh Gott, lass mich raus, Sal. Ich muss zurück. Zu Ava. Ich muss –«

»Dich beruhigen. Bald haben wir's hinter uns.«

Janey lacht hysterisch auf. »Ja, entweder das Leben oder zumindest das Leben in Freiheit. Tolle Optionen.«

Ich beiße die Zähne zusammen. »Wir wissen's. Komm schon, Mut. Ava ist bei Leila bestens aufgehoben. Also, entweder kehren wir jetzt um, fahren zur nächsten Polizeistation und lassen uns festnehmen, oder wir halten zusammen und machen mit dem Plan weiter.«

»Was davon soll mir Mut machen? Der Albtraum, der heute auf uns zukommt, oder dass wir's, selbst wenn wir's ohne größere Katastrophen schaffen, *nicht* hinter uns haben? Weil wir dann nahtlos darangehen dürfen, unsere Männer zu zersägen. Juhu!«

»Ich hab mir übrigens überlegt, dass wir das vielleicht nicht alle machen müssen.«

Selbst Samira dreht kurz den Kopf, bevor sie sich wieder auf die Straße konzentriert.

»Das Loch ist tief genug, dass mindestens zwei Leichen im Ganzen reinpassen«, erkläre ich. »An dem Tag, an dem wir den Boden auffüllen, brauchen wir sowieso ein Auto für den Dünger und so weiter – warum also nicht gleich zwei, eines mit ein paar Säcken Kompost und Kies und eines mit den Leichen. Die legen wir zuerst in die Grube und schütten sofort Erde drüber. Wenn dann als nächste Schicht nur noch Einzelteile kommen, ist es sicher nicht so schlimm, wenn sie nicht so tief unten liegen.« Ich schlucke. »Da es mein Plan ist, melde ich mich freiwillig zum Jim-Zerteilen.«

Ruth räuspert sich. »Mir als Krankenschwester wird es wohl am leichtesten fallen, also übernehme ich es auch.«

»Das können wir nicht einfach so von euch –«, flüstert Samira.

»Nein, ihr könnt das Angebot nur annehmen.« Ruth drückt mir über den Sitz hinweg die Hand, ohne mich anzusehen.

Das ist auch nicht nötig. Wir beide haben das Ganze angefangen. Wir können das Schlimmste auffangen, um es Samira und Janey zu ersparen. Heute müssen sie Zugeständnisse machen und uns in die Gefahr folgen, obwohl ihre Kinder noch nicht erwachsen sind. Ich kann mir nicht vorstellen, wie ich das ertragen würde, wenn Amy noch ein Baby wäre oder Charlie in Maryams Alter, und doch sind sie jetzt hier. Also ist es nur recht und billig, wenn wir beiden uns dazu überwinden, die grausigste Aufgabe zu übernehmen, diejenige, die am meisten Spuren hinterlassen wird. Und die schlimmsten Erinnerungen. Wenn wir wirklich, endgültig, ein für allemal frei sein wollen, gibt es keine Alternative, also werden wir zu gegebener Zeit tun, was nötig ist.

Im Auto herrscht eine gespannte, wachsame Atmosphäre, als wir den Ort verlassen, bereit, uns sofort zu ducken, falls irgendwo Polizei zu sehen ist, die die Coronaregeln kontrolliert. Aber ohne Zwischenfälle schaffen wir es auf die Autobahn.

Ich hatte gehofft, dort würde sich die Stimmung ein bisschen lockern, aber es herrschen weiterhin Spannung und Schweigen. Als ich anrege, zum Mutmachen ›I Am Woman‹ anzustimmen, ist der Anfang ein wenig lustlos, aber dann gewinnt der Song an Schwung und Dynamik, bis wir alle aus vollen Lungen grölen, schon fast eher Gebrüll als Gesang. Nach dem Lied schütteln wir uns eine Weile wohlig in semihysterischem Gelächter, bis das Summen von Keiths Handy für eine unbehagliche Abwechslung sorgt.

Stirnrunzelnd scrollt Janey durch die Nachrichten. »Drei Anrufe in Abwesenheit und sechs Nachrichten von den Schwiegereltern. Wie zum Geier – ›Warum bist du auf der Autobahn? Ist was mit Ava?‹« Mit geweiteten Augen dreht sie sich zu mir um. »Woher wissen die, dass ich nicht zu Hause bin?« Sie starrt wieder auf das Handy. Schon pingt die nächste Nachricht. »›Wohin fährst du? Dein Dad kocht vor Wut. Sicher seid ihr alle genervt, eingesperrt zu sein, aber dass das Wetter schlecht ist, heißt noch lange nicht, dass du vor einem Bußgeld wegen Übertretung der Coronaregeln sicher bist.‹ Shit. Shitshitshitshit …«

Ich recke den Arm über den Sitz und nehme ihr das Handy aus der Hand. »Woher wissen die so genau, wo wir sind?«

Janey schüttelt ratlos den Kopf, dann klappt ihr der Mund auf. »Keith hat Find My Friends aktiviert. Die können uns *folgen*. Oh mein Gott.« Voller Entsetzen schaut sie sich um. »Ich hab alles ruiniert. Ich bin so …«

»Nicht hysterisch werden. Ist schon okay.«

»Wie soll das okay sein, Sally?«, zetert sie. »Selbst wenn ich jetzt das Handy ausschalte –« Sie greift danach, aber ich halte es außerhalb ihrer Reichweite.

»Janey, hör auf! Das ist doch *gut*.«

»Wie meinst du das?«, fragt Ruth, erstickt vor Angst und Verwirrung. »Wie soll das gut sein? Die wissen, wo wir sind. Wir müssen zurückfahren.«

Ich zwinge mich zu lächeln. »Warum? Sie wissen, dass Keith in einem Auto auf dem Weg zur Küste ist. Sie werden mitverfolgen, wie er bis zu dem Strand fährt und dann das Handy im Auto bleibt. Das ist eine zusätzliche Datenspur, die bestätigt, was wir die Leute glauben machen wollen – oder, Samira?«

All unsere Blicke richten sich auf sie. Nachdenklich trommelt sie mit der linken Hand ans Lenkrad. »Mir fällt nichts ein, warum das nicht unsere Story unterstützen sollte«, sagt sie schließlich. »Ich meine, wir versuchen ja nicht zu verheimlichen, wohin Keith fährt, und auch nicht, wann. Und wir alle haben unsere eigenen Handys zu Hause gelassen, wenn Janey also auch Find My Friends aktiviert hat, wird man sehen, dass sie dortgeblieben ist.«

Janey sinkt tiefer in den Sitz, bedeckt das Gesicht mit den Händen und stöhnt leise. »Ich hab ja nicht wirklich Schuldgefühle wegen Keith«, flüstert sie, »aber seine Eltern … die werden nie erfahren, was ihrem Sohn zugestoßen ist. Denen wird nur die Erinnerung bleiben, wie sie auf ihren Handys die Fahrt mitverfolgt haben, und dann nichts mehr.«

Samiras löst die Hand vom Lenkrad und drückt ihr das Knie. »Das Beste an ihm ist eure Tochter. Hilf ihnen, durch Ava über den Schmerz hinwegzukommen. Wir versuchen ja, die Menschen, die wir lieben, so gut es geht zu beschützen und vor Schmerz zu bewahren, aber für ein Happy End ist es zu spät. Und doch, wenn das hier vorbei ist, werden wir gemeinsam einen Garten angelegt haben. Und eine neue Familie gefunden haben. Und daraus wird noch mehr Gutes erwachsen.«

Janey schnieft, wischt sich das Gesicht ab, dann lacht sie, als über ihrer Schulter eine Flasche Desinfektionsgel erscheint. »Gut mitgedacht«, sagt sie zu Ruth und cremt sich damit gehorsam die Handschuhe ein.

»Da ist ein Licht angegangen«, sagt Samira sehr leise, aber auf einen Schlag ist es still im Auto. »Ein Warnlicht. In der Anzeige da.«

»Welches denn?« Ich recke den Hals, um besser zu sehen.

Samira verzieht das Gesicht. »Ich dachte, ich würde es mir einbilden, aber seit wir auf der Autobahn sind, kam es mir vor, als wackelte das Lenkrad.«

»Janey, schaust du mal im Handschuhfach nach, ob da das Handbuch für das Auto liegt?«, bitte ich sie.

Im nächsten Moment wird mir dieses an den Kopf geworfen.

»So schlimm kann das wackelnde Lenkrad aber nicht sein, sonst hättest du es doch schon erwähnt, oder?«, fragt Ruth besorgt. »Wir werden keinen Unfall bauen?«

Samira wirft ihr ein beruhigendes Lächeln zu. »Nein, alles unter Kontrolle, es ist nur ein bisschen nervig.«

Janey neben ihr murmelt wilde Verwünschungen vor sich hin.

»Hier heißt es, man sollte damit in die Werkstatt, aber nicht, dass man keinen Meter weiterfahren darf.« Ich blättere zur Stichworttabelle ganz hinten. »Falls wir anhalten müssen, sollten wir den Motor besser nicht abstellen, damit wir nicht riskieren, dass er nicht wieder startet.«

»Ist es gefährlich?«, fragt Ruth.

»Das Auto wird schon nicht in die Luft fliegen, falls du das meinst«, sagt Janey.

»Nein, natürlich nicht!«, gibt Ruth scharf zurück. »Ich bin doch nicht blöd.«

»Hört auf.« Samiras Ton ist nicht laut, aber wir alle sinken in unsere Sitze zurück. »Ja, die Warnleuchte ist an, und das Lenkrad wackelt. Nein, das ist kein gutes Zeichen. Aber jetzt sind wir so weit gekommen, ich würde sagen, wir machen weiter. Wenn wir hier eine Panne haben, sitzen wir ebenso fest, wie wenn später was passiert.«

Die anderen blicken mich Rat suchend an.

Ich hole tief Atem. »Hoffen wir das Beste« ist alles, was ich ihnen sagen kann.

50.

SIND WIR BALD DA?

Ich unternehme nicht einmal mehr den Versuch, noch ein Lied anzustimmen; aber das klagende, sehnsüchtige ›Smile‹ von Nat King Cole geht mir im Kopf herum, während wir in angespanntem Schweigen dasitzen und versuchen, uns nicht anmerken zu lassen, dass wir alle paar Sekunden aufs Armaturenbrett linsen.

Wie vorhergesagt wird das Wetter immer schlechter. Ruth macht mit Lionels Handy ein paar Fotos von einem in gelbes Licht getauchten Feld, dahinter eine drohend aufragende grauviolette Wolke. »Er wäre gern Fotograf geworden, wisst ihr? Hat es mal freiberuflich versucht«, sagt sie traurig. »Hatte das Gefühl, sein Talent würde nicht gesehen. Er hat auch bei Gedichtlesungen mitgemacht. Und bei offenen Bühnen mit seiner Gitarre. Er wollte einfach nur in irgendwas gut sein. Bewundert werden.« Mit einem Seufzer legt sie das Handy auf den Sitz zwischen uns. »Aber immer wenn er nicht sofort Applaus bekam, hörte er sofort auf, sich weiter zu bemühen.«

Ich muss an Jim und seinen brodelnden, schwärenden Groll der ganzen Welt gegenüber denken.

»Fahren Sie auf die linke Spur, um links abzubiegen«, befiehlt das Navi.

»Jetzt haben wir es bald geschafft, oder?«, flüstert Ruth.

»Ich meine, wenn die Warnleuchte die ganze Zeit an war und das Auto bisher nicht zusammengebrochen ist …?«

»Es sind immer noch fünfzehn Kilometer«, sagt Samira angespannt.

»Wir schaffen es schon.« Lächelnd fange ich Ruths Blick auf und dann durch den Rückspiegel den von Janey. »Wir kriegen das hin, und bald ist es vorbei.«

»Du solltest das Schicksal echt nicht so hartnäckig herausfordern«, sagt meine älteste Freundin in ihrer ach so hilfreichen, beruhigenden Art.

Durch die hügelige Landschaft kurven wir der Küste entgegen, geleitet von den gelegentlichen Anweisungen des Navis.

Plötzlich setzt sich Janey auf. »Weiterfahren!«, befiehlt sie entgegen der Weisung des Navis, links abzubiegen. »Ignoriere das! Den Hügel rauf staut es sich, und oben steht ein Polizeiwagen.«

Wir düsen an der Abzweigung vorbei.

»Und wenn jetzt auf allen Straßen zur Küste rüber welche stehen?«, haucht Samira, als das Navi uns bei der nächsten Möglichkeit nach links schicken will.

»Fahr einfach ganz langsam, damit wir vorausspähen können«, bitte ich sie, so ruhig ich kann.

Gehorsam verlangsamt sie.

Wir alle zucken zusammen, weil hinter uns laut gehupt wird.

»Fahr links ran!«, zische ich. »Lass ihn vorbei.«

Mit hochgezogenen Schultern fährt Samira an den Straßenrand, und mit einem weiteren Hupen zieht das Auto hinter uns vorbei.

Janey tippt fieberhaft auf Keiths Handy herum, ob in den sozialen Medien etwas über die Polizeikontrollen steht. »Ich glaube, es müsste gehen«, berichtet sie, während Samira wieder anrollt.

Bei der nächsten Abzweigung atmen wir alle geräuschvoll durch – die Straße macht eine Biegung, weiter sieht man nicht.

»Bitte lass da keine Polizei stehen«, flüstert Ruth. »Bitte lass da keine Polizei stehen.«

Hinter der Biegung steht keine Polizei. Hinter der nächsten auch nicht.

»Neeeein!«, jault Janey, als wir die dritte umrunden und vor uns hinter einem bereits angehaltenen Fahrzeug der gefürchtete Streifenwagen steht.

Samira verfällt in Schneckentempo. »Ruth, Sally, duckt euch, damit man euch nicht sieht.«

Zwischen den Sitzen hindurch erspähe ich, dass das Auto vor dem Streifenwagen mit einem Rad im Straßengraben hängt. Mein Herz setzt kurz aus, als der Polizist, der davor kniet, sich zu uns umschaut.

»Nicht aufstehen, nicht aufstehen«, beschwört ihn Ruth.

Er steht auf, hebt den Arm …

… und winkt uns schwungvoll vorbei.

Wir kommen gleichauf mit ihm, und dann liegt die Stelle hinter uns. Ohne Probleme.

»Ich kriege noch einen Herzinfarkt«, murmelt Janey.

51.

IM AUGE DES STURMS

Neben mir richtet sich Ruth kerzengerade auf und reckt den Kopf an Samira vorbei. »Das Meer!«, sagt sie begeistert.

Ich sehe nur Wald und Häuser.

Auch Janey beugt sich vor.

»Da!« Ruth zeigt nach vorn, aber die Straße macht schon wieder eine Biegung.

»Bist du sicher, dass es nicht nur ein Feld ist?«, fragt Samira. »Im Regen sieht alles so grau aus.«

Mein Puls rast vor Erwartung. Keine Ahnung, warum ich so begierig bin, einen ersten Blick aufs Meer zu werfen – bald sind wir ohnehin dort. Aber wie ein kleines Kind kann ich es kaum abwarten.

Dann, endlich, erreichen wir eine Anhöhe, und vor uns breitet sich der Strand aus, und Triumph durchschießt mich, weil ich weiß, jetzt haben wir es geschafft.

Trotz des Unwetters dachte ich, das Wasser würde ein bisschen funkeln, aber es sieht bleigrau aus, unterbrochen von wütenden weißen Gischtspritzern. Regenschleier lassen Himmel und Meer in eines verschwimmen. Der Wind wirft sich so wild gegen die Seite des Autos, dass Samira nach Luft schnappt und das Lenkrad herumreißt, um in der Spur zu bleiben.

»Langsamer!«, stöhnt Ruth und sucht Halt an Samiras Rückenlehne. Regen prasselt gegen die Windschutzscheibe und hämmert auf den Wagen ein wie tausend Fäuste.

»Die nächste rechts, dann bei der Gabelung links«, sagt Janey. Über dem Trommeln des Regens hört man sie kaum.

»Genau hier«, sagt sie zu Samira. »Dann sind wir fast …«

Und der letzte Hügel ist überwunden, und da ist das Meer. Auf der Steilküste führt eine schmale Straße entlang. Samira blinkt links und biegt darauf ab.

»Da.« Janey zeigt auf eine dichte Baumgruppe. »Zwischen den Büschen steht eine dicke Eiche, da deponiere ich unsere frischen Sachen.«

Sie schnallt sich los, und ich reiche ihr die wasserdichte Tasche. Sehr langsam rollt Samira an dem Trampelpfad vorbei, den wir hochkommen werden, wenn wir durch die Höhlen hindurch sind. Auf Höhe der Stelle, wo das Buschgewirr am dichtesten ist, hält sie an.

Ruth und ich spähen eingehend nach allen Seiten. »Du kannst«, raune ich.

Janey stößt ihre Tür auf, flitzt über die leere Fahrbahn und verschwindet im Gebüsch. Samira hat schon angefangen, makellos in drei Zügen zu wenden.

Ich spähe durch den Regen. »Immer noch niemand.«

»Hier auch nicht«, sagt Ruth.

»Komm schon. Komm schon«, flüstere ich und werfe kurz einen Blick zum Gebüsch hinüber, dann zwinge ich mich, wieder die Straße und die Mündung des Trampelpfads zu beobachten. Plötzlich erscheint in dieser ein Hund und bleibt zitternd stehen. Er wendet den Kopf, schaut uns mit heraushängender Zunge an und trabt wieder auf den Pfad zurück.

»Komm schon, Janey«, flüstere ich und trommle mit den Fingern gegen das Fenster.

Da kommt sie aus dem Gebüsch geprescht, die Hand auf

dem Kopf, um Perücke und Baseballkappe festzuhalten. Geduckt huscht sie vorn ums Auto herum, reißt die Beifahrertür auf – und taumelt zurück, als der Wind sie ihr sofort wieder vor der Nase zuschlägt.

Ich halte den Atem an: Der Hund ist wieder da. Das Herrchen oder Frauchen kann nicht mehr weit sein.

»Steig ein!«, brülle ich.

Janey zerrt die Tür auf, quetscht sich durch den Spalt und fällt halb auf den Sitz, während die Tür schon wieder zuknallt.

»Fahr!«, japst Ruth, aber Samira fährt schon an.

Ich zwinge mich, nicht zum Fußweg zu schauen, als wir ihn passieren, sondern erst kurz vor der nächsten Biegung. Gerade stolpert eine zerzaust wirkende Gestalt auf die Straße.

»Hat der Mensch mit dem Hund uns gesehen?«, flüstert Ruth.

»Nur das Auto«, sage ich fast schwindelig vor Erleichterung.

Ruth sackt auf ihren Sitz zurück, die Hand an der Brust. Wir wechseln einen Blick und brechen in Lachen aus.

»Und es hat noch nicht mal richtig angefangen«, keucht sie und schließt die Augen.

Samira steuert das Auto um die Rundung der Klippe und blinkt dann wieder links. Das einzige andere Auto verlässt den Parkplatz gerade, als wir darin einbiegen. Einen Moment lang sitzen wir reglos da und starren in den stärker werdenden Sturm hinaus, dessen Böen am Auto rütteln, als wollten sie zu uns herein.

»Wir sind so am Arsch«, sagt die Stimme des Optimismus vom Beifahrersitz.

»Das ist kein Mut mehr«, sagt Ruth. »Das ist Wahnsinn. Wenn wir ins Gefängnis gehen, *haben* wir wenigstens noch ein Leben, wenn wir wieder rauskommen.«

Samira starrt nur aufs Meer hinaus, die Hände stumm ums Lenkrad gekrallt.

»Seid ihr fertig?«, frage ich unbeeindruckt. »Gut. Also, kurze Schwäche überwunden, hören wir auf, wegen des bisschen Regens rumzumemmen –«

»Das ist ein Orkan, verdammt!«, zischt Janey.

»Also müssen wir Perücken und Hüte festhalten und werden ein bisschen nass«, gebe ich wegwerfend zurück. »Wir trocknen schon wieder.«

Samira macht sich vom Lenkrad los, streckt die Finger und verzieht das Gesicht. »Sollten wir nicht doch einen anderen Tag nehmen –«

Ich schüttle den Kopf. »Wie glaubhaft wäre es, dass vier starke, gesunde Männer an einem sonnigen, windstillen Tag einfach verschwinden? Nein. Wir müssen das jetzt durchziehen. Und wir werden es schaffen. Das versichere ich euch. Wir müssen uns nur an den Plan halten.« Einer nach der anderen schaue ich in die Augen. »Wir alle wussten, dass das hier uns Angst machen würde. Aber das Gefängnis wird uns auch Angst machen und viel länger dauern. In ein paar Stunden haben wir es hinter uns, dann sind wir auf der anderen Seite und marschieren davon.« Ich werfe einen Blick auf die neue wasserdichte Uhr um mein Handgelenk. »Aber nur, wenn wir genau jetzt gehen. Die Flut wartet nicht auf uns – schon gar nicht an einem Tag wie heute.«

Ich ziehe Ruths Putztasche zu mir heran und krame Wischlappen und Desinfektionstücher heraus. Je eines drücke ich Ruth in die Hände, aber sie starrt sie nur an, als hätte sie vergessen, was man damit macht.

»Muss ich euch jetzt wirklich einen Vortrag à la ›Eine für alle, alle für eine‹ halten? Oder kann ich einfach anfangen und hoffen, dass ihr mitmacht?« Ich greife nach dem Türgriff.

»So viel zu unserer Schwesternschaft.« Und ich lasse die Tür aufschnappen.

Nur mit viel Kraft kann ich sie so weit aufdrücken, dass ich aussteigen kann – und dann fährt der Wind hinein und reißt sie mir so heftig aus den Händen, dass sie in den Angeln zittert. Fluchend wende ich mich meinem Sitz zu und mache mich mit Lappen und Alkohol ans Werk, jede Ecke und jeden Winkel auszuwischen, wo ich vielleicht DNA hinterlassen habe.

Dabei schaue ich nicht auf, obwohl ich bald nicht mehr weiß, was auf meinem Gesicht Regen, was Gischt und was Tränen sind.

Der Wind ändert die Richtung, sodass die Autotür zufällt und mir einen Klaps auf den Allerwertesten verpasst. Ich schubse sie zurück und reibe mir den Hintern.

»Geschieht dir recht«, sagt eine Stimme neben meinem Ohr.

Ich wirble herum. Vor mir stehen als durchweichtes Häuflein die anderen.

»Die dachte sich wohl, sie müsste dir ein bisschen nachhelfen.« Janeys Mundwinkel sind zu dem jämmerlichen Versuch eines Grinsens verzogen.

»Ja, genug herumgetrödelt«, fügt Ruth hinzu.

»Alles erledigt und abmarschbereit, Captain. Wir warten auf Ihr Kommando«, sagt Samira.

»Alle für eine?«, sagt Janey und streckt die Hand aus.

Und so kitschig und dämlich und klatschnass das Ganze ist, vor allem, da wir unsere anderen Hände brauchen, um Hüte und Perücken festzuhalten, ich lege meine blau behandschuhte Hand über ihre, dann legen Samira und Ruth ihre Hände darüber, und wir brüllen: »Und eine für alle!«

Der Wind reißt uns die Worte von den Lippen.

52.

LASST ALLE HOFFNUNG FAHREN

Ich werfe einen Blick zurück aufs Auto. »Handys alle drin?«

Alle nicken. Wir stopfen unsere benutzten Lappen in einen Plastikbeutel, wischen die Öffnungen unserer Wasserflaschen mit Desinfektionsgel ab, quetschen etwas Desinfektionsmittel hinein und schütteln sie gut, dann eilt Samira zum am weitesten entfernten Mülleimer des Parkplatzes und wirft sie hinein.

»Alles sauber? Nichts im Auto gelassen außer ihren Taschen, den Zelten und unbenutzten Reinigungssachen? Keine Fingerabdrücke, kein Speichel, keine verlorenen Taschentücher? Die Handys habt ihr alle gründlich abgewischt?«

»Check, check, check«, sagt Janey. »Also, sollen wir hier noch den ganzen Tag stehen, oder gehen wir?«

Mir bleibt nichts übrig, als mich umzudrehen, resolut über den Parkplatz zu marschieren und den Pfad hinunter zum Strand einzuschlagen.

Den Strand zu überqueren erweist sich als schwerer, als sich eine von uns hätte vorstellen können. Durch den Regen hat der Sand eine Kruste bekommen, sodass er im ersten Moment fest erscheint, dann aber immer wieder unter uns wegbricht, nicht nur nach unten, sondern auch zur Seite. Der Wind heult uns ins Gesicht und fällt uns aus unerwarteten Richtungen an.

Ich drehe mich um, um zu schauen, wie weit wir schon gekommen sind, und erstarre.

Neben dem Auto steht ein Mann und betrachtet es genau. Nach ein paar Augenblicken geht er darum herum und schaut von einer anderen Seite hinein. Ich packe Janey, die gerade an mir vorbeistolpert, am Arm.

»Was ist?«, blafft sie, dann folgt sie meinem Blick. »Ach herrje.«

»Was ist denn?«, fragt Samira, die sich dicht an Ruth hält.

Janey schirmt die Augen mit der Hand ab, kneift sie zusammen und späht durch den Regen. »Nur mein blöder Schwiegervater.«

Wir alle starren zu ihm hinauf. Er lässt den Blick jetzt über den Strand wandern; einen Moment lang scheint mir, als schaute er uns direkt an. Dann verschwindet er außer Sicht.

»Diese scheiß Find-My-Friends-App! Von wegen das wäre doch gut!« Verzweifelt schüttelt Janey den Kopf. »Warum ist er hergekommen? Was glaubt er, was er damit erreichen könnte?«

»Ist doch egal, warum!«, sagt Ruth atemlos. »Die Frage ist, was machen wir?«

Sie alle schauen mich an. In meinem Gehirn herrscht panische Leere.

»Wahrscheinlich versucht er Keith ausfindig zu machen«, überlegt Samira, wie immer die Stimme der Logik. »Er wird sich später sicher sagen, dass er ihn in unserer Gruppe aufgrund der Entfernung einfach nicht erkannt hat.«

»Aus der Ferne gesehen zu werden macht unsere Story nur glaubhafter. Aber wir müssen in den Höhlen sein, bevor er so nahe herankommt, dass ihm klar wird, dass da etwas nicht stimmt. Kommt –« Ich ziehe Janey am Arm, aber sie schaut wieder stirnrunzelnd die Klippen hinauf.

»Oh«, sagt sie schwach und dreht sich zu mir um. »Bitte erwürgt mich jetzt nicht, aber ich glaube, ich hab gerade Panik geschoben und, also … na ja, er ist es doch nicht.«

Wir alle starren sie an. Dann den Mann auf der Steilküste. Zwei riesige Dalmatiner hüpfen um ihn herum, und er hält einen Ball hoch in die Luft und schleudert ihn weg, woraufhin sie außer Sicht rennen.

»Mein Schwiegervater ist hochallergisch gegen Hunde. Nie im Leben hätte er sich gleich zwei angeschafft, egal wie gestört er im Lockdown geworden wäre. Mein Fehler.«

Ruth atmet tief durch, dann macht sie kehrt und stolpert weiter den Höhlen entgegen. Schweigend folgen wir ihr.

Bald habe ich Seitenstechen. Die salzige Luft verätzt mir die Kehle. Mein Nacken, die Haut zwischen meinen Brüsten und in meinen Kniekehlen kleben von Schweiß.

Wir schleppen uns jetzt schon eine Ewigkeit dahin, und es scheint immer noch so weit weg zu sein. Was, wenn wir so lange brauchen, dass die Flut kommt und wir ertrinken? Ich schaue auf die Uhr: Noch sind wir nur fünf Minuten später als geplant. Aber was, wenn das den Unterschied zwischen Erfolg und Desaster ausmacht? Mir bleibt nichts übrig, außer den Kopf einzuziehen und weiterzugehen, und weiter, und weiter …

Endlich stolpern wir vom Sand auf unebenen Stein. Wie abgesprochen wanken wir zu dem Haufen loser Felsbrocken vor der Steilwand und lassen uns darauf sinken.

Unter dem tropfenden Schild ihrer Mütze sieht Ruth schon ziemlich abgekämpft aus. »Wir sind noch nicht mal in den Höhlen.« Sie fasst sich an den Hals, wo sonst ihr Medaillon hängt.

»Ich weiß, wir sind kaputt, aber wenn wir hier lange bleiben, werden wir nur steif. Kommt schon. Wenn wir jetzt nicht gehen« – ich schaue auf die Uhr – », und zwar *genau jetzt*, ertrinken wir wirklich. Aufstehen, Mut.«

Ich zerre an Janey herum, bis sie mir auf die Hände haut. »Oh, du Feldwebel!« Aber sie rappelt sich wieder auf.

Samira und Ruth folgen ihrem Beispiel, und wir marschieren wieder los, jetzt über rutschige scharfkantige Felsen. Vor uns ragt die vorspringende Klippe auf. Ich kann keine Möglichkeit erkennen, in die himmelhohe graue Wand hineinzukommen, die sich vor uns schließt, während wir uns an Gezeitenbecken vorbei und über Felsblöcke hinwegmanövrieren. Dann rutscht mein Fuß auf einer spiegelglatten Felsfläche ab, ich gerate ins Stolpern, und … da ist es. Direkt vor uns. Ein Spalt in der Klippe und darin tiefe Schwärze.

Den Weg dorthin versperrt ein Stacheldrahtzaun mit mehreren Schildern, auf denen *LEBENSGEFAHR* steht. Wären wir nicht drauf und dran, sie zu ignorieren, ich wäre einfach nur beeindruckt von der schieren Masse der Warnungen, dass jenseits der sichere Tod lauert.

»Das sagt aber auf reichlich verschiedene Arten ›Ihr, die ihr eintretet, lasst alle Hoffnung fahren‹«, bemerkt Janey. Nichtsdestotrotz umfasst sie vorsichtig den oberen Draht an einer stachelfreien Stelle, hält ihn hoch und drückt den unteren mit dem Fuß herunter.

Ich steige mit einem Bein durch die Öffnung und ducke mich hindurch. Ruth und Samira folgen mir, dann übernehme ich für Janey, damit sie zu uns kommen kann. Erst nachdem ich den Zaun losgelassen habe, drehe ich mich zu dem Höhleneingang um.

Das Tageslicht erreicht nur das erste Stück. Dahinter sind noch vage nass glänzende Felswände zu erkennen.

»Mützen, Perücken, Masken und Handschuhe aus«, ordne ich an. »Alles weg, was sich irgendwo verfangen oder uns sonst wie behindern kann.«

Die nächsten zwei Minuten verbringen wir damit, uns von

unseren notdürftigen Verkleidungen zu befreien und diese in die Bauchtaschen zu stopfen, die Ruth und Janey eigens zu diesem Zweck mitgebracht haben.

Dann nehmen wir unsere Taschenlampen, und auf geht's in die Finsternis.

53.

IN DIE UNTERWELT

In der Höhle sind die Felsen nicht weniger uneben und noch glitschiger. Janey stolpert über eine unerwartete Kante, ich stoße mir den Zeh an, Samira verdreht sich schmerzhaft den Knöchel.

Beharrlich humpeln wir weiter – da gerate ich plötzlich mit einem Fuß in ein Loch; das Wasser darin ist so unsäglich kalt, dass ich nach Luft schnappe. Ruth stolpert in mich hinein, und unsere überraschten Schreie hallen von den Wänden wider.

»Nichts passiert«, rufe ich atemlos. »Passt aber auf, hier gibt's tiefe Löcher mit Wasser drin!«

Janey wirft einen Blick über die Schulter. »Sind da Stimmen?«, flüstert sie.

»Das sind nur das Echo und der Wind. Komm jetzt bloß nicht mit abergläubischem Krimskrams«, erwidere ich fest, kann aber nicht umhin, selbst nervös zurückzuschielen. *Das ist nur der Wind*, rede ich mir zu. *Der Wind und die Wellen und das Atmen der anderen.*

Dann kreischt Janey entsetzt auf.

»Was ist?!«, keuche ich und leuchte sie an. Sie wirkt heil und gesund – na gut, ein bisschen mitgenommen, aber nicht verletzt.

Mit zitternder Hand zeigt sie in die Dunkelheit. Ich lasse

den Strahl der Taschenlampe dorthin wandern. Ein weißer Schemen blitzt auf.

Mir stockt der Atem … und entweicht schlagartig. Es ist ein Stalagmit.

Ich leuchte ihn von oben bis unten mit der Taschenlampe an. »Hier, dein Geist, Janey.«

»Ich hab grade zu viel Angst, um mich zu beschweren«, flüstert sie, »aber wenn das vorbei ist, kriegst du was zu hören, dass dir die Ohren schlackern.«

»Alles klar, bin gespannt. Weiter.«

Nach nur wenigen Minuten erreichen wir die erste der großen Hürden, die in den Blogeinträgen unserer Vorgänger erwähnt wurden. Die Höhle wird enger, der Boden senkt sich und füllt sich mit einer reißenden, schwappenden Masse schwarz-weißen Wassers, abgesehen nur von einem schmalen Sims an der Seite.

»Samira, du leuchtest mir, während ich rübergehe, dann leuchte ich euch anderen«, sage ich, obwohl wir das bereits besprochen haben.

Seitlich, mit dem Rücken zur glitschigen Felswand, die Arme nach beiden Seiten ausgestreckt, beginne ich behutsam mit fest in den Fels gestemmten Absätzen darauf entlangzubalancieren. Auf halbem Wege ist eine Lücke im Sims, und ich muss prekär darübergrätschen. Als ich mich abstoßen muss, um mein Gewicht auf die andere Seite zu verlagern, und auf dem schlüpfrigen Stein um Halt kämpfe, fühlt es sich einen Moment an, als fiele ich, aber dann bin ich darüber hinweg.

Als Nächste kommt Janey. Sie flucht die ganze Zeit; an der Lücke wartet sie auf Ruth, um sich gegenseitig hinüberzuhelfen, und kommt wohlbehalten bei mir an, während Samira Ruth folgt.

Alles klappt problemlos, bis Samira sich über die Lücke reckt, um Ruths Hand zu nehmen, und Ruth sich eine winzige Spur zu weit vorbeugt.

Einen schrecklichen Moment lang schwanken die beiden. Janey krallt sich so fest in meine Schulter, dass ich ahne: Morgen werde ich blaue Flecken haben.

Ruth versucht wieder Halt zu finden, da rutscht Samira ab, und ihr Fuß rammt den von Ruth –

- und beide bleiben an Ort und Stelle stehen. Wir schnappen kollektiv nach Luft.

»Los, kommt rüber, dann könnt ihr kurz Pause machen zum Runterkommen«, fahre ich sie an. Meine Schärfe ist der Angst geschuldet, aber es wirkt.

Kaum sind sie nahe genug, strecken Janey und ich die Hände aus und ziehen erst Ruth, dann Samira in Sicherheit auf die breite flache Stelle hinter dem Sims. Zitternd umklammern wir einander.

»Mir kommt es vor, als wären wir schon eine Woche hier drin«, haucht Ruth. »Wie spät ist es? Die Flut –«

»Steigt schon, also kein Herumtrödeln mehr.« Ich wende mich der Finsternis vor uns zu und verkneife es mir, noch einmal auf die Uhr zu schauen. Zum Umkehren ist es ohnehin zu spät.

Eine Weile hatte der dicke Fels das Tosen von Sturm und Wellen abgeschirmt, aber allmählich wird es wieder lauter. So gern ich mir einreden würde, das käme davon, dass wir uns dem anderen Ende nähern, ich weiß, es bedeutet, dass die Flut einströmt.

Rutschend und schlitternd gelangen wir um eine Biegung und sehen uns der letzten Herausforderung gegenüber: der Gabelung. Rechts ist der Boden einladend eben, aber ich weiß, hier käme man mitten in der Wand hoch über dem

Meer heraus. Der Boden des anderen Gangs ist komplett weggebrochen. Auf der rechten Gangseite gurgelt tiefes, strudelndes Wasser um die Biegung, um sich mit dem neben dem Sims verlaufenden Strom zu vereinigen, den wir gerade überwunden haben. Links ist das Wasser seichter – größtenteils. Doch unter der Oberfläche verbergen sich tiefe Löcher und Trichter.

Der letzte Blogeintrag über die Höhle, den wir gefunden haben, stammt von vor zwei Jahren. Es ist anzunehmen, dass das Wasser den Boden seither noch mehr abgetragen hat. Wo es für die damaligen Eindringlinge schenkelhoch war, ist es für uns vielleicht noch höher – und die waren an einem sonnigen Tag mit niedrigen Gezeiten hier drin.

Diesmal kann ich nicht anders, als auf die Uhr zu sehen. Wir sind zehn Minuten später als geplant. Das ist nicht viel, aber man sieht, dass das Wasser auf der linken Gangseite, an die wir uns halten müssen, nicht stetig in eine Richtung strömt, sondern hin und zurück, das heißt, wir müssen sowohl gegen die Gezeitenströmung als auch die des kleinen Wasserlaufs kämpfen.

Und die Kälte. Vor ihr habe ich am meisten Angst. Erschöpft und in schwerer, klatschnasser Kleidung werden wir da hindurchmüssen, einerseits schnell genug, um im eiskalten Meerwasser nicht die Kraft zu verlieren, andererseits langsam genug, um uns auf dem trügerischen Boden zu halten, nur mit der glitschigen, glatt geschliffenen Wand als Stütze.

Für diesen Moment hatte ich mir eine anfeuernde Rede überlegt: dass wir ja schon so weit gekommen wären und buchstäblich das Licht am Ende des Tunnels sähen …

Sie kommt mir jetzt hohl und nutzlos vor.

Aber dann erwacht plötzlich etwas in mir, gibt meinen

schmerzenden Muskeln neue Kraft, lässt mich die Schultern straffen und den Kopf heben, um meiner Freundinnen willen – der Frauen, die ich hierhergebracht habe und die ich durch diese letzte Gefahr hindurchleiten muss.

Ich stecke die Taschenlampe ein, stütze mich an der Höhlenwand ab und zwinge mich, mit dem rechten Bein ins Wasser zu steigen. Vor Schmerz entfährt mir zischend der Atem, als mein Fuß in der stechenden Kälte tiefer und tiefer einsinkt … und auf Halt trifft. Ich beiße die Zähne zusammen und ziehe das andere Bein nach, dann taste ich mich seitwärts weiter – und weiter, und weiter –, wobei ich mich in jedem Riss, an jedem Vorsprung in der Wand festklammere.

Erst nachdem ich außer Reichweite bin, wende ich mich den anderen zu, die noch starr vor dem überfluteten Teil stehen. Im trüben Licht kann ich kaum ihre Gesichter erkennen, fange aber das Glitzern von Janeys furchtgeweiteten Augen auf, die mit leerem Blick zu dem schwachen Lichtschimmer am Ende der Höhle hinüberstarrt.

»Janey.«

Ihre Augen richten sich auf mich, aber obwohl sie weiß, dass jetzt sie dran ist, schüttelt sie den Kopf.

Ich strecke die Hand aus. »Mut ruft Mut«, sage ich.

Janey holt tief Atem. Sie hat Tränen in den Augen. Dann klickt sie ihre Taschenlampe aus und steckt sie ein. Doch als ihr Bein ins Wasser eintaucht, reißt sie es mit einem Aufschrei wieder heraus.

Mir dreht sich der Magen um. Was mache ich, wenn sie mir nicht folgen? Ist denn überhaupt noch Zeit, wieder zurück zum Eingang zu gelangen, bevor die Flut kommt?

Da hebt Janey den Kopf und schaut mir in die Augen. »Mut ruft Mut«, flüstert sie mit zitternder Stimme, Tränen rinnen ihr über die Wangen. Doch sie presst die Kiefer aufeinander und steigt ins Wasser, tastet mit dem Fuß nach unten, bis sie den Boden findet. Als sie sich bis zu mir vorgearbeitet hat, dreht sie sich zu Ruth und Samira um. »Mut«, sagt sie, plötzlich laut und klar.

Ruth atmet schluchzend aus, aber auch sie folgt, so überstürzt, dass ich schon Angst habe, sie könnte ausrutschen, aber sie kann sich halten und streckt die Hand nach Samira aus.

Samira hebt stolz den Kopf. »Mut«, gelobt sie.

Und dann sind wir alle im Wasser, und die Zeit läuft.

54.

ROLLING IN THE DEEP

Das Wasser wird tiefer und tiefer, die Kälte frisst sich durch uns hindurch bis auf die Knochen. Ich hatte gedacht, wir würden nur taub werden. Stattdessen werden meine Füße steif und schwellen an. Ich muss um jeden Zentimeter kämpfen. Die Luft riecht nach Salz und Blut, meine Kehle ist wund gescheuert.

Hinter mir schluchzt Ruth vor sich hin. Über dem Rauschen des Wassers zur Rechten und dem verführerischen, schrecklichen Raunen der auf- und abschwellenden Brandung fange ich ein Stöhnen von Janey, ein Wimmern von Samira auf.

Wir sind erst zur Hälfte hindurch, doch noch immer wird das Wasser tiefer, während wir immer erschöpfter und langsamer werden. Es ist, als ließe die Kälte mich zur Ader und strömte statt meines Bluts in mich ein.

»B-be-eilung«, will ich eigentlich mit Befehlsstimme schreien, aber es klingt heiser und dünn und verängstigt.

Wir bringen einen Meter hinter uns und noch einen und noch einen, dann erlahmen wir erneut, weil das Wasser stetig tiefer wird, jetzt schon bis Mitte Oberschenkel. Und der Sog wird stärker.

Ein Schrei hallt von den Felswänden wider. Hastig wende ich den Kopf und sehe, wie Janey sich an die Wand krallt, den Kopf gegen den Fels geschmiegt.

»Alles gut«, keucht sie. »Alles gut, bin nur in ein Loch getreten. Als hätte was mein Bein gepackt und wollte mich runterziehen.«

»Das ist die Flut. Ich weiß, wir sind total geschafft, aber wir müssen uns durchkämpfen. Mehr als zehn Meter sind es auf keinen Fall mehr.«

Auf die Uhr schaue ich nicht. Wir haben sowieso keine Wahl, als weiterzugehen.

Und dann tastet mein Fuß voraus – tastet, fühlt – und findet keinen Boden.

»Sally?«, sagt Janey dicht hinter mir. »In den B-b-blogs heißt es, d-das letzte Stück wäre am tiefsten. Wenn es uns b-bis zur Hüfte steigt, kommen wir nicht g-gegen die Strömung an. Wir sind zu d-d-durchgefroren.«

Ich starre durch die vor uns liegende Finsternis. Etwa acht Meter voraus erhebt sich der Boden wieder aus dem Wasser, im trübgrauen Licht glänzt der Fels wie Metall. Dahinter lockt der Höhlenausgang.

»Sally?«

Ich drehe mich zu den anderen um. Samira hat in Ruths Arm Schutz gesucht; diese hält sie beide an der Wand fest.

Ich schlucke meine Angst hinunter. »Zieht eure Jacken aus. Die bringen sowieso nichts mehr, außer uns runterzuziehen.«

»W-wie soll das h-helfen?«, stößt Janey zwischen klappernden Zähnen hervor. Samira fängt schon an, sich ungeschickt aus der Jacke ihres Mannes zu schälen.

Ich halte Janey fest, während sie ihrem Beispiel folgt, dann wechseln wir uns ab – sie stützt mich gegen den Sog der Flut, und ich verknote einen Ärmel von Samiras Jacke mit Ruths, dann mit meiner und schließlich Janeys Jacke.

»Aber selbst wenn wir ein Ende da rüberwerfen könnten,

dort ist doch nichts, wo es sich verkeilen könnte«, sagt Ruth mutlos. »Wir bräuchten einen Haken oder …«

»Wir brauchen nur mich.« Schon knüpfe ich das Ende des Jackenstrangs an Jims Gürtel. »Ich schwimme rüber, ihr schnappt euch das lose Ende, und ich ziehe euch zu mir.«

Ruth schüttelt den Kopf und packt mich an Janey vorbei am Arm. »Die Strömung ist zu stark. Schwimmend kannst du dich nicht an der Wand festhalten. Du wirst abtreiben.«

»Nicht, wenn ich es im richtigen Moment mache und Janey mich kräftig anschiebt. Still jetzt. Je länger wir warten, desto schwerer wird's.«

Ruth fleht weiter, aber ich verschließe die Ohren und stelle mich ganz an die Kante. Nur dass ich mich noch an der Wand abstütze, verhindert, dass ich vornüberfalle. Hier kann ich nicht langsam hineinsteigen und mich dann abstoßen. Ich muss mit den Armen voraus hineinhechten.

Eine besonders starke Welle schwappt mir über die Taille, und ich taumle rückwärts in Janey hinein und werde dann nach vorn gesogen, so heftig, dass ich fast über die Kante hinausstolpere.

»Sally«, wispert Janey, kaum mehr als ein Schluchzen.

Ich hole mit Gewalt Atem. »Wir schaffen das. Ich versprech's. Nur noch fünf Minuten. Bereit?«

Ihre Lippen zittern, aber sie beißt die Zähne zusammen und legt mir die Hände an den Rücken. Ich wende mich nach vorn und stemme mich gegen den Druck der Flut. Er wird stärker und stärker – und löst sich schlagartig in Nichts auf. Einen erstarrten Moment lang ist alles ruhig. Die Zeit scheint stillzustehen.

Dann umschließt mich der Rückstrom, und kaum beginnt er an mir zu ziehen, holt Janey Schwung und rammt mir die Hände in den Rücken, während ich mich abstoße und zu einem langen Schwimmzug dicht unter der Oberfläche ansetze.

Als mein Oberkörper ins Wasser eintaucht, legt sich Kälte um meine Brust, als würde ich zermalmt. Ich presse die Kiefer aufeinander, um nicht aufzuschreien, und strecke mich, lasse mich dem Höhlenausgang entgegenziehen, hinter mir wie ein Schweif das Seil aus den Jacken. Dann erlahmt der Sog, das Wasser um mich wird ruhig. Nur wenige Meter vor mir sehe ich den höher liegenden Höhlenboden …

Verzweifelt ziehe ich den Schwimmzug durch, werfe mich vorwärts. Näher, näher, näher … ich reiße die Arme vor die Brust, stoße sie nach vorn für den nächsten Schwimmzug …

Da packt mich der Einstrom der nächsten Flutwelle und spült mich rückwärts, reißt mich von der Wand weg zur tieferen Rinne hin. Panisch ziehe ich die Arme durch, schlage mit aller Macht mit den Beinen, aber die Welle hat mich erfasst und trägt mich unaufhaltsam in die Finsternis hinein, weg vom Licht der Höhlenöffnung.

Ich sehe es schwinden und weiß: wenn ich nicht in den nächsten paar Sekunden freikomme, werde ich ganz nach rechts gesogen und dann zurück in die Tiefen der Höhle, von wo aus ich unmöglich schnell genug wieder hier sein kann, um es noch vor der Flut hinauszuschaffen.

Mit einem Schrei, bei dem mir Gischt in den Mund schwappt, hebe ich den Kopf über Wasser und mache einen letzten verzweifelten Schwimmzug.

Der Sog ist zu gewaltig. Statt nach vorn zu schießen, strample ich auf der Stelle.

Die See entspannt sich, aber es ist zu spät. Ich bin viel zu weit über die Mitte der Höhle hinausgetrieben. In den Wasserlauf. Ich spüre, wie dessen Strömung an dem Jackenstrang an meinem Gürtel zerrt und mich weiter in sich einsaugt.

Aus meinen Lungen ist alle Luft gewichen, von der Kälte geraubt.

In meinen Gliedern ist keine Kraft mehr.

Da erfasst mich der Rückstrom der Flut. Das Jackenseil staut sich in meinem Rücken, und ich sause nach vorn, dem Licht entgegen.

Der Boden ist noch drei Meter vor mir. Zu weit. Dennoch strecke ich mich, mache mich ganz lang –

Gleißender Schmerz schießt mir ins Schienbein. Automatisch öffne ich den Mund, schreie auf. Wasser schwappt mir hinein, ich schlage wild mit den Armen.

Die Tide entspannt sich. Hastig taste ich unter der Oberfläche nach dem, woran mein Bein gestoßen ist. Meine Hand erfasst Stein. Ich hole tief Luft, und dann zwinge ich mich, unterzutauchen und den felsigen Buckel dort unten fest zu umklammern. Dabei taste ich mit den Füßen nach einem Widerstand und finde eine hervorstehende schmale Kante.

Über mir bricht die Flut herein, zerrt und zerrt an mir. Ich giere nach Atem, aber da ist keine Luft, nur strudelndes, reißendes Wasser …

Und dann weicht der Sog. Mit letzter Kraft stoße ich mich vom Boden ab, hasche mit Händen, Füßen, Knien nach irgendeinem Halt …

Ich sause dem festen Ufer entgegen, in dessen Ritzen der Sog verpufft. Packe den glitschigen Stein, ziehe mich vorwärts, aus dem Wasser heraus, und bleibe auf dem eisigen Fels liegen. Durch den Höhleneingang heult der Wind, fährt mir durch die klatschnassen Kleider geradewegs in die Knochen. Hustend klammere ich mich fest.

Es fühlt sich an, als blutete mein Bein. Jeder meiner Muskeln kommt mir gezerrt vor. Die Kälte ist so entsetzlich, dass ich vor Schmerz fast würgen muss. Doch ich kämpfe mich auf die Knie und versuche mit steif gefrorenen Fingern das Seil von meinem Gürtel zu lösen, so ungeschickt und langsam, dass ich schluchzen muss.

Verzweifelt zerre ich daran, und endlich kommt Jims Ärmel frei.

Dann blicke ich über das Wasser hinweg zu den anderen. Was dort auch los war, während ich mich durch die tiefe Stelle kämpfte, jetzt ist nur noch grenzenloses Vertrauen übrig. Samira hält Ruth fest gepackt und Ruth Janey, und Janey steht ganz vorn an der Kante, schon vorgebeugt und mit ausgestreckten Händen.

Ich wate bis dorthin, wo der Höhlenboden absackt, und verkeile mich dort so fest wie möglich, zwänge die Knie in einen schmalen Spalt. Die Flut wirft sich gegen meinen Hintern und drückt mich nach vorn, dann dreht sie sich und schlägt mir gegen den Magen.

Ich suche Janeys Blick, und als das Wasser um mich zur Ruhe kommt, werfe ich mit letzter Kraft das Seil aus. Vor Anstrengung wird mir fast schwarz vor Augen.

Die schweren, vollgesogenen Stoffbahnen segeln übers Wasser, weiter, weiter … und klatschen meterweit vor Janeys ausgestreckten Fingern auf die Oberfläche. Mein Herz zieht sich zusammen, als ich sehe, wie das Seil zur Seite abtreibt, vom Sog der Rinne angezogen.

Dann strömt die Flut ein und lässt es auf Janey zuschießen.

Janey reckt sich danach, hinter ihr Ruth mit straff gespannten Armen, von Samira gehalten. Furcht presst mir das Herz zusammen.

Da zieht etwas kräftig am Seil. Blinzelnd bemühe ich mich, trotz des stechenden Schmerzes in meinen Augen scharf zu sehen. Samira hat Ruth zurück an die Höhlenwand gezogen, und zu zweit ziehen sie Janey zu sich. Im nächsten Moment klammern sie sich keuchend aneinander, das Seil fest in Janeys Händen.

»Los, Janey!«, schreit Ruth mit rauer, brüchiger Stimme.

Ich werfe mich nach hinten, die Füße gegen einen Felsvorsprung gestemmt, das Kreuz in eine seichte Mulde gepresst, und berge das Seilende vor der Brust, um es gegen das mächtige Hin und Her der Flut zu schützen, die immer höher von hinten gegen mich anbraust und mir gleich darauf übers Gesicht schwappt. Der Schmerz in meinen Händen, Armen, Schultern, Rückenmuskeln lässt mich aufstöhnen.

Am Seil wird gerissen und gezerrt: gischtschäumend kämpft sich Janey auf mich zu und zieht die anderen mit. Dann ist hinter ihr genug Seil für Ruth übrig, dann für Samira, und sie alle mühen sich durch den tiefen Bereich.

Ich kneife die Augen zu und halte einfach nur fest.

Und dann höre ich vor mir Keuchen und Luftschnappen, und endlich zieht sich neben mir ein nasser Körper an Land. In dem heulenden Wind, der sich in meinen durchnässten Kleidern und jedem Fleckchen nackter Haut verbeißt, sind meine Hände eiskalt geworden, ich ahne, dass ich das Seil gleich nicht mehr halten kann …

Etwas lehnt sich gegen meine Schulter, und das Seil wird leichter.

»Ich hab's«, knurrt Ruth. »Ich hab's, Sally. Kannst loslassen. Janey hilft auch.«

Fast kippe ich zur Seite weg, als ich mich auf den Bauch drehe, um höher zu kriechen, bis ganz aus dem Wasser heraus. Dort lasse ich den Kopf auf die Arme sinken und ringe nach Luft, weil mein Herz so rasant hämmert, als wollte es mir durch die Rippen brechen.

Hinter mir flucht Janey, und Ruth und Samira ächzen, zwar drängend und voll unterschwelliger Angst, aber nicht in Panik. Und dann kriechen sie neben mich auf den Fels, keuchen und prusten und ringen nach Luft.

Ich will nur noch aufgeben: mich einfach in die wartende Finsternis sinken lassen und schlafen. Doch hier können wir nicht bleiben. Wir haben es auf die andere Seite geschafft, aber bald wird die Höhle sich mit Wasser füllen. Wenn wir nicht aufstehen, wird die Flut uns vom Land abschneiden.

Da bohrt sich unter jede meiner Schultern eine taube, ungeschickte Hand. Durch mein tropfendes Haar hindurch blinzle ich und schaue direkt in Janeys vor Kälte grauweißes Gesicht. An mir taumelt Samira vorbei, dem Ausgang entgegen, während Ruth mich von der anderen Seite gepackt hält. Gemeinsam zerren sie mich auf die Füße.

Ich schwanke, die Höhlenwände drehen sich um mich. Meine Knie geben nach, aber Ruth und Janey klemmen mich zwischen sich. Ihre Haut ist eiskalt und feucht, wie rohes Fleisch, aber ihr Atem ist warm und befeuert einen letzten Adrenalinstoß. Ich strecke die Knie durch und nehme ihnen etwas von meinem Gewicht ab.

»Lauf!«, knurrt Janey mir ins Ohr, und gemeinsam stolpern wir über die Felsen. So erschöpft, dass unsere Füße sich kaum noch heben, schwanken wir mal zur einen, dann wieder zur anderen Seite. Unser Gleichgewichtssinn hat sich verabschiedet.

Fast schrecke ich zurück, als Licht auf mein Gesicht fällt. Direkt vor mir ist das Meer, wild brechen sich die Wellen am Fels des Höhleneingangs und besprühen uns mit Gischt. Ruth und Janey schleppen mich an der Steilwand entlang auf höheres Gelände, und dann rutschen wir über eine Geröllhalde und haben Sand unter den Füßen. Ich will wieder auf die Knie sinken, aber Ruth hält mich mit einem Ächzen aufrecht.

»Über die Flutlinie«, raspelt sie mit brüchiger Stimme.

Vor meinen Augen ist ein Grauschleier, aber ich senke den Kopf und zwinge mich vorwärts. Wahrscheinlich bewegen wir uns nur zentimeterweise voran, aber es kommt mir vor, als sprinteten wir über den Sand, dass er uns von den Füßen fliegt, bis wir endlich weit oben auf dem Strand sind.

Vor uns fällt Samira auf die Knie und dann mit dem Oberkörper nach vorn. Einen Augenblick später sackt rechts von mir Janey zusammen, landet auf Händen und Knien und erbricht sich in ein Nest Seetang.

Ich will versuchen, mich mit der Hand abzustützen, weil mir wieder schwarz vor Augen wird, aber es ist zwecklos. Mein letzter Gedanke ist, dass ich darauf vertrauen muss, dass Ruth mich umdreht, damit ich nicht im Sand ersticke, dann verliere ich das Bewusstsein.

55.

AUF NACH HAUSE?

Jemand rüttelt mich an der Schulter.

»Wir müssen die nassen Klamotten loswerden«, sagt Ruth ganz dünn vor Erschöpfung. Sie schüttelt und schubst weiter, bis ich auf die Seite rolle. »Du darfst jetzt nicht einschlafen.«

Ich gebe ein jämmerliches Wimmern von mir. Alles tut mir weh, ich will jetzt einfach ein bisschen schlafen, dann werde ich mich beim Aufwachen besser fühlen.

»Du bist am Rand der Unterkühlung, Sally. Steh auf!«

Aber ich kann nicht. Meine Lider sind zu schwer, meine Glieder zu taub. Meine Finger und Zehen brennen, weil Gefühl in sie zurückkehrt. Ich muss schlafen: tiefer in diese lockende Leere sinken, in der mir nichts mehr wehtut und ich weder friere noch Angst habe noch …

Hände ziehen mich hoch, bis ich an jemanden gelehnt dasitze, die so zittert, dass jeder ihrer Atemzüge bebt. »Du machst uns jetzt nicht den Abgang! AUFWACHEN!«

Ich vergrabe mein Gesicht an Janeys Nacken und drehe es gleich wieder weg, weil ihre Haut sich so eiskalt anfühlt. Als ich mich zwinge, die Augen zu öffnen, dreht sich alles um mich.

»Wir müssen weiter, Sally.«

Ich ziehe mich von Janey zurück und kippe fast zur Seite; gerade noch kann ich die Hand aufstützen, um mich zu fangen. Kaum fähig, den Blick zu koordinieren, schaue ich mich nach Samira um. Sie kauert mit dem Rücken zu der Felswand, die uns umschließt, und ich erkenne, dass wir nicht auf dem offenen Strand sitzen, sondern in einem kleinen Einschnitt, geschützt vor Regen und Gischt – und vor Blicken. Sie schenkt mir ein wackeliges Lächeln mit so heftig klappernden Zähnen, dass ihr Unterkiefer auf- und abhüpft. Doch obwohl ihre Lippen erschreckend lila sind, ihre Augen sind klar und wach.

Ich schaue wieder Ruth und Janey an. Unter Janeys Wangenknochen sind Schatten wie Blutergüsse, und ihre Hände sind grüngrau gefroren, aber mit zielstrebiger Verbissenheit kämpft sie sich auf die Füße und streckt Samira eine Hand hin. Neben mir hat Ruth das Gesicht den Felsen zugewandt, an denen sie sich abstützt, um aufzustehen. Zuerst wankt sie ein wenig, fängt sich aber und greift dann nach mir.

Mit ihrer Hilfe taumle ich auf die Füße – und taumle weiter, weil die Welt sich von oben nach unten zu kehren droht. Ruth und Samira springen herbei und halten mich aufrecht.

»Tief durchatmen«, sagt Samira und reibt mir Arme und Rücken.

Ich beuge mich vor und erbreche mich die Felswand hinunter.

Dann wische ich mir den Mund am Ärmel ab und mache einen tiefen Atemzug und dann noch einen. Schließlich schaue ich auf und nicke.

Ruths Lippen kräuseln sich ein wenig im Versuch eines Lächelns, zu dem ihr die Energie fehlt. Dann dreht sie sich um und marschiert strandaufwärts auf die Bäume zu.

Ich trotte ihr nach. Eigentlich will ich etwas sagen, bin aber nicht zu mehr fähig, als einen Fuß vor den anderen zu setzen. Mir fällt sogar erst ein, mich umzuschauen, ob am Strand niemand sonst zu sehen ist, als wir schon am unteren Ende des Pfads nach oben auf die Küste sind. Ja, wir sind allein. Falls noch jemand so verrückt ist, bei Wind und Wetter hierherzukommen, dann auf den größeren, flacheren Strand jenseits der Klippe, nicht in diese winzige felsige Bucht.

Der Regen ist zwar bis auf ein feines Nieseln versiegt, aber der Sturm wirft sich noch immer gegen die Felsen, während wir den Pfad in Angriff nehmen. Erstaunt stelle ich fest, dass ich die Kälte kaum mehr spüre, aber ich nehme an, nach dem extremen Schock durch das Wasser in der Höhle ist alles relativ. Wenigstens sind wir jetzt draußen, und wenn wir uns bewegen, werden wir bald trockener werden; bis wir allerdings auch nur annähernd warm sind, wird es wohl länger dauern.

Wir sind auf halber Höhe, als mich das Zittern überkommt. Zuerst denke ich, es käme nur davon, dass das Adrenalin abklingt, aber dann fangen meine Muskeln an, sich zu verkrampfen und zu zucken, und ich muss mich auf einen Felsen setzen. Janey schmiegt sich von einer Seite an mich, Samira von der anderen, und Ruth kniet sich vor mich, um den Wind abzuhalten, und massiert mir die Arme.

»Das vergeht wieder«, flüstert sie, während ich zucke und krampfe und mir ist, als wollte alles an mir sich voneinander losreißen. Die anderen rubbeln mich jetzt auch, und allmählich wird mir klar, wie unterkühlt ich bin.

Es scheint eine Ewigkeit zu dauern, und ich frage mich schon verzweifelt, wie wir je von dieser Klippe wegkommen sollen – und was wir machen sollen, wenn jemand hier herunterkommt und uns sieht und meinetwegen alles in die Binsen geht –, da ebbt das Zucken endlich zu einem Zittern ab. Als mir nur noch die Zähne klappern und es nicht mehr ist, als zerreiße es mich von innen heraus, nickt Ruth, und die anderen hieven mich wieder in den Stand.

»Bewegung hilft«, versichert sie und stützt mich am Rücken, während Samira die Führung übernimmt.

Erst als ich mit Samira zusammenstoße, zurücktaumle und mit Ruth zusammenpralle, erkenne ich, dass wir oben sind. Samira späht in alle Richtungen, um sicherzugehen, dass wir allein sind, dann huscht sie über die Straße in das Gebüsch, wo Janey die wasserdichte Tasche versteckt hat. Dort, wo das Unkraut am Rand ein wenig niedergedrückt ist, hält sie die Zweige zur Seite und winkt uns.

Wir kommen in einer Art Hohlraum im Schutz einer massiven knorrigen Eiche heraus. Die Tasche steckt unter einer aus dem Boden ragenden Wurzel, getarnt mit Farnwedeln. Ich lasse mich danebenfallen und beuge und strecke die noch immer kribbelnden Finger. Janey schiebt mich aus dem Weg, und gleich darauf hat sie die Tasche geöffnet und reicht uns die saubere, trockene Kleidung.

Da schnappe ich nach Luft. »Die Jacken!«

Sie schaut mich verwirrt an, dann richten wir den Blick auf die anderen. Aller Hände sind leer.

»Shit«, sagt Janey.

»Also, ich lasse ja ungern Müll herumliegen, oder wie man ein Seil aus Jacken in einer Höhle nennen soll, in der man fast ertrunken wäre«, sagt Ruth, »aber unter den gegebenen Umständen …«

Samira schüttelt den Kopf. »Wenn jetzt eine von uns was in einer Tasche gelassen hat?«

Ich winke ab. »Dann wird es gut mit Salzwasser durchgespült. Keine DNA. Eure Bauchtaschen habt ihr noch?«, frage ich Janey und Ruth.

Sofort leeren sie diese aus. Vier Perücken. Vier Mützen und Hüte. Vier Masken.

»Vier Handschuhe«, sagt Ruth und sackt vor Erleichterung in sich zusammen.

»Drei.«

Wir alle starren Janey an.

Sie hält einen Wust Handschuhe in die Höhe. »Ich hab nur drei.«

Ruth und sie schauen noch einmal genau ihre Taschen durch und dann noch einmal.

Samira ringt die Hände. »Wurde er vielleicht vom Wasser rausgerissen?«

Ruth schüttelt den Kopf. »Meine Tasche war fest zu.«

»Meine auch. Glaube ich jedenfalls.« Janey schluckt schwer. »Ich weiß es nicht mehr.«

»Es ist nur ein Handschuh. Davon werden im Moment sicher Tausende angeschwemmt.«

»Aber auf der Innenseite sind Fingerabdrücke von einer von uns«, sagt Samira bang.

»Schon, aber wenn jetzt einer unserer Männer einen alten Handschuh von seiner Frau in der Tasche hatte, weil … warum auch immer? Vor Corona hätte das laut ›Schuldig‹ geschrien. Inzwischen ist es aber kein bisschen mehr verdächtig. Und überhaupt, wahrscheinlich treibt er gerade auf See hinaus und verschwindet auf Nimmerwiedersehen.« Ich schäle mich aus Jims Pullover und T-Shirts und reiße mir dann den Sport-BH vom Leib, der meine Brüste flach gedrückt hatte. »Zu spät, also konzentrieren wir uns lieber auf das, was wir noch beeinflussen können – zum Beispiel, nicht zu erfrieren.«

Janey flucht unterdrückt, beginnt sich aber Keiths Jeans vom Leib zu pellen.

Ich hätte gedacht, die Kälte würde nun, da ich mich von Jims nassen Sachen befreie, noch heftiger zuschlagen, aber tatsächlich ist es eine Erleichterung, die durchweichte, niederdrückende Last los zu sein. Zu müde, um mich zu genieren, ziehe ich die trockene Unterwäsche an, darüber ein Langarmshirt und meine liebste grobe Strickjacke, dann quäle ich mich in meine Leggings und einen Rock; wir haben uns für die Rückfahrt auf Kleider und Röcke geeinigt, um sicherzugehen, dass wir auf diesem Teil der Reise so anders wie möglich aussehen.

Als ich Jims Sachen gefaltet und in die Tasche gesteckt habe, teilt Ruth bereits eine kleine Stärkung aus. Ich verziehe das Gesicht, als sie mir eine Flasche Lucozade-Limo vor die Nase hält.

»Trink«, befiehlt sie und schraubt sie mir auf.

»Wir hätten an was Stärkeres denken sollen«, brumme ich in der Absicht, die anderen zum Lachen zu bringen, aber vor Müdigkeit bringe ich es nicht im richtigen Ton rüber.

»Alkohol macht eine Unterkühlung nur schlimmer«, rügt Ruth. Sie beobachtet mich genau, und als ich die Flasche absetze, hebt sie meine Hand wieder, damit ich noch einen Schluck nehme. Dann trinkt sie den Rest aus. Samira und Janey teilen sich eine zweite Flasche.

Zusammengekuschelt sitzen wir auf dem trockensten Stück Boden, Samira mit dem Kopf an meine Schulter gelehnt, und bekommen von Ruth jede noch einen Schokoriegel.

»Nicht protestieren«, sagt sie. »Einfach essen.«

Zuerst kommt er mir fast wieder hoch, aber nach den ersten beiden Bissen stelle ich fest, dass ich den Rest hinunterschlinge.

Janey lehnt den Kopf an meine andere Schulter und sagt trocken: »So viel zum Thema Mindestabstand.«

Ich zeige ihr den Mittelfinger.

Ruth macht missbilligend »tz-tz-tz«, unterdrückt aber ein Lächeln.

»Vielleicht wirkt das Salzwasser desinfizierend?«, überlegt Samira hilfsbereit.

»Ja, nach *dem* Bad werden wir garantiert nicht krank«, sagt Janey gedehnt.

»Deinen Hang zum Pessimismus kann aber auch nichts trüben, was?«, seufzt Ruth, aber ihr Blick verrät Zuneigung.

»Das ist meine eingespielte Rolle hier – so wie du Jiminy Cricket bist, bin ich der ungläubige Thomas, der jetzt übrigens zwanzig Minuten Fußweg vor sich hat, während ihr anderen euch entspannen könnt.« Und Janey stemmt sich wieder auf die Füße.

»Ich würde ja gehen, wenn das möglich wäre«, sagt Ruth.

Ich stöhne leise, tätschele Samiras Schulter und stehe mühsam ebenfalls auf.

»Was soll denn das?«, faucht Janey mich an.

»Ich komme mit, denn wenn ich hierbleibe und einschlafe, wird das nicht gut enden. Ich muss in Bewegung bleiben – jedenfalls bis ich in ein Auto mit voll aufgedrehter Heizung steigen kann.«

Janey schaut Ruth an. Die mustert mich besorgt und zuckt mit den Schultern.

Da verschränkt Janey die Arme. »Zum Autoholen braucht es keine zwei Leute. Überhaupt, ich dachte, der Sinn des Ganzen wäre, dass mehrere Leute zu viel Aufmerksamkeit auf sich lenken.«

»Deshalb bleiben Ruth und Samira ja hier.« Steif bücke ich mich nach der Handtasche, in der alles ist, was wir für diesen Weg brauchen. »Vier Leute sind im Lockdown ungewöhnlich, aber nach ein oder zweien wird sich keiner groß umschauen. Lass das Diskutieren, du dumme Nuss. Gehen wir lieber.«

»Ich wusste doch, dass ich es noch bereuen würde, euch aus dieser Brühe gezogen zu haben«, grummelt sie auf dem Weg aus dem Gebüsch heraus.

Wir spähen in beide Richtungen die Straße entlang und hasten dann nach links, so schnell unsere erschöpften Glieder es erlauben. Irgendwo unter uns liegen die Höhlen, jetzt schon völlig überflutet.

Als wir Motorengeräusch hören, zieht mich Janey auf die andere Straßenseite und drückt mich hinter einem ausladenden Ginsterbusch aufs Gras nieder, sodass sich mir eine nasse Wildblume in die Nase bohrt.

Kaum ist das Geräusch verklungen, raffen wir uns wieder auf, und nach der nächsten Kurve biegen wir auf einen Trampelpfad ab, der uns schnell außer Sicht der Straße bringt.

Ich bin so müde, dass die Welt um mich zu schwimmen scheint, während ich Janey bergauf zu einem schmalen Sträßchen folge. Wieder auf Asphalt beschleunigt sie ihren Schritt, und ich bemühe mich, mitzuhalten, wobei ich immer wieder über Steine stolpere und auf angeschwemmtem Schlamm ausrutsche. Einmal huschen wir gebückt an einer Gartenmauer vorbei, hinter der man Leute reden hört, aber dann kommt eine Biegung, nach der das Sträßchen nur noch durch hohe Hecken gesäumt wird.

Prompt bleibe ich in einem Schlagloch hängen und falle der Länge nach hin; dabei schramme ich mir die Handflächen auf und reiße mir am Knie ein Loch in die Leggings. Janey hilft mir auf und klopft mir sanft Dreck und kleine Steinchen ab.

»Sind wir bald da?«, stöhne ich.

Darauf muss sie lachen. »Nur noch um die Ecke.«

Zum Glück ist das kein leeres Versprechen. Bald marschiert Janey an einem bezaubernd windschiefen Häuschen entlang zu einer klapprigen Garage. Hinter einem Regenrohr holt sie eine kleine Tasche hervor und schüttelt sich daraus einen Schlüsselbund auf die Hand.

Dann schließt sie die Garage auf, und wir schlüpfen hinein.

Janey klickt das Auto auf, um sicherzugehen, ob es überhaupt noch reagiert. Dann zieht sie vorsichtig den Riegel der Tür hinten in der Garage auf und schlüpft in den Garten.

»Wohin gehst du?«, zische ich.

»Wir sind zum Umfallen kaputt. Mum schließt nie die Küchentür ab, also koche ich uns jetzt eine Thermosflasche starken, gut gesüßten Kaffee. Wenn sie mich dabei sieht, wird sie hinterher niemandem sagen können, wann genau das war.« Sie schenkt mir einen müden Blick. »Sal, du hast immer noch blaue Lippen, und ich baue garantiert einen Unfall, wenn ich nicht bald einen Kaffee kriege. Jetzt geh und mach deinen Job. Bin gleich wieder da.«

Ich salutiere matt und hocke mich mit einer Schere und einer Rolle schwarzen Klebebands hin, um das Kennzeichen zu verfälschen. Dann klebe ich einen bunten Aufkleber ans Heck und einen zweiten an die Seite und links oben an die Windschutzscheibe einen auffälligen Sticker des National Trust. Zur Abrundung hänge ich an den Rückspiegel einen großen blauen Lufterfrischer in Form einer Jelly Bean; da kommt Janey schon wieder mit einer Thermosflasche herein. Während ich das Garagentor öffne, bindet sie sich ein Tuch ums Haar und schnallt sich eine Maske um. Als sie rückwärts aus der Einfahrt setzt, schließe ich die Garage ab, dann krabble ich schnell in den Fußraum der Rückbank, um mich zu verstecken, und schon holpern wir die schmale Buckelpiste entlang.

Beim Abbiegen auf die Küstenstraße ist zu sehen, dass der Parkplatz bis auf Yafirs Auto leer ist. Wir umrunden die hervorspringende Klippe und halten neben dem Hinweisschild zum Strandpfad. Schon kommen Ruth und Samira aus dem Gebüsch gehuscht und hechten auf die vorgesehenen Sitze. Und endlich können wir nach Hause fahren.

Im herrlich warmen Luftstrom der Heizung, die stibitzte Thermosflasche mit Wachmacher reihum reichend, sind wir bald auf der Autobahn. Zu Hause liefert Janey zuerst Ruth ab, dann lässt sie mich vor der Einmündung des kleinen Wegs zwischen den Gärten raus. Ich stolpere durch Garten- und Hintertür und entledige mich noch im Gehen meiner Schuhe und Kleidung. Das Letzte, was ich wahrnehme, ehe ich in den tiefsten Schlaf meines Lebens sinke, ist das Ping meines Handys, das ans Ladekabel angeschlossen auf meinem Nachttisch liegt. Ich ziehe es zu mir. Auf dem verschmierten Bildschirm erstrahlt die Nachricht, die ich noch brauche, um ruhig schlafen zu können.

Janey*: Alles ok, Ava geht's gut.* Und ein Küsschen-Smiley.

56.

ERDE ZU ERDE

Ich bin so platt, dass ich erst spät am nächsten Vormittag aus dem Haus wanke, gebeugt und wund von den Strapazen des Vortags. Ruth und Janey stehen bereits im Garten und winken Samira ein, die rückwärts an die Grube heranfährt. Da tritt Edwina aus ihrem Haus.

Mein Puls beschleunigt sich. »Morgen!«, rufe ich ihr heiser vor Müdigkeit zu. »Heute wollen wir den Dünger und die Muttererde einbringen, wie Sie uns geraten haben. Es ist wahnsinnig viel, deshalb bringt Samira gerade die Hälfte und Janey später den Rest – wir haben vor, heute fertig zu werden.«

Edwina schaut mich stirnrunzelnd an. »Geht es Ihnen gut, Sally? Sie sind leichenblass. Wenn Sie irgendwelche Symptome haben -«

»Ach, ich hab nur nicht gut geschlafen. Und …« Ich hole tief Luft und richte den Blick auf Edwinas Hecke, damit ich ihr bei der Lüge nicht in die Augen sehen muss. »Jim und ich wollen uns scheiden lassen. Der Entschluss steht schon länger – deshalb igelt er sich auch so ein und geht nur nachts vor die Tür, und ich versuche tagsüber so viel wie möglich aus dem Haus zu sein. Und jetzt ist er gestern mit Janeys Mann zusammen auf so eine verrückte Tour aufgebrochen. Egal wie oft ich ihm gesagt habe, dass das nicht erlaubt ist, er wollte nicht hören. Wenn Sie ihn dafür anzeigen wollen, ich kann's verstehen, aber ich bringe es einfach nicht fertig. Ich –«

»Sally?«

Ich stähle mich und hebe den Blick von der Hecke auf Edwina. Und bin fassungslos, wie mitfühlend ihre Miene ist.

»Sie sind nicht für ihn verantwortlich. Nur für sich selbst. Und natürlich sind Sie die Verantwortliche für Ihren Gemeinschaftsgarten«, fügt sie betont hinzu. »Wenn Ihren Freundinnen da Fehler oder Missgeschicke passieren, nehme ich *Sie* ins Gebet.«

Da muss ich lachen. Wir schauen beide zu Samira und Leila hinüber, die gerade etwas Schweres aus Janeys Kofferraum hieven.

»Ich sollte hingehen und ihnen helfen. Damit sie nicht all die Säcke allein herumwuchten müssen.«

»In der Tat. Diese Aufgabe sollte niemand allein bewältigen müssen.« Ihr Ton ist gedankenverloren, als dächte sie an etwas anderes. Dann reißt sie sich davon los. »Das mit Jim tut mir leid, Sally, aber das hier …«, sie deutet auf den Garten. »Schlussendlich zählt nur, ob man allein ist oder geliebt wird. Von wem, ist nicht so wichtig.«

Ehe ich auch nur ein Wort herausbringe, dreht sie sich um und geht zum Haus zurück. Ich stelle fest, dass ich mir wünsche, sie würde sich noch einmal umdrehen, damit ich lächeln oder ihr zunicken kann oder sonst was, aber die Tür fällt zu, ohne dass ich diese Chance habe. Trotzdem fühle ich mich warm. Traurig und gerührt und … warm. Weil sie mit ihren Worten uns beide gemeint hat, als seien wir uns auf irgendeine bedeutsame Weise ähnlich.

Da ihre Vorhänge sich auch nach einer Weile nicht rühren, schlurfe ich zu den anderen, um ihnen zu helfen.

Am Rand der Grube liegen nebeneinander schon mehrere

Säcke Dünger und Gartenerde und in Samiras Kofferraum ein einzelnes sehr großes Paket. Die Autos stehen so dicht nebeneinander, dass sie den Blick von der Straße her versperren.

Leila, die mit Maryam vor dem Garten geblieben ist, nimmt diese an der Hand. »Das wird ein Riesenchaos. Da können die es nicht brauchen, wenn du dazwischen rumspringst. Du, ich muss hier was entsorgen.« Sie nickt mir zu und hebt eine Plastiktüte an, in der vage die Umrisse der Bauchtaschen zu erkennen sind. »Das ist total ekliger Müll, lass uns einen ganz weit entfernten Mülleimer suchen, damit niemand mitkriegt, dass er von uns kommt.«

Maryam entzieht ihr ihre Hand und macht eine Schnute. »Auf eklige Sachen hab ich keine Lust.«

»Nicht mal, wenn wir uns danach zur Belohnung ein Eis kaufen?«

Sofort packt Maryam wieder ihre Hand und zieht sie die Straße entlang.

Ehe eine der anderen protestieren kann, klettere ich in Samiras Kofferraum. Ernst nehmen Janey und Samira rechts und links davon Aufstellung. Samiras Atem beschleunigt sich, als sie das Paket an einem Ende packt.

»Lass das doch mich für dich machen«, sagt Ruth. Und dann, mit einem Blick, der Janey und mich einschließt: »Lass *uns* das für dich machen.«

Samira stolpert mit vors Gesicht geschlagenen Händen zurück. Nach einem letzten prüfenden Blick, ob auch niemand sich uns nähert und kein Auto in Sicht ist, nicke ich den anderen zu.

Sosehr wir uns bemühen, leise zu sein, es ist so mühsam, Yafir herauszuwuchten, dass wir keuchen, ächzen und einige Male fluchen. Wir gehen nicht sanft mit ihm um – das ist unmöglich; wir hieven einfach das Paket heraus und lassen es in die Grube rollen. Ich springe hinterher und schiebe es ganz an den hinteren Rand, damit Keith gut danebenpasst.

Ruth und Samira haben schon Janeys Kofferraum geöffnet. Mit einem kleinen Stöhnen klettere ich hinein, und wir machen uns an Keith.

Wir haben ihn schon ziemlich weit vorn, da hämmert es wild ans Auto. »Sally! Da kommen Leute!«, zischt Janey.

Ruth und Samira schauen sich um, und ich komme aus dem Gleichgewicht und stoße mir den Kopf am Autodach. Unterdrückt fluchend stemme ich mich hoch und spähe hinaus. Die Straße entlang schlendern zwei ältere Frauen.

»Janey, mach die Säcke auf und rück sie in Position, damit wir gleich Erde darüber decken können«, sage ich. »Schnell!« Meine Muskeln zittern vor Anstrengung, aber ächzend und knurrend bugsieren wir Keith ganz an den Rand. »Janey, komm her und stell dich so, dass die nichts sehen können.«

Sobald ihr Schatten über mich fällt, rollen wir Keith heraus. Ich sinke im Kofferraum zusammen, während Ruth in die Grube springt und zerrt, bis Keith und Yafir Seite an Seite liegen.

Sofort beginnt Janey den ersten Sack Erde darüberzukippen. Samira reißt schon den nächsten auf, und sie leeren auch diesen hinein.

Mühsam klettere ich aus dem Auto. Die beiden Frauen sind nur noch wenige Häuser entfernt.

Mit enger Kehle werfe ich einen Blick auf die Grube. Die obere Hälfte beider Pakete ist zugedeckt. Janey kippt gerade den nächsten Sack über die Unterkörper, und Ruth müht sich mit einem vierten für die Beine ab.

»Wow, nur weiter so!«, rufe ich ihnen zu – um einen möglichst fröhlichen Ton bemüht, aber es klingt schlicht panisch.

Dann nähere ich mich den beiden Spaziergängerinnen so, dass ich das Geschehen so gut wie möglich verdecke, und schenke ihnen ein Lächeln. Als sie auf Mindestabstand herangekommen sind und anhalten, nimmt Janey sich kurz die Zeit, um ihnen zuzuwinken; Samira nickt grüßend und wischt sich unter dem Hidschab den Schweiß von der Stirn, was einen grauen Streifen hinterlässt.

»Momentan sieht es nur nach Dreck und Chaos aus«, sage ich zu den beiden, »aber wenn Sie in einer Woche wiederkommen, sollten wir schon die ersten Pflanzen gesetzt haben.«

»Oh, viel Erfolg!«, sagt die kleinere der beiden.

»Schön, dass Sie etwas für die Gemeinschaft tun«, fügt die größere hinzu.

Wir grinsen und winken, bis sie vier Häuser weiter sind und aufgehört haben, zurückzuschauen.

»So, zwei Mann drin. Bleiben nur noch zwei!«, verkündet Janey munter.

»Denk dran, schmier dir Mentholsalbe unter die Nase, bevor du heute Abend dein Paket aufmachst«, rät mir Ruth, bevor wir nach getanem Tagwerk die Abdeckplane über die Grube spannen. Darin ist noch genug Platz, um die sperrigeren Teile von Jim und Lionel im Ganzen hineinzulegen, das heißt, das Zerteilen wird körperlich nicht so anstrengend werden wie gedacht. Seelisch hingegen …

Ich nicke knapp.

Sie nickt mit verkrampften Lippen zurück.

»Danke«, sagt Janey leise.

»Ja, danke euch beiden für …« Samiras Blick flitzt zu Leila und Maryam.

Dann gehen wir alle unserer Wege.

57.

EIN LEBEN IN STÜCKEN

Ich trotte zu meinem Haus, das über mir aufzuragen scheint, als wäre es plötzlich größer geworden.

Auf der Schwelle zögere ich einen Moment, die Hand mit dem Schlüssel wenige Zentimeter vor dem Schlüsselloch. Dann schließe ich auf und mache mich bereit für meine letzte Konfrontation mit Jim.

Stell dir einfach vor, du würdest ein Tier zerteilen, rede ich mir zu, während ich zwei Paar Einmalhandschuhe überziehe. Das Menthol habe ich mir schon unter die Nase geschmiert, trotzdem stecke ich einen brandneuen Lufterfrischer-Diffusor in die nächste Steckdose und ziehe mir dann eine Maske über.

Wieder einmal von Amy inspiriert habe ich mir ein billiges kleines Zelt gekauft, es auf eine stabile Unterlage gestellt und das Jim-Paket hineingezerrt, um möglichst wenig Spuren zu hinterlassen.

»Und danach saufe ich mich hackedicht«, sage ich fröhlich zu Petunia und Rosemary.

Ich hoffe nur, das reicht aus, um die Erinnerung an diese Aufgabe hier zu dämpfen.

Da mir klar ist, dass ich nicht mehr in die Gänge kommen werde, wenn ich jetzt noch zögere, tue ich es nicht. Ich knie mich vor das Jim-Paket und beginne das Klebeband abzuknibbeln.

»Ruth und ich, wir tun unsere Pflicht«, sage ich im Takt des Knibbelns und Abreißens vor mich hin. »Für Charlie und Amy, Samira und Leila und Ava und Janey und Maryam.«

Und obwohl mein Gehirn *NEIN! DAS KANN ICH NICHT!* zetert, ist es nicht so, dass ich es nicht könnte. Ich will nur nicht.

Ich öffne das Paket.

Später kann ich mich nicht mehr so recht erinnern, wie Jim aussah oder roch oder sich anfühlte. Ich bin mir ziemlich sicher, dass mein Verstand sich schlicht abschaltete. Das eine oder andere weiß ich noch – wie sich das Kratzen der Katzenstreu auf der Plane anhörte oder welche Farbe der Griff des Messers hatte, das ich mich entschieden hatte dafür zu opfern. Diese Eindrücke sind mir glasklar im Gedächtnis, und doch gibt es so große Lücken. So vieles, was nicht eine Spur hinterlassen hat.

Ich weiß noch, dass ich, nachdem ich die Plane geöffnet hatte, erst einmal aus dem Zelt hinausschaute. Wie tröstlich es war, dahinter die gewohnte Umgebung der Küche zu sehen. Wie seltsam fern sie mir vorkam, irgendwie verschwommen, als wäre nichts mehr real.

Ich weiß noch, wie ich mich wunderte, wie leer mein Geist zu sein schien, obwohl meine Hände stetig arbeiteten, als wüssten sie genau, was sie zu tun hatten. Statt mich zu ekeln oder davor zurückzuschrecken, fühlte ich gar nichts.

Tatsächlich fühlte ich mich an diesem Abend, soweit ich mich erinnere, so ruhig wie noch nie zuvor. Keine Gedanken oder Eindrücke, die meine Hände beim Werk störten. In mir war es einfach nur still. Friedlich.

Wahrscheinlich war es hilfreich, dass ich »das große Teil in der Mitte« nicht angehen musste, weil wir dafür genug Platz in der Grube gelassen hatten.

Sowenig ich mich an die Arbeit selbst erinnern kann, ich weiß, dass ich über den Torso meines Mannes mehrere Lagen großer kompostierbarer Müllsäcke gezogen habe. Danach kam er in eine Schubkarre und über ihn zwei Vierzig-Liter-Säcke Erde, um sie am nächsten Tag zum Garten zu rollen.

Ich erinnere mich nicht daran, wie ich die anderen Teile ebenso präpariert und den vierfach verpackten Kopf in einen Eimer gelegt habe, versteckt unter ein paar großen Steinen, für den Tag darauf.

Das Zelt samt Unterlage, die Plane und die Katzenstreu wurden in mehrere übereinandergezogene schwarze Müllsäcke verpackt.

Keine Ahnung, wie es passiert ist, aber ich habe es getan.

Vage weiß ich noch, wie ich mich dann auf einem ausgebreiteten Müllsack meiner Kleidung entledigte – es waren ein paar alte Sachen von Jim –, Maske und Handschuhe dazu warf und alles in einen weiteren Müllsack stopfte.

Schließlich zog ich mir frische Kleidung an, warf beide Müllsäcke in Nawars Restmülltonne und rollte diese auf den Bürgersteig für die Leerung am Montag.

Daran erinnere ich mich deutlich, genau wie ich noch weiß, wie ich dann Rosemary, Petunia und die Flasche Grand Marnier nahm, die ich mir als möglichst angenehme Verdrängungsmethode gekauft hatte. Offensichtlich hat sie bestens gewirkt, denn an das andere erinnere ich mich nicht. Jedenfalls nicht wirklich.

Mir kommt nur wieder und wieder die Erinnerung an die Leere in meinem Kopf und diese entsetzliche Ruhe.

58.

SO GUT WIE ERLEDIGT

Absolut nichts geht bei unserer Gartenunternehmung am Sonntag schief, außer dass Janey sich beim Einfüllen der Torsi schmerzhaft einen Nagel bis aufs Nagelbett abreißt. Dann füllen wir die Grube möglichst weit mit Sand, Kompost und weiteren Ehemännerbestandteilen auf. Das Gespenstischste daran ist, wie prosaisch und unaufregend das Ganze ist.

Am Abend überschwemmen wir unsere neue Gemeinschaftsgarten-WhatsApp-Gruppe mit Fragen, ob jemand etwas von unseren Männern gehört hat, dass sie noch eine Nacht bleiben wollen? Natürlich keine Meldung weit und breit. Wir ergehen uns ausführlich in semi-besorgten Überlegungen und verabreden uns auf jeden Fall gleich für den nächsten Morgen zur Gartenarbeit.

Und dann ist Montag. Der Jim-im-Büro-Tag. Der Augenblick der Wahrheit.

Schon sehr früh sind wir alle im Garten – falls jemand nachfragen sollte, liegt das daran, dass wir uns Sorgen machen, weil unsere Männer nicht wie geplant am Abend zuvor zurückgekommen sind.

»Und Sie haben auch wirklich nur organischen Dünger genommen?«, vergewissert sich Edwina, die sich unseren Boden anschaut. »Nichts, was nicht biologisch abbaubar ist?«

»Nach bestem Wissen und Gewissen: ja«, sage ich ehrlich und mit absolut aufrichtiger Miene.

Sie verzieht den Mund, bohrt aber nicht weiter. »Gute Arbeit jedenfalls. Bald können Sie pflanzen. Die Maiglöckchenzwiebeln haben Sie ja wie besprochen schon gekauft. Jetzt müssen Sie sich die größeren Pflanzen aussuchen – sie müssen zum Boden und zur Witterung passen. Wollen Sie nicht eine nähere Auswahl treffen und mir vorlegen?«

»Wenn die gut ist, kriege ich dann ein goldenes Sternchen?«, entschlüpft es mir, bevor ich mich beherrschen kann.

Um Edwinas Mundwinkel spielt – sage und schreibe – ein waschechtes Lächeln, das ihre Augen strahlen lässt, sodass ich zum ersten Mal die goldenen Flecken in der Iris bemerke. »Nur mit sehr, *sehr* viel Glück«, sagt sie gestreng, dreht sich um und marschiert davon, während ich noch lache.

Neben meinem Ellbogen taucht Janey auf. »Das ist ja mal eine nette Abwechslung.«

Ich werfe einen Blick auf Edwinas Gedenkkirschbaum hinter mir. »Wir müssen auch weiterhin so freundlich zu ihr sein, wie es nur geht. So viel sind wir ihr mindestens schuldig.«

Janey seufzt. »Ich weiß. Noch ein Punkt für die endlose To-do-Liste.«

Ich stöhne. »Apropos … Ruth? Samira?«

Die beiden halten darin inne, die Erde im bereits fast aufgefüllten Teil der Grube festzutreten.

Ich hole tief Atem. »Wir haben uns ja vorgenommen, wenn wir da heil rauskämen, würden wir uns gegenseitig dazu anhalten, etwas Sinnvolles mit unserem Leben anzufangen. Wird Zeit, dass wir auch darauf ordentlich hinarbeiten.« Ich wende mich Janey zu. »Du musst dir überlegen, wie du das mit dem Zu-mir-Ziehen machst. Und Ruth« – ich lächle ihr zu – »für dich heißt das, bewirb dich wieder als Krankenschwester. Leila schreibt ihre Uni-Bewerbungen, und Samira schaut sich nach einem Fernstudium um. Und ich …« Ich schlucke schwer. »Ich suche mir einen Job.«

Janey grinst. »Also, ich stehe jederzeit für Hilfe in Sachen Lebenslauf und Anschreiben zur Verfügung.« Ich spüre, wie ernst es ihr damit ist. Genau wie ich *will* sie dringend irgendwo etwas bewirken.

Samira lächelt uns allen zu. »Unser Club geht ins nächste Entwicklungsstadium.«

Nachdem das Begräbnis des Tages – Hände und Füße – erledigt ist, gehen wir gleich wieder nach Hause, um »zu schauen, ob Jim und die anderen inzwischen gekommen sind«, da es vielleicht verdächtig wirken würde, wenn wir so lange blieben wie üblich. Ich bin in der Küche, im Hintergrund läuft Charlies Song des Tages, ›Running Up That Hill‹, als Jims Chef anruft.

»Entschuldigen Sie, wenn ich Sie noch mal störe, Sally, aber heute Morgen hätte unser Haustechniker eigentlich etwas im Büro reparieren sollen, aber alles war abgeschlossen und von Jim nichts zu sehen, und er geht nicht an sein Telefon. Hat er vergessen, dass er diese Woche Bürodienst hat? Ich weiß, wir sind es alle nicht mehr gewohnt, also ist es kein Unglück, aber könnten Sie ihn vielleicht mal ans Telefon holen?«

»Er … er ist nicht da.« Ich schlucke hörbar. »Er ist am Wochenende mit ein paar Freunden weggefahren, die … na ja, sie hatten alle Probleme mit dem Lockdown, und ich weiß, eigentlich hätten sie so was nicht machen dürfen, aber sie … sie wollten einfach den ganzen Stress ein bisschen hinter sich lassen. Zwei davon haben außerdem gerade Angehörige verloren. Ich … als er gestern Abend nicht zurückkam, dachte ich, er wäre heute gleich zur Arbeit weitergefahren.«

Am anderen Ende ist es erst einmal still. Und dann: »Ich musste selbst hierherkommen, und er ist definitiv nicht da.«

»Von den anderen Ehefrauen weiß ich, dass ihre Männer auch noch nicht zurückgekommen sind, deshalb haben wir uns gedacht, eine Nacht warten wir noch ab. Vielleicht hatten sie auf dem Rückweg eine Panne … Das sieht Jim nämlich definitiv nicht ähnlich.«

Durchs Telefon hallt ein sehr höflicher verärgerter Seufzer. »So wird's sein. Autopanne. Und das Handy leer, weil es so lange gedauert hat, den Abschleppdienst zu rufen. Bestimmt ist er bald da – also, bei Ihnen. Könnten Sie mir kurz Bescheid sagen, wenn er kommen sollte, damit ich weiß, wann ich hier wegkann?«

Ich dehne die Pause einen unbehaglichen Moment lang aus, dann wird mir bewusst, dass im Hintergrund noch immer mein iPad läuft und inzwischen zu ›Stronger‹ von Kelly Clarkson übergegangen ist. Hastig schalte ich die Musik aus.

»Jim und ich … wollen uns trennen. Haben uns getrennt. Also, natürlich können wir uns erst *wirklich* trennen, wenn die Beschränkungen aufgehoben werden, aber das ist der Grund, warum er weggefahren ist. Er hat's nicht ausgehalten, mit mir im Haus eingepfercht zu sein, obwohl es vorbei ist, da ist er …« Ich schniefe. »Ich schreibe ihm, dass er sich bei Ihnen melden soll. Könnten Sie mich benachrichtigen, wenn … wenn Sie irgendwas von ihm sehen oder hören, nur falls er vorhat, gar nicht mehr hierher zurückzukommen? Tut mir leid, dass ich Ihnen das aufbürde, zusätzlich dazu, dass Sie jetzt im Büro sein müssen, obwohl Sie gar nicht dran sind, aber …«

»Oh, da komme ich insgesamt betrachtet wohl noch ziemlich gut weg, da sollte ich mich nicht beklagen«, sagt Jims

Boss, jetzt mitfühlender. »Tut mir leid, das mit Ihnen beiden, Sally. Dieser Lockdown ist ein hartes Brot.«

»Ja. Ist er. Aber egal«, sage ich forsch, »ich schreibe Jim jedenfalls, und dann kontaktiere ich die anderen Ehefrauen noch mal und frage sie, ob sie was Neues wissen.«

Ich tippe auf »Auflegen«, dann hole ich mir ein großes Glas Baileys zur Stärkung und rufe Janey an.

»Hi Janey«, sage ich, als sie abnimmt und sich angespannt meldet. Keine von uns kann sich vorstellen, dass unsere Telefonate irgendwo aufgenommen und gespeichert werden, aber wenn es je eine Situation gab, in der Paranoia angebracht war …»Hast du inzwischen was von Keith gehört, wann sie zurück sein wollen?«

Wir verfahren nach dem besprochenen Drehbuch – Erstaunen, Besorgnis, gegenseitige Beschwichtigungsversuche, dann ruft Janey Ruth an und ich Samira.

Seltsam, seltsam, aber auch sie haben nichts von ihren Männern gehört.

59.

EINS, ZWEI, POLIZEI

Es entwickelt sich ziemlich genau so wie erhofft. Am Nachmittag rede ich noch einmal mit Jims Boss; nein, er hat auch nichts gehört. Samira setzt sich mit Yafirs Familie in Verbindung. Janey ruft ihre Schwiegereltern an; die schauen natürlich sofort in Find My Friends und berichten, dass Keiths Handy immer noch auf dem Parkplatz an der Steilküste zu liegen scheint. Um sechs ruft Janey die Polizei an. Am nächsten Morgen bekommen wir Bescheid, dass dort tatsächlich Yafirs Auto steht. Augenscheinlich unbeschädigt. Aber keine Spur von unseren Ehemännern. Dank des Lockdowns kommen keine Verwandten oder Freunde vorbei, um uns zu trösten.

Ich komme gerade davon zurück, Jims Unterschenkel zu begraben, da fällt mir eine formell gekleidete Frau auf, die mir entgegenkommt, den Blick auf die Hausnummern gerichtet. Als sie vor meiner Einfahrt stehen bleibt, verkrampft sich vor Angst mein Magen, auch wenn ich das natürlich früher oder später erwartet habe.

Ich eile zu ihr. »Hallo?«

»Sally Baldwin?«, fragt sie. »Ich bin DC Jurek.«

Ich packe den Torpfosten so fest, dass meine Fingerknöchel weiß werden. »Gibt es etwas Neues von Jim und den anderen? Ich weiß, sie haben gegen die Coronaregeln verstoßen, die

Buße zahlen wir natürlich, es tut mir so leid …« Verkrampft hole ich Atem.

Die Polizistin lächelt mich an. »Nein, es gibt nichts Neues. Ich bin hier, weil wir noch etwas mehr Informationen bräuchten.«

Ich hole nochmals Luft und setze mich auf das Gartenmäuerchen. »Okay. Verstehe. Danke.« Den angespannt besorgten Ton muss ich nicht vorspielen.

»Können Sie mir sagen, warum Ihr Mann weggefahren ist?«

Automatisch sacke ich etwas in mich zusammen. »Wir sind dabei, uns zu trennen«, sage ich heiser. »Das haben wir schon vor Wochen beschlossen, aber wir haben versucht, uns an die Regeln zu halten, es war nur …« Ich schließe die Augen. »Jim hat sich wochenlang nicht aus seinem Zimmer gerührt. Dann hat ein Freund von ihm, Keith – der Mann meiner Freundin Janey – beschlossen, ein paar Tage wegzufahren. Die beiden haben ein Baby, und jetzt, wo Großeltern und Freunde ihnen nicht mehr unter die Arme greifen konnten, wurde ihm das zu viel. Na ja, sie hatten eine WhatsApp-Gruppe mit noch zwei Kumpels gegründet und hatten sich eine Zeit lang draußen zum Spazierengehen getroffen, aber seit die Beschränkungen ein bisschen gelockert wurden, wollte Keith unbedingt was richtig Spannendes unternehmen – er hatte so eine Höhle in der Steilküste nicht weit von Janeys Mum im Kopf. Da haben sie beschlossen, alle zusammen dorthin zu fahren. Die anderen zwei, Lionel und Yafir, haben gerade jeweils einen Bruder verloren und Yafir außerdem seinen Dad … sie wurden damit nicht fertig, zumal sie sich nicht mit der Verwandtschaft treffen konnten …«

Die Beamtin schaut von ihrem Notizbuch auf und nickt ermutigend.

Ich schlucke und zwinge mich, weiterzusprechen. »Ich weiß, so was ist eigentlich immer noch nicht erlaubt, aber ich glaube, die hatten alle das Gefühl, sie platzen, wenn sie nicht mal für kurze Zeit rauskommen. Also haben sie sich überlegt, sie könnten ja bei schlechtem Wetter fahren – das war Jims Idee –, weil die Cops …«, ich schenke ihr einen entschuldigenden Blick, »im strömenden Regen vielleicht nicht so viel Lust hätten, Leute aufzuschreiben, und sie dann problemlos an die Küste kämen. Den Regen wollten sie in Kauf nehmen.«

»Wo wollten sie denn übernachten?«, fragt die Polizistin.

Meine Handflächen sind schweißnass. Schnell stecke ich sie unter die verschränkten Arme. »Sie wollten zelten, wo, weiß ich nicht genau. Wir haben ja nicht gerade viel miteinander geredet … er war fast nur in seinem Zimmer.«

»Und wann ist er zu dieser Reise aufgebrochen?«

»Frühmorgens am Freitag. Ich hatte damit gerechnet, dass er am Sonntagabend wiederkommen würde. Dann dachte ich, vielleicht käme er erst Montagmorgen und würde dann gleich ins Büro fahren, also machte … na ja, ich versuchte mir keine Gedanken zu machen. Ich hatte mich ja mit den anderen Frauen in Verbindung gesetzt, und wir alle machten uns ein bisschen Sorgen, aber Ruth meinte, vielleicht wäre nach zwei Nächten Camping bei allen der Handyakku leer, und Janey überlegte, dass es ihnen vielleicht so viel Spaß machte, dass sie keinen Bock darauf hatten, mit ihren Frauen auszudiskutieren, ob sie noch eine Nacht bleiben könnten, und … da haben wir halt … wir haben uns eingeredet, dass ihnen sicher nichts passiert war, weil sie ja alle beieinander waren, und es wäre bescheuert, jetzt schon den Kopf zu verlieren, und bis Montagmorgen sollten wir auf jeden Fall noch abwarten.«

»Wann bekamen Sie den Verdacht, dass etwas nicht in Ordnung sein könnte?«

»Als gestern Vormittag Jims Boss anrief, weil Jim nicht im Büro aufgetaucht war, obwohl er diese Woche dort Dienst hätte.«

»Und die anderen Ehefrauen? Sie sagten, eine davon sei eine Freundin von Ihnen?«

Ich zucke mit den Schultern. »Ach, inzwischen kenne ich die zwei anderen auch gut. Nachdem die Männer ihren Lockdown-Spazierclub gegründet hatten, dachten wir uns, dann gründen wir einen Gartenclub, auch wenn wir uns nur durch unsere Männer kannten. Außer Janey natürlich – die ist schon immer meine beste Freundin. Daher kennen sich Jim und Keith. Und der kennt Lionel durch seine Arbeit – Keith ist Bausachverständiger und Lionel Maler und Tapezierer. Yafir kam dann durch Lionel mit rein.« Ich schaue auf meine Hände hinunter, die ich im Schoß verkrampft habe.

Die Polizistin nickt. »Und Sie sagen, die anderen Ehefrauen hätten auch nichts von ihren Männern gehört – meinen Sie damit, seit Sonntag, oder schon von Anfang an?«

»Von Anfang an. Wirkt wahrscheinlich verrückt, dass wir nicht schon früher in Panik geraten sind, aber wir dachten, sie wollten einfach ein paar Tage komplett abschalten. Janey war fuchsteufelswild. Also, versuchte sie jedenfalls zu sein statt verrückt vor Sorge. Samira hat sich am meisten Sorgen gemacht, aber andererseits meinte sie, seit dem Tod seines Bruders und Vaters wäre Yafir so komisch gewesen, da würde sie gar nichts mehr überraschen. Und Ruth meinte, Lionel würde ihr nie schreiben, wenn er mit Freunden weg ist, also …« Ratlos hebe ich die Schultern. »Wir hofften einfach, dass sie so viel Spaß hätten, dass sie wieder besser drauf wären, wenn sie heimkämen.«

»Haben Sie mit Jim also zuletzt bei seinem Aufbruch gesprochen?«

Ich nicke mit so fest aneinandergepressten Händen, dass die Knöchel weiß sind.

»Wie würden Sie seine Verfassung beschreiben, als er aufbrach?«

Auch für diesen Moment habe ich mir alles genau überlegt, trotzdem kommt es mir vor, als wollte mein Magen sich zu einer höchst komplizierten Origamifigur falten.

»Na ja, unsere Ehe ist kaputt, und auf der ganzen Welt wütet eine Seuche, also … nicht gerade gut.« Ich schüttle den Kopf. »Janey sagte mir, das Auto wäre an der Küste in der Nähe dieser Höhle gefunden worden. Da wohnt ja gleich ihre Mutter – hat man die schon gefragt, ob –«

Die Beamtin nickt. »Wir haben die alte Dame befragt, aber leider scheint ihr Gedächtnis nicht mehr sehr gut zu sein. Sie sagte, sie könne sich nicht erinnern, ob ihr Schwiegersohn da gewesen sei, und die Kollegen haben keine Anzeichen für einen Besuch feststellen können, aber endgültig geklärt ist das noch nicht. Könnte es noch jemanden geben, der vielleicht weiß, wo Ihre Ehemänner zelten wollten?«

Ich schaue zur Seite. »Mein Sohn versteht sich nicht gut mit Jim, aber ich kann Ihnen die Nummer unserer Tochter geben … Wissen Sie, wie das mit dieser Höhle ist? Hat man da schon nachgeschaut – könnten sie sich darin verirrt haben?«

»Das wird gerade vom dortigen Seenotrettungsdienst überprüft. War Jim sich darüber im Klaren, dass die Höhle für die Öffentlichkeit nicht zugänglich ist? Wie schätzen Sie ihn dahingehend ein, ob er eine Reihe sehr deutlicher Warnschilder missachten würde?«

»Für Jim war schon thailändisch essen gewagt«, sage ich schwach.

»Würden Sie es für möglich halten, dass er es gemeinsam mit Freunden täte?«

Ich schüttle den Kopf, dann zucke ich mit den Schultern. »Ich habe keine Ahnung. Das alles kommt so völlig plötzlich«, sage ich leise.

Die Beamtin beißt sich auf die Unterlippe, und da weiß ich, dass ich sie gekriegt habe. Sie zieht ein Blatt Papier heraus, schreibt etwas darauf und drückt es mir in die Hand. Es sind Jims Vermisstenreferenznummer und die Nummer ihres Diensthandys. »Versuchen Sie sich nicht zu große Sorgen zu machen. Wir ermitteln natürlich in alle Richtungen, aber hoffentlich ist alles nur ein Missverständnis, oder sie hatten eine kleinere Panne. Bitte sagen Sie mir sofort Bescheid, wenn Sie etwas von ihm hören oder wenn auf Ihrem Bankkonto etwas Ungewöhnliches passiert. Wenn nicht, ich melde mich bald wieder.«

Ich *glaube*, das ist nicht als Drohung gemeint.

60.

UNSER GEHEIMER GARTEN

Kaum ist die Polizistin außer Sicht, informiere ich per WhatsApp die anderen darüber – wir waren uns einig, dass es verdächtiger wäre, das nicht zu tun.

»Ist alles in Ordnung?«, ruft da jemand hinter mir.

Ich kann gerade noch einen Aufschrei unterdrücken und schnelle herum. Auf der anderen Straßenseite steht Edwina.

Ihr Blick schweift dorthin, wo die Polizistin verschwunden ist. »Ich hoffe, das war nichts Schlimmes?«

»Bestimmt nicht. Ich hab nur nichts von Jim gehört, seit er weggefahren ist.«

Edwinas Augen verengen sich. »Sie meinen, seit er sich bei Nacht und Nebel davongestohlen hat.«

»Er hat diese Woche eigentlich Bürodienst, dort ist er nicht aufgetaucht. Und die anderen haben auch nichts von ihren Männern gehört. Zuerst dachten wir uns, sie wären ja zusammen, da könnte nichts passiert sein, aber jetzt …«

»Sicher weiß die Polizei bald mehr und kann Sie beruhigen. Gibt es schon Hinweise, wo sie abgeblieben sein könnten?«

Einen Moment lang schnürt sich mir die Luft ab, weil mir ist, als schweiften Edwinas scharfe Augen zu der Grube am Ende der Straße, dann wird mir klar, dass sie nur verärgert ein Auto im Visier hat, das zu schnell mit laut aufgedrehter Musik auf uns zukommt. Mit einem kleinen grimmigen Kopfschütteln sagt sie: »Schade, dass die Dame *das hier* nicht mehr mitbekommen hat.«

Ich schenke ihr den jämmerlichen Versuch eines Lächelns.

Edwina erwidert es mit einem dieser Blicke von oben herab. »Nun, da wir wieder in ausreichendem Maße miteinander umgehen dürfen, sollten Sie dringend weitergehende Lektionen zur Gartenpflege erhalten. Und Sie sehen aus, als wäre es gut, wenn Ihnen jemand einen Tee machen würde. Kommen Sie mit. Na los, hopp!«

Zu aufgewühlt, um zu widersprechen, folge ich ihr den schmalen Weg neben dem Haus entlang. Er ist sauber gekehrt, der Zaun frisch lasiert, sonst ist daran nichts Bemerkenswertes, abgesehen von einem Rosenbogen mit einer Kletterrose an der hinteren Hausecke.

Dann trete ich durch ihn hindurch und bin sprachlos.

Edwina lächelt mir zu. »Willkommen«, sagt sie. »Das wollte ich Ihnen schon länger zeigen, seit wir … nun ja, seit unser Verhältnis nachbarschaftlich geworden ist. Möglicherweise sogar freundschaftlich. In gewisser Weise«, fügt sie schroff hinzu.

Noch einen Monat zuvor hätte ich diesen Gedanken schlicht abschreckend gefunden. Jetzt stelle ich fest, dass ich zurückläche. »Ich würde mich freuen, wenn wir uns als befreundet bezeichnen könnten, Edwina. Das wäre das höchste Kompliment für mich.«

»Weil sich ein so kluger Mensch wie ich niemals für einen so dummen Menschen wie Sie interessieren könnte?« Sie schüttelt den Kopf. »Sie müssen sich diese lächerlichen Gedanken wirklich abgewöhnen, Sally. So etwas kann ich nicht dulden, weder in einem Gartenlehrling noch in einer Freundin. Und jetzt setzen Sie sich und genießen den Anblick, und ich hole uns einen Tee.«

Während sie nach drinnen geht, mache ich einen kleinen Rundgang, um all das erst einmal fassen zu können. Dass das all die Jahre direkt mir gegenüber existierte und ich nichts davon ahnte. Gibt es *überhaupt* jemanden, der das ahnt?

Vor mir steht ein Grüppchen kleiner kunstvoll gestutzter Bäume wie in einem japanischen Garten. Daneben ist ein Teich, gesäumt von (wie ich dank Edwinas Buch nun weiß) Tête-à-tête-Narzissen, Anemonen und Schwertlilien. Auf einer Seite führt ein Pfad aus Trittsteinen darüber, auf der anderen eine winzige hölzerne Brücke, um deren Geländer sich Erbsen ranken.

Nicht weit davon steht eine Bank, beschattet von zwei Rundbögen. Der eine besteht aus ineinander verdrillten Glyzinienzweigen, der andere aus feinem Drahtgeflecht, über das sich eine Clematis mit zitronengelben Knospen zieht. In einer anderen Ecke umschließt eine zweite, runde Bank eine noch nicht ganz in Blüte stehende Magnolie, zwischen deren bemoosten Wurzeln Tulpen hervorschauen. Auf der Terrasse drüben am Haus steht ein schmiedeeiserner Tisch, umgeben von Kübeln mit Inka- und Taglilien und einem Kasten voller Kräuter.

Der Gartenzaun erhebt sich auf der einen Seite aus einem Meer von Mohn und weißen, blauen und blassrosa Marien-Glockenblumen, auf der anderen ist alles voller Lavendel, Immergrün und Akelei. Mitten hindurch schlängelt sich ein Gartenweg, zwischen dessen grau gefleckten Pflastersteinen Veilchen die Köpfe emporstrecken.

Mit fällt eine Blaumeise ins Auge, die sich von einem zierlichen Futterhäuschen zum nächsten schwingt, die von den Zweigen einer glänzenden Blutbuche hängen. Ich spähe genauer hin und bemerke im Baumstamm über einem der unteren Äste eine winzige blaue Tür. Ringsum hängen und stehen in schattigen Winkeln kleine Buntglaslaternen, ein Igel aus Stein und ein dazu passender Hocker in Pilzform. Zwischen den Zweigen des Buschs dahinter schaut eine Fee aus Zinn hervor.

In mir steigt Lachen auf. »Sie sollten Eintritt verlangen! Das ist ja ein Traum für Kinder«, sage ich, als Edwina ein Tablett mit Tee in die Mitte der nächsten Bank stellt.

»Nur für Kinder?«, versetzt sie schroff. »Wieso sollen die den Spaß für sich allein haben?«

Ich grinse nur. Allmählich verstehe ich, wie diese adleräugige Frau mit dem messerscharfen Tonfall tickt. Jetzt kann ich den Humor hinter der Schroffheit erkennen, den Mutwillen hinter den finsteren Blicken.

»Wir hätten uns Kinder gewünscht«, sagt sie mit einem Mal, so leise, dass ich es kaum verstehe. »Es lag an mir, dass es nicht ging.« Sie schluckt. »Ich hätte auch ein Kind adoptiert – mir hätte das nichts ausgemacht –, aber er wollte nichts davon wissen. ›Ich ziehe doch nicht das Kind eines anderen groß, erst recht nicht, wo du so viel bei der Arbeit bist und ich schon den ganzen Weiberkram machen muss, weil ich früher heimkomme.‹«

»Hatte er nicht gewusst, wie Sie sind, als Sie heirateten?«

Edwinas Blick ist seltsam weich. »Wer von uns weiß das schon vorher?«

Ich muss den Blick abwenden.

»Es ist nicht leicht, als Frau klug zu sein. Die Männer behaupten, sie bewunderten uns, aber das stimmt nicht. Nicht, wenn sie sich uns gegenüber minderwertig fühlen. Und dass sie ihren Anteil an der Hausarbeit leisten, weil wir unseren Anteil an der Erwerbsarbeit leisten wollen – Gott behüte!«

»Ich habe angefangen, mich nach einem Job umzuschauen«, sage ich. »Vor allem Verkäuferinnen für Supermärkte werden gesucht, da hoffe ich, dass ich zumindest in die engere Auswahl komme. Also, natürlich ist das keine berufliche Karriere wie erst Lehrerin zu sein und dann sogar Rektorin –«

»Jede Karriere hat mal irgendwo angefangen«, sagt Edwina. »Und jetzt erzählen Sie doch, wie Ihr Garten sich macht.«

»Na ja, im Vergleich zu diesem hier sieht er jämmerlich aus, aber im Vergleich zu vor drei Wochen hat sich viel getan. Danke.«

Mein Ton bewirkt, dass Edwina mich anschaut. Als unsere Blicke sich treffen und sie sieht, wie tief die Dankbarkeit mir im Gesicht steht, weicht aus ihrem die Schärfe, und plötzlich tritt die Güte, die erstaunliche Milde darin klar hervor.

»Früher hab ich mit meiner Granny und meiner Mum im Garten gearbeitet. Das war das Schönste an meiner Kindheit«, flüstere ich. »Ich hätte das gern an Charlie und Amy weitergegeben, aber ich hab's einfach vernachlässigt und …«

Edwina streckt die Hand aus, als wollte sie meine nehmen. Dann hält sie inne und macht ein missbilligendes Geräusch. »Verdammtes Corona.«

Mir entfährt ein ersticktes Lachen.

Sie wartet, bis mein Blick wieder zu ihr zurückkehrt. »Wenn es eines gibt, was das Leben mich gelehrt hat, dann, dass es nie zu spät ist, um das Glück wieder für sich zu entdecken, und ein Garten ist dafür nicht der schlechteste Ort.«

Da sitzen wir in ihrem Feenwunderland, trinken unseren Tee und essen unsere Kekse. Vielleicht bilde ich es mir nur ein, aber es ist, als führten wir eine lange Unterhaltung, ohne dass eine von uns auch nur ein Wort sagen muss.

Ich weiß nicht, ob ich es ihr je werde vergelten können, dass sie mich nicht nur gelehrt hat, wie Schwertlilien am besten gedeihen, sondern auch, dass es möglich ist, nach Schmerz und Verlust wieder Lebensfreude zu schöpfen. Das schlechte

Gewissen, dass ich ihre Lektionen dazu missbraucht habe, gleich neben ihrer Gedenkstätte Jim und die anderen zu verscharren, zieht mir innerlich alles zusammen, aber dagegen kann ich nichts tun, außer dafür zu sorgen, dass sie es nie, nie erfährt.

»Ich bin gerade dabei, diesen wunderhübschen hellen kalifornischen Mohn anzuzüchten. Vielleicht wollen Sie, wenn Sie so weit sind, einmal herüberkommen und sich anschauen, wie man Sämlinge umtopft«, sagt sie zurückhaltend.

Ich blicke sie offen lächelnd an. »Das würde mich total freuen, Edwina.«

Noch vor einem Monat habe ich diese Frau beinahe gehasst. Jetzt überlege ich, ob sie vielleicht genau das war, was mir auf meiner *Liste zum Glücklichsein* noch gefehlt hat.

61.

VERQUERER UND VERQUERER

Wenn die anderen anfangen, Panik zu bekommen, bin ich zwar die Ruhe und der Optimismus selbst, aber jedes Mal, wenn bei mir das Telefon oder die Türklingel losgehen, klopft mir das Herz bis zum Hals, vor allem, wenn es eine unbekannte Nummer ist. Schon tagsüber ist das schlimm genug, aber als es am nächsten Tag – dem dritten von Jims offiziellem Verschwinden – passiert, während ich mir etwas zu Abend koche, nehme ich rasch einen großen Schluck vom Kochsherry, bevor ich den Anruf mit einem lauten Pochen in den Ohren annehme.

Es ist Jims Boss.

»Ich habe gerade mit der Polizei telefoniert«, sagt er grimmig, »und dachte mir, Sie sollten besser auch wissen, was ich ihnen gesagt habe.«

Mein Herz zieht sich zusammen.

»Ich habe unsere IT-ler gebeten, sich Jims Onlineaktivitäten anzuschauen. Zum letzten Mal war er am Tag vor seiner Abreise in seinen Mails. Das sagt natürlich nicht viel aus, aber nur zur Info. Wir denken alle an Sie – und an Jim natürlich.« Er räuspert sich. »Es gibt nur eines, was mir nicht aus dem Kopf will. Anscheinend hat Jim den ganzen Lockdown lang nur ab und zu seine Arbeitsmails gecheckt, aber von dem Tag an, als ich Sie angerufen hatte – als ich Ihnen das mit dem

Bürodienst gesagt hatte –, hat er täglich mindestens einmal hineingeschaut, manchmal sogar mehrmals.«

Mir stockt der Atem. Habe ich in meinem Bestreben, unverdächtig zu wirken, etwa alles ruiniert?

»Jetzt mache ich mir Gedanken, dass er meinen Anruf so aufgefasst haben könnte, als wäre sein Job gefährdet. Ich weiß, dass man bei all dem, was gerade los ist, da leicht in Panik verfallen könnte …«

»Machen Sie sich bitte keine Sorgen. Zu mir hat er nichts dergleichen gesagt, und ich kann mir auch nicht vorstellen, dass das irgendeine Auswirkung auf … auf das gehabt haben könnte, was vielleicht passiert ist.«

»Verstehe.« Er klingt erleichtert. »Nun, dann lasse ich Sie wieder in Frieden. Rufen Sie mich an, wenn ich irgendetwas für Sie tun kann.«

Ich lege gerade das Festnetztelefon auf, da pingt mein Handy.

Charlie: *Was Neues?*

Ich: *Hab gerade mit seinem Boss geredet. Er war nicht in seinen Mails, seit er weg ist.*

Eine Sekunde später pingt es erneut. *Damit will er dich nur dafür bestrafen, dass du dich trennen willst.*

Ping. *Er will, dass du ein schlechtes Gewissen kriegst und ihn wieder nimmst, wenn er zurückkommt. Tu das bloß nicht.*

Ping. *Das ist nicht deine Schuld.*

Ping. *Du hast dich absolut richtig entschieden, Mum. Wir stehen beide hinter dir. x*

Ich schniefe, lege das Handy weg und schiele zum Spülenunterschrank. Hinter dem Eimer mit Putzutensilien liegen noch zwei Paar vierfach verpackte Jim-Teile und warten darauf, verbuddelt zu werden. Ich hätte sie zu Nawar hinüberbringen können für den Fall, dass die Polizei das Haus durchsucht, aber das kam mir genauso riskant vor. In zwei Tagen sind wir fertig, dann hat sich das Problem erledigt.

Ich werde heute Nacht vielleicht nicht gut schlafen, aber ich werde schlafen. Und morgen werde ich aufstehen und alles dafür tun, dass mein Leben langsam besser wird – nun, da Jim endlich aus dem Weg ist.

Also, bis auf kleine Reste.

62.

LOSE ENDEN

Ohne Zwischenfall wird am nächsten Tag der vorletzte Eimer Jim-Teile entsorgt. Währenddessen erzählen Leila und Samira uns, wie jetzt am laufenden Band Verwandte und Bekannte bei ihnen anrufen, aus Pakistan wie aus England.

»Und dann hat meine Cousine angerufen, und *sie* hat gesagt: ›Was ist das für ein Sohn und Bruder, der mit fremden Leuten feiern geht, statt zu trauern?‹ Dann bekam Yafirs Tante es mit und rief mich an und sagte, sie würde ihm nie vergeben, wie er all ihre Hilferufe ignoriert hätte, während sie, ›sein eigen Fleisch und Blut‹, während einer Pandemie in einem anderen Land festsitzt«, berichtet Samira müde.

»Den Teil hab ich verpasst«, sagt Leila, die dabei ist, Mutterboden über Jims und Lionels Arme zu schaufeln. »Ich hab nur mitbekommen: ›Und jetzt schämt er sich so, dass er sich nicht mehr traut, sich in seiner Gemeinschaft blicken zu lassen, und das zu Recht! Aber es so weit kommen zu lassen, dass die Polizei sich einmischt, das geht einfach nicht. Deine Töchter werden nie im Leben Ehemänner finden‹ – na, das hört sich doch ganz gut an, finde ich.«

Ich sprenkle Dünger über die frisch gepflanzten Arme. »Aber es ist noch niemand bei euch vorbeigekommen?«

»Ach, zwei-, dreimal kam jemand an die Tür, aber jetzt, wo sich herumspricht, dass die Polizei eingeschaltet ist, zeigen sie uns ein bisschen die kalte Schulter – hauptsächlich, weil sie nicht so recht wissen, was sie sagen oder tun *könnten*. Und auch wenn es absolut untypisch für ihn ist, dass er seine Pflichten so vernachlässigt und jeden Anstand vergisst, irgendwie schlucken sie es trotzdem – wegen der Pandemie und meinem Onkel und Großvater.« Leila grinst. »Das mit der Polizei bedeutet natürlich auch, dass sie nicht im Traum daran denken können, mir *irgendwas* anzutun.«

Samira seufzt und kippt Erde über Lionels gut verpackte Schenkel. Hat sie wegen ihres Glaubens und ihrer Kultur stärkere Schuldgefühle oder nur andere? Wie kann sie all das miteinander vereinbaren, oder geht es ihr genauso wie mir auch, und sie kann es nicht? Ist es auch für sie einfach etwas Verrücktes, Unmögliches, Entsetzliches, das irgendwie geschehen ist? Es ist geschehen, und trotzdem putze ich mir jeden Tag die Zähne, und das Leben geht weiter, also muss ich zumindest *versuchen*, zu glauben, ich wäre ein guter Mensch – was bleibt mir sonst auch übrig?

»Übrigens, was bessere Neuigkeiten angeht«, sagt Ruth, »ich habe nächste Woche ein Gespräch mit meinem ehemaligen Chef, in dem sich entscheiden wird, ob ich wieder zurück in meine alte Klinik kann.« Mit einem nicht zu verbergenden Lächeln streichelt sie ihr Medaillon. »Hast du deine Bewerbungsunterlagen schon fertig, Sally?«

Ich nicke, dann wende ich mich Samira zu. »Bist du auch schon so weit?«

Sie seufzt und schüttelt den Kopf. »Ich muss noch warten. Das würde jetzt zu verdächtig wirken.«

»Hey, was hältst du davon, wenn wir uns heute Abend mal gemeinsam über Zoom Open-University-Sachen anschauen?«, entfährt es mir. »Also, du könntest dir Jura anschauen und ich einfach mal generell stöbern?«

Samira wird rot, lächelt aber schüchtern. »Klingt sehr gut. Ich muss ja jetzt vor nichts mehr Angst haben, außer dass es in einer Enttäuschung endet, und lieber bin ich enttäuscht, weil ich es versuche und nicht schaffe, als weil ich es gar nicht versucht habe.« Ihre Augen wandern zu Maryam, die auf der Mauer sitzt und auf Leilas Handy daddelt. »Ich habe meinen Töchtern gezeigt, was eine Frau aus Liebe und Pflichtbewusstsein zu tun bereit ist. Jetzt will ich ihnen zeigen, was sie mit Freiheit und Mut schaffen kann.«

Und sie streckt die Hand aus, ich schlage ein, und einen Moment lang drücken wir zu, aber wir weinen nicht, weil noch so viel zu tun ist, bis wir endgültig, wahrhaftig frei sind.

»Bewerben wir uns doch jede für das Studium, das uns am meisten zusagt, und schauen, was passiert«, sage ich, als ich wieder sprechen kann, ohne dass es zu Schluchzen wird. Dann lenke ich mich ab, indem ich Fisch-, Blut- und Knochenmehl über die frisch ausgebrachte Erde schaufle. »Wobei, dich werden sie auf jeden Fall nehmen, also ist das eigentlich hinfällig, aber –«

»Dich werden sie auch nehmen, Sally«, sagt Samira fest.

»Mal schauen. Falls ich mir jemals einig werde, was ich überhaupt gern studieren würde«, brumme ich und wische mir das verschwitzte Haar aus dem Gesicht.

Samira lächelt. »Das wird dir schon kommen. Irgendwas kommt einem immer.«

Ich zucke mit den Schultern. »Na ja, wir können jedenfalls mal schauen und Pläne machen. Was kann schon passieren?«

Wir verstummen beide, dann brechen wir in Kichern aus. Wenn man auf Leichen herumsteht, die man selbst hat verschwinden lassen, kommt da in der Tat nicht viel ran.

Am nächsten Nachmittag bin ich überglücklich, als in meinem Briefkasten eine Einladung zum Vorstellungsgespräch als Packerin für Bestellungen in einem Supermarkt liegt. Ich kann nicht umhin zu denken, dass das Schicksal die ganze Sache gutheißt. Nun, Fortuna und Justitia werden generell als Frauen dargestellt, es wäre also plausibel, dass sie es kapiert haben.

An diesem Tag wollen wir unsere Grablege abschließen – Ruth und ich werden die Hände unserer Männer begraben.

Ich bin irgendwie rastlos und tigere im Haus herum, bis es Zeit wird, sich zu treffen. Ich komme zehn Minuten zu früh, trotzdem sehe ich schon von Weitem Ruth über der Grube stehen, die Finger um ihr Medaillon geschlossen.

Etwas an ihrer Haltung hindert mich daran, ihr im Näherkommen einen Gruß zuzuwerfen. Stattdessen trete ich neben sie und nehme ihre Hand.

Sie schweigt noch einen Moment und sagt dann: »Mein Sohn hat angerufen.« Ihre Stimme ist heiser, als hätte sie geweint, auch wenn ihre Augen trocken sind. »Er versucht um meinetwillen nicht den Mut zu verlieren, aber …« Sie schluckt schwer, als bereite es ihr Mühe. »Ich bin nur … ich bin so wütend«, entfährt es ihr. »Ich habe Lionel nie gehasst, und jetzt ist Hass alles, was ich noch empfinden kann. Aber wie kann ich ihn hassen nach all dem, was ich getan habe? Es ist meine Schuld, dass mein Sohn nie wieder etwas von seinem Stiefvater hören wird, und ich erzähle ihm nicht einmal die Wahrheit – ich lasse ihn im Ungewissen in seinem Hoffen und Bangen, obwohl ich genau weiß, dass Lionel nicht mehr lebt und … Und dass *ich* das tue, ausgerechnet ich …«

Einen Moment lang ist nur ihr bebendes Atmen zu hören, und sie hebt den Kopf zum Himmel. »Nachts, wenn ich nicht schlafen kann, höre ich meine Mutter flüstern, dass sie es nicht erträgt, was aus mir geworden ist. Und jede Nacht beteuere ich, dass ich zur Polizei gehen würde, wären nicht du, mein Sohn und die anderen. Jede Nacht lüge ich im Angesicht ihres Gedenkens.«

»Das ist keine Lüge, Ruth«, sage ich sanft. Dann schnaube ich. »Himmel, ich mache mir schon die ganze Zeit Sorgen, dass du einfach irgendein Verbrechen gestehst, das du gar nicht begangen hast, nur damit du die Strafe kriegst, von der du glaubst, du hättest sie verdient. Ich wette, das würdest du tatsächlich tun, wenn es nicht bedeuten würde, dass jemand anders, jemand Gefährliches, weiter frei herumläuft.«

»Sind wir nicht auch gefährlich?«, flüstert sie und blickt auf ihren Eimer hinunter, der neben meinem am Rand des verbliebenen Lochs steht.

Ich drücke ihr die Hand. »Nur für die, die sonst uns getötet hätten. Das müssen wir uns zugestehen, Ruth. Das würden wir jedem zugestehen.«

»Aber das rechtfertigt es nicht. Das heißt noch lange nicht, dass wir keine Strafe verdienen oder … Weißt du, es ist ein Unterschied zwischen dem, was man im Moment, im Affekt tut, und … und dem hier.« Sie starrt auf das hinab, was von der Grube noch übrig ist. »So was zu tun, Sally. Leute, die einem nahestehen, im Ungewissen zu lassen, was passiert ist. Sie im Glauben zu lassen, ob nicht irgendwann, eines Tages …«

»Wir hatten die Wahl zwischen diesem Übel und dem Übel, alle im Gefängnis zu landen, und wofür? Sie sind tot, Ruth. Das lässt sich nicht zurücknehmen.«

»Hätten wir uns doch vorher gekannt. Hätten wir einander nur helfen können, sie zu verlassen.«

Ich verschränke meine Finger mit ihren und schließe sie fest. »In uns ist auch Liebe, Ruth, nicht nur Schlechtigkeit und Gewalt. Und das muss reichen, denn das ist alles, was wir haben.«

Aus den Augenwinkeln sehe ich ihr Kinn zittern. Aber dann schließt sie die Augen, und Frieden kehrt in ihre Miene ein. Schweigend nickt sie, erwidert den Druck meiner Hand, dann bückt sie sich nach ihrem Eimer.

»Sollen wir noch warten?«, fragt sie und schaut sich nach den anderen um.

»Heute nicht«, gebe ich zurück.

Sie holt noch etwas schluchzend Atem, bringt aber fast so etwas wie ein Lächeln zustande, als sie sich mir zuwendet, während ich die Abdeckplane entferne und meinen eigenen Eimer nehme. »Gemeinsam?«, fragt sie.

Schulter an Schulter stehen wir am Rand dessen, was von der Grube noch übrig ist, und kippen den Inhalt des Eimers hinein. Die Hände unserer Männer in den übereinandergezogenen kompostierbaren Beuteln sehen viel zu klein aus für den Schmerz und das Elend, das sie zugefügt haben.

Gemeinsam gehen Ruth und ich zu dem Hügel Erde, der darauf wartet, nun in das Loch gekippt zu werden, und machen uns mit bloßen Händen an die Arbeit. Als wir fertig sind, verschränken wir wieder unsere erdigen Finger und stehen in kameradschaftlichem Schweigen da, bis die anderen kommen.

Als sie da sind, füllen wir das Loch ganz auf. Es fühlt sich bitter an statt wie ein Triumph.

Eigentlich ist das doch der Höhepunkt unseres wilden Unterfangens, und doch kommt es mir so klein und leer vor.

Wenn die Polizei jetzt unsere Häuser durchsuchen will, gibt es für sie nichts mehr zu finden. Das würde mich beruhigen, wäre nicht die Tatsache, dass ich immer wieder, wenn ich von der Schaufelei aufschaue, Maryams Blick erhasche, die uns intensiv beobachtet. Jedes Mal, wenn ich sie dabei erwische, lächelt sie nur sonnig und zieht die Hand reißverschlussartig über die Lippen.

Nicht eine Sekunde glaube ich, dass sie ahnt, wozu der Garten wirklich dient – aber das Letzte, was man brauchen kann, wenn man einen Stapel Leichen verstecken will, ist ein intelligentes, neugieriges Kind als Zuschauer.

Trotzdem kann ich mir beinahe einreden, dass das Schlimmste vorbei ist … und wiege mich damit natürlich vorschnell in Sicherheit …

63.

DICKES ENDE?

Am Montag der folgenden Woche kehrt Ruth an ihren alten Arbeitsplatz zurück. Als selbst auferlegte Buße übernimmt sie mit Freuden die unangenehmsten Aufgaben und macht Extraschichten. Von Tag zu Tag scheint sich ihre Stimmung aufzuhellen, und ich hoffe, eines Tages wird sie im Reinen damit sein, was wir getan haben. Meine Erleichterung ist groß, aber bald habe ich andere Sorgen.

Es fängt mit einem Anruf der Polizei an.

»Hier Detective Constable Jurek – wir hatten miteinander gesprochen, nachdem Sie Ihren Mann als vermisst gemeldet hatten. Ich wollte Sie informieren, dass wir jetzt die Ergebnisse der forensischen Untersuchung des Autos haben, in dem Ihr Mann mitgefahren war.«

Ich drücke die geballte Faust gegen das Brustbein und bemühe mich, gleichmäßig zu atmen.

»Viel war nicht zu finden. Es scheint, als hätten Ihr Mann und seine Mitfahrer alles sehr gründlich desinfiziert – vielleicht um den fehlenden Mindestabstand zu kompensieren? Klingt das für Sie plausibel?«

»Nein«, gestehe ich, weil es dumm wäre, das nicht zu tun. »Mir ist diese ganze Sache einfach nur ein totales Rätsel.« Wenn sie jetzt nicht um Haarproben oder Fingerabdrücke von uns bittet, scheinen wir wohl alles richtig gemacht zu haben.

»Ihrer vorigen Aussage zufolge wirkte Ihr Mann auf Sie komisch. Haben Sie darüber noch einmal nachgedacht? Wie das alles zusammenpassen könnte?«

Ich schüttle den Kopf – und verdrehe im nächsten Moment die Augen, weil mir einfällt, dass sie mich ja nicht sieht. »Und außer dem Auto? Haben Sie da noch was gefunden?«

»Ihr Gepäck einschließlich der Zelte war im Kofferraum, woraus zu schließen ist, dass sie doch nicht gecampt haben.« Sie verstummt kurz. »Ihre Handys lagen auch im Auto. Alle vier. Die Kollegen vor Ort sind dabei, die Umgebung des Parkplatzes einschließlich der Höhlen zu durchkämmen, aber die Wetterbedingungen und die örtlichen Gegebenheiten erschweren das sehr.«

»Sollen wir hinfahren und mithelfen?«

»Ich verstehe den Drang, aber es gibt wirklich nichts, was Sie tun können. Bitte üben Sie sich in Geduld. Wir halten Sie auf dem Laufenden, sobald es neue Erkenntnisse gibt.«

Dies ist wenige Tage später der Fall.

»Auf unsere Aufrufe hin hat sich ein Anwohner aus dem Ort in der Nähe der Stelle, wo das Auto Ihres Mannes und seiner Freunde zurückgelassen wurde, gemeldet«, sagt DC Jurek ohne Einleitung bei ihrem nächsten Anruf. »Er sagte, er hätte ungefähr um die Zeit, als das Auto laut eingebautem Navi abgestellt wurde, vier Männer, zwei davon weiß, einer schwarz und einer asiatisch, über den Strand auf die Höhle zugehen sehen. Die Beschreibung ihrer Kleidung entspricht dem, was sie laut Ihnen und den anderen Ehefrauen bei ihrer Abreise getragen hatten.« Sie macht eine ominöse Pause. »Ich fürchte, es kristallisiert sich allmählich ein Bild heraus. Natürlich gehen wir weiterhin allen Hinweisen nach. In der Nähe wurde auch Kleidung gefunden …«

Mir steigt Galle in die Kehle, und den Rest des Anrufs

blende ich komplett aus. Meint sie die Mäntel? Soll ich es den anderen sagen oder sie lieber in seliger Unwissenheit lassen? So oder so können wir nichts daran ändern.

Ich bin immer noch unschlüssig, als wir uns nachmittags treffen, aber keine der anderen bemerkt, wie abgelenkt ich bin. Samira, unsere Chefrechercheurin in Sachen juristische Details unserer Situation, hält die anderen damit in Bann, wie eine gerichtsmedizinische Untersuchung samt Feststellung von Todesursache und ungefährem Todeszeitpunkt abläuft und was passiert, wenn vermutet wird, dass jemand tot ist, ohne dass die Leiche vorliegt. Nun, da unsere Männer offiziell verschwunden sind, ist es vollkommen logisch, dass sie das von ihrem eigenen Laptop aus googelt, deshalb kann sie nun problemlos unsere drängendsten Fragen beantworten.

»Solange die Ermittlungen laufen, steht die gerichtsmedizinische Untersuchung wohl nach wie vor im Raum. Aber wenn sie nichts mehr finden, wird wahrscheinlich auf Tod durch Unfall geschlossen. Irgendwann. Welcher Zeitraum da angesetzt wird, hab ich noch nicht ganz herausgefunden. Fürs Erste können wir nur abwarten.«

»Oder die Krise kriegen«, sagt Janey neben mir mit erstickter Stimme.

Wir drehen uns synchron um und folgen ihrem Blick. Dort, nur wenige Meter entfernt, steigt aus einem Auto DC Jurek. Janey beginnt zu zittern.

»Ich fürchte, ich habe nicht die erhofften Neuigkeiten für Sie«, erklärt DC Jurek. »Zwei der Kleidungsstücke, die am Strand unweit des abgestellten Autos Ihrer Ehemänner gefunden wurden, entsprechen genau Ihren Beschreibungen von Jims und Keiths Jacken. Ist es für Sie in Ordnung, sich Fotos anzuschauen?«

Ich nicke. Sie blättert in der Akte unter ihrem Arm und

reicht mir ein Foto. Es zittert in meiner Hand, als hätte es sich verflüssigt. Janey gibt einen gequälten Laut von sich.

»Erkennen Sie die Jacken auf dem Foto wieder?«, fragt DC Jurek.

Ich nicke. Janey umklammert meinen Arm, aber ich kann mich nicht rühren, nicht einmal, um sie zu trösten. Mein Herz setzt einen Schlag aus und beginnt dann so heftig zu pochen, dass meine Schultern sich zusammenziehen.

Und den fehlenden Handschuh? Haben sie den auch gefunden? Und wenn ja, werden sie ihn auf Fingerabdrücke untersuchen?

DC Jurek schürzt die Lippen. »Kann jemand von Ihnen sich einen Grund vorstellen, warum Ihre Ehemänner ihre Jacken so aneinandergebunden haben könnten?«

»Mummy?«

Wir alle schrecken zusammen, als Maryams hohe Stimme ertönt.

»Sei noch kurz still, Liebling«, sagt Samira gepresst. »Das ist sehr wichtig –«

»Daddy hat gesagt, er wäre lieber tot, als mit Schande in seiner Familie zu leben. Am Telefon, zu Tante Kiran. Bevor er Corona kriegte und in die Quarantäne ging. Ich hab's durch die Tür gehört.«

»Sei *still*!«, zischt Leila, packt ihre Schwester am Arm und will sie wegziehen. Aber Maryam schüttelt sie ab und dreht sich trotzig zu DC Jurek um.

Die geht vor ihr in die Hocke und sieht ihr in die Augen. »Hat dein Vater damals noch mehr gesagt?«

Ich wechsle einen besorgten Blick mit den anderen. Wir hatten nie auch nur im Entferntesten daran gedacht, den Eindruck zu erwecken, als wären sie gemeinsam auf eine Art Selbstmordmission gegangen. Es sollte wie ein idiotisches

Wagnis aussehen, das im Fiasko geendet hatte. Andererseits ist es vermutlich egal, was die Polizei denkt – solange sie nicht darauf kommt, dass wir fünf etwas damit zu tun haben könnten.

Den Blick fest auf DC Jurek gerichtet, dreht Maryam sich in den Hüften, immer hin und her. »Er wäre nie einfach mit Fremden mitgegangen, wo wir doch in Trauer sind. Und jetzt tun Mummy und Leila ständig so geheimnisvoll. Die glauben, ich würde noch nix kapieren, aber ich bin doch nicht doof. Wenn er uns nicht mehr will, kann er gern für immer wegbleiben. Ich will ihn nämlich auch nicht mehr«, spuckt sie in wütendem Ton aus, aber ihr Kinn zittert dabei.

Während DC Jurek wieder aufsteht, zieht Samira Maryam an sich, ihr Gesicht eine Maske der Verzweiflung.

»Ihr Mann hat auch einen engen Angehörigen verloren, nicht wahr?«, sagt DC Jurek zu Ruth, dann wendet sie sich an mich. »Und Sie hatten vor, sich von Ihrem Mann zu trennen?«

»Also, *ich* wollte mich weder trennen, noch hatte es irgendwelche Todesfälle gegeben«, blafft Janey, ihre blassen Wangen rotfleckig. »Klar, es war keine leichte Zeit, im Haus eingesperrt mit dem Baby und ohne Schlaf und ohne Unterstützung wegen des Lockdowns. Und okay, er hat sich Gedanken über unsere Finanzen gemacht, aber wir haben ja das Mutterschaftsgeld, und momentan hat *jeder* Sorgen. Bestimmt hat *jeder* mal ein Tief, und … und …«

DC Jurek blickt von Samiras und Leilas entgeisterten Gesichtern zu Ruth, die ihr Medaillon umklammert, und der zitternden Janey neben mir.

»Das – das, was Sie da andeuten … ich kann das nicht glauben«, sage ich. »Es … es ist doch total abwegig. Wenn man sie kannte.« Ich schlucke, um die wirbelnde Panik niederzuhalten, denn genau das hier ist der Moment, mit dem alles steht oder fällt. »Klar, die ganze Welt spielt gerade verrückt. Normalerweise würde Jim so was niemals tun, aber jetzt, wo es ›normal‹ nicht mehr gibt …« Ich schaue mich in der Runde um, dann wieder zu DC Jurek. »Jim und Keith und die anderen … ich glaube, sie wollten nur den Kopf freikriegen. Das war der Plan – glaube ich. Egal was dann passiert ist.«

DC Jurek wirft noch einen Blick auf die anderen, und alles, was ich in ihren Augen erkenne, ist eine Art verhaltenen Mitgefühls. »Es tut mir sehr leid, dass ich Ihnen so schwierige Fragen stellen muss«, sagt sie leise. »Möchten Sie, dass ich Ihnen jemanden zur psychologischen Betreuung an die Seite stelle?«

Keine von uns sagt etwas.

Nach einer langen Pause trete ich vor und gebe ihr das Foto zurück. »Ich glaube, wir kommen zurecht«, sage ich.

DC Jurek lächelt. »In solchen Augenblicken sind gute Freunde sehr wertvoll.«

»Tut mir leid, dass wir keinen Mindestabstand halten«, entfährt es mir. »Ich versichere Ihnen, wenn wir im Garten arbeiten, machen wir es normalerweise schon. Bitte schreiben Sie uns nicht auf.«

»Auf keinen Fall. Seien Sie nur füreinander da. Wir hören voneinander.«

Wir schauen ihr nach, wie sie zu ihrem Auto zurückgeht.

Dann greife ich nach dem Spaten. »Ich hab plötzlich den Drang, diesen Garten so schnell wie möglich fertigzustellen.«

64.

EIN UNERWARTETES GESCHENK

Wir warten nur darauf, dass die Polizei anruft, weil sie in einem Handschuh in Jims oder Keiths Jacke verdächtige Fingerabdrücke gefunden hat, aber es kommt und kommt nichts, und ich beschwichtige mich, dass sie wahrscheinlich sowieso nicht so genau hinschauen werden, weil es ja eine plausible Erklärung für das Ganze gibt.

Das verhindert nicht, dass ich Albträume habe, aber zum Glück bietet sich mir reichlich Ablenkung. Mein Vorstellungsgespräch verläuft gut, und nicht nur bekomme ich den Job, ich werde auch gefragt, ob ich schon Ende der Woche anfangen kann.

Da ist er also – mein erster Arbeitstag.

Natürlich war ich viel zu früh wach und beschäftigte mich stundenlang mit meiner Frisur und meinem Make-up, wechselte tausendmal das Outfit und schaute dann unzählige Male nach, ob in meiner Handtasche auch alles Wichtige war.

Beim Spülen des Frühstücksgeschirrs pingt mein Handy.

Amy: *Ich bin so stolz auf dich, Mum xxx*

Ich schniefe noch wegen der Nachricht, da kommt eine zweite.

Charlie: *Hab einen tollen Tag! Du hast das so verdient. Ganz liebe Grüße! x*

Das gibt mir endgültig den Rest, aber zum Glück ist es immer noch früh genug, um nach dem Weinen mein Make-up wieder zu richten.

Dann wird es Zeit zu gehen.

Auf der anderen Straßenseite schwingen Edwinas Vorhänge, dann geht ihre Tür auf. Sie deutet auf meine Füße, und da bemerke ich in einem Terrakotta-Topf auf meiner Türschwelle einen winzigen Setzling.

»Ein Ahorn – genauer gesagt, ein japanischer Fächer-Ahorn. Als Glücksbringer für den ersten Arbeitstag.«

Ich muss mich räuspern, bevor ich ihr danken kann. Dann stelle ich den Topf nach drinnen, schließe ab, winke ihr noch einmal zu und gehe los, bevor ich die Nerven verlieren kann.

Nach Feierabend trete ich strahlend in den Sonnenschein hinaus, in Gedanken schon bei dem Donut, den ich zur Feier des Tages auf dem Heimweg im Park verputzen will.

Alles ist einfach wunderbar – da stolpere ich in meine nächste Herausforderung hinein.

Und zwar leider buchstäblich, sodass wir beide zurücktaumeln: ich gegen die nächste Wand, sie in einen Stapel Einkaufswagen.

»Oh, tut mir leid!«, sagen wir beide im Chor.

»Alles in Ordnung mit Ihnen?«, fragt die Frau.

Auch das hätte ich unisono mit ihr gesagt, aber die Worte bleiben mir im Mund stecken. Bei dem Zusammenstoß ist ihr Kragen verrutscht, und darunter ist ein dunkler Bluterguss sichtbar geworden.

Der Blick der Frau wird reserviert, und mir wird bewusst, dass ich sie anstarre. Ich bemühe mich zu lächeln. Seltsam, wie man das den Augen ansieht, selbst mit der Maske.

»Alles in Ordnung mit *Ihnen*?«, frage ich leise. »Ich meine damit nicht das Zusammenrasseln. Ich meine – bitte verstehen Sie mich nicht falsch –, in meinem Leben gab es Zeiten, da hätte ich Hilfe brauchen können, aber alle gingen an mir vorbei, als merkten sie es nicht, obwohl ich genau weiß, dass es ihnen bewusst war, und … vielleicht kann ich ja anders sein als diese Leute – wenn Sie es zulassen?« Mit einem weiteren, vorsichtigen Lächeln hebe ich die Schultern. »Wenn Sie eine Minute Zeit hätten – vielleicht können wir uns irgendwo hinsetzen und reden?«

Die Frau starrt mich an und weicht etwas zurück, als wollte sie davoneilen.

»Ich verspreche Ihnen, ich stelle Ihnen keine blöden Fragen, ich will gar nichts wissen – aber wollen Sie nicht kurz mit mir kommen, nur an den Rand des Parks? Ich hab da einen Donut, den ich gern teilen würde – natürlich auf Abstand?«

Sie schaut mich an, und in ihrer Miene spiegelt sich so viel – Verwirrung, Sehnsucht, innerer Widerstreit, Angst –, und da spüre ich plötzlich, dass gerade etwas Wichtiges geschieht.

»Nur fünf Minuten?«, locke ich. »Wenn Sie nicht reden wollen, können wir auch einfach schweigen und nur einträchtig den Moment genießen. Ich weiß ja nicht, wie für Sie der Lockdown ist, aber ich kann Gesellschaft gebrauchen.« Ich weise mit dem Kinn zur Straße. »Außerdem – ein halber Apple-Crumble-Donut ist nicht zu verachten, finden Sie nicht? Wissen Sie, ich hatte heute meinen ersten Arbeitstag und hab ihn mit meinem ersten selbst verdienten Geld gekauft, und … ich würde ihn wirklich gern mit jemandem teilen.«

Von diesem Abend an erweitert der Club der heimlichen Witwen sein Aufgabengebiet.

Am nächsten Tag nach Feierabend bin ich ein zweites Mal

auf der Parkbank mit der Frau, Marianna, verabredet, und wenn alles gut läuft, werde ich mich täglich mit ihr treffen, bis ich sie überzeugen kann, ihren Mann zu verlassen. Wenn es keine Freunde oder Verwandten gibt, bei denen sie unterkommen kann, werde ich ihr irgendwie helfen, einen Platz in einem Frauenhaus zu bekommen, und zu gegebener Zeit auch mit Ämtern und anderen Angelegenheiten. Vielleicht kann ich ihr sogar ein paar Sachen besorgen, um ihr die erste Nacht ihres neuen Lebens etwas angenehmer zu machen, nicht ganz so düster.

Und ich werde ihr einen Brief schreiben – etwas Inspirierendes, Zuversichtliches, von Herzen Kommendes. Ich an ihrer Stelle würde mich mir dann vielleicht verpflichtet fühlen, aber ich weiß, dazu wird es nicht kommen; irgendwie werde ich die richtigen Worte finden, um klarzustellen, dass sie für diese Hilfe niemandem das Geringste schuldet. Dass sie nichts zurückgeben oder einen Vorschuss leisten muss, außer sie will es von sich aus. Denn nichts, was ich für sie tun kann, wird je das Geschenk aufwiegen können, das sie mir gemacht hat: mich ihr helfen zu lassen.

Endlich habe ich das gefunden, was ich in meinem Leben tun will. Stünde ich allein da, ich hätte keine Ahnung, wie ich es anpacken soll, aber ich bin nicht allein. Mithilfe des Clubs werde ich einen Plan machen. Einen, mit dem ich Schritt für Schritt von diesem heutigen Entschluss zu einer beruflichen Tätigkeit gelange, in der ich anderen Frauen helfe, zu verwirklichen, was ich nicht fertigbrachte. Ich will auf mein Leben zurückschauen können im Wissen, dass zwar für mich, Janey, Ruth und Samira der Club die einzige Option war, ich ihm aber nicht nur immer mehr Mitglieder zuführte, sondern einen besseren Weg fand.

Diesem Wunsch steht allerdings die Tatsache entgegen,

dass ich die Wahl, die ich Marianna aufdränge, selbst nicht getroffen habe. Ich hatte solche Angst, was Jim tun könnte – in erster Linie nicht mir, sondern den Kindern –, dass ich nicht die kleinsten Anstalten zu machen wagte, ihn zu verlassen. Obwohl ich immer wieder an dem Ständer mit Flyern von gemeinnützigen Organisationen in der Bibliothek hängen blieb, den einen oder anderen überflog, dann mit einem kleinen Auflachen beiläufig zu der Frau an der Ausleihe sagte: »Was Ehrenamtliches wäre ja eine Idee, jetzt wo die Kinder aus dem Gröbsten heraus sind« und schließlich außer einem über häusliche Gewalt auch einen von einer Demenzkranken-Hilfe nahm. Auf dem Nachhauseweg sagte ich mir die Nummer des Hilfetelefons so lange auf, bis ich sie auswendig konnte. Aber ich rief nie an, stellte nie die Fragen, auf die ich mir so sehr eine Antwort gewünscht hätte. Denn was, wenn Jim die Anrufliste durchgeschaut und ich mein Telefonat nicht ordentlich gelöscht gehabt hätte? Aber hätte es jemanden gegeben, der so entschlossen gewesen wäre, mir zu helfen, wie ich jetzt bei Marianna, hätte es vielleicht anders ausgesehen.

Erstaunt stelle ich fest, dass ich, ohne mir dessen bewusst zu sein, zu unserem Garten gegangen bin. Die ersten Pflanzen sind gesetzt, kleine grüne Tupfen auf der nackten Erde. Genau so etwas will ich sein – nicht nur eine Frau mit einem neuen Leben, einem Job, Kollegen und eigenem Geld, sondern mehr. Jim hat mir das Gefühl gegeben, ein Nichts zu sein. Aber von heute an habe ich ein Ziel.

Selbst wenn es bei Marianna nicht klappt, ich will, dass es eines Tages mir zu verdanken ist, dass eine Frau nicht zwanzig Jahre lang mit ihrem Jim zusammenlebt. Das kann zwar meine Vergangenheit nicht ungeschehen machen, und keine Ahnung, ob es je wird aufwiegen können, was ich getan habe.

Aber ich weiß: Wenn es so kommt – und es *wird* so kommen, dafür sorge ich –, wird es sein, als hätte ich mich selbst gerettet. Ob mein vergangenes Ich oder mein heutiges oder beide, bin ich mir nicht ganz sicher. Ich weiß nur, dass mir heute klar geworden ist, welche Art von Leben ich in Zukunft führen will: eines, in dem ich Elend in Erfolg verwandle, Schwäche in Mut und Hilflosigkeit in Stärke.

65.

NACHHALTIGES GÄRTNERN

Unser Garten nimmt von Tag zu Tag mehr Gestalt an. Janey brachte kurz die Idee auf, Vergissmeinnicht zu pflanzen, aber selbst ich musste zugeben, dass das geschmacklos gewesen wäre. Schließlich pflanzten wir einen Birnbaum – Symbol für treue Freundschaft –, Lilien für Zuneigung zwischen Frauen und überall dazwischen Maiglöckchenzwiebeln, die für wiederkehrendes Glück stehen.

An dem Tag, an dem wir damit fertig sind, bietet Janey ihr Haus zum Verkauf an.

»Bist du dir sicher, dass du das wirklich willst?«, fragt sie, als sie den ersten von gefühlt tausend Umzugskartons vor meine Haustür stellt – der Beginn ihres langsamen, schrittweisen Umzugs, damit, wenn die Beschränkungen aufgehoben werden und sie bei mir einziehen darf, alles dafür bereit ist.

»Bekomm jetzt bloß keine kalten Füße«, sage ich und zerre den Karton herein.

»Danke, Mut«, flüstert sie, und wir beide lächeln mit bebenden Lippen über den alten Scherz, der jetzt so viel neue Bedeutung gewonnen hat.

Den Nachmittag haben wir für eine kleine Party unter Einhaltung der Abstandsregeln in meinem Garten reserviert, um die erfolgreiche Abarbeitung der *Jim-&-Co.-Entsorgen*-Liste zu feiern – jetzt fehlt nur noch die *Liste zum Glücklichsein.*

Ich trage mein neues Kleid, Janey ein regenbogenbuntes Abendkleid, Ruth ihren geliebten *wob dwiyet* und Samira, Leila und Maryam ihre besten *shalwar kamiz*. Es gibt Mums Sherry-Trifle, Gulab-Jamun-Donuts mit Rosenwasser von Samira, Brownies von Janey und Kokosnusskuchen im Glas von Ruth. Jeder Bissen schmeckt nach Zufriedenheit und Zuversicht. Während der Nachmittag in den Abend übergeht, reden und lachen und singen wir und reden dann weiter, über Pläne und Träume und Hoffnungen. Dinge, die wir schon immer tun wollten und mit denen wir jetzt angefangen haben; Dinge, die wir seit jeher erstrebenswert fanden und auf die wir jetzt hinarbeiten.

Ruth bringt uns ›Conqueror‹ von Estelle bei, und wir grölen es den Sternen entgegen.

Noch vor so wenigen Monaten kam mir das Leben so klein und trist vor und schien sich gleichförmig weiter vor mir auszudehnen. Jetzt ist es so weit und erfüllt und glücklich. Nicht nur, weil wir endlich frei sind, sondern auch wegen des Gemeinsamen zwischen uns. All dessen, was wir einander gegeben haben. Mir war nicht klar, dass Freundschaft – echte, wahre Freundschaft – einer der Rohstoffe von Mut ist, aber so ist es.

Als der Himmel sich violett färbt und Maryam in einem Gartenstuhl einnickt, hole ich eine Flasche Sekt heraus – und Apfelschorle für Samira –, und wir stoßen die Gartentür auf und schwärmen singend in die Nacht hinaus, unserem Gemeinschaftsgarten entgegen.

Wir sind so mit Singen und In-die-Sterne-Schauen beschäftigt, dass wir nur noch wenige Meter davor sind, als zuerst Janey, dann Ruth, dann Samira und Leila abrupt zum Stehen kommen. Erst dann folge auch ich ihren entsetzten Blicken.

Auf dem Bürgersteig vor dem Garten, zu ihren Füßen ein kleines Häuflein verstreuter Erde, steht Edwina. In der einen Hand hält sie ein welkes Lavendelpflänzchen und in der anderen einen Arm.

Neben mir stöhnt Ruth leise auf. Janey schlägt sich die Hand vor den Mund und sinkt mitten auf der Straße auf die Knie.

Und von einem Moment zum anderen bricht alles zusammen. All unsere Hoffnungen und Träume, die wundervolle Zukunft, die wir uns gerade erst aufzubauen begonnen haben.

In diesem Augenblick bin ich zu nichts fähig, außer reglos zu spüren, wie es mir ins tiefste Innere schneidet.

Dann hebe ich das Kinn und trete vor. Mag mein Leben auch vorbei sein, ich kann immer noch die anderen retten. Mich um ihretwillen zu opfern wird meinem Dasein trotz allem einen Sinn verleihen.

»Das war ich«, sage ich, selbst überrascht davon, wie fest und klar meine Stimme klingt. »Die anderen haben nichts damit zu tun.«

Edwina schenkt mir einen scharfen Blick, lässt ihn dann über jede von uns wandern und lenkt ihn wieder auf mich. »Sie sind vielleicht die Oberspitzbübin Ihrer kleinen Gartengang, aber die Verantwortung tragen Sie alle – ich habe alles mitbekommen, wissen Sie noch? Ich habe Sie beobachtet. Und habe Ihnen die ganze Zeit mit Rat und Tat zur Seite gestanden, und wie haben Sie es mir vergolten?«

»Ich habe vier Männer umgebracht, die ihre Frauen misshandelt haben, und meine Freundinnen ohne ihr Wissen dazu benutzt, einen Ort zu schaffen, wo ich sie entsorgen konnte.«

Edwina bringt es wieder einmal fertig, mich von oben herab zu mustern, ohne auch nur den Kopf zu heben. »Wissen Sie, was ich vor zehn Minuten hier vorgefunden habe, als ich noch mal kurz nach meinem Baum schauen wollte?«, fährt sie fort, als hätte ich nichts gesagt. »Einen Fuchs, der fröhlich in Ihrem kläglichen, halbherzigen Gemauschel wühlte und das hier zutage förderte.« Sie schwenkt den Arm, und ich kann nicht umhin, einen Moment lang einfach nur beeindruckt zu sein, wie komplett ungerührt sie ist. »Also wirklich, Sally, nach all meiner Hilfe enttäuscht es mich doch sehr, wie lax Sie Ihr Begräbnis angegangen sind. Weiß der Himmel, wie wir das vor morgen früh in Ordnung bringen sollen, und die Abstandsregeln können wir auch unmöglich einhalten. So ein Schlamassel aber auch.«

»Edwina, bitte …« Ich ringe nach Luft. »Egal was Sie jetzt vorhaben zu unternehmen, bitte lassen Sie die anderen aus dem Spiel.«

»Meine Güte! Reißen Sie sich endlich zusammen. Ihre Generation hat einfach keinen Respekt mehr vor Älteren. Als wären Sie die ersten Frauen, die je dieses Problem hatten. Aber haben Sie auch nur einen Moment lang daran gedacht, anständig um Unterstützung zu bitten?« Sie schüttelt den Kopf. »Sieben Jahre ist es jetzt her, und hat je auch nur ein kleiner Zeh meines Mannes unter dem Baum herausgeschaut? Oh nein. Und bei Ihnen hat es gerade mal eine Woche gedauert!«

»Ihr Mann …?« Mein Blick geht zwischen Edwina und dem Kirschbaum hin und her.

Sie muss dieses Gespräch aufnehmen oder so. Das ist doch eine Falle, damit wir gestehen. Niemals würde die ach so regelkonforme Edwina …

Aber andererseits, warum steht ihr Gedenkbaum nicht in ihrem eigenen wunderhübschen, geliebten Garten? Warum hat sie ihn auf das verwilderte Grundstück hinten in der Straße gepflanzt? Und warum hat sie ein solches Brimborium darum gemacht, wo und wie tief wir den Boden für unseren neuen Garten vorbereiten?

Und das würde auch erklären, warum sie unseren kleinen Arbeitstreffen gegenüber so erstaunlich nachsichtig war. Sicher, wir haben uns bemüht, aber natürlich haben wir gelegentlich die Abstandsregeln missachtet. Ich hatte das lediglich so gedeutet, dass sie trotz all ihrer Pingeligkeit etwas milder geworden war.

Was mir in meiner Traumtänzerei bis zu diesem Augenblick völlig entgangen war, ist, dass Edwinas pingelige Ratschläge sich offenbar nicht nur auf unsere gärtnerischen Anstrengungen bezogen, sondern auch auf unsere begräbnistechnischen. Wie muss sie es genossen haben, ahnungslos zu tun, während in Wahrheit *wir* nicht begriffen, was wir die ganze Zeit praktisch vor der Nase hatten – oder besser, unter unseren Füßen.

Edwina wirft einen Blick auf den Arm in ihrer Hand und hält ihn mir hin. »Also, machen wir uns an die Arbeit, oder wollen Sie die ganze Nacht hier stehen bleiben und aus der Wäsche gucken wie begossene Pudel?«

Was bleibt mir übrig, als den Arm und den Lavendel an mich zu nehmen und mich den anderen zuzuwenden? »Janey, gehst du mit Ava zurück nach Hause und bleibst bei Maryam? Leila, kannst du mit ihr gehen und die Sachen aus dem Gartenhaus holen, die wir brauchen?« Ich hole tief Luft, straffe die Schultern und wende mich wieder Edwina zu. Dann zögere ich. »Halt, wir brauchen noch was.«

»Und was, bitte?«, fragt Edwina säuerlich.

»Ein weiteres Glas.« Ich hebe die Sektflasche. »Unter den Umständen – und als unsere Hausexpertin in Sachen illegales Ehemännerbegräbnis – scheint es mir nur recht und billig, Sie von Stund an in den Club der heimlichen Witwen mit aufzunehmen.«

»Was für ein alberner und widerwärtiger Gedanke«, knurrt sie.

»Sie werden es lieben«, sage ich.

So waren sie also zu sechst, und sie lebten glücklich bis an ihr Lebensende.

NACHWORT DER AUTORIN

In Großbritannien kommt im Schnitt alle drei Tage eine Frau durch einen Mann zu Tode; beim Großteil der Fälle handelt es sich um den gegenwärtigen oder ehemaligen Lebenspartner. Im Corona-Lockdown verdoppelte sich diese Anzahl: In den ersten drei Wochen kamen vierzehn Frauen um, bei denen ein Mann der Tat verdächtigt oder angeklagt wurde.

Ich habe über zwölf Jahre lang als Lektorin im Bereich Menschenrechte mit dem Schwerpunkt Gewalt gegen Frauen und Mädchen gearbeitet, insbesondere in Zusammenarbeit mit Organisationen, die sich in Gemeinschaften Schwarzer Menschen und anderer ethnischer Minderheiten (Black and Minority Ethnic, BAME) karitativ engagieren oder zu diesen forschen. (NB: Ich verwende den Begriff BAME, weil das zur damaligen Zeit das vorherrschende Fachwort dafür war und bis zum Zeitpunkt dieser Niederschrift keine Einigung auf einen Ersatzbegriff erzielt wurde.) Mein kleiner Anteil bestand darin, meinen Klienten beim Schreiben von Bewerbungen für Förderprogramme zu helfen, um die nötigen Mittel zu erhalten, ihre Arbeit im Rahmen der Coronabeschränkungen mit neuen Methoden fortzuführen.

Im Lockdown kamen wir plötzlich gar nicht mehr nach mit der Arbeit.

Laut der Organisation Women's Aid berichteten während des Lockdowns 67 % der von familiärer Gewalt betroffenen Frauen, die erlittenen Misshandlungen hätten zugenommen;

die Hilfsorganisation Refuge verzeichnete 65 % mehr Anrufe auf ihrer Notruf-Hotline und ganze 700 % mehr Besuche ihrer Website – woran zu sehen ist, wie schwer es für Frauen ist, aktiv um Hilfe zu bitten, wenn die misshandelnde Person ständig um sie herum ist. Deutlich wird das auch darin, dass bei der Polizei die Anzahl der direkten Hilferufe von Betroffenen nur moderat anstieg; hingegen häuften sich stark die Meldungen Dritter. Mit nachlassender Strenge des Lockdowns glichen sich diese Zahlen wieder an, ein eindeutiger Beleg dafür, dass es an den Beschränkungen lag, warum Betroffene nicht selbst offizielle Hilfsangebote wahrnehmen konnten. In der Tat bestätigten laut Women's Aid 70 % der Betroffenen, dass die misshandelnde Person während des Lockdowns mehr Kontrolle auf sie ausüben konnte.

Viele Hilfsorganisationen mit Tätigkeitsschwerpunkt in BAME-Gemeinschaften verzeichneten einen deutlichen Anstieg verschiedener Formen von Gewalt durch Männer gegen Frauen und Mädchen. Beim Hilfetelefon von Karma Nirvana, das auf sogenannte »ehrenbasierte« Gewalt spezialisiert ist, wurden 200 % mehr Anrufe registriert, darunter 150 % mehr Anrufe junger Mädchen im Zusammenhang mit Zwangsheiraten. Entsprechend meldete Iranian and Kurdish Women's Rights eine Verdopplung der Fälle von Zwangsheirat, während das in Middlesbrough ansässige Halo Project nur einen Anstieg von 63 % registrierte, mit dem Vorbehalt, wegen der geschlossenen Schulen seien viele Betroffene durchs Raster gerutscht.

Wie immer frappierte mich die Tatsache, dass beim Tod von Frauen durch Männer oft eine lange Geschichte häuslicher Gewalt vorausgeht, es sich in den raren Fällen jedoch, wo Frauen ihre männlichen Partner töten, keineswegs umgekehrt verhält; nein, auch hier ist es die *Frau*, die im überwiegenden Teil der Fälle längerfristig Missbrauch erlitten hat. Angesichts dessen, dass Frauen nicht weniger fähig sind als Männer, andere über längere Zeit zu quälen und zu terrorisieren, ist es verblüffend, wie selten solche Verbrechen insgesamt von Frauen begangen werden.

Hauptanliegen meiner Lektoratstätigkeit ist es, meinen Klienten zu helfen, Veränderungen voranzutreiben. Außer durch das Optimieren von Förderanträgen zur Unterstützung des Engagements vor Ort redigiere ich Forschungsarbeiten und Medienbeiträge im Hinblick darauf, die Öffentlichkeit für dieses Thema zu sensibilisieren. Doch habe ich oft das Gefühl, dass meine Bemühungen ins Leere gehen. Vor allem jetzt, da Corona die Welt auf den Kopf gestellt hat, besteht kaum noch Interesse daran, sich mit der bitteren Realität männlicher Gewalt gegen Frauen und Mädchen zu beschäftigen.

Mein Roman stellt den Versuch dar, dieser Unlust durch Humor entgegenzuwirken. Dass gleich vier Frauen in einem eher kleineren Ort innerhalb einer Woche ihre Männer töten, wenn auch in Notwehr, ist natürlich völlig abwegig. Darüber kann man problemlos lachen, weil es im wahren Leben nie passieren würde. Der umgekehrte Fall – dass vier Männer auf geografisch eng begrenztem Raum innerhalb einer Woche ihre Frauen töten – ist lediglich unwahrscheinlich und wäre daher nicht im Entferntesten lustig, nicht einmal als Grundlage für eine schwarzhumorige Komödie.

All die Frauen in der Geschichte töten ihre Männer in Notwehr im Zusammenhang mit häuslicher Gewalt; damit werden sie von bloßen Opfern ebenfalls zu Gewalttäterinnen, aber genau darum geht es mir: Ihre Situation ist höchst komplex, und diese Komplexität macht es möglich, während ihres völlig hanebüchenen Abenteuers mit ihnen mitzufühlen und sich in sie hineinzuversetzen. In diesem Buch wird Gewalt durch Frauen keineswegs glorifiziert – allenfalls wird die leise Frage aufgeworfen, wie man Frauen darstellen soll, die jahrelang schwere Misshandlungen erlitten haben und keinen anderen Ausweg sehen. In den Lockdown habe ich die Handlung deshalb verlegt, um zu illustrieren, dass den Frauen des Clubs der heimlichen Witwen nicht die üblichen Auswege offenstehen – die im Übrigen ebenfalls Gefahren bergen, was daran deutlich wird, dass viele Frauen nicht von aktuellen, sondern von ehemaligen Partnern getötet werden.

Im Bemühen, authentisch und respektvoll auf die verschiedenen Charaktere und den kulturellen, sozialen und religiösen Hintergrund der Mitglieder des Clubs einzugehen, bin ich ebenso dankbar für meine Expertise aus Sicht von Hilfsorganisationen wie für die beiden Sensitivity Reader, die mir mit Rat und Anregungen zur Seite standen. Ich hoffe, es ist mir gelungen, deutlich zu machen, wie Männer aus allen sozialen Schichten, Kulturen und ethnischen Gemeinschaften versuchen, alles ihnen zur Verfügung Stehende zu nutzen, um ihre Gewalttätigkeit zu entschuldigen – was oftmals darin besteht, positive kulturelle und/oder religiöse Werte zu Unterdrückungsmechanismen zu formen oder absichtlich keinen Unterschied zwischen religiösen Erfordernissen und Konventionen des Patriarchats zu machen.

Es ist schwer, in einem fiktiven Werk diese komplexen Hintergründe klar herauszuarbeiten und zugleich Perspektiven und Überzeugungen verschiedener Charaktere abzubilden, ohne dass es zur Abhandlung wird. Die *mahr* beispielsweise, das Brautgeld des Bräutigams an die Braut, ist aus religiösen Gründen notwendig, damit eine islamische Heirat gültig ist; die in der westlichen Welt verbreitete Mitgift, die von der Familie der Braut an die des Bräutigams entrichtet wird, hat hingegen rein kulturelle Wurzeln. Noch verkompliziert werden solche Feinheiten durch die herrschende große Uneinigkeit darüber, wo die Grenze zwischen religiös und kulturell bedingten Bräuchen verläuft; solche tiefsitzenden Differenzen in Glauben und Weltsicht sind ein Hauptgrund für die Spannungen zwischen verschiedenen Glaubensrichtungen, Bekenntnissen und Sekten innerhalb einer Religion.

Eine weitere Herausforderung bestand darin, dass in allen im Roman beschriebenen Familien Misshandlungen und häusliche Gewalt üblich waren, dass ich also versuchte, über *ungesunde* Familiendynamiken in kulturellen Bezugsrahmen außerhalb meines eigenen zu schreiben – eine Aufgabe, die viel Fingerspitzengefühl erfordert. Alternativ hätte ich jedoch nur fünf mir ähnliche Charaktere erschaffen können, womit ich meiner Verantwortung nicht gerecht geworden wäre, weil ich ja gerade zeigen wollte, dass weltweit viel zu viele Männer Frauen so etwas antun. Andernorts mag Gewalt gegen Frauen und Mädchen anders bezeichnet und begründet werden, aber im Kern ist das Problem überall das gleiche. Die westlichen Medien tendieren dazu, die Schuld, wenn Täter oder Opfer aus bestimmten ethnischen Gemeinschaften stammen, bei den jeweiligen Kulturen zu suchen – und bei individuellen Faktoren, wenn die Beteiligten dem westlichen Kulturkreis angehören. Aber muss angesichts dessen, wie verbreitet Gewalt an Frauen und Mädchen ist, nicht auch bei westlichen Tätern und Opfern die Kultur eine Rolle spielen? Wenn nur der Hang zur Gewalt einzelner Individuen dafür verantwortlich wäre, wie kommt es, dass über Familien, Kulturen, Gemeinschaften, Religionen und ethnische Hintergründe hinweg so viele Männer so ähnliche Verhaltensmuster aufweisen? Das wirkt ziemlich unwahrscheinlich, nicht wahr? Tatsächlich habe ich mit Sally und Janey zwei westliche weiße

Charaktere konzipiert, die zudem schon lange befreundet sind, um sehr deutlich zu machen, wie weit verbreitet Gewalt gegen Frauen ist.

Je nach Land, Kultur und Religion sind die Ausprägungen männlicher Gewalt gegen Frauen tendenziell verschieden, und diese Unterschiede spielen bei der Prävention und der Frage, wie einzelnen Opfern zu helfen ist, eine große Rolle. Aber im Kern geht sie stets von einem aus: Sexismus.

Ich kann die Fragen, die mein Buch aufwirft, nicht beantworten, aber das will ich auch gar nicht. Ich will die Menschen zum Lachen bringen – und dann zum Nachdenken. Gewalt von Männern gegen Frauen und Mädchen ist eine Pandemie, die selbst Corona in den Schatten stellt, wird aber nur zu einem Bruchteil dessen wahrgenommen und bekämpft. Um das zu ändern, muss unsere ganze Gesellschaft dafür sensibilisiert werden – und in diesen bitteren Zeiten ist eine humorvolle Herangehensweise vielleicht ein ganz guter Weg, um Fortschritte zu erzielen.

Für meine Leserschaft in Amerika ist sicher von Interesse, dass hier eine ganz andere Situation vorherrscht, nicht zuletzt, weil in den USA jährlich 3000 Tötungsdelikte an Lebenspartnern auftreten, im Vereinigten Königreich hingegen rund 100. Die aktuellen Zahlen der National Coalition Against Domestic Violence zeigen, dass die Mehrheit der Morde an Lebenspartnern in den USA durch Schusswaffen begangen werden – im Vereinigten Königreich hingegen fast keine, und in diesen wenigen Fällen ist der Täter stets männlich. Der entscheidende Faktor hierbei ist, dass Schusswaffen in den USA so weit verbreitet und es mit ihnen so leicht ist, jemanden umzubringen.

Trotzdem ist bei weiblichen Mordopfern in Amerika in

jedem zweiten Fall ein Lebenspartner der Täter; bei männlichen Opfern ist dies nur bei jedem dreizehnten der Fall – und auch hier sind die Täter meistens Männer. Insgesamt werden etwa drei Viertel der Morde im häuslichen Umfeld an Frauen begangen. Auch wenn aus der Statistik nicht klar hervorgeht, wie viele Männer im häuslichen Umfeld von Männern bzw. von Frauen ermordet werden, sind 48 % der männlichen Opfer ausdrücklich als homosexuell angegeben; und da die Zahlen außerdem weitere nicht heterosexuelle Opfer sowie Familienmitglieder umfassen, die nicht direkte Lebenspartner sind, kann man mit Recht annehmen, dass weit über die Hälfte der männlichen Opfer von Männern getötet werden.

Nach besten Schätzungen gehen in Amerika bei 70–80 % der Morde unter heterosexuellen Paaren Misshandlungen der Frau durch den männlichen Partner voraus, egal wer von beiden schließlich zum Opfer wird; in anderen Worten, egal ob ein Mann seine Partnerin tötet oder diese ihren Partner, es ist mit überwältigender Mehrheit so, dass der Mann die Frau schon länger misshandelt hat. Statistisch nachgewiesen ist auch, dass häusliche Gewalt an Frauen fünfmal so häufig ist wie an Männern und dass Frauen meist aus Notwehr gewalttätig werden. Insofern sind in beiden Ländern die gleichen generellen Trends zu beobachten.

Der von Samira erwähnte Fall des jungen Mädchens, das von ihren Eltern getötet wurde, einige Monate nachdem es Bleichmittel getrunken hatte, um einer Zwangsheirat bei einem Familienbesuch in Pakistan zu entgehen, ist leider authentisch. Noch nach ihrer Selbstverletzung setzte Shafilea, deren Traum es war, Anwältin zu werden, begeistert ihr Jurastudium fort. Den 14. Juli, ihren Geburtstag, wählte Karma Nirvana zum

Datum des von dieser Organisation eingeführten nationalen Gedenktags für die Opfer von Ehrenmorden. Wenn Sie das hier lesen, nehmen Sie sich doch einen Augenblick Zeit, um ihrer zu gedenken – Shafilea Ahmed, 1986–2003.

Alexia Casale
1. Juli 2023

DANKSAGUNG

Tausend Dank an meine Familie, dass sie so wundervoll ist und mich immer unterstützt. Meine Mutter hat darum gebeten, ich solle doch bitte ausdrücklich erwähnen, wie sehr sie meine mordlüsternen Tendenzen gefördert hat, also: vielen Dank, Mum! Und danke dafür, dass du dein beeindruckendes Wissen in Sachen Menschenrechte und Kriminologie beigesteuert hast, ganz zu schweigen davon, was für ein toller Resonanzboden du mir warst, wann immer ich mit den Plänen des Clubs nicht weiterkam. Und für all die Zeit, die du geopfert hast, um sicherzustellen, dass meine perfiden Überlegungen auch stichhaltig waren. Und meinen Dad drücke ich auf diesem Wege ganz fest; ich hab dich so lieb und bin so froh, dass ich mit einem Vater aufgewachsen bin, der nie auch nur entfernt daran dachte, dass ich weniger wert sein könnte, weil ich ein Mädchen war, und der mich in allem, was ich erreichen wollte, stets bestärkte und unterstützte … und auf jeder der mörderischen Geburtstagspartys meiner absolut normalen Kindheit eine wundervolle Leiche abgab. Alles, alles Liebe an den anglo-italienisch-amerikanischen Haufen: Tante Liana (mit ganz lieben Grüßen an Onkel Benito), George, Tante Mira und Onkel Bym, Rich und Josie, Sophie und James, Lori und Jim, Erin, Alice und Ella, Aidan und Kieran, und hallo da draußen an Tante Ann und alle in Wales. Dann drücke ich Simon, und alles Liebe an meine Ros – das hätte dir noch besser gefallen als ›Sing if you can't dance‹. Danke an meine wunderbare Tante Pat, die alles unzählige Male liest und lektoriert, und Kuchen schickt sie mir obendrein! Und an meine fantastische Patin Dany, die mir ein Zuhause zur Verfügung stellte, von wo aus ich auf Abenteuer ausziehen konnte, und mich immer unterstützt. Und ganz besonderen, tiefen Dank an Giudi und Julian, die mithelfen, die Welt besser und sicherer zu machen, und so nett waren, das Buch aus Polizeisicht zu lesen und zu schauen, ob alles plausibel ist. Ich bin so froh, zu wissen, dass ich so realitätsnah wie möglich war.

Dass es hier überhaupt eine Danksagung zu lesen gibt, liegt nur an meiner unschlagbaren Agentin Dr. Kristina Pérez. Danke, dass du an das glaubst, was ich schreibe, und überhaupt dafür, was für eine phänomenale Lektorin du bist. Dank deiner klugen, einfühlsamen Anregungen und Ratschläge werden meine Bücher so viel besser, als sie sonst wären. Es ist so ein Glück, mit dir zusammenarbeiten zu dürfen. Danke, dass du das Potenzial in diesem Buch gesehen und mir geraten hast, alles stehen und liegen zu lassen, um es zu schreiben – und dir dann in diesem hektischen Jahr die Zeit genommen hast, um es in Lichtgeschwindigkeit zur Veröffentlichung zu bringen. Ich könnte mir für meine schriftstellerische Tätigkeit keine bessere Partnerin und Fürsprecherin wünschen; es ist eine Freude, mit dir zu arbeiten. Danke auch an Isabel und alle bei PLE; und an John bei Zeno, vor allem für die viele Hilfe bei der Mehrwertsteuer. Und einen Riesendank an die wunderbare Dana Spector bei CAA, die die Film-, Fernseh- und Bühnenrechte für mich managt.

Unwahrscheinlichen Dank schulde ich meinen Freunden, ohne die ich viel weniger Spaß hätte und die Mühen des Schreibens und Herausbringens dieses Buchs definitiv nicht durchgestanden hätte. Da wären einmal meine tollen Autorenfreunde, die mir immer wieder dabei helfen, mich in der herrlichen, aber verrückten Verlagswelt zurechtzufinden: ganz großen Dank an Karen (Grüße an Naomi und Will!), Christi und Jack, Louisa, Anna (Grüße an Ally!), Gina, Kate und Liz und an all die anderen Autoren, durch die mein Leben (und das aller anderen) so viel schöner ist. Und alles, alles Liebe an meine Nicht-Autoren-Freunde, die mich über die Welt jenseits der Blase auf dem Laufenden halten, vor allem an die großartige Dr. Emma Milne, Lizzie (mit Grüßen an Micah und Phil), Andy, Fauzia und Stuart, meinen Patencousin Malcolm, Tony (alles Liebe an Aoife), Riki und Fran (und Grüße an Katja und Alexia), James und Myrren (mit Grüßen an Toby und Amber), Chris (mit Grüßen an Carmel), Katie (mit Grüßen an Peter), Ian und Kitty, Katie (mit Grüßen an Isabella Lily) und alle, die mir gerade nicht einfallen, weil mir noch der Kopf vom Lektorieren schwirrt, falls ich das hier nicht noch mal überarbeite! Einen Riesendank an meine Bloggerfreunde, vor allem Luna. Und einen an das fantastische Team des London Screenwriters Festival, vor allem Chris Jones, mit liebem Gruß an Bobs Sonntagmorgen-Lockdown-Gang und ganz besonderen Dank an Paul Higgins für all die lieben beruflichen Tipps, als es eng wurde! Ganz dicken Dank an Gavin Whenman für das wahnsinnig aufschlussreiche Feedback zur ersten Niederschrift der Story. Was hätte ich ohne dich gemacht! Und Holly muss ich ganz fest drücken für ihre geniale Kritik ganz am Anfang, als ich drauf und dran war, geradewegs in die falsche Richtung zu marschieren – du bist mir wahnsinnig wichtig, und ich bin so dankbar für unsere Freundschaft, deine Unterstützung und deinen Scharfsinn (PS: drück Connie und Will von mir).

Vielen Dank an meine wunderbaren Lektorinnen bei Viking: Harriet Bourton auf der britischen und Pamela Dorman auf der amerikanischen Seite. Danke, dass ihr mein Buch genommen habt; es war eine enorme Ehre, mit jeder von euch beiden zusammenzuarbeiten, und dazu so lehrreich; die Gelegenheit, mein Handwerk unter eurer Anleitung weiterzuentwickeln, war ein unvergleichliches Geschenk. Danke für euer tolles Feedback, im Großen wie im Kleinen. Das Buch hat dadurch unglaublich an Kraft und Tiefe gewonnen. Einen Wahnsinnsdank an die fantastische Lydia Fried in England und Marie Michels in Amerika, dass sie alles so gut zusammengehalten haben! Vielen Dank an meine grandiose Korrektorin Sarah Day, die nicht nur all meine blöden Fehler gefunden und noch so einige Nuancen herausgearbeitet, sondern auch die Gedankenstriche sortiert hat (brrr!). Ganz lieben Dank an Amelia Evans aus der Rechtsabteilung, die so nett war, mich mitten im schlimmsten Hochbetrieb herumzukutschieren, und an die tolle Monique Corless, sowohl für ihre Superarbeit als auch, dass sie sich auf der Londoner Buchmesse gemeinsam mit ihr um mich gekümmert hat; und vielen Dank an das wundervolle restliche Team – Ann-Katrin Ziser, Penny Liechti, Elizabeth Brandon, Catherine Turner, Annamika Singh, Laura Milford, Jonathan Herbert und Mary Akpeki. Dicken Dank an Natalie Wall in der Redaktion; Chloe Daves im Marketing; Annie Underwood in der Produktion; Campaign Manager Ellie Hudson und Campaign Executive Jasmin Lindenmeir; Beau Merchant für den exzellenten Werbetrailer; Sam Fanaken, Ruth Johnston, Eleanor Rhodes Davies, Kyla Dean und Autumn Evans im Vertrieb; und Linda Viberg im Internationalen Vertrieb. Vielen Dank an Jane Glaser, Elizabeth Brando und Jeramie Orton. Und an Lucy Schmidt (Kunst und Illustration) und Charlotte Daniels (Cover-Design) im Vereinigten Königreich und Elizabeth Yaffe in den USA für meine atemberaubenden Buchcover.

Ebenfalls in den USA vielen Dank an Brian Tart, Kate Stark, Andrea Schulz und Patrick Nolan in der Öffentlichkeitsarbeit; Matt Giarratano, Nick Michal, Norma Frabotta und Nicole Celli in der Produktion bzw. CvD; Sabrina Bowers in der Innengestaltung; Mary Stone, Christine Choi und Raven Moss im Marketing; Lindsay Prevette und Julia Falkner in der Öffentlichkeitsarbeit und Lauren Monaco und Andy Dudley im Vertrieb. Gigantischen Dank an Nadine Jendrusch und alle bei dtv in Deutschland – Nadine, es war so schön, dich auf der Londoner Buchmesse kennenzulernen!

Unendlich dankbar bin ich Clarence für das kluge, feinfühlige abschließende Sensitivity Reading, das wirklich sehr dazu beigetragen hat, das Buch so gut zu machen, wie es irgend ging. Ich hoffe, ich bin deinen Anregungen gerecht geworden. Außerdem vielen Dank für die Musiktipps! Danke an Sheeba Arif für das detaillierte Feedback beim ersten Sensitivity Reading, vor allem in puncto Sprache und was für Bedenken zu welchem Zeitpunkt im Vordergrund stehen sollten – und in welcher Reihenfolge Maske und Hidschab angelegt werden müssen. Die Einzelheiten über Saint Lucia und dessen vielfältige Kultur stammen größtenteils aus: Hattie Barnard, ›Saint Lucia: An Inspiration for Art‹. Alle beschriebenen Gemälde sind von ihren Kunstwerken inspiriert, schauen Sie sich die doch mal an! (Hattie, es war so toll, dich kennenzulernen und mit dir zusammenzuarbeiten.)

Danke an Alice, Ama, Beth und alle bei Faber für die Hilfe dabei, im Jahr des Nonstop-Arbeitens alles auf die Reihe zu kriegen.

Danke an meine tollen Freunde und Kollegen an der Bath Spa University, vor allem an das Team, das mit mir das Jahr 2022–23 gemeistert hat: Lucy, CJ, Karen, Anna, Louisa, Gina, Annalie, Sam, Alex, Rachel und Dashe; und an Sarah,

Alison, Richard, Robin, Mike, Giles und alle, die ich in den vergangenen zwei Jahren kennenlernen durfte. Tausend Dank an meine fantastischen Studenten – ich kann es nicht erwarten, die Bücher zu lesen, die ihr veröffentlichen werdet! Es ist eine solche Ehre und Freude, mit euch zu arbeiten und Teil eures Lebenswegs zu sein, wie ihr es bei mir seid.

Danke an Paul und Catriona für die Hilfe mit den finanziellen Angelegenheiten, an Simon, Sue und Katharine für den vielen Spaß und die herrlichen Geschenke und an Viv, Cindy, Stephanie, Andrew und alle, die geholfen haben zu verhindern, dass mitten in der Veröffentlichungsphase das Haus über mir zusammenbrach oder in Flammen aufging. Und ein Hallo an all die Freunde und Verwandten in Italien, insbesondere alle in Sarnano: Maura, Luca und Roberta, Gabriella und Fabio und den Rest. Danke an Melvin Lobo, Gavin Wright, Vikram Khullar, Alan Hakim, Rita Mirakian, Nick Gall, Helen Walton, Qasim Aziz und Prof. Matthias, die mich am Laufen gehalten haben.

Und ich bin einfach nur hingerissen von meinen Kollegen und Klienten im Bereich Menschenrechte, vor allem aber muss ich denjenigen Dank und Bewunderung zollen, die sich mit dem Problem der Gewalt gegen Frauen und Mädchen beschäftigen. Es war ein solches Glück, mit so genialen Leuten aus internationalen und nationalen Hilfsorganisationen, mit Forschenden und Ansprechpartnern für Hilfesuchende vor Ort zusammenzutreffen. Ich hoffe, dieses Buch wird dem gerecht, was ich von euch gelernt habe.

Und schließlich: Danke euch allen, die dieses Buch gekauft, gelesen und rezensiert haben. Ohne euch und eure Unterstützung könnte ich meinen Wunschberuf nicht ausüben.

Das bundesweite Hilfetelefon »Gewalt gegen Frauen« bietet an 365 Tagen rund um die Uhr unter der Nummer 116 016 oder per Onlineberatung anonym und kostenfrei Hilfe und Informationen auf Deutsch und in 18 weiteren Sprachen.